Alle Bände der *Tee-Magie*-Dilogie:
Band 1: *A Magic Steeped in Poison* – Was uns verwundbar macht
Band 2: *A Venom Dark and Sweet* – Was uns zusammenhält

© Kevin Chu

Judy I. Lin wurde in Taiwan geboren und wanderte als junges Mädchen mit ihrer Familie nach Kanada aus, wo sie noch heute mit ihrem Mann und ihren Töchtern lebt. Tagsüber arbeitet sie als Ergotherapeutin und nachts denkt sie sich Geschichten aus, die von den Legenden und Mythen inspiriert sind, mit denen sie aufgewachsen ist.

Weitere Informationen zum Kinder- und Jugendbuchprogramm der S. Fischer Verlage finden Sie unter www.fischerverlage.de

Judy I. Lin

A MAGIC STEEPED IN POISON

Was uns verwundbar macht

Aus dem Englischen
von Rusalka Reh

FISCHER Taschenbuch

MIX
Papier | Fördert gute Waldnutzung
FSC® C083411
www.fsc.org

Erschienen bei FISCHER Kinder- und Jugendtaschenbuch
Frankfurt am Main, 2024

Die Originalausgabe erschien 2022 unter dem Titel
»A Magic Steeped in Poison« bei Feiwel and Friends,
einem Imprint der Macmillan Publishing Group, New York

Satz: Dörlemann Satz, Lemförde
Druck und Bindung: CPI books GmbH, Leck
ISBN 978-3-7335-0759-6

Für Lyra.
Du bist der Anfang von allem.

Anmerkung der Autorin

Die in diesem Buch verwendeten chinesischen Heilmittel sind sowohl modernen als auch historischen Texten der traditionellen chinesischen Medizin entlehnt. Für die Geschichte habe ich mir Freiheiten im Umgang mit den Inhaltsstoffen erlaubt, und es gibt keine Verbindung zur traditionellen chinesischen Medizin, wie sie heutzutage praktiziert wird.

Die philosophische Frage (人之初, rén zhī chū) bildet den Anfang von *»Three Character Classic«* (三字經), einem klassischen chinesischen Text aus der Song-Dynastie. Die Antwort in der aktuellen »Three Character Classic« lautet, dass Menschen grundsätzlich gut zur Welt kommen. Im Reich Dàxī steht dies aber in Frage.

Die Sätze aus Shus Stickerei stammen vom Dichter Jia Dao (779–843), einem Tang-Dynastie-Poeten. Das vollständige Gedicht lautet wie folgt:

海底有明月，	Heller Mond im Meer gespiegelt
圓於天上輪。	rund wie das Himmelsrad.
得之一寸光，	Fang das wenige Licht
可買千里春。	und mach daraus ewigen Frühling.

KAPITEL 1

Man sagt, wahre Shénnóng-shī könne man an ihren Händen erkennen – an den vom Schmutz der Erde verfärbten Handflächen, den von Dornen vernarbten Fingerspitzen, an den von einer bleibenden Kruste aus Erde und Blut gebräunten Halbmonden der Nägel.

Früher habe ich meine Hände immer mit Stolz betrachtet.

Jetzt kann ich nur noch denken: *Diese Hände haben meine Mutter begraben.*

Unser Haus ist dämmerig und still. Wie eine Diebin bewege ich mich durch die Zimmer, durchwühle Kisten und Schubladen, betaste Dinge, die mein Vater versteckt hält, damit sie ihn nicht an seinen Schmerz erinnern. Ich schlängele mich zwischen Stühlen und Körben, Trockengestellen und Tonkrügen hindurch, meine Schritte sind sacht. Gedämpft kann ich Shu durch die Wände husten und sich in ihrem Bett herumwerfen hören. In den letzten Tagen ist es schlimmer geworden mit ihr.

Bald wird das Gift sie besiegen, wie es schon unsere Mutter besiegt hat.

Deshalb muss ich noch heute Nacht fort, bevor mein Vater versucht, mich aufzuhalten, und bevor Schuld und Angst mich hier fesseln. Bevor es zu spät ist. Ich berühre die Schriftrolle in den Falten meiner Tunika, um mich zu vergewissern, dass sie noch da ist.

Im hinteren Teil des Vorratsraums finde ich, wonach ich gesucht habe: die Shénnóng-shī-Truhe meiner Mutter, in einem Eckschrank vor Blicken geschützt. Ich öffne sie, und mit einem Seufzer schlüpfen Erinnerungen unter dem Deckel hervor, als hätten sie dort, in der nach Tee duftenden Dunkelheit, auf mich gewartet. Ich fahre mit den Fingern über jede Kerbe im Holz, berühre jedes Fach und erinnere mich, wie wir die Namen der hier aufbewahrten Dinge immer und immer wieder aufsagten. Diese Truhe ist eine Landkarte meiner Mutter, ihrer Lehre, ihrer Geschichten, ihrer Magie.

Doch der Anblick bringt auch andere Erinnerungen zurück.

Eine zerbrochene Tasse. Ein dunkler Fleck auf dem Boden.

Schnell schließe ich den Deckel.

Hinten im Schrank finde ich weitere Tongefäße, akkurat von meiner Mutter beschriftet. Als ich das Gefäß mit den Teeblättern des vergangenen Sommers öffne, zittern meine Hände leicht. Die letzte Ernte, bei der ich ihr half: wie wir die Gartenwege entlanglaufen, die Blätter von den bereitwilligen Zweigen pflücken.

Während ich den Geruch der gerösteten Blätter einatme, verwandelt sich das Aroma auf meiner Zunge in etwas Bitteres. Ich erinnere mich, wie meine letzten Versuche, die Magie zu beherrschen, zu Tränen und Scheitern führten und wie ich mir schwor, diese Utensilien nie wieder zu berühren. Aber das war, bevor die Schriftrolle auf unserer Türschwelle auftauchte. Scheitern kommt jetzt nicht mehr in Frage.

Leute, die es nicht besser wissen, reduzieren die Shénnóng-shī oft auf die Rolle eines begabten Entertainers, der zu nicht mehr in der Lage ist, als ein gewöhnliches Getränk kunstvoll einzuschenken und darzubieten.

Ausgebildete Shénnóng-shī sind natürlich in diesen Grundlagen bewandert – die geeigneten Teesorten zu unterschiedlichen Anlässen zu finden, die korrekte Form der jeweils passenden Tasse auszuwählen. Doch wahre Meister der Shénnóng-Magie haben einzigartige Begabungen. Einige brühen Tees, um Gefühle zu erwecken – Leidenschaft, Hoffnung, Liebe. Andere können den Körper stärker machen oder den Trinkenden dazu bringen, sich an etwas längst verloren Geglaubtes zu erinnern. Sie durchbrechen die Grenzen des Körperlichen und treten direkt mit der Seele in Verbindung.

Ich nutze das flackernde Licht der Feuerschale als Wegweiser und ziehe das Tablett mit den dazugehörigen Schalen hervor, dazu eine Kanne zum Aufbrühen des Tees, eine zum Ruhenlassen. Über das Geräusch des blubbernden Wassers hinweg höre ich ein Ächzen im Nebenraum. Ich erstarre, fürchte den langen, dunklen Schatten an der Wand und den Zorn meines Vaters.

Doch es ist nur Vaters grollendes Schnarchen. Ich atme aus und wende mich wieder meinen Utensilien zu. Mit der Holzzange greife ich den zu Kugeln gepressten Tee und gebe ihn in die Kanne. Dann lasse ich mit einer vorsichtigen Drehung des Handgelenks das heiße Wasser über die Blätter fließen. Sie entrollen sich zögerlich, geben nach und nach ihre Geheimnisse preis.

Die größten Shénnóng-shī können im wabernden Dampf über einer frisch aufgebrühten Tasse Tee sehen, was die Zukunft bringt. Mutter brühte einmal *fu pen zi* – die getrockneten Blätter des Himbeerbusches – für eine Schwangere im Dorf. Der Dampf erhob sich blau in der Morgenluft und nahm die Form von vier glänzenden Nadeln an. Daraus las sie ab, dass das Kind tot geboren werden würde. Und sie hatte recht.

Ich höre ihre Stimme, während sich die Blätter weiter im Wasser entfalten. Wie sie uns immer wieder erzählte, der Abendnebel folge den weißen Flügelspitzen der Bergwächterin, der Göttin, die sich in der Dämmerung in einen Vogel verwandelt. Sie ist die Herrin des Südens, die ein einzelnes Blatt aus ihrem Schnabel in die Tasse des Ersten Kaisers fallen ließ und damit den Menschen den Teegenuss schenkte.

Als ich klein war, liefen Shu und ich hinter unseren Eltern durch die Gärten und die Obstplantagen, mit Körben an unseren Hüften. Oft glaubte ich, das Streifen dieser Flügelspitzen auf meiner Haut zu spüren. Manchmal blieben wir stehen, um der Göttin zu lauschen, und sie führte uns zu einem Nest voll junger zwitschernder Vögel oder warnte uns vor heftigen Regenfällen, die die Wurzeln der Bäume verfaulen lassen konnten, wenn wir das Land nicht gewissenhaft umgruben.

Ich gieße die goldene Flüssigkeit aus der Kanne zum Aufbrühen in die Kanne zum Ruhenlassen. Mutter erlaubte uns nicht, die sehr, sehr alten Gebräuche zu vergessen, Gebräuche aus der Zeit, bevor die Clans besiegt wurden, vor dem Aufstieg und dem Fall der Reiche. Sie steckten in jeder Tasse Tee, die sie aufbrühte – ein mit Erfurcht ausgeführtes Ritual. Sie steckten in der Art, wie sie jede noch so kleine Komponente kannte, die ihren Tee ausmachte: den Ursprung des Wassers, das Aroma des Holzes, mit dem das Feuer geschürt, der Kessel, in dem das Wasser erhitzt wurde. Bis hin zu den von ihren Fingern gepflückten Blättern, aufgegossen in einer von ihren Händen geformten und in ihrem eigenen Ofen gebrannten Tasse. Zu Flüssigkeit destilliert, zwischen beiden Handflächen gehalten, dargeboten als Geschenk.

Hier bin ich. Trink und werde gesund.

Ich beuge mich vor und atme den süßen Duft von Äpfeln ein. Ich höre das schläfrige Summen von Bienen inmitten der Wildblumen. Ein Gefühl von Geborgenheit umfängt mich, hüllt mich warm ein. Meine Augenlider werden schwer, doch der Moment zersplittert, als ich aus den Augenwinkeln etwas vorbeihuschen sehe.

Mein Körper kribbelt alarmiert.

Das Flattern schwarzer Flügel zu meiner Rechten. Eine Krähe, die durch die rauchige Dunkelheit gleitet, bevor sie wieder verschwindet.

Es dauert ein Leben lang, um den Tee lesen zu können wie einer der großen Meister. Vor einem Jahr wurde entschieden, dass ich stattdessen den Beruf der Ärztin erlerne. Weil meine Schwester den Anblick von Blut nicht ertragen kann und weil mein Vater ein weiteres Paar zuverlässiger Hände braucht.

Der Zweifel kriecht über meine Haut, als meine Finger erneut die Schriftrolle umklammern. Eine Einladung, die für jemand anderen bestimmt war – die wahre Schülerin meiner Mutter.

Aber Mutter ist tot. Und nur eine von uns hat jetzt genug Kraft für eine Reise.

Ich zwinge mich, mich zu konzentrieren. Tief einatmen, loslassen. Der Dampf wabert im Strom meines Ausatmens.

Keine neuen Visionen.

Ich gieße ein Rinnsal Tee in eine kleine Trinkschale um, ein winziger Schluck. Das Getränk rinnt meine Kehle hinab mit dem Honiggeschmack der Zuversicht, dem Versprechen, dass der Sommer ewig dauern wird.

Hell und stark brennt Mut in meiner Brust auf, heiß wie ein von der Sonne erhitzter Flussfelsen. Selbstvertrauen breitet sich in mir aus. Meine Schultern straffen sich, und ich finde mein inneres Gleichgewicht. Ich fühle mich wie eine Katze, die zum Sprung bereit ist. Die Anspannung in meiner Magengrube löst sich ein wenig. Die Magie ist noch da. Die Götter haben sie mir nicht genommen, trotz meines Fehlers.

Das Geräusch heftigen Hustens unterbricht meine Konzentration. Versehentlich stoße ich eine der Kannen um, und der Tee ergießt sich über das Tablett. Ich laufe ins Nebenzimmer.

Meine Schwester versucht, sich mit zitternden Armen aufzurichten, der Husten schüttelt ihre magere Gestalt. Sie tastet nach der Schüssel, die wir neben ihrem Bett bereitgestellt haben, und ich reiche sie ihr. Blut spritzt gegen das Holz, viel zu viel davon, wieder und wieder. Nach einer Ewigkeit ebben die Wogen endlich ab, und sie lehnt sich zitternd gegen mich.

»Kalt«, flüstert sie.

Ich klettere neben sie ins Bett und ziehe die Decken um uns. Sie klammert sich an meine Tunika und holt rasselnd Luft. Bis ihre Atmung sich beruhigt hat, halte ich sie fest, und die angestrengten Linien um ihren Mund glätten sich wieder.

Wir haben wirklich alles versucht, Vater und ich, um Shu ohne Mutters Hilfe zu behandeln. Ich, in dem mühseligen Versuch, mich an die Lektionen meiner Kindheit zu erinnern, und mein Vater, ein geschulter Arzt, ausgebildet an der kaiserlichen Akademie. Er weiß, wie man Knochen richtet und Schnittwunden heilt, wie man äußerliche Gebrechen behandelt. Doch obwohl er auch mit einigen Methoden der inneren Medizin vertraut ist, nahm er sich bei komplexeren Problemen stets zurück und ließ meiner Mutter den Vortritt. Ihre Partnerschaft funktionierte auch deshalb so gut.

Mein Vater hat jeden Funken seines Wissens angewendet, sogar seinen Stolz hat er heruntergeschluckt und einen Brief an die Akademie geschickt. Alle möglichen Gegenmittel, die ihm zur Verfügung standen, hat er ausprobiert.

Aber ich kenne die dunkle Wahrheit, um die wir kreisen.

Meine Schwester stirbt.

Die Essenzen und Tinkturen wirken wie ein Damm, der das Gift in Schach hält, aber eines Tages wird er brechen, und wir können nichts dagegen tun.

Und ich bin diejenige, die schuld daran wäre.

In der Dunkelheit ringe ich mit meinen Gedanken und mit meiner Sorge. Ich will Shu nicht allein lassen, aber es gibt keinen anderen Weg. In der Schriftrolle liegt die Rettung. Überbracht von einer kaiserlichen Prozession an alle Shénnóng-shī in Dàxī. Shu war als Einzige zu Hause, als wir sie erhielten. Ich war mit Vater im Dorf, um einen seiner Patienten zu pflegen.

Später an jenem Abend, in der Zurückgezogenheit unseres Schlafzimmers, entrollte sie sie. Das Material schimmerte, es war von Goldfäden durchzogen, und auf der Rückseite schlängelte sich der Drache. Die Stickerei war so fein, dass es aussah, als könne er jederzeit zum Leben erwachen und um uns herumtanzen, Flammen im Windschatten.

»Das kam heute für uns an«, sagte sie in einer kaum je an meiner sanftmütigen Schwester gesehenen Heftigkeit zu mir. »Ein kaiserliches Geleit mit einem Erlass der Prinzessin.«

Die Worte, die ich fast auswendig gelernt habe:

Auf Erlass des Reiches lädt Prinzessin Li Ying-Zhen Euch ein zu einem Wettbewerb, mit dem wir die Kaiserinwitwe feiern und ihrer gedenken wollen. Alle Shénnóng-tú des Reiches sind zur Teilnahme an diesem Wettkampf eingeladen. Der erste Platz wird mit der Position der oder des zukünftigen Hof-Shénnóng-shī belohnt und ihr oder ihm wird von der Prinzessin höchstselbst eine Gunst gewährt.

Die Worte klingen in mir, hallen lange nach.

In dieser Generation wurde noch kein Shénnóng-shī am Hof zugelassen, und diejenige zu sein, die auserwählt wird, wäre die höchste Ehre. Ich würde ohne den Umweg über die sonst nötigen Prüfungen als Meisterin unserer

Kunst anerkannt. Reichtümer würden meiner Familie zuteil, in unserer Provinz würde man mich feiern. Doch am meisten lockt mich die Hoffnung auf die in der Einladung erwähnte Gunst. Ich könnte erbitten, dass meine Schwester von den besten Ärzten des Reiches behandelt würde, von Ärzten, die schon den Puls des Kaisers persönlich gelesen haben.

Jetzt schaue ich auf meine Schwester hinunter, die fest neben mir schläft, und es schnürt mir die Kehle zu. Wenn ich das Gift aus ihrem Körper herausholen könnte, ich täte es mit Freuden, und wenn ich es selbst schlucken müsste. *Alles* würde ich tun, um ihre Qualen zu lindern.

Ich habe diese schicksalhafte Tasse Tee für Mutter und für Shu gebraut – aus dem Teeziegel, der wie gewöhnlich an alle Untertanen des Kaisers zum Mittherbstfest verteilt worden war. Während das kochend heiße Wasser in das Stück drang, das ich vom Ziegel abgeschnitten hatte, glaubte ich einen Moment lang, eine sich in der Luft windende Schlange zu sehen – weiß und schimmernd. Als ich den Dampf fortfächelte, verschwand sie.

Ich hätte es nicht abtun dürfen, hätte es einfach besser wissen müssen.

Es dauerte nicht lang, und die Lippen meiner Mutter färbten sich schwarz. Die Schlange war ein Omen gewesen, eine Warnung der Göttin. Ich hatte nicht hingehört. Und obwohl Mutter unermessliche Schmerzen gehabt haben muss, obschon das Gift ihren Körper zerriss, bereitete sie eine Essenz zu, die meine Schwester zum Erbrechen zwang und ihr somit das Leben rettete.

Zumindest bis jetzt.

Ich klettere aus dem Bett und achte darauf, Shu nicht zu wecken. Den Rest meiner Habseligkeiten zu packen dauert nicht lange. Die Kleider stopfe ich in einen Sack, zusammen mit dem einzig Wertvollen, das ich besitze: eine Halskette, die ich zu meinem zehnten Geburtstag geschenkt bekam. Ich werde sie verkaufen, um ein paar Münzen für die Reise in die Hauptstadt zu verdienen.

»Ning!« Shus Flüstern durchschneidet die Nacht.

Ich glaube, sie hat überhaupt nicht geschlafen. Das Herz tut mir bei ihrem Anblick weh, ihr Gesicht ist weiß wie Milch. Sie sieht aus wie ein ungezähmtes Wesen aus einer von Mutters Geschichten – wild glänzende Augen, ein Wirrwarr von Haaren um ihren Kopf, ein Reh in menschlicher Haut.

Ich knie mich neben sie, und ihre Hände legen etwas Kleines, in Stoff Gewickeltes in meine. Das spitze Ende einer Nadel sticht in meine Handfläche. Ich wickele ihr Taschentuch auf und hebe das, was darin ist, gegen das Mondlicht. Es ist eine mit Edelsteinen besetzte Haarnadel. Sie stammt von einem Patienten meiner Mutter, der sie ihr aus Dankbarkeit überließ, eine kostbare Erinnerung an die Hauptstadt. Diesen Schatz hatte sie für Shu vorgesehen, so wie sie die Halskette für mich bestimmt hatte.

»Nimm das mit«, sagt meine Schwester, »damit du dich im Palast schön fühlen kannst. So schön, wie sie es war.«

Ich öffne den Mund, um zu sprechen, doch mit einem Kopfschütteln erstickt sie meinen Protest.

»Heute Nacht noch musst du gehen.« Ihre Stimme nimmt einen ernsten Ton an, und es klingt, als sei sie die ältere und ich die jüngere Schwester. »Und stopf dich dort nicht mit zu viel Kastanienkuchen voll.«

Ich lache zu laut, schlucke und halte im selben Atemzug die Tränen nur mühsam zurück. Was, wenn ich zurückkehre und sie nicht mehr da ist?

»Ich glaube an dich«, presst sie mit derselben Heftigkeit hervor wie letzte Nacht, als sie mir sagte, dass ich in die Hauptstadt reisen und sie hier zurücklassen solle. »Ich werde Vater am Morgen erzählen, dass du unsere Tante besuchst. Das gibt dir einen Vorsprung, bis er merkt, dass du weg bist.«

Ich drücke ihre Hand ganz fest, unsicher, ob ich sprechen kann. Unsicher, was ich überhaupt sagen soll.

»Und lass dich im Dunkeln nicht vom Verbannten Prinzen fangen«, flüstert sie.

Ein Kindermärchen, eine Gutenachtgeschichte, mit der wir alle aufgewachsen sind. Der Verbannte Prinz und seine Insel voller Schurken und Banditen. Was sie eigentlich sagen will, ist: *Pass auf dich auf.*

Ich drücke meine Lippen auf die Stirn meiner Schwester und schlüpfe aus der Tür.

KAPITEL 2

Mit dem Mut-Tee, der noch immer durch meinen Körper fließt, bewege ich mich rascher als sonst durch die neblige Nacht. Als blasse Scheibe erhellt der Mond meinen Weg und führt mich zur Hauptstraße.

Mutter erzählte gern, dass eine wunderschöne Frau auf dem Mond lebt, entführt von ihrem Ehemann, einem Gott, der ihre irdische Schönheit begehrte. Er baute ihr einen Kristallpalast und gab ihr zur Gesellschaft ein Kaninchen, in der Hoffnung, dass die Einsamkeit sie dazu bringen würde, sich nach seiner Anwesenheit zu sehnen. Doch sie war klug und stahl die Essenz der Unsterblichkeit, die er für sich selbst gebraut hatte. Die Götter boten ihr einen Platz in ihren Reihen an, sie aber entschied sich dafür, in ihrem Palast zu bleiben, an dessen Stille sie sich gewöhnt hatte.

Sie ernannten sie zur Mondgöttin und gaben ihr den Namen Ning –, das bedeutet Stille.

Ich erinnere mich noch an Mutters weiche Stimme, die mir Geschichten erzählte, während sie mein Haar streichelte. Das Gefühl der Liebe, das mich umhüllte, als sie mir die Herkunft meines Namens erklärte.

Ihre Stimme lenkt meine Schritte zu einem schmalen Hain aus Pomelobäumen am Rand unserer Obstplantagen. Dort angekommen, berühre ich die wachsartigen Blätter. Diese Bäume wurden von meiner Mutter mühevoll aus Samen gezogen. Als sie endlich blühten und Früchte trugen, nahm sie Shu und mich mit und wirbelte uns umher, ihre Freude schloss uns ein und brachte uns zum Lachen. Sie liegt hier begraben, zwischen den Bäumen.

Ich bemerke einen weißen Schimmer unter den grünen Knospen, und mir stockt der Atem. Die erste Knospe des Jahres, kurz vor dem Aufbrechen.

Ihre Lieblingsblüte. Ein Zeichen dafür, dass ihre Seele noch immer hier ist und über uns wacht.

Plötzlich kommt Wind auf und lässt die Blätter rascheln. Sie wehen an mein Haar, als spürten sie meine Traurigkeit und wollten mir Trost spenden. Ich streiche mit dem Daumen über die Kette, die ich um den Hals trage – über die Erhebungen und Rillen des Symbols für Ewigkeit, für kosmisches Gleichgewicht. Drei Seelen, die jeder Mensch in sich trägt, trennen sich vom Körper, wenn wir sterben. Eine kehrt zur Erde zurück, eine in die Luft, und die letzte steigt in das Rad des Lebens hinab. Ich presse meine Lippen an die harte, glatte Perle in der Mitte des Symbols.

Trauer hat einen Geschmack, bitter und schwelend, doch so sanft, dass sie manchmal als etwas Süßes erscheint.

Mutter, hier vermisse ich dich am meisten.

Flüsternd verspreche ich ihr, mit einem Heilmittel für Shus Krankheit zurückzukehren.

Ich verschränke die Hände über dem Herzen und verbeuge mich –, ein Versprechen gegenüber den Toten und den Lebenden, dann lasse ich das Haus meiner Kindheit hinter mir.

Ich erreiche die Hauptstraße, die mich in die Nähe des schlafenden Dorfes führt. Ich drehe mich nur einmal um und lasse den Blick über unsere Gärten gleiten, sanft eingehüllt von der Nacht. Sogar in der Dunkelheit kräuselt sich der Nebel um die Teebaumspitzen und dämpft ihre Farben. Verwandelt alles in einen See aus sich wiegendem Grün und Weiß.

Da höre ich etwas – ein merkwürdiges Rascheln, wie von einem Vogel. Ich rühre mich nicht. Etwas bewegt sich über das schiefergedeckte Dach eines nahen Gebäudes, dann den schrägen First hinab. Ich erkenne die Form der Dachsparren – es ist das Teelager am Rande der Stadt. Ich halte den Atem an, lausche. Das ist kein Vogel. Es ist das Geräusch von Schuhen, die über die Dächer gleiten.

Ein Schatten fällt auf die Erde vor mir, er duckt sich verstohlen. Ein Eindringling.

Es gibt wirklich keinen Grund, um das Warenlager des Gouverneurs herumzuschleichen. Es sei denn, man will von vier Pferden in Stücke gerissen werden. Es sei denn … man ist so stark wie drei Männer zusammen, kann mit einem einzigen Satz auf das Dach eines Gebäudes springen und sich mit einem durch eine ganze Horde von Soldaten fliegenden Schwert einen Ausweg bahnen.

Der Schatten.

Die Leute warnen einander immer wieder vor dem Schatten – er wird mit den Teevergiftungen im ganzen

Reich in Verbindung gebracht. Es ist bekannt, dass Banditen an den Grenzen von Dàxī lauern, Karawanen ausrauben und jedem Gewalt antun, der ihnen in die Quere kommt. Doch es gibt einen Banditen, der nicht auf der Liste der Bandenmitglieder steht, die dem Justizministerium bekannt sind. Ein Gesetzloser, dem es gelingt, verborgene Schätze zu finden und Geheimnisse zu lüften, und der dabei über Leichen geht.

Der Flügelschlag der Krähe, den ich vorhin im Dampf über der Teetasse sah … er war also ein Omen.

Etwas fliegt an meinem Kopf vorbei und fällt mit einem dumpfen Aufprall vor meine Füße. Ein Fluchen ertönt über mir, und die Schritte beschleunigen sich, hasten davon. Das Fluchen ist es, das mein Interesse weckt: Wenn es der berühmte Schatten wäre, dann klingt er unheimlich menschlich. Die Neugierde siegt über mein Misstrauen, und das sehr schnell – Funke, Flamme.

Ich hebe das Ding auf, das heruntergefallen ist. Meine Nägel durchstoßen das dünne Papier, in das es gewickelt ist. Darunter fühle ich etwas Vertrautes – feine Fasern, zu einem festen Block gepresst, der einen erdigen Geruch verströmt. Ein Teeziegel. Ich drehe das Paket um, und das rote Wachssiegel springt mir warnend ins Auge.

Der Gouverneur hatte uns versprochen, dass alle vergifteten Ziegel beschlagnahmt und für die Vernichtung gekennzeichnet worden seien.

Ich folge dem Geräusch der Schritte auf dem Dach. Das Grauen in meinem Magen wächst mit jedem Schritt und verwandelt sich schließlich in Zorn. Zorn über den Tod meiner Mutter, über Shus anhaltendes Leid.

Ich rolle meine Schultern nach hinten, und ein Knurren steigt in meiner Kehle auf, während die Kraft des Tees durch meinen Körper strömt und mich kühner macht, als ich bin. Ich befreie mich von meinem Gepäck und lehne es an die Außenseite des Warenlagers. Den Teeziegel zerdrücke ich in meinen Händen. Die Stücke zerfallen zu Staub und hinterlassen eine Spur hinter mir, während ich anfange zu rennen. Die Wut fühlt sich gut an. Sie fühlt sich echt an, eine willkommene Abwechslung zu meiner üblichen Hilflosigkeit. Mein Geist konzentriert sich auf einen einzigen winzigen Punkt: Er darf nicht mit dem Gift entkommen. Denn das würde bedeuten, dass vielleicht noch ein Mädchen seine Mutter begraben muss.

Ich fliege förmlich um die Ecke und verzichte auf jede Tarnung. Nur Schnelligkeit ist es jetzt, die zählt.

Mein Blick erfasst den dunklen Schatten, der sich durch die Luft bewegt und dann genau vor mir landet, keine zwanzig Schritte entfernt. Er steht mit dem Rücken zu mir, und ich denke nicht nach. In zwei Atemzügen überwinde ich die Entfernung und werfe mich wie eine Furie auf ihn.

Der Schatten verliert die Balance, wir fallen zu Boden. Meine Hände greifen nach allem, was sie finden können, obwohl die Wucht des Aufpralls eine Welle von Schmerz durch meine Schulter schickt. Der Dieb bewegt sich, dreht sich unter meinem Griff. Ich stoße ihn mit meinem Ellbogen unter die Rippen, und er atmet zischend aus. Ein Griff, den ich von meinem Vater gelernt habe, als ich ihm dabei half, die Knochen von erwachsenen Männern wieder zusammenzusetzen.

Dumm nur, dass der Dieb keiner von Vaters Patienten

ist, die in der Regel geschwächt sind von der Krankheit oder wahnsinnig vor Schmerzen.

Der Schatten reagiert prompt, greift nach meinem rechten Handgelenk und dreht es in eine Richtung, in die es nicht gehört. Ich heule auf und lasse los. Noch ehe ich mich versehe, steht er mit einer einzigen geschmeidigen Bewegung wieder auf beiden Füßen, bevor ich mir auch nur die Haare aus dem Gesicht streichen kann.

Auch ich komme, weniger elegant, wieder auf die Beine, und wir schätzen einander ab. Der Mond scheint hell über unseren Köpfen, beleuchtet uns beide. Sein Körper ist schlank, er ist einen Kopf größer als ich. Die Dunkelheit verschleiert seine Gestalt, ein Wesen wie aus einem Albtraum – etwas aus Holz bedeckt die obere Hälfte des Gesichts. Hörner wölben sich aus schmalen wütenden Brauen hervor. Wie der Gott der Dämonen, der lästigen Geistern mit einem einzigen Hieb den Kopf abschlägt.

Eine Maske, die das Gesicht des Terrors verbirgt, der Dàxī verfolgt.

Der Schatten hebt einen Sack auf, der bei unserem Gerangel heruntergefallen ist, und bindet ihn mit einem Knoten an die Schulter. Sein Blick brennt durch die Maske hindurch, der Mund ein harter Strich.

Hinter mir wartet die Freiheit auf ihn, am Hafen, wo die Lagerarbeiter ihre Lieferungen entgegennehmen. Er könnte eines der Boote stehlen oder durch eine enge Gasse verschwinden. Der andere Weg führt zum Dorf, wo er mit größter Wahrscheinlichkeit von den Wächtern gefasst würde.

Er rennt auf mich zu, versucht, mich mit brutaler Gewalt beiseitezustoßen. Aber ich ducke mich, rolle zwischen seine Beine und versuche, ihn aus dem Gleichgewicht zu bringen. Er weicht aus und drängt mich aus dem Weg, aber ich schnappe beim Vorübergehen nach dem Sack und bringe ihn damit ins Straucheln. Er wirbelt herum und tritt gegen mein Knie. Mein Bein knickt ein, und ich stürze auf meinen Arm, ein Schmerz schneidet durch meine linke Seite. Noch ein Tritt stößt mich in den Dreck. Dieser Dieb weiß ganz genau, wo er angreifen muss. Mit mir hat er leichtes Spiel.

Wieder versucht er zu entkommen, aber ich lasse mich auf den Bauch fallen, umklammere seine Beine und zwinge ihn dazu, mich hinter sich herzuschleifen. Auf keinen Fall darf er mit dem Gift entkommen. Ich hole tief Luft, um zu schreien, doch bevor auch nur ein Ton herauskommt, trifft ein Faustschlag meine Schläfe. Schmerz explodiert wie ein Feuerwerkskörper in meinem Kopf.

Taumelnd versuche ich, ihm zu folgen, aber ich bekomme einfach keine Luft mehr. Mein Blick wankt, die Gebäude wogen wie Bäume im Wind. Während ich mich an der Wand abstütze, schaue ich gerade noch rechtzeitig nach oben und sehe die dunkle Gestalt von ein paar gestapelten Fässern aus auf ein Häuserdach springen.

Der Dieb verschwindet in der Nacht, als wäre er nie hier gewesen. Nur das Blut, das zwischen meinen Haaren hervorsickert, und das Klingeln in meinen Ohren zeugen von ihm.

KAPITEL 3

Hinkend und mit vor Schmerz pochendem Knöchel und Gesicht laufe ich, bis der Morgen am Horizont aufzudämmern beginnt und ein Bauer mich mit seinem Wagen überholt. Er mustert mich kurz und bietet mir einen Platz auf der Ladefläche an. Dort döse ich zwischen Säcken voller Hirse und Reis vor mich hin, eine quakende Ente leistet mir Gesellschaft. Die Ente bleibt empört, bis wir die Stadt Nánjiāng erreichen, die am Südufer des Jadeflusses liegt, mit dem Pferdewagen ein paar Stunden von Sù entfernt. Wäre ich gelaufen, hätte es mich fast den ganzen Tag gekostet.

Ich verkaufe meine Halskette in einem Pfandhaus, um die Fähre zur Hauptstadt zu bezahlen. Eine weitere Erinnerung an meine Mutter, die verloren ist. Doch erst, als ich am Nachmittag von einer Menschenmenge an Bord gedrängelt werde, durchfährt mich plötzlich eine schmerzliche Einsamkeit. In meinem Winkel der Provinz Sù kenne ich alle Dorfbewohner vom Sehen, die meisten sogar mit Namen, und sie kennen mich. Hier bin ich nun nicht mehr Dr. Zhangs eigenwillige Tochter. Es ist, als hätte ich das Gesicht einer anderen aufgesetzt.

Ich ziehe mich in den hinteren Teil der Fähre zurück, setze mich hin und drücke meine Habseligkeiten an mich. Um mich herum lachen die Leute laut und gesellen sich zueinander. Die Luft ist von der Musik fahrender Musikanten erfüllt, die für eine Münze aufspielen. Doch mir ist noch immer bang zumute, denn ich fürchte, dass Shus Lügen nicht funktioniert haben und ich entdeckt werden könnte, bevor die Fähre den Hafen verlässt.

Vaters unvermeidliche Missbilligung – ich spüre sie wie ein Gewicht um meinen Hals. Er hat mich nie verstanden, obwohl wir unter demselben Dach wohnten. Er hätte mir nie erlaubt, zum Wettkampf zu fahren, hätte Gründe dafür gefunden, mich von diesem dummen Unterfangen abzuhalten –, dass ich zu jung bin, um allein zu reisen, dass Shu zu krank ist, dass wir sie nicht in die Obhut von jemand anderem geben können und dass er aus Pflichtgefühl gegenüber seinen Patienten das Dorf nicht verlassen kann …

Direkt vor mir fängt ein Mädchen an zu tanzen, sie lenkt mich ab von meinen Sorgen. Die elegant ausholenden Bewegungen ihrer Arme werden begleitet vom süßen Klang ihrer Stimme, und die Menge beginnt entzuckt zu klatschen, als sie »Das Lied des Bettlermädchens« erkennen.

Es ist eine Geschichte über das Trauern. Ein Waisenmädchen ohne Namen. Eine im Krieg verlorene Stadt. Sie geht durch die Straßen, hungernd und allein.

Die Gesichter meiner Mitreisenden sind ergriffen, während die Klänge der Musik sie umspielen. Die wiegenden Bewegungen der Tänzerin, das sanfte Schaukeln des Bootes, die Sehnsucht in ihren Worten, all das vermischt sich zu einem bitteren Geschmack in meiner Kehle.

Meine Schwester war schon immer die Warmherzige von uns, von Geburt an stets ein Lächeln auf den Lippen, während ich, kratzbürstig und zappelig, lieber zu Hause bei meinen Pflanzen blieb, als unter Menschen zu gehen. Die Dorfbewohnerinnen und Dorfbewohner duldeten mich, aber Shu liebten sie.

Von so viel Bewunderung umgeben, hätte sie mich leicht abhängen können, doch sie vergaß mich nie. Sie teilte mit mir, was man ihr gab, verteidigte mich gegen harsche Worte.

Jetzt ist es an mir, sie zu beschützen.

Ich lege den Kopf auf meine Arme. Die Stimme des Mädchens erhebt sich über die Menge: *»Ich bin so weit weg von zu Hause …«*

»Hier.«

Etwas wird mir in die Hand gedrückt. Ich schlage die Augen auf und sehe in das besorgte Gesicht einer Frau. Sie hält ein zufriedenes, in dicken Stoff gewickeltes Baby an sich gedrückt. Die großen, dunklen Augen der Frau sind freundlich.

»Dein Magen beruhigt sich vielleicht, wenn du etwas isst«, sagt sie.

Ich schaue an, was sie mir gegeben hat. Ein Stück getrocknetes Schweinefleisch, rot und fettig. Ich schnuppere daran, und der Geruch lässt mir sofort das Wasser im Munde zusammenlaufen. Zaghaft beiße ich hinein. Das Fleisch ist süß und salzig zugleich, von wunderbarer Konsistenz. Ich knabbere Bissen für Bissen, das lenkt mich von dem klagenden Lied ab und gibt mir etwas, auf das ich mich konzentrieren kann, bis sich mein Kopf wieder etwas klarer anfühlt.

»Danke schön«, murmele ich und wische das Fett am Ärmel meiner Tunika ab. »Es war köstlich.«

»Bist du zum ersten Mal auf der Fähre?«, fragt sie, während sie dem Baby rhythmisch auf den Rücken klopft. Ohne meine Antwort abzuwarten, fährt sie fort: »Ich weiß noch, als ich das erste Mal nach Jia gereist bin. Wie überwältigend das war. Allein die vielen Leute! Ich schämte mich, weil ich mich so oft über die Reling übergeben musste, dass ich kaum mehr stehen konnte.«

»Und jetzt sind Sie eine geübte Reisende, wie es scheint«, sage ich zu ihr. Irgendetwas an ihr erinnert mich an meine Mutter. Auch sie hätte ohne Zögern einer Fremden geholfen.

Die Frau lächelt. »Ich war ein frisch verheiratetes Mädchen. Und ohne es zu wissen, rührte, was ich für Seekrankheit hielt, eigentlich von der Schwangerschaft mit dem Bruder von der Kleinen hier her.« Ihr Blick fällt liebevoll auf zwei Menschen, die ein paar Schritte entfernt stehen, ein großer, ein kleiner – ein Mann und ein Junge, der etwa sechs Jahre alt sein muss.

»Jetzt werden auch Ihre Kinder zu geübten Reisenden heranwachsen«, sage ich.

Sie lacht. »Im Frühling reisen wir immer nach Jia, um die Gruft der Vorfahren meines Mannes auszufegen und diejenigen zu besuchen, die in die Hauptstadt gezogen sind. Aber ich bin ganz froh darüber, dass mein Mann einen Posten in einer Provinzstadt bekommen hat, weg von Jias politischen Machenschaften. Es ist ein einfacheres Leben. So wünsche ich es mir auch für meinen Sohn und meine Tochter.«

 In der Hauptstadt sind sich meine Eltern vor langer

Zeit zum ersten Mal begegnet. Meine Mutter kehrte hochschwanger in unser Dorf zurück, mit einem Fremden an ihrer Seite, der ihr Ehemann werden würde. Über die Jahre erwähnte sie die Hauptstadt beiläufig immer wieder. Eine wehmütige Äußerung über den Klang der Zither, eine leichthin gesagte Bemerkung über den Duft der Glyzinien, die an der Ostmauer des Palastes emporkletterten.

Shu und ich fragten sie dann: *Warum können wir nicht dahin zurückgehen, Mama?* Wir saßen auf ihrem Schoß und bettelten um weitere Geschichten über die Hauptstadt.

Sie meinte, es gäbe nichts, was sie dorthinziehe, im Gegensatz zu ihrer Familie hier. Doch ohne sie zerfällt unsere Familie, und ich gehe nun fort, um zu retten, was davon übrig ist.

Die Mutter küsst das flaumige Haar auf dem Kopf ihres Babys mit einem Ausdruck von Zufriedenheit. Das Baby öffnet seinen kleinen Mund zu einem Gähnen und kuschelt sich dann näher an die Brust seiner Mutter. Diese Frau lebt das Leben, das mein Vater für mich erträumt: etwas zu essen auf dem Tisch und ein bequemes Zuhause, dazu einen Ehemann als Versorger. Damit könnte ich doch zufrieden sein. Doch meine Eltern hatten vorher Jias Wunder gesehen und in den quirligen Tiefen der Stadt gelebt und sich dann nichts sehnlicher gewünscht als das, was sie bei uns zu Hause erwartete.

Ich hingegen kenne nur unser Dorf und das umliegende Land.

Die Zeit auf der Fähre vergeht wie ein seltsamer Traum. Meine Weggefährtin, Lifen, nimmt mich in den

Schoß ihrer Familie auf. Ich wippe ihr Baby auf dem Knie und ziehe den Jungen von der Reling fort, wenn er sich allzu weit darüberbeugt. Jegliche Bezahlung für das Essen und die Getränke, die sie mit mir teilen, lehnen sie ab, und mein Herz ist beschämt von all ihrer Freundlichkeit.

Auf unserer Route passieren wir ein paar Städte, lassen neue Passagiere an Bord, andere steigen aus. Die Reise ist eine ausgelassene Angelegenheit, weil die Musikanten die ganze Zeit über spielen und Verkäufer ihre Waren feilbieten, die sie in Körben auf ihren Köpfen oder auf dem Rücken tragen.

In der Nacht lehne ich mich an die Reling und betrachte die Wirbel aus Sternen über mir.

Lass dich nicht täuschen, sagte meine Mutter einmal zu mir. *Die Sterne sind nicht so friedlich, wie sie aussehen. Astronomen haben den Auftrag, ihre himmlischen Bahnen zu enträtseln und in Prophezeiungen Aufstieg und Fall von Adelsfamilien und Königreichen vorherzusagen. Die Sterne brennen mit derselben Heftigkeit wie unsere Sonne.*

»Ich wollte immer Astrologe werden«, unterbricht eine Stimme meine Gedanken. Lifens Mann, Amtsträger Yao, setzt sich schwerfällig neben mich und reicht mir einen Tonbecher Hirsewein.

Ich schlürfe ihn, und die erdige Flüssigkeit durchläuft mich heiß und wärmt mich von innen.

»Aber ich hatte kein Talent dafür. Dann wollte ich Dichter werden. Ich schrieb schmachtende Verse über den Verbannten Prinzen auf seiner entlegenen Insel.«

Ich lache und stelle ihn mir jünger und ernster vor, einen Tuschepinsel in der Hand. »Und dann?«

»Das Leben kann einem manchmal ganz schön den

Wind aus den Segeln der Träume nehmen«, sagt er und schaut dabei nicht mich, sondern die flackernden Lichtspiegelungen auf dem Wasser an.

Erhitzt durch den Wein, verkünde ich: »Ich werde das niemals zulassen.«

Er lacht, entspannt und aus vollem Herzen, als würde er mir nicht glauben. Als Lifen erwähnte, dass ihr Mann für die Regierung arbeitet, war ich ihm gegenüber zuerst misstrauisch. Doch bei unseren kurzen Unterhaltungen wurde mir schnell klar, dass er ganz anders ist als der Gouverneur unseres Dorfes.

Mich schaudert beim bloßen Gedanken an Gouverneur Wang. Dieser schreckliche Mann, dessen schwarzer Umhang sich immer wie eine dunkle Wolke um ihn bauscht. Der niemals um etwas bittet, sondern einfach nimmt, was er will. Der immer mehr fordert, bis auch der letzte Rest aus den Menschen in seiner Provinz herausgewrungen ist. Sie sagen, er habe den Jagdhund eines Mannes auf die Straße gezerrt und zu Tode geprügelt, vor aller Augen. Sie sagen, er habe über das Heulen des Tieres gelacht, und das alles nur, weil der Mann seine monatlichen Steuern nicht zahlen konnte.

Meinen Vater nahm Gouverneur Wang über die Jahre besonders ins Visier, er betrachtete ihn als seinen persönlichen Erzfeind. Die Dorfbewohner setzten in harten Zeiten oft vertrauensvoll auf meinen Vater, damit er an offizieller Stelle darum bat, ihnen gegenüber Milde walten zu lassen. Er sieht das Leiden der Menschen aus nächster Nähe, und dennoch ist er immer gehorsam, was die Launen des Gouverneurs betrifft. Wahrscheinlich fällt es mir deshalb so schwer, meinen Vater zu verstehen. Es ist die unverzeihlichste Art von Treue. Besonders weil ich tief in mir weiß, dass Gouverneur Wang mehr gegen die Vergiftungen hätte unternehmen können, und noch tiefer in mir habe ich manchmal den Verdacht, dass er selbst dahintersteckt.

Ich sitze da mit Amtsträger Yao in kameradschaftlichem Schweigen, wir teilen den Hirsewein, bis meine Hände und Wangen warm geworden sind.

Nachdem der letzte Tropfen ausgeschenkt ist, stoßen wir mit unseren Bechern an und leeren sie.

Er seufzt auf. »Das Schöne am Älterwerden ist, dass du merkst, dass alles wiederkehrt«, sagt er in einem verträumten Singsang. »Die Dinge ändern sich, aber sie kehren auch zurück. Die Sterne halten ihren Kurs, der Kuhhirte kommt am Ende immer mit der Magd zusammen. Das ist irgendwie tröstlich. Man fühlt sich weniger einsam.«

Er klopft mir auf die Schulter, erhebt sich und überlässt mich meinen eigenen Gedanken.

Ich starre aufs Wasser. Bis jetzt hatte ich nie darüber nachgedacht, aber er hat recht. Ich habe nicht bloß Heimweh, ich bin *einsam*.

Schon immer habe ich mich so gefühlt, als gehörte ich nicht ins Dorf. Manchmal, wenn Shu spät in der Nacht friedlich ruht, der Schlaf sich aber weigert, zu mir zu kommen, verwirren sich meine Gedanken. Sie schlagen einfach Wurzeln in meinem Kopf und lassen mich nicht wieder los. Sie flüstern mir schreckliche Dinge zu –, dass sich mein Vater wünscht, ich wäre anstelle von Shu krank geworden. Dass es meiner Familie besser ginge, wenn ich weg wäre.

Vater lebt in seiner eigenen Vorstellung davon, welche Rolle wir alle zu spielen, wie sich ein guter Arzt und seine guten Töchter zu benehmen haben. Er hat immer geglaubt, dass ich nicht andauernd Schwierigkeiten über unsere Familie bringen würde, wenn ich nur die richtigen Worte sagen und die richtigen Dinge tun würde.

Sogar, als Mutter noch lebte, wenn ich in unseren Gärten mit meiner Familie glücklich war, hatte ich immer das Gefühl, als würde ich sie umkreisen, als bewohnte ich zwar denselben Raum, jedoch auf einem eigenen unsichtbaren Kurs, ohne zu wissen, wohin er mich führt.

Vielleicht finde ich es bald heraus.

KAPITEL 4

Mit Mutters Shénnóng-shī-Truhe auf dem Rücken und von der schlaflosen Nacht an Bord der Fähre steifen Beinen komme ich am nächsten Morgen am Westtor des Palastes im Chaos an. Nach dem Anlegen und einem eiligen Abschied von Lifen und ihrer Familie bin ich sofort hergehetzt, ohne mehr als einen flüchtigen Blick auf die Stadt zu werfen. Ich muss zu der Zeit, die auf der Schriftrolle angegeben ist, da sein. Sonst wird sich das Tor vor mir für immer schließen.

Viele Menschen drängen sich auf der Straße unweit des Tors und recken die Hälse, um besser sehen zu können. Die Erwartungsangst schnürt mir die Kehle zu, während die Menge mich näher und näher zum Eingang schiebt.

Mit dem gequälten Ausdruck niederer Beamter, die sich fragen, warum ausgerechnet sie diese Aufgabe erfüllen müssen, warten Wächter am Tor. Sie lassen nur diejenigen durch, die eine Einladung vorweisen können.

Einige der Shénnóng-shī sind in der Hauptstadt bekannte Persönlichkeiten: Sie müssen nicht warten, sondern begleiten ihre Schützlinge bis zum Tor, und sogar die Beamten verneigen sich und erlauben ihnen den Zutritt, ohne überhaupt einen Blick auf ihre Schriftrollen zu werfen. Die Menge ruft ihre Namen und jubelt.

Meiner Mutter wurde im Dorf nie eine solche Aufmerksamkeit zuteil. Es schmerzt mich zu sehen, wie sehr sie hätte verehrt werden können, statt für selbstverständlich gehalten zu werden.

»Veränderung braucht Zeit«, sagte sie immer. Die Kaiserinwitwe wusste das. Sie war es, die die Kunst des Shénnóng am Hof einführte und sie als Heilmethode neben der Schulmedizin anerkannte. Sie ermutigte alle dazu, von Shénnóng zu lernen: von der Dorfapothekerin bis zum kaiserlichen Arzt höchsten Ranges. Sie war für das Verschmelzen von Traditionen – alten und neuen. Doch in unserer Provinz wird die Shénnóng-Magie noch immer misstrauisch beäugt – besonders dann, wenn sie von einer Frau ausgeübt wird.

Der Beamte wirft nur einen flüchtigen Blick auf meine Schriftrolle und winkt mich durch.

Drinnen werden wir in einem kleinen Innenhof zusammengepfercht, und durch einen Türspalt erhasche ich einen Blick auf den Palast: viel Grün am Eingang, hübsche Büsche und Bäume. Der polierte Glanz einer Brüstung führt einen Weg hinab. Ich kann kaum glauben, dass ich so weit gekommen bin und eingelassen wurde.

»Ich bitte um Aufmerksamkeit!« Ein Hofbeamter steigt auf ein behelfsmäßiges Podium in der Mitte des Innenhofs. »Einhundertzehn Shénnóng-shī sind im *Buch des Tees* aufgeführt. Um sicherzustellen, dass alle Shénnóng-tú tatsächlich einem dieser Meister unterstehen, werden wir eure Fähigkeiten einem einfachen Test unterziehen. Erst dann dürft ihr den Palast betreten.«

Ein Murmeln durchläuft die Menschenmenge, und wir schauen einander verunsichert an.

»Bitte bildet eine Reihe«, ruft der Beamte, »damit wir anfangen können.«

Es ist durchaus sinnvoll zu prüfen, ob jemand auf illegalem Weg an die Schriftrolle gelangt ist – so wie ich. Meine Handflächen werden feucht. Verstohlen wische ich sie an meiner Tunika ab.

Ein Mädchen rempelt mich an. Sie ist nicht sehr groß und trägt ihren langen geflochtenen Zopf aufgesteckt. Leise entschuldigt sie sich und fragt: »Was glaubst du, was sie von uns verlangen?«

»Keine Ahnung.« Ich stelle mich auf die Zehenspitzen und versuche, etwas zu sehen.

Die anderen stellen sich an einem zweiten Tor neben einem Zelt an, aber was sich drinnen abspielt, entzieht sich allen Blicken.

»Platz da!« Der Junge wirft uns einen verächtlichen Blick zu, als er an uns vorbeirauscht.

»Ah, zwei *tŭ bāo zi*!«

Ich starre ihn an und schäume innerlich vor Wut über die Beleidigung. Über die Andeutung, dass wir so arm sind, dass wir Dreck essen müssen.

Das Mädchen neben mir schnaubt stattdessen laut und zischt: »*Was* hast du gesagt?«

Er lacht nur. »Das Kätzchen aus Yún glaubt also, dass es Krallen hat.«

Ein schneller Blick zu den Wachen am Zaun hält mich davon ab, einen Streit anzuzetteln, auch wenn ich nichts lieber täte, als ihn in den Dreck zu stoßen, in den er gehört. Mit gesenktem Kopf schiebe ich mich näher an das Mädchen heran.

»Du bist aus der Provinz Yún?«, murmele ich und mache nur deshalb Konversation, um meine Faust nicht in das arrogante Gesicht dieses Angebers zu schlagen. Ich weiß nicht viel über Yún, abgesehen davon, dass die Frauen dort ihr Haar üblicherweise in einem langen Zopf geflochten tragen, entweder über die Schulter gelegt oder mit einer dicken Nadel auf dem Kopf befestigt.

Sie schüttelt den Kopf und verdreht die Augen. »Eigentlich komme ich aus den ›dreckigen und ärmlichen‹ Hochebenen von Kallah.«

Sie hat einen warmen kupferfarbenen Teint, ein Zeichen dafür, dass sie mehr Zeit in der Sonne verbringt als im Schatten.

»Ich bin Ning. Aus der hinterwäldlerischen Provinz Sù.«

»Ich bin Lian, Tigerin des Nordens.« Sie fletscht die Zähne, dann kichert sie.

Ich lache mit, froh darüber, nicht die Einzige zu sein, die für den Wettkampf von so weit her angereist ist. Kurz darauf befinden wir uns schon am Anfang der Schlange, und ich ducke mich als Erste unter der hochgehobenen Zelttür hindurch.

Drinnen sitzt ein Mann in offizieller Robe hinter einem Tisch, gesäumt von zwei Wächtern. An der Wand über seinem Kopf breitet sich das Banner von Dàxī mit dem beeindruckend langen kaiserlichen Drachen aus.

»Zeig uns deine Habe.« Der Beamte macht eine Geste, und die Wächter treten vor.

»Moment mal!« Ich versuche zu protestieren, doch sie heben die Truhe von meinem Rücken und nehmen mir den Beutel mit den wenigen Dingen, die ich besitze, weg.

»Wir tun dies, um die Sicherheit der kaiserlichen Familie zu gewährleisten«, fährt der Beamte mit unbewegter Stimme fort.

»Nun, das scheint mir etwas übertrieben.« Ich raffe meine Kleidung zusammen, während die Männer weiter in meinen Sachen wühlen. Mit glühenden Wangen stopfe ich endlich alles hastig zurück in den Beutel. »Ist jeder hier in der Hauptstadt so paranoid?«

Der jüngere Wächter sieht mich neugierig an. »Hast du denn das Neueste noch nicht gehört? Im letzten Monat hat es mehrere Attentatsversuche gegeben. Jemand hat es sogar gewagt, die Prinzessin am helllichten Tag auf dem Frühlingsfest anzugreifen!«

»Du da!«, donnert die Stimme des Beamten. »Wir sprechen nicht mit den Wettkämpferinnen.«

»Verzeihung.« Der Wächter senkt den Kopf und fällt auf ein Knie.

Der Beamte grummelt etwas nicht allzu Freundliches und bedeutet dem anderen Wächter, die Shénnóng-shī-Truhe meiner Mutter zu öffnen.

Mein Magen dreht sich um bei dem Gedanken, dass eine fremde Person diese für mich überaus wertvollen Dinge berührt, doch ich kann mich einem Repräsentanten des Kaisers nicht widersetzen.

Die wunderschön geschnitzte Rotholztruhe ist glänzend lackiert und schimmert sogar hier, im fahlen Licht des Zeltes. Der Deckel wird von einem Ledergurt gehalten und öffnet sich hin zu neun Fächern. Jeweils drei kleinere zu beiden Seiten des größten Fachs in der Mitte, dann zwei lange Fächer davor und dahinter. Die langen Fächer beherbergen die Porzellanteetassen und Bambusutensilien meiner Mutter, die kleineren eine Auswahl an Zutaten.

»Wo hast du deine Kunst erlernt?«, fragt der Beamte und prüft eine Schriftrolle, die wahrscheinlich weitere Angaben zu den Namen enthält, die im *Buch des Tees* festgehalten sind.

»Ich bin die Schülerin meiner Mutter, Wu Yiting. Sie ist die Shénnóng-shī des Dorfes Xīnyì in der Provinz Sù.«

Das Einzige, was mich davor retten kann, enttarnt zu werden, ist die Tatsache, dass mein Dorf so weit von Jia entfernt ist und dass meine Schwester noch zu jung ist, um schon offiziell als Shénnóng-tú unserer Mutter eingetragen zu sein.

»Wir werden sehen, ob das wahr ist«, erwidert der Beamte, während er eine der Teetassen kritisch unter die Lupe nimmt. »Wir haben schon so einige Hochstapler in die städtischen Kerker geworfen, die vorgaben, Shénnóng-tú zu sein. Das ist ein ernstes Vergehen.«

Ich knete meine Hände und warte förmlich darauf, dass mein Betrug auffliegt.

Der Beamte öffnet eines der Tontöpfchen und späht hinein, zerreibt ein paar Blütenblätter daraus und beschnuppert den Rückstand auf seinen Fingerspitzen. »Sag mir, was das ist.«

»Geißblatt«, antworte ich.

Und so beginnt eine genaue Untersuchung aller Dinge, die sich in der Truhe befinden. Ich antworte, so gut ich kann, benenne jede Zutat, ob Blume oder Gewürz. Sù ist eine bäuerliche Provinz mit fruchtbarem Land, auf dem Reis angebaut werden kann, doch unser Klima ist nicht gerade ideal für wertvollere Teesorten, die besser auf den

Hochebenen gedeihen. Stattdessen hat meine Mutter unterschiedliche Blumensorten gezogen, um dem Tee mehr Geschmack zu geben, und sie nutzte auch deren Heilkräfte, um saisonale Krankheiten zu behandeln.

Der Beamte runzelt die Stirn, holt etwas Grünes hervor und rollt es zwischen den Fingern. Eine frische Blüte. Eine Traube weißer Knospen.

Fast schnappe ich nach Luft, beiße mir aber gerade noch auf die Zunge.

»Und das hier?« Er hält es sich vor die Augen und untersucht es.

»Das ist eine Pomeloblüte.« Ich hoffe, dass er das Zittern in meiner Stimme nicht bemerkt. »Bekannt für ihren durchdringenden Geruch.«

Schon die wenigen Blüten in seinen Fingern erfüllen den Raum zwischen uns mit einem fast überwältigenden Duft. Ich habe keine Ahnung, wie die Blüte, die ich doch in Sù gelassen hatte, hierhergekommen ist, aber ich habe das Gefühl, dass meine Mutter etwas damit zu tun hat, dass sie noch immer über mich wacht.

Der Beamte beäugt mich und lässt die Blüte zurück in die Truhe fallen. »Ich glaube dir, dass du die bist, die du vorgibst zu sein.«

Als er meine Einladung mit dem kaiserlichen Siegel stempelt, entfährt mir ein Seufzer der Erleichterung.

»Zweiter Wächter Chen?« Der junge Mann steht sofort stramm. »Markieren Sie diese Truhe mit dem Namen des Mädchens und bringen Sie sie in den Lagerraum der Konkurrenten.«

»Sehr wohl, Herr.« Er verbeugt sich und versucht, mir die Truhe aus den Händen zu nehmen.

Ich halte sie fest. Lieber würde ich beim Wettkampf Lumpen tragen, als die Truhe einem Fremden zu überlassen.

»Wir passen gut auf deine Sachen auf«, sagt der Beamte ohne sonderliches Interesse. »Es wäre ein zu hohes Vergiftungsrisiko, wenn alle ihre eigenen Zutaten in den Palast brächten.«

»Aber … meine Teetassen …«, sage ich matt und lasse die Truhe dann doch los.

»Geh jetzt mit ihm, bevor ich es mir noch anders überlege«, warnt mich der Beamte mit einer Kopfbewegung. »Ich habe noch eine Menge Leute zu befragen.«

Ich verbeuge mich und husche mit einem unguten Gefühl im Bauch hinter dem Wächter hinaus.

»Keine Sorge«, flüstert Chen mir zu, als die Zelttür hinter uns herabfällt. »Ich sorge dafür, dass sie sicher aufbewahrt wird.«

Dann öffnen sich die Tore vor mir, und ich werde hineingeführt.

Der Palast scheint eine Vision, ein unglaublicher Anblick. Ich blinzle ein paarmal, um sicher zu sein, dass er echt ist. Er ist sogar noch prachtvoller als die Häuser, die ich bei unserer Ankunft von der Fähre aus gesehen habe. Lackierte Säulen, die ich mit den Armen nicht umfassen könnte, halten ausladende Dächer aus purpurfarbenen Ziegeln. Angst, Aufregung und Ehrfurcht erfassen mich abwechselnd, während wir hinter den Wächtern herlaufen. Sie murren uns an, wenn wir irgendwo zu lange stehen bleiben, aber es gibt einfach zu viel zu bestaunen.

Einen Steingarten, angelegt in perfekter Symmetrie. Einen schimmernden Koi-Teich, unter dessen Oberfläche es orange, weiß und golden aufblitzt. Die berauschenden Düfte von Blüten und Räucherstäbchen erfüllen die Luft der Außenpavillons, durch die wir geführt werden. Wir folgen den Wächtern auf schwindelerregenden Kurven über Holzbrücken und steinerne Plateaus, bis wir schließlich unsere Unterkünfte erreichen.

Nur elf von uns sind Frauen. Wir werden im selben Haus untergebracht. Die Mehrzahl der Konkurrenten sind Männer und schon etwas älter, vermutlich um die sechsundzwanzig Jahre alt; das ist das Alter, in dem man an den Shénnóng-shī-Prüfungen der Hánxiá-Akademie teilnehmen kann.

Ich bin froh, dass auch Lian zum Wettkampf zugelassen worden ist. Schnell beschließen wir zusammenzuziehen.

Der ernst dreinblickende Wächter ermahnt uns, ausschließlich in diesem Flügel des Palastes zu bleiben, nicht in den Hallen herumzuschlendern oder den Bediensteten im Weg zu stehen, keinen Umgang mit Hofbeamten zu suchen, um womöglich etwas über die Vorlieben der Jurorinnen und Juroren zu erfahren, und nicht aus der Hintertür zu schleichen, um widerrechtlich an teure Zutaten zu gelangen.

In unserer Unterkunft hängen an jeder Wand faszinierende Kunstwerke, deren Details ich sofort in mich aufsauge: Schriftrollen mit Kalligraphien neben aufwendigen Malereien von stillen Bambuswäldern oder anmutig neben Orchideen sitzenden Frauen. Auf dekorativen Regalen stehen zerbrechlich wirkende Vasen und Holzschnitzereien, sogar die Halter für die Räucherstäbchen sind Kunstwerke – kleine Statuen in Form von Affen in unterschiedlichen Posen. Behutsam berühre ich einen Holzschnitt und bestaune die winzigen Einzelheiten im Auge eines Kolibris.

Lian schüttelt neben mir ihre Bettwäsche aus, und die eingestickten Blumen, die von einem Ende der Seide bis zum anderen reichen, leuchten auf. Ich schlucke, weil ich an Shu denken muss. Sie stickt so gern und verbringt Stunden damit, jeden einzelnen Stich vorsichtig an den richtigen Platz zu setzen, um Blütenblätter wie diese zu gestalten. Sie sollte eigentlich in dem Bett neben mir liegen, und wir würden jetzt genau analysieren, was wir gesehen haben, und uns ausmalen, was wir noch erleben werden.

Doch man lässt uns kaum Zeit, uns einzurichten. Schon werden wir in den Gang vor unserem Pavillon gerufen. Als der Gong zur Mittagsstunde ertönt, führen uns zwei Dienerinnen zu dem Ort, an dem die erste Runde des Wettkampfs stattfinden soll. Wieder laufen wir durch ein Labyrinth von Fluren und Innenhöfen und erreichen schließlich ein prächtiges Gebäude mit schwarzen Steinsäulen. Eingemeißelte Fische schwärmen darauf durch Unterwasserpaläste, Krabben wuseln in verwirrenden Mustern umher.

Die Türen, hoch wie zwei Männer, öffnen sich zu einer Halle. Die Wände sind getäfelt, es muss kostspielig sein, das Holz im feuchten Klima der Hauptstadt zu erhalten.

Zur Linken und zur Rechten stehen Tische, an denen schon Gäste sitzen. Gemurmel und das Flüstern von Namen erfüllen den Raum und werden immer lauter. Man spekuliert über die Jury, die den Wettkampf bewerten wird. Am hinteren Ende der Halle erhebt sich ein Podium, auf dem zwei Männer sitzen. Ein Platz in der Mitte ist noch leer.

»Wer ist das?«, flüstere ich Lian im Gedränge zu. Wir haken uns unter, damit wir nicht von der Menge getrennt werden. Unsere Füße gleiten über den glänzend polierten Boden, während alle nach vorn drängen.

»Der dort links ist der Minister der Rituale, Song Ling«, sagt sie.

Und obwohl ich nur wenig über den Hof weiß, ist mir sofort klar, dass dies einer der wichtigsten Männer im ganzen Kaiserreich ist. Einer der vier Minister, die sämtliche Beamte von Dàxī anführen und den Kaiser bei den Regierungsgeschäften beraten.

»Der rechts ist der Ehrwürdige Qian.«

Diesen Namen kenne ich aus den Lehrstunden meiner Mutter: Er war der erste Hof-Shénnóng-shī des Reiches. Sein silberfarbenes Haar und sein langer, fließender Bart lassen ihn wie einen Philosophen aus einer der klassischen Sagen aussehen.

»Die Prinzessin muss ihn direkt von der Akademie zur Teilnahme am Wettkampf abberufen haben. Zuletzt habe ich von meinem Mentor gehört, dass er nach Yěliŭ gegangen ist, um ein paar antike Texte zu studieren.«

Ich war nicht davon ausgegangen, dass Lian sich mit der Politik des Hofes so gut auskennt, weil sie aus einer noch weiter entfernten Provinz als ich stammt. Doch es sieht ganz danach aus, als hätte meine Freundin Verbindungen in den Palast. Bevor ich weitere Fragen stellen kann, rufen die Herolde zur Ruhe auf.

Wir knien nieder.

Minister Song erhebt sich, um zu sprechen.

»Ich grüße die Shénnóng-tú unseres großen Reiches. Zu Ehren der verstorbenen Kaiserinwitwe und ihres Vermächtnisses nehmt ihr an diesem Fest teil, denn Ihre Hoheit betrachtete die Kunst der Teezubereitung mit größtem Respekt. Diese Kunst ist Teil unserer Kultur, das Erbe unserer Vorfahren. Sie ist ein Geschenk der Götter selbst.«

Der Minister spricht leiernd weiter über die Errungenschaften des Tees, bis meine Beine vom langen Knien ganz taub sind. Endlich dürfen wir uns erheben.

»Ihre Kaiserliche Hoheit, Prinzessin Ying-Zhen!«, ruft der Herold aus.

Aufrecht und mit vollendeter Eleganz schreitet die Prinzessin durch eine Seitentür herein. Ihre Dienerin folgt ihr auf dem Fuße, ihre Hand liegt wachsam am Griff ihres Schwertes. Mir fallen die Worte des Wächters über die Mordanschläge wieder ein, die dieses Mädchen überlebt hat. Mich schaudert.

Obwohl die Zeremonienrobe schwer auf den Schultern der Prinzessin lasten muss, merkt man ihr die Anstrengung nicht an. Die Robe ist von so tiefem Purpur, dass sie fast schwarz erscheint. Sie schwingt majestätisch bei jeder Bewegung, und Stickereien schillern und wogen silbern auf, enthüllen Bergspitzen und Flusswindungen … Sie trägt das Reich auf ihrem Rücken.

Als sie sich zu uns umwendet, sehe ich sogar auf die

Entfernung, dass ihre Haut perlengleich schimmert. Ihr Mund ist ein hell leuchtender Punkt, rot, wie eine Blüte. Sie lässt sich auf dem Stuhl zwischen dem Minister und dem Shénnóng-shī nieder und spricht: »Ich bin gespannt, was ihr uns zeigen werdet.«

Obwohl sie sitzt, überträgt sich die Stimme der Prinzessin durch die gesamte Halle. Sie spricht mit dem Selbstbewusstsein eines Menschen, der weiß, dass man ihm zuhört. »Der Wettkampf wird heute Abend im ›Hof der vielversprechenden Zukunft‹ beginnen. Wie der Erhabene Kaiser einmal sagte, sind die Bauern das Rückgrat des Landes, und unsere Speisen nähren nicht nur den Körper, sondern auch die Seele. Jedem von euch wird ein Gericht aus eurer Provinz zugeteilt, und ich bitte euch, einen Tee zu brühen, der dieses Gericht perfekt begleitet. Aber …«, ihre Lippen formen sich zu einem Lächeln, »wir bemühen uns, jede Prüfung so fair wie möglich zu gestalten. Jeder von euch erhält drei silberne Yuan und zwei Stunden Zeit, um auf dem Markt Tee und weitere Zutaten zu erwerben. Diejenigen, die mehr als den zugeteilten Betrag ausgeben oder die nicht rechtzeitig zurückkehren, werden disqualifiziert.«

Manche in der Menge grummeln, zweifelsohne diejenigen, die das Geld hätten, um teurere Tees zu kaufen und sich damit einen Vorsprung zu verschaffen.

»Dieser erste Test wird für die Öffentlichkeit zugänglich sein, damit alle die Schönheit des Shénnóng miterleben können.«

Ihr warnender Blick streift uns, und die unterschwellige Botschaft lautet: *Ich vertraue darauf, dass ihr mich nicht enttäuscht.*

Die Prinzessin erhebt sich, um sich wieder zurückzuziehen. Sie ist so majestätisch, selbstsicher, einschüchternd, dass sie älter wirkt als die neunzehn Jahre, die sie ist.

»Es lebe die Prinzessin!«, ruft einer der Herolde aus. Seine Stimme schallt durch die Halle wie ein Gong.

»Es lebe die Prinzessin!«

Diejenigen, die sitzen, heben ihre Tassen zum Salut. Diejenigen, die stehen, knien nieder, berühren mit ihrer Stirn den Boden und verharren in dieser Haltung, bis sie den Raum verlassen hat. So wie wir.

Der Wettkampf hat begonnen.

KAPITEL 5

Wir werden in die Küchen gebracht, um sofort mit den Vorbereitungen zu beginnen. Haushofmeisterin Yang, eine Frau mit ernstem Gesicht, trägt ihre dunklen, grau gesträhnten Haare zu einem strengen Dutt zurückgebunden. Unbeeindruckt mustert sie unsere Gruppe.

»Die kaiserlichen Küchen haben bereits Prinzessinnen, Prinzen und hohen Beamten aus weit entlegenen Ländern Speisen serviert.« Sie winkt zwei Diener heran, von denen jeder einen mit roten Holzmünzen gefüllten Korb trägt. »Bringt meine Küche also nicht in Verlegenheit.«

In die Münzen sind unsere Namen eingeschnitzt sowie das Gericht, das uns zugeordnet wurde. Eine nach der anderen wird in die eifrig nach vorn gestreckten Hände ausgeteilt.

Mein Gericht sind klebrige Reisklöße – ein einfaches bäuerliches Gericht und eines meiner liebsten. Klebriger, mit Erdnüssen gefüllter Reis wird in Bambusblätter gewickelt und gedämpft. Eine Mahlzeit, die Bäuerinnen und Bauern mit auf die Felder nehmen können, denn sie lässt sich gut in einer Box transportieren, die wir mit einer Schnur an unsere Schärpen binden.

»Reiskuchen?«, spottet Lian und zeigt mir ihre Münze. »Wie typisch.«

»Hast du etwas an deinem Auftrag auszusetzen?« Die Haushofmeisterin kommt drohend auf uns zu, und Lian verneint mit erschrockenem Kopfschütteln. Wir huschen zusammen davon, bevor sie ihr eine Strafe aufbrummen kann.

Draußen zählt Lian ein paar Speisen aus Kallah auf, die die Küchenchefs stattdessen hätten auswählen können, und allein davon fängt mein Magen schon zu knurren an. Fisch in scharfsaurer Soße, am Stock gegrillte Süßmilchbällchen, Ente mit einer in Honig gerösteten goldbraunen Kruste.

Sie schwärmt so leidenschaftlich, dass sich der Wächter einschaltet, der neben der Tür steht. »Ich mag Pòsū am liebsten. Knusprig gebraten und mit Schinken und Zucker gefüllt.« Er schließt die Augen, als würde er den Geschmack im Geiste genießen. »Schmeckt nach Heimat.«

Lian sieht erfreut aus. »Ich dachte, ich hätte alle Leute aus Kallah im Palast schon getroffen.«

Der junge Mann strahlt zurück. »Ich bin erst vor ein paar Monaten hierherversetzt worden.«

»Freut mich, Bruder.« Lian legt sich die Hand auf die Brust und verbeugt sich.

Auch der Wächter verbeugt sich.

Der Klang des Mittagsgongs schwingt durch die Luft und erinnert uns an die Dringlichkeit unserer Aufgabe. Eilig verabschieden wir uns von Lians neuer Bekanntschaft und hasten den anderen hinterher.

Als wir aus dem Palast herausgelassen werden, breitet sich vor uns die Hauptstadt aus. Lian steuert mit wippendem Zopf selbstbewusst die Straße entlang, und ich folge ihr. Schließlich drosselt sie ihren Schritt, und wir erreichen einen Markt. Ich atme die quirlige Energie um mich herum ein und wappne mich für die bevorstehende Aufgabe. Frauen in langen wallenden Kleidern schreiten vorüber, dicht gefolgt von ihren Dienern, die die Einkäufe tragen. Wir kommen an Stoffständen vorbei, die Ballen mit wunderschöner Seide und Baumwolle feilbieten, und heimlich berühre ich einige der Stoffe, einfach nur, um den Luxus auf meiner Haut zu spüren. Sie sind so völlig anders als die Materialien, die wir in unserer Gegend herstellen und an die ich gewöhnt bin. In der nächsten engen Straße gibt es offenbar nur kleine Läden, die sich auf Tinten und Pinsel für Kalligraphie und Malerei spezialisiert haben. Ein Teil von mir würde am liebsten eine Weile dort stehen bleiben und die Bilder betrachten, die an den Wänden hängen: ausladende Schwünge und pointierte Striche, Landschaften mit Bergspitzen, an denen Wolkenfetzen hängen, und Bambusboote, die heiter vorübersegeln.

Während ich das alles in mich aufsauge, kann ich Shu ganz genau vor mir sehen. Sie hätte das hellgrüne Kleid der jungen Adligen geliebt, die ein paar Meter weiter sorgfältig einen Pinsel prüft, denn die Farbe hätte sie an die ersten Knospen des Frühlings erinnert. Anstatt sich jedoch lange im Kalligraphieladen aufzuhalten, hätte Shus Interesse eher den Stickereien gegolten, die dort drüben auf Rahmen gespannt sind: Kraniche, die auf dicken Kiefernästen thronen. Sie hätte über das Schimmern der Federn und die winzigen Details der Kiefernadeln gestaunt.

Eines Tages werde ich sie hierherbringen, damit sie das alles mit eigenen Augen sehen kann.

Ich wende mich von einem Stand mit Blumenstickereien ab und merke, dass ich Lian in der Menge verloren habe. Plötzlich ergreift mich Panik. Ich bin allein in dieser riesigen Stadt.

Die Silberstücke, die ich in einem kleinen Beutel unter meinem Rock trage, wiegen mit einem Male schwer. Es ist die größte Menge Geld, die ich jemals bei mir hatte. Vaters Vorträge darüber, dass es in der Hauptstadt vor Dieben und verkommenen Menschen nur so wimmelt, fallen mir wieder ein. Solche Leute warten nur auf junge Frauen wie mich und eine Gelegenheit.

Ich atme tief ein und zwinge mein rasendes Herz, sich zu beruhigen. Ich bin allein nach Jia gekommen, und ich kann durchaus beweisen, dass ich nicht irgendeine *tŭ bāo zi* aus Sù bin.

Ich laufe an Villen mit imposanten Toren vorbei und bemühe mich, die kunstvollen Dachsparren diesmal nicht allzu sehr anzustarren. Hinter einem schmalen Steingatter gelange ich auf einen Obstmarkt. In riesigen Körben türmen sich hier Früchte auf: pinkfarbene Drachenfrucht, goldene Kumquats, grüne und blaue Pflaumen. Ihr Duft in der warmen Nachmittagssonne ist berauschend, und ich habe das Gefühl, eine davon könnte mir als Zutat dienen, um mein Gericht abzurunden.

Ich nehme gerade eine weiche Pflaume aus einem Korb, als mir ein kleiner Junge auffällt, der blitzschnell eine heruntergefallene Frucht vom Boden aufhebt. Er schiebt sie sich in den Mund und kaut so gierig, dass ihm der Saft am Kinn hinabtropft. Sein Überschwang bringt mich zum Lächeln.

»Du Dieb!« Ein Wächter packt den Jungen bei den

Schultern, schüttelt ihn und zieht damit die Aufmerksamkeit der anderen um uns herum auf sich.

»Sie war runtergefallen«, ruft der Junge. Er versucht zu entkommen, aber der Wächter wirft ihn zu Boden und kniet sich auf seinen Rücken, so dass das Gesicht des Kleinen im Schmutz liegt.

Meine Vergnügtheit verschwindet schlagartig. Ich weiß, zu welcher Art Bestrafung diese Soldaten neigen. Ich habe die Rücken erwachsener Männer gesehen, die nur noch eine blutige Masse waren. Aber mein Vater ist jetzt nicht da, um zur Rettung des Kindes einzuschreiten. Ich muss ihm helfen.

Ich greife nach dem Arm des Jungen und zerre ihn zurück auf die Füße, damit er wegrennen kann. Doch der Wächter reagiert schneller, als ich vermutet hatte, und packt seinen anderen Arm. Der Junge ist zwischen uns beiden eingekeilt.

»Wer bist du?«, verlangt der Wächter zu wissen.

»Das ist mein Bruder!« In meiner Verzweiflung entschlüpft mir die Lüge mühelos. »Was hat er jetzt schon wieder angestellt?«

»Er hat Obst von meinem Stand gestohlen!«, fährt der Händler dazwischen und droht mit der Faust. »Er kann froh sein, wenn ich nicht verlange, dass ihm die Hand abgehackt wird!«

Mir bleibt die Luft weg bei dieser Forderung, und ich stelle mir das Justizministerium vor, wie es nach den Launen eines gemeinen Obstverkäufers tanzt. Aber ich reiße mich zusammen, schließlich muss ich bald zum Wettkampf zurück.

»Gute Herren, wir sind aus der Provinz Sù hergereist.

Mein Bruder ist nur müde und hungrig. Aber wir bezahlen natürlich!« Mit der freien Hand wühle ich in meiner Tasche nach einer Münze.

»Stimmt das?« Der Wächter schüttelt den Jungen noch einmal und wartet auf Antwort.

Ich erhöhe den Druck meines Griffs und bohre dem Jungen auch noch meine Fingernägel in die Schulter, bis er mich endlich ansieht.

»Tu, was ich sage, und vertrau mir«, versuche ich, ihm mit meinem Blick zu sagen.

Er nickt vollkommen eingeschüchtert, und Tränen laufen über sein Gesicht.

»Ach, lasst ihn doch!«, ruft einer der Männer aus der Menge. »Er ist doch noch ein Kind.«

Andere Marktbesucher nicken bekräftigend. Die Stimmung der Leute wechselt von Schaulust zu Mitleid mit dem schluchzenden Jungen, und schon fangen sie an, angewidert mit Kupfermünzen nach dem Obstverkäufer zu werfen. Sein Gesicht läuft knallrot an, und das hat er verdient. Ich muss mir ein Schmunzeln verkneifen, doch er scheint immer noch nicht beschämt genug zu sein, um seine Gier nach den blinkenden Münzen zu verbergen. Er scheucht den Wächter davon und greift raffgierig nach dem glänzenden, im Schmutz liegenden Kupfer.

Ich ziehe den kleinen Jungen zur Seite, rede leise auf ihn ein und drücke ihm ein paar meiner Münzen in die Hand.

»Verlass den Markt so schnell wie möglich und sieh zu, dass du nicht in noch mehr Schwierigkeiten gerätst.«

Er nickt, wischt sich mit dem Ärmel Tränen und Rotz aus dem Gesicht und läuft davon.

Ich ermahne mich, meinen eigenen Rat zu befolgen und von hier zu verschwinden, bevor ich noch einmal etwas falsch mache. Aber als ich den Markt gerade verlassen will, fällt mir ein anderer Junge auf, der mich angrinst. Er ist ungefähr in meinem Alter, und seiner Garderobe nach zu schließen ist er wohlhabend, vielleicht der Sohn eines Händlers oder sogar von adeliger Abstammung. Er lächelt mich wissend an, als würden wir über denselben Witz lachen. Ich fühle mich belästigt und drehe mich weg. Wir könnten gar nicht unterschiedlicher sein, er und ich, und doch tut er so, als würde er mich verstehen.

Der Stundengong ertönt. Für meinen Geschmack vergeht die Zeit viel zu schnell. Ich erkundige mich bei einem Verkäufer nach dem Weg zum Teehausbezirk, und er deutet auf eine ruhige Seitengasse und versichert mir, dass es eine Abkürzung ist.

In der Gasse gibt es nur noch eine Handvoll Geschäfte, dann immer mehr verschlossene Ladentüren. Ich eile zielgerichtet die Straße hinunter, bis ein seltsamer Lärm über mich hinwegjagt. Ich gehe langsamer, um nach oben zu schauen, und suche die Biegung der hohen Dachfirste ab. Doch außer der blendenden Sonne hinter den Ziegeln kann ich nichts entdecken.

Kurz gleitet ein Schatten über mich hinweg.

Nur ein Lichtreflex, versuche ich mir zu versichern.

Ich schaue noch einmal hoch. Immer noch nichts. Doch die Erinnerung an mein Gerangel mit dem maskierten Dieb blitzt in meinem Geist auf. Erst als ich das Ende der Gasse fast erreicht habe, bemerke ich eine Gestalt, die sich hinter einem Verkäufer versteckt und mich beobachtet.

Eine Bewegung. Schwarze Schwaden.

Ich fange an zu rennen, damit ich ihn besser sehen kann. Es ist ganz sicher nicht der Schatten. Das kann einfach nicht sein.

Als ich auf die nächste Straße biege, dauert es einen Moment, bis ich ihn wiederfinde. Die Rückseite eines Kopfes, der sich schnell durch die Menge bewegt. Ich schlüpfe zwischen die vorbeiströmenden Menschen, doch die Gestalt bleibt mir immer ein paar Schritte voraus. Schon bald weiß ich nicht mehr, wie oft ich abgebogen bin.

Der Schatten ist wie vom Erdboden verschluckt.

Und ich habe mich verlaufen. Hoffnungslos.

Wieder rast mein Puls vor lauter Panik. Ich hätte meiner Neugierde einfach nicht folgen dürfen. Rasch frage ich jemanden nach dem Weg und bemühe mich, ihn mir einzuprägen. Doch als ich mich umdrehe, fällt erneut ein Schatten auf mich.

Und lass dich im Dunkeln nicht vom Verbannten Prinzen fangen.

Ich weiche einen Schritt zurück, stoße gegen einen Körper … und falle in Arme, die mich von hinten umschließen.

KAPITEL 6

Instinktiv stampfe ich mit der Ferse auf die Zehen meines Angreifers. Der Griff um meine Tunika löst sich, und ich schnelle vorwärts, plötzlich befreit.

»Warte!«, ruft eine Stimme hinter mir. »Moment!«

Ich drehe mich um und erkenne den Jungen von vorhin – den reichen Jungen, der mich auf dem Marktplatz angegrinst hat. Er hüpft auf einem Fuß.

»Bitte zwing mich nicht, dir nachzurennen«, sagt er mit einem schiefen Lachen.

Ich betrachte ihn jetzt genauer: sein zerzaustes dunkles Haar, das bis auf seine Schultern reicht, den Goldton seiner Haut, der seine Gesichtszüge warm umspielt, das Glitzern seiner Augen, diese sonderbare Art zu grinsen. Meine Mutter hätte ihn einen *Yù shù lín fēng* genannt. Das Selbstvertrauen von Jadebäumen im Wind. Jemand, der dir schlicht den Atem raubt.

»Ich glaube nicht, dass er gebrochen ist«, erwidere ich scharf, unfähig, Mitgefühl zu heucheln. »Warum stellst du mir nach?«

Behutsam setzt er den Fuß auf, verlagert sein Gewicht darauf und verzieht das Gesicht.

»Ich wollte, dass du mich bemerkst, aber du warst ja total in deiner eigenen Welt.«

»Da, wo ich herkomme, ist es nicht üblich, Mädchen in entlegenen Gassen anzufallen«, erkläre ich ihm.

»Ja, es tut mir leid.« Er streicht sich das Haar aus den Augen und schaut zerknirscht drein. »Ich … ich hab gesehen, was du für den Jungen getan hast.«

Ich versuche, seinen Gesichtsausdruck zu deuten. Er sieht aufrichtig aus. Er sieht … gut aus. Wie einer der Jungen, mit denen Shu im Dorf geflirtet hätte. Aber meine Erfahrung ist, dass man schönen Gesichtern nicht immer trauen kann, und den Schmerz hat er sich ja letztlich selbst zuzuschreiben.

»Was willst du von mir?«

»Du hast für den Jungen gelogen«, sagt er und kommt näher. Sein Ausdruck wird ernst. »Das war … mutig. Unüblich. Du bist wohl nicht von hier?«

»Wie kommst du darauf?«

»Du sprichst wie jemand aus den südlichen Provinzen, auf diese kehlige Art. Vielleicht von irgendwoher flussaufwärts? Noch dazu würde sich normalerweise niemand aus Jia für Diebe einsetzen. Die Leute hier sind zu abgestumpft für freundliche Taten. Du musst einfach ein Neuankömmling sein. Und, na ja … du wirkst so, als hättest du dich verirrt. Du läufst schon eine ganze Weile hier herum.«

Klar sehe ich schon von weitem so aus, als gehörte ich nicht hierher. Aber haben die Hauptstädter nichts anderes zu tun, als sich Menschen herauszupicken, die nicht ins Bild passen?

Er verzieht noch einmal das Gesicht. »Ich hab's nicht so gemeint.«

Mir wird bewusst, dass man mir wieder mal alle Gefühle am Gesicht ablesen kann. Shu zieht mich deshalb oft auf. *Zieh dein Kinn ein,* hätte sie lachend gesagt, *du siehst aus wie ein beleidigter Gockel.* Sie ist die Einzige, der ich erlaube, so mit mir zu sprechen.

»Ich wollte nur meine Hilfe anbieten.«

Ich betrachte ihn wachsam. »Wobei könntest du mir denn beispielsweise helfen?«

»Ich kenne mich in der Stadt aus. Wenn du irgendwohin musst oder nach irgendwas suchst, kann ich dich hinbringen. Jia ist nicht gerade der sicherste Ort für Alleinreisende. Kennst du die Geschichten denn nicht? Der Schatten könnte dir schon auf den Fersen sein und versuchen, dich zu erwischen.«

Ich weiß zwar, dass der Junge nur herumwitzelt, trotzdem überläuft mich allein bei dem Gedanken und bei der Erinnerung an die Geheimnisse hinter der Maske ein Schauer.

Flüchtig kommt mir ein Verdacht. Warum ist er mir vom Markt aus gefolgt?

Könnte er der Schatten sein, mit dem ich auf dem Weg von Sù gekämpft habe?

Nein, diese Gedanken sind irrational. Ich betrachte die Feinheit seiner Seidentunika und den Schein der Juwelen, die in seinem Gürtel vernäht sind. Er ist kein Bandit, und er hat ganz bestimmt noch nie Zeit in einem Ort wie Sù verbracht.

Der Junge grinst, und das Sonnenlicht lässt seine Augen funkeln. In mir flattert etwas als Antwort. Etwas alles in allem nicht Unangenehmes.

Ich brauche tatsächlich Hilfe, um den Weg zurückzufinden, und er kann mir vielleicht außerdem dabei helfen, den richtigen Tee aufzutreiben und zwar schneller als ich, die ich hier herumstolpere und mich pausenlos verlaufe.

»Was hattest du eigentlich vor?«, fragt er. »Für ein Examen zu lernen? Dich einer Bühnentruppe anzuschließen? Den Stadtwachen auf den Geist zu gehen?«

Jede Möglichkeit ist absurder als die nächste, bis ich irgendwann kichern muss. Dennoch erinnert er mich an mein eigentliches Ziel, und meine Laune verdüstert sich wieder.

»Ich bin wegen eines Wettkampfs hier«, sage ich unwirsch.

Seine Augen weiten sich. »Eine Shénnóng-tú bist du? Du siehst gar nicht so aus, als wärest du schon alt genug, um an den Tests teilzunehmen.«

»Die Gabe kann dir in jedem Alter zuteilwerden«, sage ich gekränkt.

Viele Shénnóng-shī versichern das ihren Schülerinnen. Alle Shénnóng-tú bringen eine Neigung zur Magie mit, doch einige sind schlicht Naturtalente. Wenn man das Talent in sich trägt, zeigt es sich früh, sagte Mutter immer. Sie erzählte gern, wie sie mich im Alter von kaum drei Jahren die Erde absuchen sah. Ich deutete auf jedes Glitzern und wusste, welche Pflanzen dort wachsen würden. Doch ich habe immer abgewunken und geglaubt, dass sie übertrieb.

»Wonach suchst du?« Er reibt die Hände aneinander. »Ich kenne die besten Geschäfte der Stadt.«

»Ich brauche ein Teehaus«, sage ich zu ihm und entschließe mich einfach, diesem Fremden zu vertrauen, wenn das nötig ist, um meinem Ziel näherzukommen. »Mit der besten Auswahl an Teesorten.«

»Ein solcher Wunsch von einer Shénnóng-tú überrascht mich natürlich nicht allzu sehr«, sagt er. »Das wäre dann also nordwestlich von hier. Ich kann dir auf dem Weg dorthin ein paar meiner Lieblingsplätze zeigen.«

Schnell überschlage ich, wie viel Zeit mir noch bleibt, um all meine Zutaten zu finden, zum Palast zurückzukehren und auch noch seinen Vorschlag anzunehmen.

»Gibt es vielleicht einen Namen, mit dem ich meinen Wohltäter ansprechen darf?«

»Du kannst mich nennen, wie du willst«, sagt er mit einer Verbeugung, die charmant und spöttisch zugleich wirkt. »Halunke? Oder vielleicht Gauner?«

Er verhält sich so wie manchmal die Jungs im Dorf, wenn sie auf Shus Aufmerksamkeit hoffen. Mir gegenüber verhält sich eigentlich niemand so. Und ich finde es … beunruhigend.

Ich schüttele den Kopf.

»Na dann eben Bo. Nenn mich Bo.« Er grinst.

Ein landläufiger Jungenname. Eher unwahrscheinlich, dass er wirklich so heißt. Aber das ist mir egal. Ich würde nur nicht gern herausfinden, dass er lügt. Und deshalb werde ich später, wenn unsere Wege sich getrennt haben, auch der Versuchung widerstehen, die Namen sämtlicher Ministersöhne nachzuschlagen.

»Und du? Beschützerin der Hilflosen?«

»Du kannst mich … Mei nennen.« Das Spiel kann ich auch spielen. Der neckende Ton in meiner Stimme klingt, als sei ich eine andere. Selbstbewusst. Eine, die offenbar sogar flirtet.

Er sieht mich schief an und lacht leise. »In Ordnung.«

»Bist du hier aufgewachsen?«, frage ich.

Ich folge ihm um ein paar Ecken, bis wir wieder auf einem belebten Platz ankommen.

»Oh!«, ruft er statt einer Antwort aus. »So einen hab ich ja seit Jahren nicht mehr gesehen!« Sein Ausdruck verwandelt sich in echte jungenhafte Begeisterung, unfassbar süß. Als wäre der echte Bo hinter der Fassade hervorgekommen wie die Sonne, wenn sie einen kurzen Moment lang durch die Wolken bricht und Wärme über mich gießt.

Ich laufe ihm schnell hinterher und hole ihn an einem Stand mit einer Marmortheke ein. Ein Künstler hebt eine Schöpfkelle aus einem Topf mit blubberndem geschmolzenem Zucker und träufelt den Umriss eines Karpfens auf die glatte Oberfläche. Mit wirbelnden Bewegungen fügt er Details hinzu, gibt dem Karpfen lange Bartfäden und ein Zickzackmuster. Er befestigt einen Holzstab mit noch mehr Zucker daran und pustet kühlend darauf. Dann hebt er das Ganze in die Höhe. Die glückliche Kundin kreischt vor Entzücken auf und wedelt mit der Zuckerskulptur in der Luft herum, so dass es scheint, als wippe der Karpfen auf unsichtbaren Wellen dahin.

»Das musst du probieren!« Bo dreht sich ausgelassen zu mir um, und zum ersten Mal bemerke ich die kleine Lücke zwischen seinen Schneidezähnen. »Ich habe mein Geld immer extra dafür aufgespart, bis wir zum Markt gehen durften.«

Er ist genauso begeistert wie die zuschauenden Kinder, und ich möchte seine Freude ungern zerstören. Der Zuckerkünstler bittet uns beide, je ein eng gerolltes Papier aus einer Flasche zu nehmen. Die Blätter verraten, welch wundersame Kreation er als Nächstes für uns gestalten wird.

Wir sitzen auf den Stufen einer Apotheke und bewundern unsere goldenen Skulpturen, die fast zu schön zum Aufessen sind. Mein Tiger brüllt mitten im Sprung, der Drache in Bos Hand schlängelt sich himmelwärts. Die Süße des Malzzuckers zergeht prickelnd auf meiner Zunge.

»Ich könnte das jeden Tag essen«, sage ich, und Bo gluckst etwas als Erwiderung und Bestätigung.

»Als Kind habe ich mich einmal dermaßen damit vollgestopft, dass ich richtig krank war«, gibt er zu.

»Wie war es denn so, im Palast aufzuwachsen?«, frage ich.

»Es war ...« Er hält inne und schaut mich von der Seite an. »Sehr clever. Aber ich falle auf deine Tricks nicht rein.«

Ich grinse zurück, froh darüber, dass ich ihn fast so weit gehabt hätte, einen Fehler zu begehen.

»Du bist hier in Jia aufgewachsen, im Palast, oder jedenfalls ziemlich nah dran. Aber reden willst du nicht darüber.«

»Ich bin in einer Soldatenfamilie aufgewachsen.« Er kaut auf dem Schwanz des Drachens herum, der Zucker lässt seine Lippen glänzen. »Mein Vater war sehr streng. Süßigkeiten waren etwas Besonderes und nur zum Neujahrsfest erlaubt.«

»Mein Vater war auch streng, aber meine Mutter hat

Süßigkeiten geliebt und uns manchmal welche zugesteckt.« Süßigkeiten aus dem Haus meiner Tante hatten es immer irgendwie in unser Haus geschafft, und Shu und ich haben sie heimlich verschlungen, wenn Vater nicht da war. *Die Zunge braucht ein wenig Süße*, sagte Mutter immer. *Sie lehrt das Herz, wie man liebt.*

Bo wischt sich die Hände an den Oberschenkeln ab. »Ich hätte auch gern gewusst, ob meine Mutter Süßes mochte«, sagt er und schaut in die Ferne. »Sie starb aber, als ich noch sehr jung war.«

Ich sehe ihn an und denke an die vergangenen Monate ohne meine Mutter. Und wie ich wohl ohne ihre geduldige Führung mein Leben bis dahin gelebt hätte. Wie es gewesen wäre, nicht nur in einer Welt zu leben, die ihr Lachen verloren hatte, sondern es niemals gehört zu haben.

Als er sich mir wieder zuwendet, ist sein Gesicht offen und ohne Traurigkeit. Er steht auf, streckt mir die Hand hin und lächelt, als ich sie ergreife.

»Heute passiert nur Gutes«, verkündet er.

Und mit der Süße auf meinen Lippen und Fingerspitzen folge ich ihm.

Durch Bos Augen sehe ich Jia mit den begeisterten Augen eines Kindes. Er ist ein aufmerksamer Führer durch die Innenstadt. Ich merke, dass ich immer langsamer gehe, um den Weg in die Länge zu ziehen, aber Bo hält Wort, und bald erreichen wir das Viertel, in dem die Teehäuser liegen.

Ich frage mich, wie meine Eltern diesen Ort hatten verlassen können, der viel stärker von Farbe und Licht erfüllt ist, als Mutter es jemals beschrieben hat.

Laternen mit den kalligraphierten Namen der Geschäfte baumeln an den Eingängen. Lotus, Pfingstrose, Magnolie. Blumen scheinen hier verbreitete Motive zu sein.

Neben dem Eingang des Lotushauses umringt eine Menge Kinder einen verhangenen Stand. Wir bleiben stehen und sehen zu, wie die Vorhänge auffliegen. Unter donnerndem Applaus tauchen Papierpuppen auf der Bühne auf.

»Es war einmal ein Kaiser, der inmitten seiner Blütezeit an einer Krankheit starb. Er hinterließ zwei Prinzen, doch beide waren zum Regieren zu jung«, beginnt ein unsichtbarer Erzähler. »Aber die Mutter, die jetzt unsere Kaiserinwitwe ist, kam aus ihrem Palast und saß hinter dem älteren Prinzen zu Hofe, führte ihn und lehrte ihn, weise und gerecht zu sein. Im Alter von zweiundzwanzig war er schließlich des Thrones würdig, und mit zweiunddreißig veranstaltete er eine große Jagd zur Feier seines zehnten Herrscherjahres.«

Eine weiße Flagge wandert über die Bühne, gefolgt vom Kaiser zu Pferde. Doch ein verirrter Pfeil trifft den Kaiser in die Schulter. Ein paar Kinder im Publikum halten die Luft an, und ich bin selbst so erschrocken, dass ich nach Bos Ärmel greife.

Er lacht leise. »Vorsicht, Puppen können ganz schön tödlich sein.«

Ich stupse ihn leicht an, überrascht darüber, wie wohl ich mich nach so kurzer Zeit in seiner Gesellschaft fühle. Als würden wir uns aus einem anderen Leben kennen.

»Tief im Wald«, fährt der Erzähler fort, »hätte ein solcher Unfall ihn das Leben kosten können, aber der Kaiser hatte Glück, denn eine Shénnóng-shī lebte ganz in der Nähe.«

Bos Augen streifen mich kurz, um zu sehen, wie ich reagiere, und kehren wieder zu den Puppen zurück.

»Die Shénnóng-shī versorgte seine Wunde, heilte die Entzündung und sagte ihm die Zukunft voraus.«

Die Shénnóng-shī-Puppe hat langes, fließendes Haar, aus Seidenstreifen gemacht. Der Anblick schnürt mir die Kehle zu.

Die Kinder stimmen nun ein – es ist die Prophezeiung, die jedes Kind in Dàxī kennt: »Dein Kind wird dir großes Leid und große Freude bereiten. Es wird auf einem Pfad aus Sternenlicht wandeln, doch Schatten werden folgen.«

»Der Kaiser spottete darüber, denn die Kaiserin hatte ihm noch keine Erben geschenkt. Doch einige Monate später … wurde ihm eine Tochter geboren, die Prinzessin.«

Nachdem die Aufführung zu Ende ist und sich die Menge zerstreut hat, erzähle ich Bo: »Die Prinzessin ist wirklich so schön, wie man sagt. Ich dachte immer, die Dichter würden übertreiben, aber sie ist genauso, wie sie sie beschrieben haben.«

Ihre auffallende Erscheinung von heute Morgen steht mir noch lebhaft vor Augen. Sie regiert jetzt, weil der Kaiser an einer ernsten Krankheit leidet und an seine Privatgemächer gefesselt ist. Könnte das das große Leid sein, von dem die Prophezeiung spricht?

»Ist sie das? Mich würde ja viel mehr interessieren, ob

sie tatsächlich hundert Mordversuche überlebt hat«, sagt Bo. »Manche behaupten, die geheimnisvolle Shénnóngshī, die das Leben ihres Vaters gerettet hat, habe der Prinzessin einen Talisman geschenkt, der sie vor bösen Mächten beschützt, einen Stein, der alle Krankheit heilt.«

Ein Stein, der alle Krankheit heilt. Ich bleibe so abrupt stehen, dass ein Mädchen mich anrempelt, aber ich achte nicht auf sie und ihre gemurmelten Flüche. Bo merkt, dass ich nicht mehr neben ihm bin, und dreht sich irritiert zu mir um.

»H-Hast du …« Ich halte inne und räuspere mich. »Hast du diesen Stein jemals gesehen?« Sollte die Prinzessin tatsächlich einen solchen Alles-Heilerstein haben, wäre das ein Zeichen. Ich muss den Wettkampf einfach gewinnen.

Bos Ausdruck wird ernst. »Ich muss dich warnen. Du solltest aufpassen, wenn du Fragen über Prinzessin Zhen stellst.«

»Warum denn?«

»Sie wird nicht von allen … verehrt. Viele machen sie für die Unruhen verantwortlich, die sich im Reich ausbreiten. Krankheiten, Armut, grausame Taten von kaiserlichen Repräsentanten und … ein paar andere Gerüchte.«

Ich weiß, welche Gerüchte er meint –, sogar in unserer ländlichen Provinz wurde davon gemunkelt. Über den ungeschickten Umgang der Prinzessin mit den Überflutungen im Norden. Darüber, dass sie zu jung zum Regieren sei. Fragen darüber, wer wirklich hinter dem Thron steht. Worte, die zu gefährlich sind, um sie in der Hauptstadt überhaupt auszusprechen.

»Gerüchte? Meinst du … das Gift?«

Bo runzelt die Stirn. »Du stellst ganz schön viele Fragen, oder?«

»Und du gibst ganz schön wenige Antworten.«

»Ja, das tue ich.« Er lächelt mich wieder entwaffnend an, und der ernste Moment von eben verschwindet so schnell, wie er gekommen ist. »Wir wollten zum Azaleenhaus, und das liegt auf der anderen Straßenseite.«

In Gedanken versunken – über die Gerüchte, die Prinzessin und die Gunst, um die ich sie bitten will – werde ich fast von einem Fuhrwerk überfahren. Bo packt meinen Arm, zieht mich aus der Gefahrenzone und drückt uns zusammen gegen eine Hauswand. Einen Moment lang lehnt mein Körper an seinem, und, anstatt ihn wegzustoßen, suche ich seine Wärme. Seine Hüfte an meiner, seine Hände auf meinen Armen …

»Vorsicht, cleveres Mädchen«, sagt er nahe an meinem Ohr. Sein Atem streift mein Haar.

Ich zittere noch einmal, doch jetzt aus einem ganz anderen Grund.

Nein, das ist einfach zu nah. Ich springe weg, bringe Abstand zwischen uns und mache mir klar, dass ich schon bald zum Palast zurückkehren muss und wir einander nie wiedersehen werden.

In der Verkaufsabteilung des Azaleenhauses werde ich rasch von einem der Ladeninhaber in Beschlag genommen und dazu ermuntert, eine Auswahl an Teeblättern zu fühlen, zu riechen und zu schmecken. Vom Boden bis zur Decke stapeln sich Krüge, Töpfe und Laden voll unterschiedlicher Teesorten. Die Angestellten beantworten alle meine Fragen sehr professionell, und die junge Frau an der Ladenfront rechnet meine Einkäufe zügig ab. Mit dem eingewickelten Paket unterm Arm und der erledigten Aufgabe weicht die Spannung ein wenig aus meinen Schultern.

Bevor ich Bo danken und mich in Richtung des Palastes verabschieden kann, nimmt er mich beim Arm.

»Lass mich dir wenigstens noch eine Tasse Tee ausgeben«, sagt er. »Als Entschuldigung dafür, dass ich dir heute einen solchen Schrecken eingejagt habe und um dir zu zeigen, dass die Leute von Jia freundlicher sind, als du es bisher erlebt hast.«

Noch bevor ich protestieren kann, führt er mich zum offenen Teil des Teehauses, wo die Kundschaft Delikatessen schlemmen kann, die von den passenden Tees aus dem Laden ergänzt werden. Die meisten Teehäuser sind laute Orte, zugestellt mit möglichst vielen runden Tischen. Dazwischen manövrieren Kellner überladene Teller voller dampfender Teeschalen und den dazugehörigen Gerichten durch enge Gänge.

Doch schon nach wenigen Schritten ins Café des Azaleenhauses wird mir klar, dass hier eine andere Art Kundschaft bedient wird. Der Raum ist mit wundervollen Seidenwänden und Topfpflanzen abgeteilt. Musik erklingt, doch innerhalb der Nischen hat man das Gefühl von Privatsphäre. Wir werden an einen Tisch mit Sicht auf den Jadefluss gebracht, wo die Vergnügungsboote der Reichen und die Fähren des gemeinen Volkes vorübergleiten.

Auf dem Tisch stehen kandierte Früchte und geräucherte Wassermelonenkerne als Snack bereit, und Bo steckt sich, kaum dass wir sitzen, ein paar davon in den Mund. Ich bin noch zu beeindruckt von allem, um ihm dabei Gesellschaft zu leisten, und betrachte eine weiße, aufwendig bemalte Porzellanvase neben uns.

Eine in blaue Pastelltöne mit rosafarbener Schärpe gekleidete Magd stellt ein lackiertes Tablett mit Utensilien für die Teezubereitung vor uns ab. Bo wählt den *Golden Key* aus, einen so seltenen und kostbaren Tee, dass der Verkauf einer Handvoll davon meine gesamte Familie ein ganzes Jahr lang ernähren könnte. Wieder spüre ich einen Stich aus Ärger und Kummer.

Ein Diener schüttet heiße Kohlen in ein Becken zu meiner Rechten, und eine andere Magd hängt einen dampfenden Kessel darüber.

»Soll unsere tüchtige Ming Euch heute bedienen, ehrwürdiger Gast?« Die erste Magd knickst vor Bo. »Oder reicht Euch Eure eigene Dienerin?« Ihre Augen streifen mich.

»Sie ist nicht …«, fängt Bo an, doch ich stehe auf und lächele sie an.

»Ich helfe ihm ab jetzt«, sage ich. »Du kannst gehen.«

Sie starrt mich an, dann bewegen sich ihre Augen zum »ehrwürdigen Gast« neben mir, der nur mit den Schultern zuckt. Die Magd öffnet den Mund, um zu protestieren, doch in dem Moment stellt ein Diener die Schale *Golden Key* vor uns ab.

Bo betrachtet die Schale neugierig, und ich muss mich zusammenreißen, um nicht gierig danach zu greifen. Sie ist grün und in der Form eines Blattes geschnitzt. Nur wenige dünne schwarze Fasern liegen darin. Mit der Zange lege ich die Fasern in die Kanne, um heißes Wasser darüber zu gießen und den Tee ziehen zu lassen.

»Ist es das, was du beim Wettbewerb machen wirst?«, fragt Bo.

»Ich weiß es nicht.« Meine Hand zittert leicht, und ich kämpfe dagegen an.

»Ich werde an dich denken, wenn die Bekanntmachung verlesen wird«, sagt er mit einem Lächeln.

Mein Magen flattert schon wieder. Diesmal versuche ich, es beiseitezuschieben und mich ganz dem Einschenken des Tees zu widmen. *Das kommt nur davon, dass ich allein und zum ersten Mal von zu Hause fort bin.*

Wir greifen nach unseren Tassen, heben unsere Köpfe, wir nippen … und die Welt ändert sich. Dampf steigt aus unseren Tassen auf und schwebt zwischen uns, verschleiert unsere Gesichter. Die Geräusche des Teehauses lassen nach, bis nur noch wir beide übrig sind, die wir einander gegenübersitzen. Alles um uns herum wankt wie im Traum. Die Luft ist angefüllt von Kamelienduft, als ginge man im Herbst zwischen den Teebäumen inmitten weißer Blüten spazieren.

Ich höre die flüsternde Stimme meiner Mutter. *Solltest du jemals in die Hauptstadt reisen, bring mir nur ein paar Fasern* Golden Key *mit. Ich träume seit langem davon, ihn einmal zu kosten.*

Nach seinem Blick zu urteilen könnte man meinen, dass Bo die Stimme auch hört. Er streckt seine Hand aus, als werde er von etwas außerhalb seiner selbst dazu gezwungen. Ich kann den winzigen Nadelstich Schwarz in der Mitte seiner Pupille sehen, der mich einsaugt. Fast wie von selbst hebt sich meine Hand und greift in seine Richtung.

Unsere Finger berühren sich. Es ist, als würde meine Hand in warmes Wasser tauchen. Die Hitze klettert meinen Arm hinauf, unsere Finger verflechten sich, unsere vereinten Hände leuchten in seltsamem Licht.

»Mei …«, sagt er in atemlosen Staunen.

Das bin nicht ich, wehrt sich eine Stimme in mir. Doch wie kann ich erklären, was ich das *Hineingehen ins Sein* nenne?

In der Mitte meiner Brust beginnt etwas zu brennen. Erinnerungen steigen auf, schneller und schneller. Mutter, wie sie uns beibringt, Tee mit ruhiger Hand einzuschenken. Shu, die auf den Knien Blut hervorwürgt. Ich kann den subtilen Sog der Teekräfte spüren, als zögen sie Bo und mich zueinander. Bo erschaudert. Plötzlich wird mir bewusst, dass auch er den Schmerz und die Schuld in mir nagen fühlen kann, ohne den Grund dafür zu kennen. Er streckt seine andere Hand nach vorn und berührt damit schützend meine Wange. Seine Wärme lässt mich zittern. Mit seinem Daumen fährt er leicht über meine Lippen. Es kommt mir vor, als folgte dieser winzigen Bewegung ein Funkenschweif.

Aber das alles ist einfach zu viel für mich, es ist viel zu intim. Ich schrecke zurück. Doch Bo nimmt einfach nur seine Hand von meinem Gesicht und meine beiden Hände in seine.

Bleib, bittet er tonlos. *Zeig mir mehr von dir.*

Er weiß es offenbar nicht, doch da ist es schon zu spät. Der *Golden Key* ist ein Tee der Geheimnisse, und ich weiß – obwohl ich nicht sagen kann, wie oder warum –, dass er jetzt versucht, mir Bos Geheimnisse zu zeigen, genau wie er ihm meine gezeigt hat. Ich fürchte mich vor dem, was er enthüllen wird, doch trotz meiner Angst ziehe ich mich nicht zurück. Meine Sehnsucht nach dieser Verbindung, mein Verlangen, in diesem Zauber zu verharren, ist einfach zu stark.

Während Bo und ich einander ehrfürchtig anblicken und unsere Hände einander festhalten, beginnt sein Hemd zu leuchten. Ein leichter Wind streicht um uns herum. Ich halte die Luft an. Bos Hemd weht auf und entblößt einen Teil seiner Brust. Ich glaube, etwas wie eine Narbe zu erkennen … nein, es ist ein rot strahlender runder Abdruck, fast so groß wie meine Handfläche. In der Mitte steht ein Zeichen in alter Schrift, das ich nicht entziffern kann. Ich spüre das Zischen des heißen Eisens, als ob es meine eigene Haut auf der Brust berührt hätte, rieche den strengen Geruch von Metall, das Haut wegbrennt. Eine Vision, die sich wie Erinnerung anfühlt, überkommt mich, in der ich – nein, Bo – sich gegen die Männer, die ihn zu Boden drücken, wehrt. Die Männer, die ihm das angetan haben.

Es ist ein Brandzeichen.

So viele Verluste. So viel wurde ihm entrissen …

Was er verloren hat, verstehe ich nicht, doch die Flussrichtung hat sich nun geändert. Sie strömt jetzt in seine Richtung, um die Fäden seines Inneren auch ihm selbst zu enträtseln.

Aber da stößt sich Bo vom Tisch weg. Unsere Verbindung bricht ab wie ein gekapptes Band. Sein Stuhl landet scheppernd auf dem Boden. Ich bemerke, dass sein Hemd nicht mehr offen steht, und frage mich, ob es das überhaupt jemals getan hat. Die Welt kehrt in all ihrer Raserei zurück, der Lärm des Teehauses umgibt uns wieder, viel zu laut für meine Ohren.

»Du kannst in die Gedanken anderer Menschen schauen.« Er atmet kurz und heftig, und in seinen Augen glimmt etwas Neues auf. Angst. »Was willst du von mir?«

Ich bringe mich innerlich zur Ruhe, werde still wie gefrorene Bäume im Winter. Gerüchte über die Shénnóngshī kursieren zwar, aber nicht viele. Nicht jeder versteht ihre Fähigkeiten. Manche bezeichnen sie als Hexen und lassen sich lieber von Ärzten behandeln. Andere bezeichnen unsere Fähigkeiten als Aberglaube, Mystizismus oder Schlimmeres.

Das hier könnte mich meinen Kopf kosten. Besonders wenn dieser Junge einer einflussreichen Familie angehört.

»Du warst es doch, der zu mir gekommen ist«, sage ich und bin mir darüber bewusst, dass jedes meiner Worte mein letztes sein könnte. »Du hast mich gefunden. Du hast mit mir gesprochen. Du hast mich ausgesucht, weißt du nicht mehr? Wer bist du, Bo? Wer bist du wirklich?«

Er schaut hinter mich, durch mich hindurch, überallhin, nur nicht in mein Gesicht. Ich starre ihn an und warte auf eine Erklärung.

»Ich glaube, wir sind fertig miteinander«, sagt er. »Danke für deine Gesellschaft.«

Im selben Augenblick ist er verschwunden.

Und ich bin wieder allein.

KAPITEL 7

Ich kehre zum Palast zurück mit der Absicht, diesen merkwürdigen Nachmittag hinter mir zu lassen wie einen Traum, den man am besten gleich vergisst. Lian begrüßt mich in unserer Unterkunft, umfasst meine Hände und entschuldigt sich ausgiebig dafür, mich auf dem Markt verloren zu haben. Ich öffne den Mund, um ihr alles zu erzählen, aber dann schließe ich ihn wieder, weil Diener hereinkommen, um unsere Zutaten für den abendlichen Wettkampf abzuholen. Ich habe sowieso keine Worte für das, was geschehen ist. Wo sollte ich überhaupt anfangen?

Der Abendhimmel verfärbt sich bereits tiefviolett. Wir werden in zwei Reihen aufgeteilt und wandern über fackelbeleuchtete Gänge in Richtung des Innenhofs »Vielversprechende Zukunft«. Als wir uns dem Hof nähern, schlägt mir schon der Lärm der Zuschauermenge entgegen.

Soldaten versperren unsere Sicht auf das Tor. Ihre roten Rüstungen und Schilde werfen das Licht der Fackeln zurück und gießen unheilvolle Farbtöne an die Wand. Schließlich treten sie beiseite und lassen uns herein. Es bleibt nur ein Pfad für uns, um hintereinander weiterzugehen. Wir laufen an einer Reihe Soldaten vorbei bis zu einer Treppe, die nach oben führt.

Als wir auf der ersten Plattform ankommen, fordern sie uns dazu auf, uns erneut aufzuteilen – eine Reihe nach rechts, eine nach links. Wir füllen die Lücken zwischen den Reihen flacher schwarzer Tische, vor jedem liegt ein Kissen, auf dem wir knien können. Auf jedem Tisch steht eine mit unserem Namen beschriftete Holzkiste.

Erst jetzt wage ich einen Blick auf die Menge, und plötzlich fühlt es sich an, als wäre ein Koi in meinem Bauch, der vor Aufregung zappelt und springt. Die riesige Menschenansammlung bringt mich ins Wanken. Es ist ein einziges undeutliches Gesichtermeer, illuminiert von Laternen über den Köpfen des Publikums. Es sind mehr als alle Leute meines Dorfes zusammen, ein Vielfaches mehr. Um die Einzäunung herum stehen weitere Soldaten in Rot Wache, ihre Gesichter von Helmen verdeckt.

Die Bühne vor uns führt wieder zu einer Treppe, die in Erwartung der Jury auf einem Podium mit leeren Tischen mündet. Dahinter erhebt sich die große Halle, eine Sternstunde der Architektur Dàxīs, erbaut zu Zeiten des Erhabenen Kaisers. Eine Glocke ertönt, und die Menge wird ruhig. Ein Herold, gekleidet in prächtiges Purpur, erscheint zur Verkündigung am oberen Rand der Treppe.

»Seid alle willkommen, die Ihr der Feier zu Ehren der kaiserlichen Witwe Wuyang beiwohnt. Lang möge ihr Name im Himmel widerhallen. Die Prinzessin hofft, dass alle das Festmahl heute genossen haben …« Er hält inne. »Der Kaiser bekundet sein Bedauern darüber, der Veranstaltung nicht beiwohnen zu können. Er wartet in seinen Gemächern begierig auf die Ergebnisse und wird, wenn die Zeit gekommen ist, den ersten Platz persönlich preisen.«

Ein Trampeln und Rufen ertönt aus der Menge. Die Menschen verlangen, wenn sie ihn schon nicht zu sehen bekommen, zumindest eine Erklärung für seine Abwesenheit.

Der Herold hebt den Arm, um dem Lärm Einhalt zu gebieten. Dann stellt er die Jury vor. »Teilnehmerinnen und Teilnehmer, verehrte Jury! Wir begrüßen: den Minister der Rituale, Song Ling. Den Marquis Kuang aus der Provinz Ānhé, aus der unser wertvollster Tee stammt. Elder Guo von der altehrwürdigen Hánxiá-Akademie und … den großen Kanzler Zhou.«

Sobald sie aufgerufen werden, steigen die Jurorinnen und Juroren die Stufen vom Balkon der Großen Halle zum Podium hinauf. Mein Blick bleibt an der beeindruckenden Gestalt des Kanzlers haften, dessen Haar zu einem strengen Knoten gebunden und der in eine dunkle Festrobe bar jeglicher Stickerei gekleidet ist. Er ist bekannt für seine gewöhnliche Herkunft, als jemand, der sich durch scharfsinnige Intelligenz und gute Noten in den kaiserlichen Examen hervorgetan hat. Er wirft der Menge einen scharfen prüfenden Blick zu, sein Gesichtsausdruck ist undurchsichtig.

»Zum Schluss heißen wir Ihre Kaiserliche Hoheit, Prinzessin Li Ying-Zhen willkommen!«

Unter Jubel erscheint sie auf dem Balkon, doch man hört auch vereinzelt Spott und Hohngelächter, und ich denke an das, was Bo gesagt hat: dass sie nicht bei allen gern gesehen ist und dass es wachsende Unruhen unter den Leuten gibt.

Die Prinzessin schreitet langsam herab. Ihr Gewand, dessen Schleppe die Stufen hinunterfließt, ist noch feiner als das, das sie bei unserer Willkommenszeremonie trug. Hunderte gestickte Kraniche fliegen von ihren Schultern über einen mitternächtlichen Himmel, der in ein blasses Blau übergeht. Ihr Haar ist auf ihrem Kopf aufgetürmt und mit Juwelennadeln in Form von im Licht glitzernden Vögeln festgesteckt. Sie nimmt am Kopfende des Tisches Platz, zu beiden Seiten gesäumt von den Juroren.

Minister Song steht auf, seine Stimme donnert über die Menge. »Die Teilnehmenden wussten nicht, dass unsere Jury bereits die Auswahl der Zutaten beurteilt hat. Diese Prüfung hat nur die Hälfte der Wettkämpferinnen und Wettkämpfer bestanden. Ihr werdet nun sehen, wen wir für wert erachtet haben, an der ersten Runde teilzunehmen.«

Wir schauen einander verwirrt an, erschrocken über diese plötzliche Wendung.

»Hebt die Deckel eurer Truhen«, fährt der Minister fort. »Wenn ihr das euch zugeteilte Gericht und euren Tee darin vorfindet, werdet ihr heute weitermachen. Wenn eure Truhe leer ist, verlasst ihr umgehend die Bühne.«

Stöhnen und Gemurmel sind zu hören, sowohl aus unseren Reihen als auch aus der Menge. Ich erstarre. Alles könnte schon hier und jetzt vorbei sein. Vielleicht muss ich gehen, noch bevor ich überhaupt eine einzige Tasse aufgebrüht habe.

Mit zitternden Händen greife ich nach vorn. Um mich herum schreien Leute glücklich oder verzweifelt auf. Ein paar der jüngeren Schülerinnen weinen, als sie von Soldaten die Treppen hinuntergeleitet werden. Ich schließe die Augen. Angst befällt mich. Wird meine Truhe leer sein? Ich atme tief ein, hebe den Deckel hoch und schaue hinein.

Es liegt ein gefüllter Teller darin.

Tränen schießen mir in die Augen. Zwei pralle Reisklöße glitzern auf dem sorgfältig ausgeschnittenen Dreieck eines Bananenblattes. Auf ihnen befindet sich ein Hauch zermahlener Erdnüsse. Die Klöße sind kleiner als üblich und dafür gedacht, in einem Bissen in den Mund gesteckt zu werden. Trotz meiner Anspannung kann ich in diesem Moment an nichts anderes denken als an das Geschimpfe, das die Frauen in meinem Dorf bei diesem Anblick veranstaltet hätten. Wie kann man nur etwas so Kleines herstellen! Reine Zeitverschwendung!

Ich schaue mich um und registriere, dass wir im Handumdrehen von über fünfzig auf kaum mehr als zwanzig Wettkämpfende geschrumpft sind. Mein zukünftiger Weg ist zwar steil, aber den ersten Schritt habe ich geschafft.

Ich fange Lians Blick auf. Auch sie ist weitergekommen. Das gilt jedoch nicht für so manch anderes Mädchen aus unserer Unterkunft. Ich sehe, wie einige bedrückt die Bühne verlassen.

Jetzt beginnen Diener in roter Livree auf dem Podium der Jury mit dem Aufbau für den zweiten Teil des ersten Tests. Ein kleines, mit heißen Kohlen gefülltes Becken wird aufgestellt, darüber ein Kessel mit Wasser gehängt. Zum Schluss werden fünf Tassen aufgereiht – eine für jeden Juror. Auch, wenn ich mich anstrenge, kann ich nicht erkennen, aus welchem Material die Utensilien und ob es vielleicht meine sind. Aber ich werde es schon früh genug merken, wenn ich an der Reihe bin.

Ähnlich wie bei den Kampfkünsten glaubt jeder Shénnóng-shī an eine andere Methode, um die beste Tasse Tee herzustellen. Doch das Resultat hängt immer von der Person ab, die das Ritual durchführt. Und jetzt natürlich auch noch von den Regeln des Wettkampfs. Es wird zum Beispiel erzählt, dass die Teilnehmenden in früheren Wettkämpfen eine Auswahl an Teesorten allein am Geruch unterscheiden mussten. Dafür verband man allen Shénnóng-tú vor der Teezubereitung die Augen, auch um die Sicherheit ihrer Handgriffe zu testen. Die Prüfungen wurden im Geheimen abgehalten, das Wissen von Lehrenden an ihre Studierenden weitergereicht.

Hier sind wir jetzt allen Blicken schutzlos ausgeliefert.

Ein junger Shénnóng-tú namens Chen Shao ist als Erster an der Reihe. Ich erkenne ihn als denjenigen wieder, der uns vor den Toren beleidigt hat. Mit dem arroganten Selbstbewusstsein eines Jungen, der sich seines Standes schon sein Leben lang bewusst ist, wirft er sein Gewand mit lässiger Geste nach hinten, bevor er niederkniet. Wenn einem, seit man den Mutterleib verlassen hat, immer wieder gesagt wird, dass man alles tun darf, warum sollte man jemals zögern? Wenn einem von Geburt an gesagt wird, dass die Welt sich vor dir zu verbeugen hat, findet man es völlig normal, zum Aufstieg erkoren zu sein.

Die Menge beobachtet gespannt jede seiner Bewegungen.

»Welches Gericht servierst du uns heute?«, fragt Elder Guo.

Shao verbeugt sich in höfischer Weise, bevor er antwortet.

»Ich stamme aus dem westlichen Viertel von Jia, bekannt für unsere Kunst, Kultur und berühmten Teehäuser. Mein heutiges Gericht für Euch ist eine Vorspeise aus Kristallgarnelen und Schnittlauch.«

Er hebt etwas davon mit seinem Essstäbchen in die Höhe – rosa Garnele, grün gesprenkelt, umhüllt von einer dünnen, durchsichtigen Haut aus Reispapier. Er beißt hinein, kaut und schmeckt, bevor er fortfährt.

Auch wenn Shao unfassbar arrogant erscheint, muss ich zugeben, dass es tatsächlich magisch ist, ihm bei der Zubereitung seiner Tasse Tee zuzusehen. Er lässt das Wasser leicht aufkochen und schwenkt dann alle seine Gefäße damit aus, um sie zu reinigen und vorzuwärmen. Bei ihm hat jeder Schritt der Teezubereitung einen Namen, inspiriert von der Geschichte einer der alten Götter. Einer Geschichte, die Mutter auch mir beibrachte, sobald ich eine Teetasse halten konnte.

Das Wasser perlt an den Seiten der Schalen hinab und schimmert wie silbrige Schuppen. *Der Drache, der nach dem Aufwachen den Morgentau abschüttelt.*

Vorsichtig löffelt er eine bestimmte Menge Teeblätter in die erste Kanne, gibt Wasser hinzu. Dabei vollführt er jede Bewegung für das Publikum überdeutlich. *Der Drache umkreist seine Königliche Behausung.*

Mit einer raschen Drehung des Handgelenks lässt er das Wasser dreimal kreisen und gießt es dann aus großer Höhe auf das Tablett hinunter. Dieser erste Aufguss wird nicht getrunken, er dient nur zum Waschen des Tees. Die Leute halten die Luft an. Es rinnt durch die Rillen in das Auffangbecken, ohne dass ein einziger Tropfen verlorengeht. *Schäumende Wellen rufen sein Missfallen hervor.*

Noch einmal füllt er die erste Kanne mit heißem Wasser, lässt dem Tee aber diesmal Zeit, um zu ziehen. Mit gebeugtem Kopf wartet Shao, während die Dienerschaft jedem der Jurymitglieder eine Vorspeise aus Kristallgarnelen serviert. Dann spült er die zweite Kanne noch einmal aus, sie dampft noch, als er schließlich den fertigen Tee hineingießt. Zuletzt gießt er ihn sacht und, ohne etwas zu verschütten, in die fünf Teetassen. *Der Drache tritt in den Palast ein, und der Thronräuber wird vernichtet.*

Ich bewundere die Präzision seiner Bewegungen und die Art, wie ihm der goldene Tee gehorcht.

»Schaut, schaut nur!« Diejenigen, die der Bühne am nächsten stehen, drängeln noch näher heran. Der Dampf aus allen fünf Teetassen fügt sich zu einem einzigen Umriss zusammen, einem Drachen, der kurz in der Luft flimmert, bevor er sich in Nichts auflöst. Ein Beweis von Shaos Fähigkeiten in der Magie der Illusion.

Diener treten rasch nach vorn, um jedem Juror eine der kleinen Teetassen zu reichen.

Das Ergebnis ist einstimmig. Nacheinander wirft jeder Juror eine Holzkachel zu Boden, die von einem Assistenten aufgehoben und für alle sichtbar an einen Haken gehängt wird. Fünf purpurfarbene Kacheln bescheinigen ein *Exzellent*.

»Ich habe nichts anderes von jemandem erwartet, der von unserem geschätzten Qian ausgebildet wurde.« Die Prinzessin lächelt zustimmend.

Ich unterdrücke ein Augenrollen. Natürlich ist Shao bereits abgesegnet, schon jetzt ist er einer der Spitzenreiter, von dem man erwartet, dass er gewinnt, nur weil er einen namhaften Fürsprecher hat.

»Sag, ist es wahr, dass du mörderische Tests durchlaufen musstest, einer gefährlicher als der andere, um überhaupt von ihm als Schüler angenommen zu werden?«, fragt die Prinzessin.

»Ich hoffe, dass sie nicht von mir verlangt, die Geheimnisse meines Lehrers auszuplaudern«, sagt Shao mit einem Hauch von Flirt in der Stimme.

Die Zuschauenden kichern und applaudieren dann donnernd, gleichermaßen schockiert und fasziniert von diesem hochmütigen und gut aussehenden Jungen.

Der Wettkampf geht weiter. Ich bin so geblendet von der schieren Auswahl an Tees und Techniken, dass ich fast vergesse, wie übel mir ist.

Gaumenreinigender weißer Tee begleitet die für die Yún-Provinz so typischen Süßigkeiten. In Yún speisen Bergbäche aus großen Höhen die Plantagen, sie verleihen den zarten Blättern des Tees eine Note von Pfefferminz.

Gerösteter Schwarztee mit reichem und erdigem Geschmack, der dem Gewürz der Fleischbrühe entgegenwirkt, die das Volk der Huá-Präfektur westlich von Jia so gern isst.

Die Schwere eines frittierten Wasserbrotwurzelknödels wird von mild-blumig aromatisiertem grünem Tee aufgehoben. Zwei Spezialitäten einer Stadt im Süden mit dem Spitznamen Jasminstadt.

All die unterschiedlichen Küchen und Menschen von Dàxī werden gefeiert. Sobald eine der Provinzen ausgerufen wird, jubeln ihre Leute im Publikum. Jetzt erst erkenne ich, wie klug dieser Wettkampf arrangiert ist. Wenn die Prinzessin die Laune ihres Volkes verbessern will, wie Bo vermutet, dann ist es ihr hiermit bestens gelungen. Sie blendet die Menschen, indem sie sicherstellt, dass auch noch der letzte Winkel des Reiches wahrgenommen wird und Anerkennung findet. Das Publikum ist mit dem Herzen dabei, seine Reaktionen sind unverstellt. Sie buhen aus, wen sie nicht mögen, und jubeln ihren Favoriten zu.

Als Lian aufgerufen wird, versuche ich, ihr ein ermutigendes Lächeln zuzuwerfen, doch ihre Augen sind allein auf die vor ihr liegende Aufgabe gerichtet. Von ihrem heiteren Auftreten ist nichts mehr zu sehen. Mit gesenktem Kopf tritt sie vor den Tisch, kniet sich hin und beginnt mit dem Ritual. Ihre Hände zittern aber so stark, dass ihr das Gericht aus der Hand rutscht, als sie es vom Tablett nimmt, und gegen die Teeschalen scheppert. Ich zucke zusammen.

»Tollpatsch!«, höhnt ein gesichtsloser Fremder aus der Menge.

Lian springt auf und verbeugt sich.

»Ich bitte um Vergebung, vergebt mir, Eure Exzellenzen.«

»Ich selbst bin nur Minister und eines solchen Titels nicht würdig«, sagt Minister Song trocken, aber nicht unfreundlich, und das Publikum kichert. »Wie heißt du, mein Kind?«

»Ich bin Lian«, sagt sie. »Aus der Kallah-Ebene.«

Sie stellt sich so vor, wie man es in ihrem Volk macht – ohne Familiennamen. Das Gesicht des Marquis zuckt als Antwort.

»Es gibt keinen Grund zur Eile.« Minister Song macht eine leichte Handbewegung. »Bitte, fang noch einmal an.«

Wie die meisten anderen auch bereitet Lian ihren Tee

wortlos zu. Man hört nur das Klirren der Teekanne, als sie sie auf das Holz des Tabletts setzt, und das leichte Klappern des Geschirrs, diesmal behutsamer als vorhin.

Die Juroren spießen die kleinen Rollen mit ihren Essstäbchen auf und beißen vorsichtig hinein.

»Was ist das für eine Speise?«, fragt Elder Guo. »So etwas habe ich noch nie zuvor gekostet.«

»Das sind Reiskuchen«, erwidert Lian. »In brauner Zuckersoße und Erdnüssen gewälzt.«

»Es ist ein ziemlich … einnehmender Geschmack.« Elder Guo legt die Hälfte ihrer Portion auf den Teller zurück.

Lians Technik ist selbst unter der hier vorhandenen Vielfalt einzigartig. Ihren Tee präsentiert sie in Form eines Ziegels. Solche Ziegel haben eigentlich den Ruf, eine minderwertige Zusammenstellung von Teeblättern zu sein, eine Mischung aller möglichen Stängelbruchstücke und ausrangierter Blätter. Nachdem sie ein Stück des gepressten Tees abgeschnitten hat, legt sie es in ihre Kanne. Sie fügt eine Auswahl von Zutaten hinzu, die ich von meinem Platz aus nicht erkennen kann.

Die Prinzessin lehnt sich vor, ihre Augen flackern im Licht der Laternen. Jede noch so kleine Bewegung Lians beobachtet sie aufmerksam. Als die Diener sich den Juroren mit den Tassen nähern, weht der Duft von Zimt durch die Luft.

»Erzähl uns etwas über all diese Zutaten.« Minister Song hebt seine Tasse und lässt sich den Dampf um die Nase wehen.

»Tee, der für die Bitterkeit des Lebens steht«, sagt Lian mit leiser Stimme. Dann, nachdem sie sich geräuspert hat, spricht sie etwas lauter weiter. »Rote Zuckerwürfel und Walnüsse für Süße. Denn in uns allen glimmt ein Funke. Pfefferkörner und Ingwer entfachen das Feuer.«

Als die Teetassen vorhin vor der Jury abgestellt wurden, habe ich ihre Gesichtsausdrücke beobachtet. Elder Guo ist definitiv eine Traditionalistin – kaum hat ihr Mund überhaupt die Tasse berührt, da stellt sie sie schon wieder zurück. Minister Song scheint aufgeschlossener zu sein und genießt achtsam jeden Schluck. Der Marquis verzieht widerwillig das Gesicht und nippt so hastig an seiner Tasse, als sei er erpicht darauf, schnellstmöglich zum nächsten Wettkampfteilnehmer überzugehen. Die stoischen Gesichtszüge des Kanzlers sagen mir überhaupt nichts. Die Prinzessin scheint nachdenklich zu sein und betrachtet die Überreste in ihrer Tasse.

Ich balle die Hand im Schoß, will gegen Lians Abweisung Einspruch erheben und ihnen sagen, dass man die Bedeutung des Shénnóng auch auf ganz andere Weise zeigen kann als durch extravagante Darbietungen. Aber sogar ich weiß, dass ich den Kopf gesenkt halten und ruhig bleiben muss. Als die Jury ihr Urteil verkündet, halte ich für Lian die Luft an.

Zwei rote Kacheln für *Nein*. Minister Song steuert eine purpurfarbene als Zustimmung bei. Überraschenderweise gibt auch der Kanzler eine purpurfarbene Kachel hinzu und nickt in Lians Richtung.

»Insgesamt ein gar nicht so unangenehmer Geschmack«, kommentiert er. »Eine unterschwellige Magie belebt hier den Geist.«

Jetzt kommt es allein auf die Prinzessin an. Sie trinkt den letzten Rest Tee aus und lächelt.

»Er verweilt auf dem Gaumen und entfaltet sich dort auf zauberhafte Weise«, sagt sie und tupft sich vorsichtig den Mund mit einem Taschentuch ab. Sie lässt eine purpurfarbene Kachel fallen. »Und deshalb sollst auch du im Wettkampf bleiben.«

»Danke!« Lian verbeugt sich tief, ihre Freude ist unübersehbar. Das Publikum, berührt von ihrer Aufrichtigkeit, klatscht und jubelt ihr zu.

Auch ich kann nicht anders, als ihr wild zu applaudieren.

Bis ich merke, dass ich selbst an der Reihe bin.

KAPITEL 8

Mit den Göttern kann man nicht still kommunizieren.

Das war es, was unsere Mutter uns beigebracht hat: Die Shénnóng-Kunst ist ein Dialog. Keiner aus Meditation und Stille oder Tradition und Strenge. Es ist ein Tanz zwischen Menschen, eine Verbindung zwischen Körpern und jenseits davon. Um die Gebrechen eines Patienten oder die Bedürfnisse eines geliebten Menschen zu verstehen, muss man ihm nah sein. Shénnóng ist eine intime Erfahrung, eine Verpflichtung, und nur so wird man dieser Magie überhaupt gerecht.

Niemals habe ich Mutter öffentlich Shénnóng durchführen sehen, vor einer Menge unbeteiligter Zuschauer. Sie ist nie damit *aufgetreten.*

Ich zittere, als ich zum Podium der Jury gehe. Nicht nur weil ich nervös bin, sondern auch, weil ich mich wie ein Baum ohne Blätter fühle, nackt und ausgestellt, kurz davor, etwas sehr Persönliches vor so vielen Menschen zu tun. Ich denke an den Moment im Teehaus, als ich mich mit Bo verbunden habe. Mir ist das dieses eine Mal gelungen, also wird es auch ein nächstes Mal geben. Mutter hat immer gesagt, dass ich die Gabe habe. Roh und ungeschliffen zwar, aber sie ist da. Ich kann sie ablehnen oder annehmen. Sie wird mich nicht so schnell verlassen.

Ich bin noch immer die Tochter meiner Mutter.

Ich räuspere mich, so dass ich laut genug sprechen kann, um von allen gehört zu werden.

»Ich stamme aus Sù, Hoheit.« Ich wende mich direkt an die Prinzessin – nur ein kleines Heben der Braue verrät ihre Überraschung. Meine Schwester wüsste, dass ich nur rede, damit mein Körper zu zittern aufhört. Doch ich merke erst jetzt, dass ich zu geradeheraus war, ohne die Etikette der Hauptstadt zu kennen. Ich muss trotz meines Fehlers weitermachen. »Der geschätzte Dichter Bai verfasste einmal ein Gedicht über meine Provinz.«

Man hört leises Gemurmel aus der Menge, aber ich schenke ihm keine Beachtung. Ich hebe die Deckel von den Kannen und stelle sie auf das schwarze Tablett.

»Gestalten mühen sich auf den fernen Hügeln ab.« Ich nehme die Teeblätterbällchen aus der Schale und lasse eins nach dem anderen auf den Boden jeder Tasse rollen. Ich beschwöre das Bild von Shu und mir herauf, wie wir zu Hause in den Tälern lachend zwischen den Teebäumen herumtollen und uns nichts daraus machen, dass die Körbe mit den geernteten Blättern mit uns umfallen und sich unsere ganze Mühe in unserem Haar und über unseren Kleidern verteilt. Tee bedeutet Heimat für mich, Freude, Familie.

»Nebel, der sie in der Ferne verschleiert.« Das Wasser zieht in den Tee ein, und Dampf steigt auf. Er umnebelt meine Wangen, als ich mich darüberbeuge. Einen Moment lang kann ich die Tränen fühlen, die ich nur in der Nacht vergieße. Das Gesicht der Prinzessin wird weich, und ich nehme eine kummervolle Erinnerung bei ihr wahr, von der Kraft des Tees heraufbeschworen.

»Der Tee wird serviert, während ich mich ausruhe.« Ich schwenke den Tee und gieße ihn in die Kanne zum Ruhen. Er verschwindet darin, während ich mir den müden Dichter vorstelle, der mein Heimatland durch ein Fenster betrachtet.

»Meine Finger, tintenfleckig.« Statt die Zange zu verwenden, suche ich fünf Duftblütenblätter des Osmanthus mit der Hand heraus und lasse sie in jede Teetasse fallen. Elder Guos Hand öffnet sich leicht, als wolle sie die Blüten auffangen, wie sie es als kleines Mädchen tat, wenn sie zwischen den Bäumen tanzte.

»Der größte Segen ist der zarte Duft von Grün.«

Das sind nur menschliche Hände war noch etwas, das meine Mutter oft sagte. Wenn sich jemand über meine Missgeschicke beschwerte, wie das Feuer, das einmal unsere Felder zerstörte, oder als ich Gouverneur Wangs übler Laune in die Quere kam und alles noch schlimmer machte. *Menschliche Hände machen Fehler, Ning, aber es sind die Hände, die uns die Götter gegeben haben. Wir benutzen sie zur Wiedergutmachung und um Gutes zu tun.*

Und genau das ist es, worum es mir beim Teeaufbrühen geht. Um den Geschmack von Menschsein. Darum, Fehler zu machen. Darum, noch einmal jung zu sein. Eine Erinnerung daran auszulösen, dass wir manchmal die sind, die etwas tun, und manchmal die, die ausruhen.

Der letzte Schritt ist das Einschenken. Der Tee, den ich ausgewählt habe, hat kaum Sonne abbekommen und deshalb den Großteil seines Geschmacks in den Blättern gespeichert. Eine leichte Andeutung von Grün bleibt darin und umschmeichelt die Ecken und Kanten der Blütenblätter. Es erinnert mich an Wachstum, daran, dem Licht zuzustreben …

»Was *erlaubt* sie sich?!«

Mir bleibt keine Zeit mehr, meine Arbeit abzuschließen. Plötzlich schneidet ein scharfer Schmerz quer über meine Hand, die Teetasse neben mir zerbricht. Ich bin zu bestürzt, um zu reagieren. Ein Keuchen ist zu hören. Marquis Kuang erhebt sich und zeigt mit dem Finger anklagend in meine Richtung.

Der Dampf löst sich auf, die Erinnerungen, die ich so achtsam heraufbeschworen habe, zerfallen. Kanzler Zhou blinzelt mit von Verwirrung erhobenen Augenbrauen, als erwache er soeben aus einem angenehmen Tagtraum. Die Verwunderung auf Elder Guos Gesicht weicht schnell wieder ihrer kontrollierten Maske.

»Machst du dich über den Wettkampf lustig?«, schnarrt der Marquis. Spucke sprüht aus seinem Mund. »Sie wagt es, den Revolutionär Bai zu zitieren? Hält sie uns für nachsichtig oder für verdorben?!«

Vor Angst bebend halte ich den Blick auf meine Füße gesenkt, weil ich nicht will, dass mein Gesicht mich wieder verrät. Meine nicht so respektvollen Gedanken über den Adel mit seinen zartbesaiteten Seelen und seiner hauchdünnen Haut.

»Verehrter Herr«, sage ich vorsichtig. »Dichter Bais Worte wollen doch nur sagen, dass Tee ein Getränk für Bäuerinnen und Dichter gleichermaßen ist. Er kann vom niedrigsten Landwirt und von den höchsten Rängen zu Hofe genossen werden und ziemt sogar Eurem hohen Stand.«

Ich schlucke. Das Gedicht war immer etwas Besonderes für mich gewesen. Mir war niemals bewusst, dass es von einem Aufständischen verfasst worden war. Jetzt fallen mir plötzlich die Geschichten über Dichter Bais Enthauptung ein, und mir wird klar, dass ich einen gravierenden Fehler gemacht habe.

»Diese … diese Tasse Tee drückt meine … meine Freude aus, euch heute zu dienen«, stottere ich. Ich höre nur noch die zurechtweisende Stimme meines Vaters, die mir sagt, dass ich schon wieder einen Fehler gemacht habe.

Zu meiner Rechten rumort es in der Menge, Stimmen überschlagen sich.

»Lasst sie in Ruhe!«, schreit jemand.

Ein anderer stimmt ein. »Sie sagt die Wahrheit!«

Die Spannung in der Luft nimmt zu wie Wasser in einem Topf, der gleich überkocht.

»Mein lieber Marquis.« Der Kanzler entschließt sich zu sprechen, er geht um den Tisch herum und legt seine Hand auf den Arm des Adelsmannes. Er sieht ruhig aus, fast amüsiert. Obwohl Kanzler Zhou auf den Boden schaut, als seien seine Worte nur für ihn selbst bestimmt, ist seine Stimme doch laut genug zu hören. »Versteht denn niemand? Wir sollten die kaiserliche Witwe preisen. Denn wir können der Welt sagen, dass auch unsere Bauern fähig sind, Gedichte zu rezitieren!«

Eine Woge von Gelächter durchläuft das Publikum und ebbt wieder ab. Alle Augen sind auf den Marquis und den Kanzler gerichtet. Der Marquis ist noch immer sichtlich erregt, aber Kanzler Zhou lächelt, darauf bedacht, die feierliche Stimmung des Wettbewerbs wiederherzustellen. Doch ich kann sehen, wie hart er den Arm des Marquis umschließt. Eine Warnung an ihn, es nicht zu weit zu treiben.

Kanzler Zhou scheint auf meiner Seite zu sein. Vielleicht komme ich ja doch noch unbeschadet aus dieser Sache heraus. Kaum habe ich erleichtert ausgeatmet, als ein plötzlicher Pfeifton die Dunkelheit durchbohrt, gefolgt von einem dumpfen Aufprall.

In der Mitte des Tisches der Jury zittert ein Pfeil.

Ich taumele nach hinten. Keuchen und Schreie erfüllen die Luft, dann das Geräusch trampelnder Stiefel auf dem Boden. Ein Durcheinander rechts von mir, Stoff streift meinen Arm. Ein purpurfarbener Umhang flattert in der Luft, und in einiger Entfernung springt die Leibwächterin der Prinzessin entschlossen über die Menge. Wenn die Person, die den Pfeil abgeschossen hat, noch da ist, wird sie sie finden.

Binnen eines Augenblicks wimmelt es um mich herum von Soldaten, und eine Mischung aus Metall und Schweiß zieht mir in die Nase.

»Schützt die Prinzessin!«, schreit jemand.

Bos beiläufige Worte fallen mir wieder ein: *hundert Mordanschläge …*

Ein dunkler Schatten fliegt über uns hinweg, springt in einem einzigen Satz aus der Menge auf die Bühne. Eine Klinge blitzt auf. Ich ducke mich und sehe das blasse Gesicht der Prinzessin, als sie die neue Bedrohung erkennt. Doch die Gestalt, die auf sie zugesprungen ist, dreht sich jetzt um und stellt sich den heranzischenden Pfeilen, windet sich wie eine geschmeidige Schlange und schützt die Prinzessin so vor den mit Widerhaken versehenen Spitzen.

Wer immer das sein mag: Der Angreifer ist es nicht. Im Gegenteil. Er verteidigt die Prinzessin vor der unbekannten Gefahr.

Sein Schwert sticht wie ein silberner Fisch in die Mitte des sich schnell bewegenden Stroms. Unschädlich gemacht, fallen die Pfeile zu Boden.

Das Chaos vergrößert sich um uns herum noch, als das Publikum begreift, was geschehen ist. Einige jubeln dem mutigen Lebensretter der Prinzessin zu, andere versuchen zu fliehen. Kurz bevor die Wachen den mysteriösen Retter zur Seite ziehen und ihn zwingen, das Podium zu verlassen, fällt seine Kapuze nach hinten. Das schaukelnde Licht einer Laterne scheint auf sein Gesicht.

Mein Herzschlag setzt aus.

Es ist Bo.

Hinter ihm zerrt der Wind am Kleid der Prinzessin, während sie von den Wachen die Stufen hinaufgeschoben wird. Die gestickten Kraniche flattern in der Luft, als würden sie fliegen, und glitzern dabei im Licht.

Der Kanzler schwankt, Blut tropft von seiner Schulter herab. Er ruft etwas in den Aufruhr hinein, doch ich sehe nur die Bewegung seines Mundes.

Jemand schiebt mich zur Seite. Ich versuche, mich klein zu machen, zusammengekauert niemandem im Weg zu sein. Es gibt nirgends Sicherheit. Als ich mich am Tisch festhalte, sehe ich, dass zwei meiner Tassen umgefallen sind. Ihr Inhalt ist über das Holz gelaufen und verwischt.

Genau wie meine Hoffnungen in den Wettkampf. Zerstört.

KAPITEL 9

Ich habe keine Ahnung, wie ich zur Unterkunft zurückgekommen bin. Erinnern kann ich mich an Gestalten, die Schatten an die Mauern des Innenhofes warfen, an unscharfe Gesichter und an Soldaten, die eine Wand um mich und die anderen Wettkämpferinnen und Wettkämpfer bildeten. Dann taumelte ich durch unser Tor.

Lian ruft meinen Namen, ihre Lippen zusammengepresst, ihr Blick ängstlich.

»Du blutest«, sagt sie.

Ich sehe den Schnitt an meiner Hand, das Rinnsal Blut, aber ich fühle nichts.

»Glaubst du … glaubst du, dass ich durchgefallen bin?«, frage ich.

»Denk jetzt nicht daran«, sagt sie und versucht, beruhigend zu klingen. »Morgen früh weißt du es.«

Ich hätte niemals gedacht, dass ich auch nur ansatzweise schlafen könnte, aber ich werde vom Morgenlicht geweckt, das durch die geöffneten Fensterläden flutet. Eine Dienerin stellt gerade eine Schüssel mit Wasser auf den Frisiertisch.

»Ihr seid zur nächsten Versammlung gerufen worden«, informiert sie mich knicksend und lässt mich dann allein, damit ich mich zurechtmachen kann. Ich kann nur einen sehnsüchtigen Blick auf das morgendliche Mahl im Hauptraum werfen. Ein Topf voll blubberndem Reisbrei, kleine Teller mit eingelegten und mit Chili gefüllten Gurken, Hähnchengeschnetzeltes, das von Sesamöl nur so glänzt. Mein Magen protestiert knurrend, doch der Hunger verschwindet schlagartig, als ich durch das geöffnete Eingangstor unserer Unterkunft Soldaten sehe.

Wir werden zu den anderen Wettkämpferinnen und Wettkämpfern eskortiert, und eine düstere Stimmung liegt in der Luft, ein völliger Kontrast zu der feierlichen Atmosphäre gestern. Während man uns die Gänge entlangscheucht, fallen mir die Rüstungen der Wachen auf. Im Dämmerlicht gestern waren keine Details zu erkennen gewesen, doch jetzt bei Tageslicht kann ich die Feinheiten sehen, das Motiv, das in die Rückseiten gearbeitet wurde. Ein Tiger, das Symbol für das Kriegsministerium.

Voller Unbehagen rufe ich mir den Albtraum von letzter Nacht in Erinnerung. Ich war von einer Horde johlender Soldaten umzingelt und konnte sie nur mit Hilfe eines Stabs, den ich in der Hand hielt, fernhalten. Als sie mir bedrohlich nahekamen, holte ich aus und schlug zu. Entsetzt stellte ich fest, dass die Helme leer waren. Die Soldaten in meinem Traum hatten keine Köpfe gehabt.

Ich stoße mit Lian zusammen, weil die anderen vor einem Pavillon angehalten haben. Sie wirft mir einen besorgten Blick zu. Ich schaffe es, ihr zuzulächeln, und halte meine bandagierte Hand hoch. Mit den Lippen forme ich ein Dankeschön für ihre Hilfe gestern Abend. Sie nickt mir zu.

Ich reiße mich zusammen und schaue mich um. Noch ein gut gepflegter Garten, der aus einer Ansammlung von Bonsaibäumen und Steinskulpturen besteht. Kurz darauf kündigt der Herold das Erscheinen von Minister Song an, der in seiner charakteristischen weißen Kleidung eintritt. Wir knien nieder, und die Schottersteine auf dem Weg graben sich in unsere Haut. Er wendet sich uns mit ernstem Ausdruck zu, die Hände auf dem Rücken verschränkt.

»Ich weiß, dass es viele Spekulationen über die Geschehnisse des gestrigen Abends gegeben hat, doch der Wettkampf geht weiter. Wir weigern uns, uns von denjenigen einschüchtern zu lassen, die glauben, der Große Kaiser würde sich ihren Versuchen, Unruhe und Disharmonie zu verbreiten, beugen.« Minister Song spricht mit bebenden Nasenflügeln, als würde er einen geschmacklosen Gedanken wie diesen nicht mal ansatzweise in Erwägung ziehen. »Der Justizminister wird die Identität des Attentäters, der es gewagt hat, die Prinzessin anzugreifen, ermitteln. Allein zu ihrer Sicherheit wird der Wettkampf erst in ein paar Tagen wiederaufgenommen. Bis dahin bleiben alle Wettkämpferinnen und Wettkämpfer im Palast. Ich erwarte eure vollständige Kooperation mit den Beamten der Ermittlungsbehörde.«

Vielleicht täusche ich mich, aber ich könnte schwören, dass mich der Minister einen Moment lang missbilligend ansieht.

»Den wenigen unter euch, deren Beurteilung noch aussteht, gewährt die Prinzessin angesichts der Umstände gnädigerweise den Einzug in die nächste Runde des Wettkampfes. Vergeudet diese Chance nicht.«

Eine Handvoll Wettkämpferinnen und Wettkämpfer grummelt, doch ein Blick des Ministers bringt sie rasch zum Schweigen.

Wir senken die Köpfe und murmeln unser Einverständnis, unsere siebzehn Stimmen verschmelzen dabei zu einer einzigen. Nachdem wir uns erhoben haben, mische ich mich unter die anderen Shénnóng-tú und grübele über mein Glück, trotz meines Fehltritts an der nächsten Runde teilnehmen zu können. Da fasst einer der Wächter mich am Arm.

»Deine Anwesenheit wird verlangt.« Seine Stimme ist leise, dennoch zieht sie die Aufmerksamkeit der anderen auf sich, die schnell davonstieben, als könne der Wächter sie sonst auch noch packen. Ich ärgere mich über den Ausdruck, der über ihre Gesichter huscht: eine Mischung aus Bedauern und Feindseligkeit.

Die Hand des Wächters hält mich am Ellbogen und führt mich zurück zum Pavillon. Mein leerer Magen zieht sich zusammen, als ich sehe, dass dort der Kanzler auf mich wartet. Ich werde die Steinstufen hinaufgeschubst und stehe vor ihm, unsicher, was ich sagen oder tun soll.

Kanzler Zhou betrachtet das Wasser, und ich folge seinem Blick. Die Seerosen blühen noch nicht, aber ihre Blätter breiten sich auf der Wasseroberfläche aus. Kreise aus Purpurrot und kräftigem Grün, ein Zeichen dafür, dass die Natur immer weiter erwacht.

Ich richte mein Rückgrat auf, um mich dem zu stellen, was jetzt folgt. Wenn ich schon aus dem Wettkampf fliege, werde ich zumindest in Würde gehen.

»Zhang Ning«, sagt er mit versteinerter Stimme, »dir ist sicher klar, dass deine … Auswahl von gestern Abend Konsequenzen hat?«

Bilder blitzen in mir auf wie in die Nacht geschossene Pfeile. Die Bedeutung der Worte des Dichters. Die zerbrochene Teetasse.

»Ich habe das nicht gewusst«, flüstere ich. Reue breitet sich in meinem ganzen Körper aus, und ich würde am liebsten vor ihm zu Staub zerfallen. Wenn ich doch nur den Mut hätte, ihn trotzig anzusehen und mich selbst eine Revolutionärin zu nennen. Aber ich bin die Feigheit in Person. »Ich habe es nicht böse gemeint.«

Er seufzt und streicht sich mit dem Daumen über das Kinn. »Ich will dich nicht anlügen, Kind. Dein weiterer Weg in diesem Wettkampf wird steinig sein. Du hast dir den Marquis von Ānhé zum Feind gemacht. Wenn es nach ihm ginge, hättest du den Palast bereits verlassen.«

Meine Hoffnung sinkt wie ein Stein im Wasser. Man wird mich zurück nach Sù schicken. Ich bin mir ganz sicher.

»Du kannst von Glück sagen, dass die Prinzessin Interesse an deinen Fähigkeiten angedeutet hat.« Er dreht sich zu mir um und sieht mich aufmerksam an. »Auch ich sehe Potenzial in dir.«

Mit vor Angst und Erleichterung schwachen Beinen sinke ich auf die Knie.

»Ich bin Eurer Güte nicht würdig«, murmele ich.

»Steh bitte auf.« Er greift nach meinem Arm und hilft mir hoch. Doch seine folgenden Worte jagen mir einen Schauer über den Rücken. »Als Güte würde ich es nicht bezeichnen. Du befindest dich ab jetzt unter besonderer

Beobachtung. Noch ein Fehler, und du landest im Kerker.«

Ich zwinge mich dazu, ihn anzusehen. Mit seinem sorgfältig getrimmten Bart und seinen Kinnbacken erinnert er mich ein bisschen an meinen Großvater – diese natürliche Autorität. Sein unbewegter Blick begegnet meinem. Ich kann nichts Böses darin entdecken, nur eine Warnung.

»Sollten wir irgendwelche Verbindungen zwischen dir und den Attentätern aufdecken, werden du und jeder, der dir lieb ist, nach Lǜzhou verbannt. Du und deine Familie werdet dort sterben, zusammen mit allen anderen Konspirateuren, die dumm genug sind, gegen den Kaiser zu opponieren.«

»Ich verstehe.« Nur mit Mühe bringe ich die Worte hervor.

Lǜzhou gehört zu einer Inselgruppe im Osten, auch bekannt als die Smaragdinseln. Bekannt ist auch, dass es der gefährlichste Ort des Reiches ist, wohin ruchlose Verbrecher exiliert und in den Dienst des Kaisers gestellt werden. Sie werden dort für halsbrecherische Arbeiten in den Salzsümpfen oder Steinbrüchen eingesetzt. Dort zu leben heißt, eines langsamen Todes zu sterben.

Kanzler Zhou seufzt und entlässt mich mit einer Handbewegung.

Meiner Stellung im Palast noch immer nicht sicher, flüchte ich. Ich habe die Aufmerksamkeit der Jury auf mich gezogen, aber nicht die Art Aufmerksamkeit, die mir nützlich sein könnte. Ich muss mir jetzt bewusst machen, dass jede meiner Regungen die Sicht der Jury auf mich beeinflussen wird. Ein falscher Schritt von mir kann meine Familie ins Unglück stürzen. Das vergesse ich ab jetzt ganz bestimmt nicht mehr.

Worauf habe ich mich da bloß eingelassen?

Ich kehre in die Unterkunft zurück und treffe auf Lian, die gerade Reisbrei aus ihrer Schale isst.

»Du bist noch da!« Sie springt auf, und der Löffel fällt scheppernd auf den Tisch. »Was ist passiert? Was hat der Minister gesagt?«

Ich setze mich seufzend hin und bedecke mein Gesicht mit den Händen. »Ich habe stattdessen mit dem Kanzler geredet. Er wollte sichergehen, dass meine Familie und ich keine Rebellen sind. Man hat mir zwar erlaubt, weiter am Wettkampf teilzunehmen, aber ich habe mir den Marquis zum Feind gemacht.«

»Den Marquis.« Lian schnaubt und setzt sich wieder. Sie schenkt uns beiden Tee ein.

Dankbar nehme ich meine Tasse entgegen, froh über die Wärme zwischen meinen Händen.

»Diese alte Kröte. Total festgefahren in seinen Ansichten.«

Die Vertrautheit, mit der sie über die Minister und Beamten im Palast spricht … Endlich stelle ich die Frage, die mir schon lange auf dem Herzen liegt. »Lian, wie kommt es, dass du so viele Angestellte des Hofes kennst?«

»Ach, weißt du es denn gar nicht?« Sie sieht mich an und sagt dann mit einem lässigen Schulterzucken: »Ich bin die Tochter des Diplomaten der westlichen Königreiche, Botschafter Luo.«

»Ach …« Ich lasse diese Enthüllung langsam auf mich wirken. »Deshalb kennst du dich hier so gut aus … Und deshalb kennst du jeden aus Kallah.«

Sie schenkt mir ein schiefes Lächeln. »Wir sind durch himmlische Prinzipien miteinander verbunden. Meine Mutter glaubt daran, dass man sein Volk kennen muss, dass wir alle eine Familie sind.«

»In Sù kriegen wir nicht viele Leute von außerhalb der Provinz zu Gesicht«, erzähle ich. »Entschuldige meine Unwissenheit.«

Lian lacht. »Sei nicht so förmlich mit mir, Ning. Ich verabscheue die höfischen Regeln. Auf dem Rücken eines Pferdes unter freiem Himmel fühle ich mich tausendmal wohler.«

Ich nicke. Das kann ich gut verstehen. Genau wie mein richtiger Platz zwischen den Pflanzen im Heilkräutergarten ist. Eines Tages kehre ich zu den Teebäumchen zurück und nenne mich *Tochter des Shénnóng*.

Lian erzählt mir von ihrem Zuhause, während wir unser kalt gewordenes Frühstück essen. Kallah ist eine kleine Provinz. Die eher landwirtschaftlich ausgerichteten Einwohner haben sich in den fruchtbaren Nischen angesiedelt. Andere leben nomadisch und züchten Vieh in den Steppen. Sie treiben vorwiegend mit der Provinz Yún Handel.

Die Freiheit, die sie beschreibt, klingt verlockend. Sie muss nicht ein Leben lang im selben Dorf mit den immer gleichen Gesichtern bleiben. Sie darf reisen, wohin sie will. Sie hat wahrscheinlich mehr von der Welt gesehen als wir alle und ist weiter gereist, als ich es mir jemals habe vorstellen können.

Plötzlich wirft Lian ihren Löffel hin.

»Ich finde diesen kalten Reisbrei grässlich. Und satt werde ich davon auch nicht. Komm, wir gehen in die Küchen.«

Ich protestiere, zum einen wegen der Regeln, zum anderen, weil ich jetzt eine bin, »die unter Beobachtung steht«, doch Lian ignoriert mich und geht mit langen Schritten durch die Gärten voraus. Ich bin mir fast sicher, dass wir vor dem Bediensteteneingang von Wachen aufgehalten werden, aber sie schenken uns keinerlei Beachtung. Verführerische Düfte ziehen schon hier in unsere Nasen – Rauch und gegrilltes Fleisch, der vertraute Geruch erdiger Kräuter und feuchter Palmwedel.

Lian spaziert in die kaiserlichen Küchen hinein, als würden sie ihr gehören. Sie nickt einer vorüberhastenden Dienerin mit einem Arm voller Gemüse zu. Neugierde siegt über meine Vorsicht, und ich sehe mich um. Beim letzten Mal war es uns nur erlaubt, uns im Küchenhof zu versammeln. Jetzt passieren wir eine Menge gestapelter Dampfkessel und Regale mit Trockenfisch und erreichen schließlich die richtige Küche.

Hier herrscht reges Treiben. Geräusche von Kräuter oder Gemüse hackenden Messern, blubberndem Wasser und knackendem Feuerholz erfüllen den großen Raum, der zu meiner Überraschung nur ein Flügel der gesamten Küche ist. Die Abteilungen sind durch kreisrunde Mondtüren voneinander getrennt, durch die ohne Unterlass Diener mit Tabletts und Körben voller Zutaten hindurcheilen. An der gegenüberliegenden Wand reihen sich gemauerte Holzbrennöfen aneinander. Noch mehr Dampfkessel stapeln sich in einer Ecke, in der Raummitte thront ein langer mit Mehl bedeckter Tisch. Die Kittel der Köche, die daran arbeiten, sind weiß bestäubt, und ihre Hände arbeiten blitzschnell. Der Teig wird ausgerollt, gefüllt, Finger verschließen drückend und drehend jedes kleine Paket, bevor es auf einem Tablett landet.

Ehe ich erkennen kann, womit die Teigtaschen gefüllt werden, donnert eine Stimme durch den Raum.

»Das ist aber lange her!«

Lian wird von einem riesigen Mann hochgehoben, herumgewirbelt und dann wieder auf den Boden gestellt. Beide lachen.

»Kleiner Wu!« Sie kichert. »Das hier ist meine Freundin Ning.«

Der Mann ist im Gegensatz zu seinem Namen dick und breit wie ein Ochse, mit brauner Haut und wilden Augenbrauen, die gut zu seinem buschigen Bart passen.

»Angenehm.« Er verbeugt sich und legt dabei seine massigen Hände vor der Brust zusammen. Dann wendet er sich wieder voller Zuneigung Lian zu. »Ich hatte gedacht, dass du dein Volk vergisst, sobald du im Wettkampf weitergekommen bist.«

Sie grinst. »Glaubst du etwa, dass mein Vater das zulässt? Oder *du*?«

Er bricht wieder in schallendes Gelächter aus und klopft ihr auf die Schulter.

Lian wendet sich an mich. »Kleiner Wu ist für die Bäckerei zuständig. Er ist Fachmann für Teigbällchen, Kuchen, Teigtaschen …«

Solche Speisen sind in meiner Provinz unüblich, weil wir vorwiegend Reis essen, aber ich möchte das alles unbedingt ausprobieren.

»Sie glaubt dir nicht, mein Mädchen. Sie denkt, dass ich besser fürs Holzhacken und Feuerschüren geeignet bin.« Kleiner Wu zwinkert mir zu und kichert, als ich protestieren will.

»Ich wecke den Teig auf.« Er spannt die Armmuskeln an. »Ich bin schon vor Sonnenaufgang in der Küche. Nicht wie diese faulen Arbeiterinnen aus der Reisabteilung.« Er schaut eine Frau an, die an uns vorbeigeht.

Sie schnaubt, ohne auf seine Scherze zu reagieren.

»Kleiner Wu!«, bellt ihn eine Frau vom Tisch aus an. »Der Teig knetet sich nicht von allein!«

»Ja, ja, Boss!« Er steht stramm und salutiert vor ihr, bevor er sich noch einmal grinsend zu uns umdreht. »An manchen Tagen weiß ich nicht mehr so recht, ob ich die Diener beaufsichtige oder sie mich. Ihr zwei solltet euch auch nützlich machen.«

»Wir?« Ich schaue Lian an.

Sie lächelt. »Als ich klein war, habe ich mich dauernd in die Küchen geschmuggelt, bis ich in die Shénnóng-Lehre ging. Sie haben mir immer die besten Leckereien gegeben.« Sie zieht mich zum Tisch. »Wenn wir mithelfen, kriegen wir auch was zu essen.«

Uns werden einfache Aufgaben zugeteilt. Kleiner Wu nimmt einen Batzen Teig aus einem Korb, der fast so groß ist wie sein Oberkörper, knallt ihn auf den Tisch und entlässt eine Wolke aus Staub in die Luft. Lian und mir gibt er zum Glück kleinere Teigkugeln zum Bearbeiten. Wir rollen sie zu Schlangen und schneiden sie in Stücke, die dann abgewogen werden. Es erinnert mich an meine Arbeit in Vaters Vorratslager. Rollen, schneiden, wiegen – diese Schritte sind mir vertraut. Schlagartig spüre ich Heimweh, aber ich schlucke es hinunter. Stattdessen versuche ich, die bestmöglichen Bällchen zu machen.

Wir bedecken die Böden vieler Weidenkörbe mit Teigbällchen und reichen sie weiter an die nächste Station, wo sie gefüllt werden. Am Tischende werden sie auf Tabletts gestapelt, genug für ein Festgelage. Als Kleiner Wu meint, dass wir genug gearbeitet hätten, dürfen wir endlich selbst welche kosten.

Nach dem langen Krummstehen rollen wir aber erst einmal die Schultern, dann stellen wir für das Mittagessen Tische im Hof auf. Wir bekommen Teigtaschen, gefüllt mit saftigem Schweinefleisch, das mit Schalotten, Minze und Ingwer zubereitet ist. Sie schmecken noch besser, weil wir sie mit unseren eigenen Händen geformt haben.

Kleiner Wu stellt uns seinen Ehemann vor, A'bing, der in der Fischabteilung arbeitet. Er serviert uns einen Topf Suppe mit einem sich darin hin und her bewegenden frittierten Fischkopf, umgeben von Kohl, Goldpilzen und Tofu. Die Suppe wird mit gegrillten Rettichkuchen gegessen, die man in die Brühe tunkt.

Das Gespräch am Tisch plätschert unbeschwert dahin, und der Wein wird ununterbrochen nachgeschenkt. Ich lausche dem Gelächter von Kleiner Wu und Lian, die sich an lang zurückliegende lustige gemeinsame Momente erinnern. Lian neckt A'bing, weil er die schlechten Witze von Kleiner Wu so geduldig erträgt, und sie erinnert sich daran, wie sie die beiden damals verkuppelt und dafür gesorgt hat, dass sie sich zum ersten Mal trafen. Ich genieße es, einfach nur dazusitzen und ihren Stimmen zu folgen. Wenn ich die Augen schließe, kann ich so tun, als wäre ich zu Hause und hörte dem melodischen Klang der Stimme meiner Mutter und den Erwiderungen meines Vaters zu.

»Boss! Boss!« Eiliges Fußgetrappel, gefolgt vom Aufknallen eines Tabletts auf dem Tisch. Ein Junge springt auf einen Stuhl, zitternd vor Aufregung.

Kleiner Wu zieht ihn wieder herunter, bevor er mit dem Gesicht in der Fischsuppe landet.

»Ich hab Neuigkeiten für dich!«, ruft der Junge.

Kleiner Wu platziert ihn ordentlich auf einem Stuhl und gibt ihm eine Teigtasche.

»Was ist dir denn zu Ohren gekommen, Qing'er?«

»Ruwan aus der Fleischabteilung hat eine Cousine, die eine der Mägde vom Kanzler ist«, sagt Qing'er mit vollem Mund. »Sie hat die Morgenlieferungen geholt und was über die Attentäter rausgekriegt. Die Leibwächterin der Prinzessin hat nämlich die gefangengenommen, die die Pfeile abgeschossen haben. Ruwan hat gesagt, sie haben sich die Zungen durchgebissen, damit sie nicht verhört werden können!«

Ich verziehe das Gesicht angesichts dieser grausigen Information, aber den Jungen scheint es nicht weiter zu stören.

Er beißt ein großes Stück von seiner Teigtasche ab, schluckt es schnell herunter und ruft: »Aber das ist ja noch nicht das Tollste!« Ohne Luft zu holen, fährt er fort: »Die haben rausgekriegt, wer der Krieger ist. Wisst ihr, der, der die Prinzessin gestern gerettet hat!«

»Wer ist es denn?« Kleiner Wu hebt eine Braue.

Beim Gedanken an Bo beginnt mein Herz zu rasen. Wie er sich den Pfeilen entgegengestellt hat, völlig unerschrocken, das Schwert ein Teil seiner Selbst. Das Echo meiner eigenen Worte hallt in meinem Kopf wieder: *Wer bist du, Bo? Wer bist du wirklich?*

»Er heißt …« Der Junge richtet sich auf und wird rot vor Stolz über seine Enthüllung. »… Li Kang. Sohn von Li Yuan, früher bekannt als Prinz von Dài.«

Der Ausdruck auf den Gesichtern der Leute am Tisch verwandelt sich abrupt. Das Gesicht von Kleiner Wu verfärbt sich dunkel, und er wechselt einen besorgten Blick mit A'bing.

Der kleine Qing'er scheint das nicht zu bemerken und verkündet genüsslich: »Der Sohn vom Verbannten Prinzen!«

Kleiner Wu zieht den Jungen zu sich heran und hält ihm den Mund zu. Qing'er windet sich unter seinem Griff, ist aber nicht stark genug, um sich zu befreien.

»Innerhalb dieser Mauern wird nicht von ihm gesprochen«, flüstert Kleiner Wu barsch und blickt zur Eingangstür.

Alle nicken angesichts dieser Warnung.

Ich spüre Kleiner Wus Beschützerinstinkt, die Fürsorge, die er für seine Leute empfindet.

»Wir dürfen seinen wahren Namen niemals aussprechen, hörst du?« Endlich lässt der große Mann los, doch er deutet ernst auf das Kind, das nun ganz zerknirscht dreinschaut. »Bevor du geboren wurdest, ließ der Kaiser alle töten, die er verdächtigte, Verbündete seines Bruders zu sein. Und auch wenn er die Existenz dieses Mannes in den letzten Jahren scheinbar toleriert hat, heißt das noch lange nicht, dass wir hier frei über ihn reden können. Was habe ich euch immer wieder gesagt?«

»Irgendwer hört immer zu«, antwortet Qing'er und kratzt sich mürrisch am Kopf. »Jetzt fällt's mir wieder ein, Boss.«

»Gut.« Kleiner Wu wendet sich seiner Mahlzeit zu.

Auch die Gespräche werden wieder aufgenommen, doch ich schenke ihnen kaum noch Beachtung. Was ich gerade erfahren habe, beunruhigt mich. Ich hatte gedacht, der Verbannte Prinz sei eine Figur der Geschichte, jemand aus fernen Zeiten, in einem Fluss verstreute Knochen. Nicht jemand, der heute noch leben könnte.

»Als die Prinzessin erfuhr, wer er ist, hat sie ihn aus dem Kerker rausgeholt.« Etwas leiser plappert Qing'er weiter. »Die Leibwächterin hat gesagt, dass er heut früh bei der Prinzessin war, und dann ist er in den Westflügel gekommen.«

Lian reißt die Augen auf, als sie das hört. »Der Flügel für die wichtigen Persönlichkeiten? Er ist also gar kein Attentäter?«

Kleiner Wu bricht in schallendes Gelächter aus. »Mitten im Palast? Umgeben von Wachen? Ich vermute eher, dass die Prinzessin ein Auge auf ihn haben und herausfinden will, was er in Wahrheit vorhat. Diese Typen verraten sich ja irgendwann immer … ganz von selbst.«

»Stimmt«, mischt A'bing sich ein. »Sein Vater war ein durchtriebener Rivale für den Thron. Vielleicht folgt der Sohn ja den Fußstapfen seines Vaters und hat ähnliche Absichten.«

Dieser unheilvolle Gedanke wirft noch mehr Fragen auf. Zum Beispiel, was Bo – nein, *Kang* – tatsächlich vorhat.

KAPITEL 10

Damit wir nicht die ganze Zeit über Qing'ers grausige Enthüllungen nachdenken müssen, stürzen wir uns in die Aufgaben des Nachmittags und füllen die Teigtaschen in Körbe, jeder davon so groß, dass ich ihn mit den Armen nicht umfassen kann. Die Körbe werden übereinandergestapelt auf Woks mit kochendem Wasser gestellt. Der Dampf steigt durch die Korbböden hoch, die Teigtaschen gehen auf und werden durchgegart.

Ich will gar nicht erst daran denken, welche Rolle ich in den Anschlagsplänen auf die Prinzessin gespielt haben könnte. Habe ich Bo auf irgendeine Weise Zugang zum Palast verschafft oder ihm Informationen gegeben, die ihm dabei geholfen haben? Ich verfluche mich dafür, dass ich so naiv war zu glauben, ein gut aussehender Fremder könnte sich für mich interessieren.

Um mir nicht auch noch auszumalen, auf welche Arten mich die Vernehmungsbeamten in den kaiserlichen Verliesen foltern könnten, fange ich an, Kleiner Wu Fragen zu stellen. Fragen zu diesem Gemüse und jenem Getreide, zu den vielen Namen und Zubereitungsarten einfacher Klößchen. Ich lerne etwas über die große Auswahl an Weizensorten, die es in den südlichen Provinzen seltener gibt als in Yuan und Huá. Meine

Fragerei stört Kleiner Wu nicht, obwohl er den anderen gleichzeitig Aufgaben zuteilen muss. Botenjungen wie Qing'er sind fürs Holzhacken und für die Feuerstellen zuständig, weil die Feuer unablässig brennen müssen, damit die Kochtöpfe heiß bleiben. Durch all das steigt die Temperatur in den Küchen im Laufe des Nachmittags weiter und weiter. Schweiß läuft mir den Rücken hinab, und meine Tunika klebt feucht an meinem Körper.

In einer kurzen Verschnaufpause reicht mir Qiuyue, eine der Bäckerinnen, ein Tuch. Ich wische mir die Stirn trocken.

»Ich bin froh, dass ihr aushelft«, sagt sie zu mir. »Haushofmeisterin Yang ist in letzter Zeit … noch wählerischer als sowieso schon. Das ist nicht so einfach.«

»Aber es ist ja nicht nur sie«, sagt ein Mann neben uns. »Dieser Winter ist für alle schwer gewesen. Der Husten ging im Palast um, und die kaiserlichen Ärzte waren vollauf damit beschäftigt, den Kaiser zu versorgen. Früher sind wir manchmal noch von ihnen behandelt worden. Jetzt überhaupt nicht mehr.«

»Und durch den Wettkampf gibt's jetzt auch noch mehr Mäuler zu stopfen«, sagt eine sauertöpfisch aussehende Frau von der anderen Seite des Tisches. »Wir haben mehr zu tun und weniger Leute.«

»Die zwei hier sind immerhin gekommen, Mingwen«, erklärt ihr Qiuyue. »Sie helfen uns. Nicht wie diese …« Sie verstummt, weil es einen Tumult am Eingang gibt. Zwei herausgeputzte Dienerinnen ziehen alle Blicke auf sich. Wie Pfauen stolzieren sie zwischen uns herum.

»Wie diese unnützen Trampel, die hier am Hof herumlungern?« Mingwen schnieft und stimmt dann widerwillig zu. »Ja, da könntest du recht haben.«

Eins der Pfauenmädchen, gekleidet in zarten Grüntönen mit azurfarbener Schärpe, kommt mit hocherhobenem Kopf zu uns herüber. »Wo bleibt das Tablett für den Marquis?«, fragt sie gebieterisch. »Er wird langsam ungeduldig. Er muss den Gästen Respekt erweisen.«

Mingwen schaut schmallippig, als überlege sie, etwas Scharfes zu erwidern, entscheidet sich dann aber dagegen.

»Der Nachtisch ist fertig«, sagt sie endlich nach einer langen Pause. Mit einem Fingerschnippen bedeutet sie dem Mann neben sich, das Benötigte zu holen. Mit einem wunderschön lackierten roten Korb, an dem sich gemalte goldene Blätter und Blumen bis zum Henkel hinaufwinden, kehrt er zurück. Der Deckel ist mit roten Vögeln verziert, die sich in einem Muster aus schwarzen Ranken niedergelassen haben.

Die Dienstmagd scheint unzufrieden. Sie verschränkt die Arme und weigert sich, den Korb an sich zu nehmen.

Der Mann steht unsicher da und schaut Mingwen an.

Die ältere Frau hebt eine Braue. »Stimmt was nicht?«

»Wir müssen alles untersuchen.« Die Dienstmagd lächelt süß. »Um sicherzugehen, dass es den Ansprüchen des Marquis entspricht.«

»Selbstverständlich«, sagt Mingwen in übertriebenem Gehorsam. Mit einer Geste bedeutet sie dem Mann, den Korb auf den Tisch zu stellen, und öffnet den Deckel mit Schwung. »Nur das Beste für den Marquis.«

Sie nimmt das Tablett heraus und platziert es auf dem Tisch. Mundgerechte Sesamkugeln türmen sich in blauen

Porzellanschüsseln. Zu goldener Perfektion frittierte Lotusblütenkekse liegen auf einem Teller, jede Blüte so groß wie meine Handfläche. Und in einem kleinen Kästchen stapeln sich milchweiße, in Kokosraspeln gewälzte Geleequadrate.

Die junge Frau untersucht die Nachspeisen mit kritischem Blick, dann nickt sie, stellt sie in den Korb zurück und klemmt ihn sich unter den Arm.

Auch die andere Dienstmagd ist inzwischen beladen mit Tabletts, als sie sich zu uns gesellt. »Und wo sind die Pasteten? Die zusätzliche Bestellung wurde heute früh durchgegeben. Er wird wenig begeistert sein, wenn sie fehlen.«

»Komm.« Qiuyue nimmt mich beim Arm und führt mich zur anderen Tischseite. »Die spielen sich jetzt immer so weiter auf, und wir werden dann gescholten, weil alles liegen bleibt.«

Also nehme ich meine Arbeit wieder auf. Diesmal rolle ich Bällchen aus gesüßter roter Bohnenpaste, die als Pastetenfüllung gedacht ist. Neben mir wälzt Qiuyue kleine Teigkreise aus, aus denen später Deckelchen für die Pasteten werden. Mit flinken Fingern gibt sie die Bohnenbällchen in die Teigtaschen, drückt sie platt und setzt das Hütchen obendrauf. Jetzt sind sie bereit, um mit Eigelb bestrichen zu werden, damit sie eine schöne gelbe Farbe bekommen.

Als die Dienstmägde endlich gegangen sind, kommt Mingwen verärgert an den Tisch zurück und nimmt sich hektisch die Schüssel mit den roten Bohnen vor.

»Was glauben die eigentlich, wer sie sind?«, schimpft sie vor sich hin. Ihre Hände bewegen sich schnell. »Alle

Abteilungen haben zu tun, aber der Herr Marquis geht davon aus, dass wir ihm jeden Sonderwunsch erfüllen.«

»Sie stehen bestimmt auch unter Druck«, lenkt Qiuyue ein und macht klar, dass sie die Lage nicht ganz so schwarzsieht.

Mingwen schnaubt, doch sie kommt nicht dazu, etwas zu entgegnen. Ein panischer Ausdruck huscht über ihr Gesicht. »Sie ist hier«, zischelt sie. »Tut schnell irgendwas.«

Haushofmeisterin Yang stolziert in die Bäckerei, ihr Blick ist düster. »Kleiner Wu!«, bellt sie.

Der große Mann kommt zu ihr herüber und verbeugt sich. Alle senken den Blick und tun so, als seien sie beschäftigt, aber ich weiß, dass sie angespannt lauschen, um herauszufinden, was die Haushofmeisterin will.

»Wie mir aus der Hauswirtschaft von Marquis Kuang zu Ohren kam, sind die bestellten Pasteten immer noch nicht bei ihm eingetroffen«, sagt sie mit vorwurfsvoller Stimme. »Ich möchte über keine meiner Abteilungen Beschwerden hören.«

Kleiner Wu kratzt sich am Hinterkopf. »Äh, wir sind etwas spät dran wegen der Teigtaschen für das Bankett heute Abend. Man hat die Bestellung erst am Vormittag reingegeben, und wir beeilen uns schon.«

»Das ist nicht zu akzeptieren!« Haushofmeisterin Yang klatscht in die Hände, so dass Qiuyue und ich vor Schreck zusammenzucken. »Wir behandeln jeden Gast des Kaisers so wie seine erlauchte Gegenwart höchstselbst.« Sie kommt näher heran und mustert uns alle so prüfend, wie sie es bei den Teilnehmern des Wettkampfs vor der ersten Runde getan hat.

Ich wage nicht zu atmen und hoffe, dass sie mich nicht

bemerkt. Doch die Sterne scheinen mir heute nicht gewogen zu sein.

Ihr Schatten fällt über den Tisch. Sie schaut auf mich herab. »Und wer bist du?«

In meinem Kopf herrscht Leere. Ich muss wirken wie ein glotzender Fisch, denn Kleiner Wu kommt mir zu Hilfe.

»Das ist eine der neuen Angestellten«, sagt er ohne Zögern und lächelt sie seelenruhig an. »Wir brauchten mehr Personal wegen des Wettkampfs.«

»Wenn sie eins der neuen Mädchen ist, ist sie nicht schnell genug mit den Pasteten. Komm mit. Und wo ist Qing'er?« Sie marschiert davon.

Verzweifelt sehe ich mich um. Ich sehe, wie Lian sich auf der anderen Seite des Raums versteckt.

Kleiner Wu wiegt den Kopf. »Geh besser mit ihr«, sagt er.

Notgedrungen folge ich Haushofmeisterin Yang durch die Mondtüren. Sie spricht mit Qing'er und deutet auf mich. Winkend läuft er mir entgegen.

»Komm mal mit«, sagt er und führt mich weg von der Haushofmeisterin, die schon die nächste Magd zusammenstaucht, die sich unter der Last eines schweren Topfes krümmt.

»Ich such dir was Passenderes zum Anziehen.« Qing'er schickt mich hinter einen Schuppen, damit ich mich ungestört umziehen kann.

Ich hätte mir niemals vorstellen können, dass ich die Uniform einer Dienerin anziehen würde, um vorzutäuschen, dass ich eine Magd bin. Doch in letzter Zeit habe ich mich öfters mit fremden Federn geschmückt, also ziehe ich mir die Schärpe enger um die Taille und trete hinter dem Schuppen hervor.

Haushofmeisterin Yang beäugt mich kritisch und drückt mir einen Korb in die Arme.

»Reiß dich zusammen, du sollst Pasteten ausliefern, kein Gift.« Sie lacht, als hätte sie einen großartigen Witz gemacht. Doch ich denke an die Warnung von Kleiner Wu – *Irgendjemand hört immer zu.* Kein besonders aufmunternder Gedanke …

Qing'er führt mich durch weitere Küchenräume. Einer ist voller Leute, die in großen Töpfen rühren, aus denen uns köstliche Düfte umhüllen. Der nächste ist vom Klang auf Holz schlagender Messer erfüllt, die Fleisch in riesige Stücke hacken.

Wir lassen die Küchen hinter uns und laufen einen schmalen Weg entlang. Er schlängelt sich durch einen Garten, und wir müssen öfter beiseitetreten, um andere Dienerinnen und Diener vorbeizulassen. Es gibt im Palast bestimmt mehr Angestellte als Menschen in meinem ganzen Dorf. So viele bedienen die Launen von so wenigen.

Bei uns zu Hause haben wir uns den Wünschen des Statthalters gebeugt. Wir haben uns unter seinem Joch krummgearbeitet, aber wir waren zumindest nicht andauernd seinen Argusaugen ausgeliefert. Bis seine Gefolgsmänner das nächste Mal durch das Dorf zogen, wenn die Steuern fällig waren. Wir sind frei, jedenfalls auf eine Art – frei, die Grenzen unseres Dorfes zu verlassen, und trotzdem gefangen durch die Verpflichtung gegenüber unseren Familien.

Die Diener hier sind umgeben vom Reichtum Dàxīs. Sie tragen schöne Kleider und essen feine Speisen aus dem Palast, doch andauernd müssen sie die kapriziösen Launen derer aushalten, denen sie unterstellt sind.

Während wir durch verschiedene Innenhöfe eilen, zeigt mir Qing'er ein paar Besonderheiten des Palastes. Die Halle der Himmlischen Harmonie mit ihren schwarzen Säulen erkenne ich wieder. Wir kommen an der Rückseite der Großen Halle vorbei, zu der eine hohe steinerne Treppe hinaufführt. Ich muss meinen Hals ganz schön recken, um einen flüchtigen Blick auf die geschnitzten Holztüren werfen zu können.

»Ich darf nicht hier hoch«, fährt der Junge fort. »Aber ich hab gehört, dass die Diener den Hallenboden jeden Morgen und Abend so lange polieren, bis er glänzt.«

Wir laufen an einem grasbewachsenen Ufer entlang, an dem sich Trauerweiden über das Wasser beugen und mit ihren langen Ästen die Oberfläche streifen.

Qing'er erklärt mir, dass die Wohnsitze des Westflügels geschlossen wurden und nur noch für Staatsbesuche geöffnet werden: Repräsentanten anderer Königreiche oder Adelige und Beamte, die in Jia keinen eigenen Wohnsitz haben.

»Eure Jury wohnt auch hier.« Er nickt dem Personal zu, das gerade den Weg fegt. »Obwohl Minister Song und der Kanzler Privathäuser in der Stadt haben. Es ist eine große Ehre für uns.«

Ein Mann schippert in einem kleinen Boot vorüber. Sein Haar ist grau meliert und auf dem Scheitel zu einem Knoten aufgesteckt. Er zieht sein Ruder durchs Wasser und sieht dabei aus wie eine Figur auf einem alten Gemälde.

»Wer ist das?«, frage ich Qing'er und überlege, ob er ein

Gelehrter sein könnte, der sich von den Spiegelungen der Bäume auf dem Wasser inspirieren lässt.

»Der? Das ist Lao Huang, der Müllmann«, sagt Qing'er. »Er macht nachmittags immer den Teich sauber.«

Ich zucke zusammen und muss über mich selbst lachen. Ich weiß wirklich überhaupt nichts über die Hauptstadt. Ich bin ganz schön dumm.

Der wallende Ärmel meiner Uniform verhakt sich an einem überhängenden Zweig, und ich muss heftig daran zerren, um mich zu befreien. An so viele Stofflagen bin ich nicht gewöhnt. Wallende Ärmel sind die neueste Mode in der Hauptstadt, aber abgesehen davon, dass die Stickereien hübsch sind, finde ich sie ziemlich lästig. Ich bin sicher, dass jeder bemerkt, wie unwohl ich mich darin fühle. Ich hätte Haushofmeisterin Yang besser gesagt, wer ich bin, und dann die Konsequenzen tragen sollen.

Der Marquis ist in der Residenz »Herbstliche Sehnsucht« untergebracht – der Name hängt, kalligraphisch auf eine Tafel geschrieben, über dem Eingang.

Die Doppeltüren öffnen sich in einen kleinen Hof mit einem Bambushain auf der rechten Seite. Eine Hausdienerin erwartet uns schon. Sie führt uns in das Gebäude auf der linken Seite und meckert vor sich hin. »Eine solche Verspätung ist einfach unmöglich.«

Sie scheucht uns durch den Eingangsbereich, der mit Aquarell- und Tuschebildern dekoriert ist. Liebend gern würde ich sie genauer anschauen, doch uns bleibt keine Zeit.

Aus unserem Korb befördere ich vorsichtig zwei Tabletts mit Schälchen und Tellern aus feinstem Porzellan, blassgrün marmoriert mit dunklen Rissen. Qing'er hilft mir, unsere Leckerbissensammlung vorsichtig herzurichten, obenauf die runden Pasteten mit Punkten in unterschiedlichen Farben, die den jeweiligen Geschmack verraten sollen. Die Ränder fangen unter unseren Händen schon an zu bröckeln.

»Was ist das?«, verlangt die Dienerin zu wissen und zeigt nacheinander auf die Pasteten.

Zum Glück antwortet Qing'er. Eine ist mit einer süßpikanten Mischung aus Schweinefleisch und Mungobohnen gefüllt, die nächste mit gesalzener Eiercreme. In den schmaleren Teilchen befindet sich entweder eine Schicht Wintermelonenpaste oder eine Mischung aus Datteln und gemahlenen Nüssen.

Als die Köstlichkeiten zu ihrer Zufriedenheit arrangiert sind, hebt die Dienerin eines der Tabletts hoch und bedeutet mir, das andere zu nehmen.

»Ich kann das doch machen …« Qing'er greift danach, aber sie schüttelt den Kopf.

»Der Marquis wird nicht gern von Jungen bedient.«

Ich schaue Qing'er an, aber er tritt zurück und wirft mir einen entschuldigenden Blick zu.

»Und er mag es noch weniger, wenn man ihn warten lässt«, blafft sie ungeduldig und läuft schon los. »Komm mit.«

Mit dem Tablett in der Hand stehe ich wie angewurzelt da. Sobald ich das Zimmer betrete, wird man mich erkennen. Der Marquis wird mich aus dem Wettkampf und dem Palast verbannen.

»Geh«, wispert Qing'er und zupft mich am Ärmel.

In meiner Brust wird es eng. Ich nehme mir vor, schnell hinein- und wieder hinauszugehen, und bete, dass mein

Gesicht unauffällig genug ist, um unerkannt zu bleiben. Ich zwinge mich von einem Schritt zum nächsten, und das alles nur, um auf den Marquis zu treffen, der mit einer Teetasse nach mir werfen wird. Und der dann endlich die Gewissheit haben wird, dass ich eine Verräterin bin.

Die Dienerin hält vor einer Holztür inne. Von innen hört man Musik und Männerstimmen in leisem Gespräch. »Folge meinen Anweisungen«, instruiert sie mich. »Stell das Tablett auf dem Beistelltisch zu deiner rechten ab. Und verweile nicht.«

Ich nicke.

Wir betreten einen hübschen Raum. Mein Blick bleibt kurz an einem Stadtplan hängen, der an der Wand angebracht ist. Eine Sammlung Vasen unterschiedlichster Größen und Formen ist an einer anderen Wand aufgereiht. In der Raummitte sitzt eine Musikantin auf einem Stuhl und zupft an den vier Saiten einer Pipa.

Ich bewege mich so schnell, wie ich es wagen kann, ohne Aufmerksamkeit auf mich zu lenken. Vorsichtig stelle ich mein Tablett neben dem anderen ab. Dann kann ich nicht anders und werfe einen neugierigen Blick in die Menge, um zu sehen, welche ehrwürdigen Gäste der Marquis hier bewirtet.

Marquis Kuang selbst hält am Ende des Raums Hof, stützt sich dabei auf einem Arm ab und bietet damit ein Bild trägen Genusses. Überall verteilt sitzen Männer an kleinen Tischen, die schon von benutzten Tellern und Tassen übersät sind. Schnell überblicke ich die Gesichter der Gäste. Dann sinkt mir das Herz. Ich erkenne den Mann, der gerade lüstern die hübsche Musikantin anblickt, und zwei weitere Männer, die in diesem Moment die Köpfe zusammenstecken und mit den Tassen anstoßen. Jeder Einzelne im Raum kommt mir bekannt vor.

Es sind Shao und andere Shénnóng-tú aus dem Wettkampf. Sie brechen die Regeln, amüsieren sich mit den Juroren.

Plötzlich weiß ich, wie sich ein Kaninchen fühlt, wenn es in ein Nest voller Schlangen geworfen wird. Doch noch bevor ich mich umdrehen und flüchten kann, schaut einer der Männer von seiner Tasse auf, und sein Blick trifft meinen.

KAPITEL 11

Plötzlich erscheinen mir meine Atemzüge sehr laut. Ich bete zu den Sternen, dass sie mir gewogen sein mögen und mich nicht für ein Leben in Scham und Schande vorgesehen haben.

Der Mann steht schwankend auf und zeigt auf mich.

»Du …« Er taumelt auf mich zu und hält sich an einer Säule fest.

Rasch gehe ich auf die Tür zu, doch er macht einen Ausfallschritt und packt mich am Arm. Ich versuche, mich seinem Griff zu entwinden – vergeblich. Er zieht mich nah zu sich heran, und ich kann Reiswein durch seine Kleider und aus seinem Mund riechen. Diese Männer sind hier nicht nur zum Teetrinken zusammengekommen.

Ich versuche, ihn wegzustoßen, aber ich bin ein in die Falle gegangener Vogel, der sinnlos flattert.

»Sogar die Mägde sind im Palast hübscher als woanders.« Er kichert.

Wut lodert in mir auf, Scham und Zorn darüber, von diesem Hanswurst, der denkt, ich sei sein Spielzeug, begrapscht zu werden.

»Lass mich los!« Wild schlage ich um mich, trete ihm gegen das Knie und stoße ihm den Ellbogen in die Brustmitte – dorthin, wo es am meisten weh tut.

Er japst vor Schmerz auf und lässt mich los. Genau in diesem Augenblick beendet die Musikerin ihr Konzert, und unser Kampf zieht plötzlich alle Aufmerksamkeit auf sich.

Ich weiche zurück, damit seine Hände mich nicht mehr zu fassen kriegen. Den Kopf halte ich gesenkt. Die Tür liegt genau hinter mir, nur wenige Schritte entfernt.

»Bitte«, flüstere ich und versuche, meine Stimme zu verstellen. »Ich muss zurück in die Küchen. Man wartet dort auf mich.«

»Du!« Der Mann schlägt sich mit einer Hand auf die Brust, die andere hebt er als Faust in die Höhe. »Das wirst du mir büßen!«

»Junger Mann!« Der Befehlston des Marquis trieft vor Verachtung und untergräbt damit alle anderen Gespräche. »Ihr habt die Dienerinnen des Palasts mit Respekt zu behandeln. Ihr könnt sie nicht kaufen wie Huren in den Freudenhäusern, in denen Ihr Euch sonst herumtreibt.«

»Habt Ihr verstanden?«

Ich schaue hoch. Der ehrwürdige Qian steht am anderen Ende des Raums an einem Tisch. Passend zu seinem langen weißen Bart und seiner weisen Ausstrahlung hatte ich eine freundliche Stimme voll Wärme und Besonnenheit erwartet. Stattdessen klingt sie scharf, als hätte er gerade in eine saure Pflaume gebissen.

Ein Freund des jungen Mannes, der mich begrapscht hat, zieht ihn weg, sein Gesicht feuerrot vor Scham.

»Die Sterndeuter sind sich einig, dass die Sterne ihre Bahnen wechseln«, fährt der ehrwürdige Qian fort. »Dies ist eine Zeit der wechselnden Allianzen. Diese Zeiten erfordern, dass ihr euch fokussiert und nicht dem Rockzipfel jedes hübschen Mädchens hinterherjagt, das euren Weg kreuzt. Ihr solltet auch eure Mägen nicht mit Essen und Wein überladen. Ein solches Leben erwartet euch, wenn ihr Hof-Shénnóng-shī geworden seid. All das ist in Reichweite, wenn ihr den Wettkampf gewinnt. Alle Freudenhäuser werden euch zu Diensten sein, und ihr werdet genug Geld haben, euch alles zu kaufen, was ihr wollt.«

Köpfe nicken überall im Raum und pflichten einander selbstgefällig bei.

Ich merke, dass ich mein Gesicht angewidert verziehe. Wie kann es sein, dass meine Mutter diesen Mann verehrt hat? Er war es, der der Kaiserinwitwe damals geraten hat, die Rolle der Shénnóng-shī in der Gesellschaft zu stärken. Aber hat er es getan, weil er wahrhaftig an die magischen Fähigkeiten des Shénnóng glaubte, oder tat er es aus Machthunger?

Man packt mich und zieht mich Richtung Tür. Ich wehre mich noch mal, aber die folgenden Worte lassen mich innehalten.

»Schau nicht so, sonst bringen die uns beide um«, flüstert mir die Dienerin ins Ohr.

»Du da!«, ruft Shao. »Halt!«

Widerwillig lässt die Dienerin meinen Arm los.

Langsam drehe ich mich um. Ich mache mich so klein wie nur irgend möglich und mime die sittsame Dienerin, die man von mir erwartet. »Ja?«

»Bist du Marquis Kuang nicht zu Dank verpflichtet?« Seine Stimme verströmt noch immer dieses träge arrogante Selbstvertrauen. »Kennst du denn deine Stellung nicht?«

Ich schaue auf und sehe den Marquis mit zusammengekniffenen Augen dasitzen. Als würde er in dieser Sekunde überlegen, warum ich ihm so bekannt vorkomme. In wenigen Augenblicken wird er begreifen, dass ich das Mädchen mit dem Rebellengedicht bin, das öffentlich dazu aufgerufen hat, das Blut der Adeligen zu vergießen.

Doch kein Finger zeigt auf mich, niemand klagt mich an.

»M-meinen Dank, verehrter Herr«, stottere ich mit einem Knicks.

Und flüchte.

Niemand folgt mir durch die Hallen der »Herbstlichen Sehnsucht«. Nur meine eigenen gehetzten Schritte und mein heftig keuchender Atem sind zu hören. Aber bevor wir die Residenz verlassen dürfen, staucht die oberste Hausdame des Marquis Qing'er und mich noch einmal gehörig zusammen.

»Was ist da drin passiert?«, flüstert Qing'er, als wir endlich gehen dürfen.

Ich finde keine Worte für das, was ich gesehen habe. Aus Angst, gleich schreien zu müssen, wage ich gar nicht erst zu sprechen. Darüber, wie ungerecht das alles ist, darüber, wie diese Leute sich über Regeln hinwegsetzen können, ohne eine Strafe fürchten zu müssen. Alles, was ich tun kann, ist, Qing'er am Arm zu packen und mit ihm so weit wie möglich von hier wegzurennen. Weg von denen, die schon jetzt Vorteile und Verbindungen haben, nur weil sie in der Hauptstadt wohnen. Sie können jederzeit eine Audienz mit dem Marquis erbitten oder den persönlichen Rat des ehrwürdigen Qian. Ich habe keine Ahnung, ob ich Shu jemals die Hilfe verschaffen kann, die sie braucht.

In meiner Unterkunft ziehe ich die Dienstmädchenkleidung wieder aus. Es widerstrebt mir, dass sie mir vorher sogar gefallen hat. Die feine Stickerei, die wallenden Ärmel – all das nett, aber unbrauchbar. Nur ein weiteres Instrument, um uns in Fesseln zu legen.

Beim Blick auf meine Kleider für den Wettkampf fällt mir wieder ein, wie ich mich fühlte, als ich sie das erste Mal anzog. Diese leise Hoffnung, wie ein Lichtstrahl, der durch graue Wolken fällt. Je länger ich im Palast wohne, desto klarer wird mir, dass Hoffnung eine Illusion ist. Sie haben längst entschieden, wer gewinnt und wer verliert.

Ich ziehe meine Schärpe noch mal glatt, damit ich präsentabel bin, obwohl alles in mir bebt. Da stürzt Lian ins Zimmer.

»Dir ist nichts passiert«, ruft sie erleichtert.

»Du hast mich allein gelassen.« Meine Worte geraten schärfer als gedacht.

Sie zieht die Mundwinkel herunter.

»Ich … Es tut mir leid.« Sie schüttelt den Kopf und sieht zerknirscht aus. »Ich weiß, ich hätte irgendwas sagen sollen, aber ich war wie erstarrt. Ich habe mich wieder wie ein kleines Mädchen gefühlt, dem man mit der Rute auf die Hände schlug, weil es etwas genascht hatte, das für ein Bankett bestimmt war.«

Ein Teil von mir würde sie am liebsten anschnauzen. Ihr sagen, dass ich keine Lust mehr auf ihre Spielchen habe, so wie ich es als kleines Mädchen mit den anderen

Kindern im Dorf machte, wenn sie mich wegen meiner Kleidung und meiner Eigenheiten hänselten. Aber ein anderer Teil von mir hat die Zeit, die wir in den Küchen verbracht haben, auch genossen. Es war einfach eine willkommene Abwechslung zum Stress des Wettkampfs. Und Lian hat mir beim Verbinden meiner Hand geholfen. Es war nicht ihre Schuld, dass die Haushofmeisterin mich ausgesucht hat. Und niemand zwingt sie, nett zu mir zu sein. Sie könnte mich genauso gut ablehnen, wie alle anderen.

»Ich verstehe«, murmele ich endlich. »Es war ja nicht deine Schuld. Ich … Ich habe Marquis Kuang wiedergesehen.«

Lian zieht scharf die Luft ein. »Und? Hat er dich erkannt?«

Jetzt bricht alles aus mir heraus. Was ich in der Residenz gesehen und welche Leute ich erkannt habe. Was der ehrwürdige Qian gesagt hat. Als ich fertig bin, ist Lian genauso wütend wie ich. Sie läuft in unserem kleinen Zimmer auf und ab.

»Diese hinterhältigen Kreaturen«, knurrt sie. »Alles hier in Jia ist politisch, wie du schon bald merken wirst. Und die Shénnóng-tú … die sind es ganz besonders.« Voller Verachtung schüttelt sie den Kopf. »Viele stammen aus Familien, die es sich leisten können, dieses Talent zu fördern. Aus diesen Shénnóng-tú werden Shénnóng-shī, die ihre Fähigkeiten dazu nutzen, ihren Familien zu mehr Geld oder Einfluss zu verhelfen. Manche Adlige wollen ihre Netzwerke geheim halten, deshalb können sie sich nicht hier am Hof mit anderen Familien treffen, also tun sie es im Teebezirk. Sie nehmen dort zwar an den ›korrekten‹ Unterhaltungsprogrammen teil, treffen sich aber danach in den Hinterzimmern.«

»Meine Mutter hat mir etwas ganz anderes beigebracht«, sage ich. »Sie fand, dass die Magie einen Nutzen für alle haben muss, nicht für dein persönliches Fortkommen.«

»Genau. Alles andere wäre Verschwendung.« Sie nickt feierlich. »Als ich zum ersten Mal festgestellt habe, dass der Tee zu mir spricht, dachte ich, ich sei etwas Besonderes. Aber inzwischen weiß ich, dass trotz der Magie einige von uns im Vorteil sind.«

»Durch Geld und durch die Familie, in die sie zufällig hineingeboren wurden.« Ich seufze.

»Deshalb mochte ich dich gleich am ersten Tag, als wir uns im Palasthof begegnet sind«, sagt Lian ernst. »Ich habe gespürt, dass du weißt, wie es ist, nicht dazuzugehören.«

Gleich und gleich gesellt sich gern. Lian gehört in mancherlei Hinsicht auch nicht dazu, obwohl sie die Tochter eines Diplomaten ist. Wegen der Art, wie sie sich kleidet, und weil ihre Umgangsformen nicht zu denen der Hauptstadt passen.

»Ich betrachte dich als meine Freundin, Ning«, sagt sie und drückt meine Hände. »Hoffentlich kannst du mich eines Tages auch als deine sehen.«

»Das hoffe ich auch.«

Aber noch kann ich sie nicht als Freundin anerkennen. Ich weiß inzwischen, dass Leute ganz anders sein können, als sie anfangs scheinen. Doch eins ist sicher: Die anderen Shénnóng-tú im Wettkampf zögern nicht, auf ihrem Weg zum Sieg über andere hinwegzutrampeln, und ich sollte mir so schnell wie möglich überlegen, wie ich ihren Vorsprung aufholen kann, bevor sie mich ganz abhängen.

In dem Zimmer, das ich mit Lian teile, wird es immer stickiger, und ich wälze mich im Bett herum, mein Körper ebenso unruhig wie mein Geist. Früher, wenn ich nachts zu Hause nicht schlafen konnte, bin ich immer rausgegangen, weit weg von Vaters Geschnarche. Ich lief bis zur Obstplantage hinter dem Teegarten und kletterte in den Bäumen herum. Ich mochte das Gefühl der Rinde an meinen Händen, während ich höher und höher hinaufstieg. Das beruhigende Rascheln des Windes in den Kronen und das Zirpen der Zikaden waren die Musik, die ich verstand. Auf der Suche nach diesem Trost schleiche ich mich aus unserer Unterkunft, so vorsichtig wie möglich, um die anderen nicht aufzuwecken.

Entlang der Mauern wird der Innenhof von dekorativen Steinen und niedrigen Bäumen gesäumt. Ich finde genügend Winkel und Mauervorsprünge und kann mich mit Leichtigkeit aufs Dach hochziehen. Hier setze ich mich auf die Ziegel, betrachte den Mond, der über den Palast wacht, eine Sichel, die durch Wolkenfetzen schimmert.

Jetzt, in der Nacht, wird es endlich ruhig im Palast. Ruhig, aber nicht still. Ich höre das entfernte Geräusch der patrouillierenden Wachen, obwohl ich sie nicht sehen kann. Stimmen sind durch ein offenes Fenster zu hören, eine hohe, eine tiefe. Eine Flöte trillert in der Nähe. Von meinem Aussichtspunkt aus überblicke ich die Dächer der anderen Unterkünfte, aber hier oben bin ich allein. Nicht mal ein Vogel leistet mir Gesellschaft.

Der Palast scheint unendlich und bietet Platz für so viele. Aber wir sind alle eingemauert. Ich hätte nicht gedacht, dass ich die Hügel meines Dorfes so sehr vermissen könnte. Ich vermisse das ausgedehnte Grün, die in der Ferne stets wachsamen Berge. Wenn Soldaten in unserer Gegend stationiert wurden, beschwerten sie sich immer, dass es kaum etwas zu tun gab, deshalb füllten sie ihre Bäuche mit billigem Wein und zettelten eine Rauferei auf dem Markt an. Trotzdem vermisst ein Teil von mir sogar den Klang ihrer betrunkenen Gesänge, während sie durch die Straßen taumeln.

Ich ziehe meine Knie näher zu mir heran und denke an Shu. Wie wir zwischen den Bäumen Tänzerinnen oder Kämpferinnen spielten und bei unseren Übungen und in unseren Schlachten über Wurzeln sprangen. Wie sehr sie doch unserer Mutter ähnelt, abgesehen davon, dass sie keine alten Geschichten erzählt, sondern sich immer selbst welche ausdenkt. Ich erinnere mich an das Gefühl von Mutters Hand, wie sie die Wellen in meinen Haaren glättet. An das bittere Gebräu meines Vaters, das er uns zu trinken zwang, um unsere Körper im Winter gegen Erkältungen zu wappnen. An die Birnenbonbons, die Mutter uns danach immer als Belohnung gab. All diese Erinnerungen, jede so wertvoll wie ein Juwel. Dinge, von denen wir nie geglaubt hätten, dass sie uns fehlen könnten, bis sie verschwunden waren.

Ein paar Vögel krächzen und fliehen in die Nacht. Das Geräusch ihrer Flügelschläge lässt eine Vorahnung in mir aufsteigen: Als ich das letzte Mal auf ein Hausdach blickte, wurde ich von einem Schatten niedergeschlagen und dachte, ich müsste sterben. Aber ich glaube nicht, dass der Schatten vorhatte, mich in jener Nacht zu töten. Sonst hätte er eine Waffe gezogen. Ich denke, er wollte, dass ich am Leben bleibe. Egal wie grausam und kaltherzig dieser Bandit allen Gerüchten zufolge auch ist, hinter der Maske gab es einen Schimmer von Menschlichkeit.

Ungläubig beobachte ich jetzt, wie sich jemand vom Dach auf den Steinpfad des Innenhofs fallen lässt. Die Gestalt bewegt sich geschmeidig, ihr Schatten huscht über die Erde.

Ich wage nicht zu atmen, konzentriere mich darauf, die festen Dachschindeln unter meinen Händen durchlässig zu machen, eins mit dem Dach unter mir zu werden und zu verschwinden.

Die Gestalt schleicht an der Seite des Gebäudes entlang.

Ich denke an Lian und an all die anderen Mädchen, die dort drinnen tief und fest schlafen, und nehme einen kaputten Dachziegel fest in die Hand.

Ich weiß, was ich zu tun habe.

KAPITEL 12

Mit einem Schrei lasse ich mich vom Dach fallen und lande mit den Füßen direkt auf der Person unter mir. Sie stürzt, und halb komme ich auf ihr zu liegen. Ich rolle mich schnell ab, denn ich will irgendwie die Wachen auf uns aufmerksam machen. Schwankend stehe ich auf, doch da packt mich der Eindringling an der Schulter und reißt mich zurück. Schwer falle ich auf die harten Steine. Er springt auf mich, legt mir eine Hand auf den Mund und drückt mir das Knie in die Magengrube. Im fahlen Mondlicht schaut er auf mich herab.

Mein Herz stockt.

Bo. Was tut er hier?

Und dann, plötzlich, flackert auch in seinen Augen das Erkennen auf.

In der Ferne ruft jemand. Bo zieht mich rasch auf die Füße, und wir schlagen uns rückwärts in die Büsche. Wir sind so nah aneinandergepresst, dass ich ihn atmen spüren kann. Knarrend öffnet sich das Hoftor, und ein Wächter steckt den Kopf herein, eine Fackel in der Hand.

Mir ist Bos Wärme neben mir bewusst – *zu* bewusst. Die straffen Muskeln in seinem Arm, die unter meiner Hand zittern. Die Anspannung in seinem ganzen Körper, bereit, sofort zu reagieren, falls wir entdeckt werden.

Als sich das Tor leise wieder schließt, atmen wir beide erleichtert aus. Erst jetzt kommt mir wieder in den Sinn, dass er gar nicht hier sein dürfte und ich nicht an seiner Seite.

Ich weiche vor ihm zurück und drücke mich mit dem Rücken an die Mauer. Wachsam schauen wir einander an. Ich fahre vorsichtig über meine Arme und spüre, wo sich nach dem Sturz vorhin schmerzhafte blaue Flecken bilden.

Plötzlich kommt Wind auf, wirbelt um meinen Körper und fährt durch Bos Haar, und auf einmal fühle ich mich kalt und leer. Ich denke an all seine Lügen. Seinen falschen Namen. Seine falsche Identität. Die Art, wie er sein Haar trug –, als würde er sich mit der Mode in der Hauptstadt nicht auskennen. Wie er auf der Bühne auftauchte, wie er das Schwert führte, für jeden war offensichtlich, dass er im Kämpfen trainiert ist. Dieser Junge ist mehr, als er vorgibt zu sein. Nicht der etwas ungeschickte, übereifrige Bo, den ich auf dem Markt getroffen habe, der mir von seiner Familie erzählt hat und davon, wie er in der Hauptstadt aufgewachsen ist. Dieser Junge, der hier in der Dunkelheit auf dem Boden kauert, ist eine Waffe.

»Was tust du hier?« Ich stehe auf. Schleudere ihm meine Worte wie eine Klinge entgegen. Reine Selbstverteidigung! Das ist ein Gefühl, das ich kenne. Ich habe gelernt, dass ich die Menschen auf Abstand halten kann, wenn ich nur kratzbürstig genug bin. So muss ich mir keine Bemerkungen anhören über meine schmutzigen Fingernägel oder meine geflickten Kleider.

Auch er steht auf. Er hält mir seine offenen Hände hin, um zu beweisen, dass er unbewaffnet ist.

»Ich wollte dich sehen.«

»Warum denn? Was könntest du schon von mir wollen?« Wut ist gut. Wut ist sicher. Ich schlucke meine Verwirrung herunter.

»Mich entschuldigen.« Er macht einen Schritt auf mich zu, und ich mache einen von ihm weg.

»Warum sollte der Cousin einer Prinzessin, der Sohn eines Prinzen sich bei mir entschuldigen müssen?«, blaffe ich ihn an. »Du hast mich lächerlich gemacht. Hast so getan, als wärest du irgendein Junge aus der Hauptstadt. Als wärest du nett, obwohl das alles gelogen ist.«

»Ja, es ist wahr, das habe ich getan, aber …« Er lächelt mich schief an. »Du auch.«

»Nur was meinen Namen betrifft.«

»Soweit ich weiß, kann ein Name alles Mögliche bedeuten.« Sein Mundwinkel hebt sich, spöttisch fährt er fort: »Kang, der Sohn des Verbannten Prinzen, Neffe des Kaisers, Träger des Familienerbes. Ein Verräter des Throns, der dich töten kann, ohne mit der Wimper zu zucken, der die Macht besitzt, die Dunkelheit seinem Willen zu unterwerfen …«

»Sehr witzig«, murre ich. Es nervt mich, dass er nicht weiß, was überhaupt los ist, dass er keine Ahnung hat, was er kaputtgemacht hat.

Er hebt die Hand. »Ja, entschuldige. Wenn mich etwas ärgert, neige ich dazu, mich darüber lustig zu machen.« Er zeigt auf die Treppenstufen vor der Unterkunft. »Bitte, können wir uns setzen? Können wir … reden?«

Ich behalte ihn im Auge und bin auf der Hut vor plötzlichen Bewegungen, während ich mich auf die äußere Kante der Stufe hocke.

Er setzt sich neben mich, ernster jetzt. Er räuspert sich. »Ich …« Dann unterbricht er sich selbst mit einem Seufzen und fängt noch einmal von vorn an. »Du hast mich an das Leben erinnert, das ich hatte, bevor ich die Hauptstadt verließ.« Er starrt auf den Boden, zeichnet mit den Fingern Muster aus Wirbeln und Schleifen auf den Stein. »Ich wollte einfach so tun, als wäre ich irgendein Student hier in der Stadt und nicht meiner Familiengeschichte verpflichtet. Ich war nur ein Junge, der an einem Frühlingsnachmittag einem Mädchen auf dem Markt begegnet und etwas Zeit mit ihm verbringen will.«

Einen Moment lang berührt mich die Traurigkeit in seiner Stimme. Fast glaube ich ihm. Aber dann sehe ich wieder vor mir, wie sein Schwert im Feuerschein aufblitzt.

»Du bist vom Dach gesprungen.« Ich sage das einerseits zu ihm, gleichzeitig erinnere ich mich selbst daran. »Die Wachen haben dich festgenommen, verhört und weggesperrt, und jetzt stehst du hier wieder vor mir. Welcher Gedanke läge da näher, als dass du übernatürliche Kräfte hast? Oder dunkle Absichten?«

Er schaut mich an, sichtlich amüsiert. »Ganz so aufregend ist es nicht, fürchte ich. Mein Vater hat ganz einfach noch immer Freunde im Palast. Diese Amtsleute haben ein gutes Gedächtnis, zehn Jahre sind da gar nichts. Sie haben es so für mich eingerichtet, dass ich in der Residenz ›Wintertraum‹ bleiben kann, unter schwerer Bewachung. Ich bin beim Schichtwechsel abgehauen, aber sie werden bald nach mir suchen.«

Bald. Das Wort hängt wie ein Seufzer zwischen uns.

 »Warum verlässt du den Palast denn nicht?«, platzt es

plötzlich aus mir heraus. »Du könntest fliehen. Geh doch zu deinem Vater zurück.«

Er runzelt die Stirn. »So einfach ist das nicht. Ich hatte Gründe herzukommen, eine Aufgabe, die ich zuerst erfüllen will.«

Ich warte darauf, dass er weiterspricht, aber er schweigt. Wir sitzen still da, hängen unseren Gedanken nach, bis er wieder spricht.

»Aber zuerst musste ich dich finden.«

Ich blicke auf.

Er beobachtet mich, in seinen dunklen Augen verfängt sich das Licht. »Um … ich weiß auch nicht, mich zu erklären? Etwas wiedergutzumachen? Um sicherzugehen, dass du mich nicht in schlechter Erinnerung behältst, wenn ich Ende der Woche hingerichtet werden soll?«

Entsetzt sehe ich ihn an.

Er streckt die Hand nach mir aus, als wolle er mich beruhigen, und sieht niedergeschlagen aus, als ich davor zurückschrecke.

»Bislang hat sie nicht den Plan, mich hinzurichten, soweit ich weiß. Obwohl ich mir sicher bin, dass einige ihrer Berater meinem Namen liebend gerne ein paar ruchlose Taten anhängen würden.«

Ich starre ihn an und versuche, ihn diesmal wirklich zu sehen. Auch wenn er jetzt noch immer lügen sollte, weiß ich ja, was der *Golden Key* mir offenbart hat. Ich weiß, dass wir für einen Moment einen Blick in die tiefste, dunkelste Wahrheit des anderen geworfen haben. Das Brandzeichen über seinem Herzen. Der Tee, den ich meiner Mutter einschenkte. Dinge, die uns unwiderruflich verändert haben.

»In meiner Zelle habe ich die ganze Zeit an unseren gemeinsamen Nachmittag gedacht«, sagt er weich. »Seit langem hatte ich keine solche Stunde mehr verbracht. Ohne Erwartungen. Ohne Sorgen. Das hat mir sehr viel bedeutet.« Er begegnet meinem Blick – ernst, verletzlich.

Noch immer schwirrt da etwas zwischen uns, eine gefährliche Verbindung.

»Ich weiß nicht, wie ich dir das alles beweisen soll«, fährt er fort. »Dass ich immer noch dieser Junge vom Markt bin. Dass alles, was ich gesagt habe, wahr war. Ich bin wirklich in der Nähe des Palasts aufgewachsen. Und mein Vater ist Soldat.«

»Ich würde den General von Kǎiláng nicht gerade als gewöhnlichen Soldaten bezeichnen.« Ich schmunzele, ohne es zu wollen.

Über den General war in den Küchen auch nach den Warnungen von Kleiner Wu weiterdiskutiert worden. Eine Erinnerung an die Geschichte von Dàxī: der General, der eine Blutspur durch das Reich zog, um die Macht des Kaisers zu stärken. Die Gerüchte, dass er sich mit dem Orden des Tigers nicht zufriedengab, dass er mehr wollte. Mehr Macht, mehr Soldaten, mehr Reichtum, bis er schließlich sogar nach dem Thron des Drachens trachtete.

»Für alle war er *der General*, aber er ist auch mein Vater. Der Mann, der mich in sein Haus aufgenommen hat, als ich ein Baby war.« Er zuckt mit den Schultern, seine Lippen schmal wie ein Strich. »Ich will nicht weiter über meinen Vater sprechen.«

»Ich …« Ich öffne meinen Mund, um weiterzufragen. Darüber, wie es dazu kam, dass er zum Adoptivsohn des Verbannten Prinzen geworden ist. Doch der Ruf des Stadtschreiers schneidet durch die Nacht und gibt die Stunde an.

Schneller, als ich blinzeln kann, springt Bo auf die Füße, wachsam und bereit. Das erinnert mich daran, dass er mehr ist, als er vorgibt zu sein. Eine Bedrohung.

»Morgen?« Er sieht zu mir herunter, eine Frage in der Stimme, aber ein Versprechen in den Augen. »Ich hoffe, du sagst mir dann deinen Namen.«

Schritte kommen näher. Die Patrouille muss bereits den Rückweg angetreten haben. Er wartet noch auf meine Antwort.

Das Risiko kann ich nicht eingehen. Ich stecke schon in genug Schwierigkeiten. Aber ich muss ihn wiedersehen.

Ich nicke.

Sein Lächeln blitzt kurz vor dem dunklen Nachthimmel auf, und bevor ich wieder Luft holen kann, ist er weg, verschwunden über die Dächer.

In dieser Nacht, in dieser Stadt innerhalb der Stadt, fühle ich mich auf einmal etwas weniger allein.

KAPITEL 13

Am nächsten Morgen weht Ostwind, Regen tropft von den Dachsparren herab. Qing'er bringt unser Frühstück in einem Topf, während Mingwen einen Regenschirm über sie beide hält. Sie murrt über das schlechte Wetter und balanciert einen Korb unterm Arm.

Qing'er tanzt um den Tisch herum und »hilft« Mingwen. Fröhlich kommentiert er jedes Gericht, das sie auspacken, bis er merkt, dass ich mich mit den Speisen des Nordens nicht auskenne. Heiße Sojamilch wird in Schalen geschöpft, winzige Garnelen werden darübergestreut und dann mit Sojasauce, Essig und rotem Chiliöl beträufelt. Zum Schluss wird eine Handvoll Schnittlauch darübergegeben. Auf einem anderen Teller türmen sich golden gebackene Teigbällchen zum Eintunken.

Lian lädt die beiden ein, sich zu setzen und mit uns zu essen, woraufhin die anderen zwei Shénnóng-tú im Raum uns seltsame Blicke zuwerfen und mit ihrem Essen woandershin gehen.

Bei den seltenen Begegnungen mit unseren Konkurrentinnen ist schnell klargeworden, dass sie uns merkwürdig finden – insbesondere die Tatsache, dass wir keine respektable Herkunft haben, und unsere Angewohnheit, Umgang mit der Dienerschaft zu pflegen. Mingwen presst die Lippen zusammen angesichts der offensichtlichen Brüskierung und will gehen, aber Qing'er schiebt ihr einen Stuhl hin und kann sie zum Bleiben bewegen.

»Ich glaube, eine kleine Pause kann ich vertragen«, murmelt sie, nimmt eine der dampfenden Schalen entgegen und atmet den aufsteigenden Duft ein. Qing'er hat den Mund schon voll mit knusprigen Bällchen und nickt beglückt, während er mit seinem Löffel die Suppe umrührt. Ich tue es ihm nach und koste vorsichtig. Sie ist reichhaltig, pikant, salzig und sauer. Hitze steigt mir in die Kehle und verwirrt mir angenehm die Sinne.

Außer unserem Schlürfen und Kauen ist am Tisch eine Weile lang nicht zu hören. Wir genießen unser Essen. Nachdem er seine Portion heruntergeschlungen hat, schiebt Qing'er seine Schale von sich und gibt bekannt, dass er satt ist. Verstohlen schaut er Lian an.

»Ich hab gehört, wie sie gestern Abend über euch beide geredet haben, als ihr weg wart.«

»Qing'er!«, schimpft Mingwen.

Lian beugt sich vor, und auch ich lege interessiert meinen Löffel beiseite.

»Warte mal, er kann es uns ruhig erzählen.« Lian lächelt. »Was haben sie denn gesagt?«

»Sie haben gesagt, dass die Shénnóng-shī Menschen so stark wie zehn Männer machen können. Stimmt das?«

Ich glaube, dass dieser Junge öfter Ärger macht, auf jeden Fall hat er ein vorlautes Mundwerk, aber er kann davon ausgehen, dass man ihm dafür eher durchs Haar strubbelt, als dass er dafür Prügel bekommt. Eine völlig andere Realität verglichen mit der des kleinen Jungen neulich auf dem Markt.

»Mein Lehrer kann tatsächlich Essenzen brauen, die dich für eine gewisse Zeit stärker machen«, erzählt ihm Lian. »Er weckt das innere Potenzial, das die alten Götter dir gegeben haben. Aber nicht alle Shénnóng-shī können das. Genau wie einige der Köche besser Teigtaschen falten und andere eher ein Händchen für den Wok haben, so haben auch die Shénnóng-shī unterschiedliche Spezialisierungen.«

»Einige Shénnóng-shī haben Heilkräfte«, sage ich. »Sie schauen in dein Inneres und sehen, was für eine Krankheit du hast. Dann helfen sie dir, sie herauszuholen. Meine …« Fast sage ich *Mutter*, aber in der Hauptstadt weiß vielleicht noch niemand, dass sie tot ist. »Meine Lehrerin sagte immer, dass Shénnóng uns aus einem bestimmten Grund auswählt«, nuschele ich. In Zukunft muss ich unbedingt besser aufpassen, was ich sage. Ich tue so, als nippe ich an meiner Sojamilch, damit jemand anderes das Wort ergreifen kann.

Mingwen nickt. »Sie brauen mächtige Magie. Ich hab mal gesehen, wie eine Tasse Tee einem Menschen das Alter aus dem Gesicht zauberte. Hat ihn zehn Jahre jünger gemacht!« Sie räuspert sich, als wäre es ihr peinlich, sich an der Unterhaltung beteiligt zu haben.

Ich frage mich, welche Art von Anerkennung meiner Mutter zuteilgeworden wäre, wenn sie am Palast geblieben wäre und ihre Kunst hier ausgeübt hätte. In unserem Dorf wurde sie manchmal fälschlicherweise für die Assistentin meines Vaters gehalten oder von Patientinnen abgelehnt, weil sie einen »richtigen« Arzt bevorzugten. Ich weiß, dass ihr das jedes Mal weh tat, obwohl sie daraus keine große Sache machte.

»Warum könnt ihr denn nicht alle Menschen hier stark und jung machen?«, bricht es begeistert aus Qing'er hervor. »Wäre das nicht die Lösung? Dann wär Dàxī das mächtigste Reich der ganzen Welt! Unsere Soldaten könnten dann alles plattmachen, was ihnen vor die Füße kommt!«

»Gute Frage!« Lian tätschelt ihm den Rücken. »Aber der Zauber vergeht nach einer Weile. Und er verlangt den Shénnóng-shī, die ihn anwenden, auch einiges ab. Einmal musste mein Lehrer eine eilige Botschaft quer durch Dàxī schicken. Der Bote reiste drei Tage und drei Nächte ohne Pause, aber im Gegenzug konnte mein Lehrer fast eine Woche lang das Bett nicht mehr verlassen. Es gibt in unserem Kaiserreich nicht genug Shénnóng-shī, die diesen speziellen Zauber beherrschen, um alle Soldaten marschieren zu lassen.«

»Je mehr man der Magie abverlangt«, sage ich, »desto mehr nimmt sie auch, entweder dem, der sie anwendet, oder dem, der sie erhält.«

»Was haben sie noch über uns gesagt?«, fragt Lian, noch immer amüsiert.

»Dass die Shénnóng-shī mit Geheimnissen Handel treiben«, sagt Mingwen, inzwischen eher interessiert als misstrauisch. »Viele von euch wollen nicht in Münzen bezahlt werden, sondern in Wahrheiten.«

»Sie sagen, ihr lasst euch erst Jahre später bezahlen, weil das Gift, dass ihr in den Tee tut, einen jederzeit mitten in der Nacht packen und töten kann«, plappert Qing'er weiter, bevor er uns besorgt ansieht. »Ist das wahr? Ihr seht gar nicht aus wie Mörderinnen.«

Lian und ich wissen uns nicht mehr zu helfen. Ich

krümme mich vor Lachen, bis ich kaum noch Luft kriege, und Lian lacht so sehr, dass ihr die Tränen kommen. Verwundert schaut sich Qing'er unser Spektakel an, während Mingwen neben ihm tief Luft holt.

»Was glaubt ihr denn, was wir sind? Irgendwelche Dämonen?«, sprudelt es heiter aus mir hervor.

Mingwen steht auf und sieht wieder mürrisch aus. »Vergesst es einfach«, schimpft sie.

Lian kommt auch auf die Füße und hilft ihr, die benutzten Schüsseln und das Besteck zusammenzupacken. »Wir beantworten gern all eure Fragen. Ich habe früher auch vielen Gerüchten geglaubt. Und ich wusste nicht, was davon wahr war und was gelogen, bis ich mit meiner Lehre anfing.«

Diese Worte scheinen Mingwen ein bisschen zu besänftigen. »Ihr seid bestimmt nicht alle schlecht«, sagt sie und nickt.

Zu viert packen wir in Windeseile alles ein. Als Mingwen den Deckel auf dem Korb befestigt hat, hält sie kurz inne.

»Ich … darf dir das wahrscheinlich nicht erzählen«, sagt sie und schaut zur Tür hinüber, um sicherzugehen, dass niemand sonst zuhört. Dann sieht sie mich wieder an. »Die Haushofmeisterin weiß, dass du dem Marquis das Essen gebracht hast. Sie wird dich bald aufsuchen.«

Nach dieser kryptischen Warnung eilt sie hinaus, und ich habe keine Gelegenheit mehr, irgendetwas zu fragen.

»O nein«, sagt Lian mit tellergroßen Augen. »An deiner Stelle würde ich mich jetzt aber rarmachen.«

»Großmutter!«, ruft Qing'er.

Haushofmeisterin Yang spaziert zur offenen Tür herein, bevor Lian und ich auch nur den Hauch einer Chance haben, uns in Sicherheit zu bringen.

In einem dunkelgrauen Gewand mit schwarzer Schärpe und perfekt frisiert begutachtet sie den Raum. Obwohl sie keine ausgesprochen große Frau ist, ist ihr Auftreten herrschaftlich. Sofort habe ich das Bedürfnis, mich aufrechter hinzustellen und meinen Kragen zu richten, damit meine Erscheinung tadellos ist.

»Du da!« Sie fixiert mich, stolziert zu mir herüber und packt mich am Arm. Ich stehe da wie angewurzelt und weiß nicht, wohin ich mich wenden oder wohin ich fliehen soll. Lian ist mir auch keine Hilfe. Sie wirkt genauso erstarrt wie ich.

»Ihr habt also gelacht, ihr zwei! Ihr denkt, das alles hier sei ein großer Spaß. Ihr tut so, als wärt ihr einfach einen Tag lang jemand anderes.«

Haushofmeisterin Yangs Stimme klingt anfangs noch trügerisch ruhig, wird dann aber schnell immer lauter, bis sie schreit. »Wollt ihr mich zum Gespött machen? Meine Abteilungen zum Gespött machen?!«

Ihre Fingernägel schneiden in die weiche Haut meines Arms. Ich zucke zusammen.

»Die Wettkampfteilnehmer haben unter sich zu bleiben. Sie haben keinen Umgang mit Angestellten des Hofes zu pflegen. Sie kostümieren sich nicht. Und du da!« Mit dem anderen Arm zeigt Haushofmeisterin Yang anklagend auf Lian, die sich hinter einen Tisch geschoben hat, als könnte er sie schützen. »Ich habe dich wiedererkannt. Dich kenne ich noch aus deinen Kindertagen. Immer in Schwierigkeiten, immer schmutzig. Ich war dir gegenüber zu nachsichtig, als du ein Kind warst. Ich hatte gehofft, dass die ehrwürdige Lu dir Manieren beigebracht hätte. Aber nun finde ich heraus, dass ihr zwei in *meinen* Küchen herumgeschlichen seid. Ich bin mir sicher, dass es Minister Song sehr freuen wird zu hören, dass zwei Wettkämpferinnen als Mägde verkleidet im Palast herumtrippeln und den Wettkampf verhöhnen. Es wird ihn außerdem freuen zu hören, in welche Schwierigkeiten ihr euch gebracht habt.«

Angst verwandelt sich in Ärger, dann in Wut. Ich fühle mich genauso hilflos wie gestern vor dem Marquis und den betrunkenen Dummköpfen mit ihren aufgedunsenen roten Gesichtern, die sich nicht im mindesten um die Regeln scherten. Ihre Zukunft und Reputation stehen bei diesem Wettkampf nicht auf dem Spiel. Ihre Schicksale sind vorgezeichnet, ihre Zukunft ist gesichert. Sie erhalten das Training, das sie brauchen, werden zu den Prüfungen zugelassen, wobei es für sie ganz egal ist, wie diese schließlich ausgehen.

Während ich … meine Schwester verlieren werde, wie ich auch schon meine Mutter verloren habe.

Ich entwinde mich ihrem Griff und fauche sie an: »Ein paar andere Wettkampfteilnehmer genießen Privataudienzen beim Marquis. Ist das etwa gerecht? Zufällig weiß ich, dass viele Küchenangestellte in seiner Residenz anwesend waren, also müssen auch Sie über diese Verstöße Bescheid wissen. Warum haben Sie den Minister nicht unverzüglich darüber informiert?«

Haushofmeisterin Yang erbleicht, als ich den Marquis erwähne.

»Woher weißt du das?«, will sie wissen. »Und was hast du gesehen?«

Mir wird klar, dass sie geglaubt haben muss, ich hätte das Essen nur der Hausdienerin des Marquis übergeben. Sie hat nicht gewusst, dass ich tatsächlich in den Privaträumen des Marquis serviert und mit eigenen Augen gesehen habe, mit wem er sich dort vergnügte.

Lian springt mir bei.

»Liebes Tantchen Yang …« Sie hakt sich bei der älteren Frau unter und lässt ihren Charme spielen. »Wir haben versucht, uns nützlich zu machen und nicht nur herumzusitzen, aber trotz unserer guten Absichten haben wir dich enttäuscht. Du hast recht, du solltest den Minister wirklich über alles unterrichten, was wir gesehen haben. Erzähl ihm, dass du diejenige warst, die uns die Weisheit und den Mut gegeben hat, das Richtige zu tun.«

Haushofmeisterin Yang sieht jetzt aus wie ein Kaninchen in der Falle. Sie schüttelt Lian von sich ab und sagt langsam: »Nein … mir wird eben klar … Das ist gar nicht vonnöten, wenn ich's mir recht überlege.«

»Aber du hast uns eine so wichtige Lektion erteilt!«, ruft Lian mit übertriebener Unterwürfigkeit. »Wir wollen uns unbedingt daran halten …«

»Ach, hör schon auf, du dummes Kind!«, blafft Haushofmeisterin Yang. Sie schließt die Augen, atmet tief ein und massiert sich eine Schläfe. »Je länger ich im Palast bleibe, desto mehr saugt er das Leben aus mir heraus.«

»Komm, setz dich, Tantchen«, sagt Lian nun sanfter und führt sie zu einem Stuhl.

Als Haushofmeisterin Yang an mir vorbeigeht, streift mich ein Hauch von etwas – der unverwechselbare Geruch des Adlerholzbaums und die scharfe Süße getrockneter Mandarinenschalen. Medizinische Gerüche, die oft in der Praxisluft meines Vaters hingen. Ich betrachte Frau Yang genauer und bemerke den fahlen Ton ihrer Haut und die violetten Schatten unter ihren Augen. Diese Frau ist krank, und – die strengen Linien um ihren Mund sind ein deutliches Zeichen – sie hat Schmerzen.

»Geht es dir gut, Großmutter?« Qing'er hat sich während unseres Streits an der Tür herumgedrückt, jetzt kommt er näher und schiebt sich unter den Arm von Haushofmeisterin Yang.

»Ja, mach dir keine Sorgen, Qing-qing.« Sie seufzt. »Ich habe nur immerzu Kopfweh.«

Obwohl sie nur gekommen ist, um uns des Betrugs zu beschuldigen, tut sie mir in diesem Moment einfach nur leid. Vaters Lehren sind fest in meinem Herzen verankert: Ich kann nicht tatenlos zusehen, wenn jemand leidet.

»Darf ich Ihnen einen Tee anbieten?«, frage ich. »Vielleicht hilft er.«

Sie hat sich schon abgewendet und nuschelt etwas über andere Aufgaben, die sie noch zu erledigen habe, aber Qing'er fängt an, ihr die Schultern zu massieren.

»Du sagst doch dauernd, wie ungerecht es ist, dass die Shénnóng-shī nur die Hofleute behandeln«, sagt er. »Das ist doch *die* Gelegenheit! Wir können uns endlich selbst von der Magie überzeugen. Wie in den Teehäusern unten am Fluss mit all der Musik und den hübschen Damen!«

Die Röte steigt in Haushofmeisterin Yangs verkniffenes Gesicht, als schäme sie sich für die unschuldigen Worte des Jungen.

Lian lächelt sie ermutigend an. »Nings Vater ist Arzt. Sie kann dir vielleicht helfen.«

Haushofmeisterin Yang schaut erst Lian an, dann mich.

»Los, los!«, zwitschert Qing'er. »Bevor sie es sich noch anders überlegt!«

Ich gehe zur Wand mit der Vitrine, in der wir unsere Zutaten aufbewahren. Die Teeblätter, die wir in unserem Zimmer haben, sind eine eher gewöhnliche Auswahl, dennoch von höherer Qualität als alles, was wir in unserem Dorf je hätten kaufen können. Und ich habe noch ein paar Reste von der Osmanthusblüte, von meinem katastrophalen Auftritt in der ersten Runde des Wettkampfs übrig – von dem Tee, den die Jury nie probiert hat.

In der Vitrine sind auch ein paar Teeservice ausgestellt. Ich wähle ein cremefarbenes mit einem Hauch von Blau am Rand, aber mein Blick bleibt noch an zwei anderen hängen: kühles Weiß mit zartgrünem Rand das eine, grau marmoriert das andere.

Bei uns zu Hause reist mein Onkel als Händler durch unsere Provinz, um Tee und Töpferwaren aus unserem Dorf zu verkaufen. In seinem Arbeitszimmer gibt es ein Regal mit den verschiedensten Teeservicen, die er auf seinen Reisen gesammelt hat. Er liebt es, seine Schätze zu präsentieren. Wie ihm dieses von einem hohen Beamten überreicht oder jenes von einem berühmten Schiffskapitän geschenkt wurde. Ich durfte sie nie anfassen, nur aus der Ferne bewundern. Hier am Palast ist es sogar der Dienerschaft erlaubt, so schönes Geschirr zu benutzen.

Es dauert nicht lange, bis das Wasser kocht. Die Blätter ziehen, dann gieße ich den Tee in eine Tasse und gebe zwei winzige Osmanthusblüten hinein. Sie treiben auf der Oberfläche, umringt von kleinen Blasen.

Die Lieblingsblüte meiner Mutter war die Pomelo, aber sie blüht im Frühling nur für sehr kurze Zeit. Im Sommer zog Mutter die Osmanthusblüte vor, die einen intensiven süßen Duft verströmt. Im Herbst ändert sich der Geruch, und sie wird geerntet, um Wein daraus zu machen. In einer von Mutters Geschichten wuchs der erste Osmanthusbaum zu einer so stattlichen Größe heran, dass er irgendwann den Mond verschattete. Der Himmlische Kaiser, rasend vor Zorn, bestrafte den nachlässigen Unsterblichen, der für die Beschneidung des himmlischen Waldes zuständig war: Von da an durfte er sich sein ewiges Leben lang nicht weiter als zehn Schritte von dem großen Baum entfernen. Man sagt, in den Nächten, in denen der Mond im Schatten liegt, ist der Baumbeschneider mal wieder eingeschlafen.

Haushofmeisterin Yang nimmt die Tasse und schnuppert. »Er riecht nach Pfirsich«, sagt sie überrascht.

Obwohl Qing'er am liebsten weiterplappern würde, nimmt Lian ihn beiseite, um ihm irgendetwas zu zeigen. Sie versteht, dass ich mich bei der Ausübung meiner Kunst konzentrieren muss.

Meine Mutter setzte ihre Shénnóng-shī-Fähigkeiten ein, um der Seele die Wahrheit zu entlocken, die Sorgen, die an den Rändern des Geistes lauern. Wie die Schatten auf dem Mond, der durch das Beschneiden der Äste wieder zum Vorschein kommt. Ich habe im Wettkampf die Magie gebeten, die verborgenen Erinnerungen der Jury zu wecken. Jetzt möchte ich die Ursache für die Schmerzen der Haushofmeisterin finden.

»Lass den Tee durch dich fließen und dir Trost spenden«, flüstere ich.

Sie trinkt, und ich schließe die Augen. Bereit, eine Verbindung einzugehen, bereit zu empfangen.

Schnell sticht ein scharfer Schmerz in die Mitte meiner Stirn, wie die Spitze einer Nadel. Dann springt er zu den Schläfen, und ich ziehe die Luft ein, bis der Schmerz in meinen Mund wandert, wo er einen bitteren Geschmack auslöst, von der Zunge bis in den Rachen.

»Was ist los?«

Ich höre ihre Stimme, schwach, fern. Ich zwinge mich zu atmen, durch den Schmerz hindurchzuatmen. War es das, was meine Mutter gefühlt hat, wenn sie sich öffnete? Nahm sie die Schmerzen der anderen in sich auf? Ein Bild breitet sich in meinem Kopf aus, wie Aquarellfarben auf Papier.

Ich bin gleichzeitig innerhalb und außerhalb meiner selbst.

Ich kann die feste Oberfläche des Tischs unter meinem Arm spüren, aber gleichzeitig bin ich woanders. Ich schwebe über uns, sehe, wie die Haushofmeisterin mich anschaut. Und wieder einmal wünsche ich mir so, dass Mutter hier wäre, um mir zu zeigen, wie es funktioniert, um es mir beizubringen …

Haben die Leute auch sie mit leuchtenden Augen angeschaut? Erwartungsvoll und ängstlich zugleich?

Der Schmerz ist nicht nur in meinem Kopf zu spüren. Er bahnt sich wie Wurzeln seinen Weg durch meinen Körper – ihren Körper. Die Ranken würgen mein Herz, quetschen meine Organe ab, bis ich kaum noch atmen kann.

Es sind die Sorgen, die sie zerstören. Die Angst frisst ein Loch in ihren Bauch, die Gedanken halten sie wach bis spät in die Nacht.

Mit einem Keuchen reiße ich die Augen auf.

»Qing'er!«, rufe ich, und der Junge taucht rasch neben mir auf. »Lauf in die Vorratskammer und hol ein paar Stücke *Dānguī* und fünf Hände voll getrocknetes *Huáng qí*. Such die dünnsten Fasern heraus, die du finden kannst.«

Er nickt und rennt zur Tür hinaus.

Haushofmeisterin Yang stellt ihre Tasse ab. »Warum? Was hast du gesehen?«

Ohne die dringend nötige Ruhe wird ihr Körper immer schwächer werden. Trockenheit im Mund, die sich auf das Geschmacksempfinden auswirkt, Kräfteverlust in den Gliedern, Schwierigkeiten beim Atmen … und eines Tages werden die Auswirkungen noch schlimmere sein.

»Ich denke, irgendetwas beunruhigt Sie ganz furchtbar …« Ich versuche, die Symptome von den Auslösern zu trennen, während der Phantomschmerz noch immer in meinem Kopf herumschwirrt. »Nein, nicht irgendetwas … jemand. Jemand, der Ihnen nahesteht, nah wie ein Teil Ihres Körpers. Es lässt Sie nachts nicht zur Ruhe kommen.«

»Es ist, als würden mir die Organe herausgeschnitten«, flüstert sie.

Mutter nannte uns immer ihre Lieben, ihre *Xīn gān bǎo bèi*. Wir seien ihr Herz und ihre Organe, unersetzliche Teile von ihr. Shu und ich lachten über ihre übertriebene Zuneigung, aber zugleich liebten wir ihre Aufmerksamkeit.

Endlich dämmert es mir. Ich hätte es längst erahnen können. »Ihre Tochter.«

Sie nickt. »Chunhua wurde ausgewählt, die Magd des Kaisers zu werden. Ich war so stolz … Sie ist klug, sogar der Kaiser persönlich hat sie einmal gelobt. Sie war glücklich über ihre Stellung, bis im letzten Winter die Krankheit kam. Alle Bediensteten, die in den Privatgemächern des Kaisers arbeiten, wurden im Inneren Hof eingeschlossen. Keiner kam mehr herein, keiner heraus. Ich habe sie seit zwei Jahren nicht gesehen!« Sie zittert, und Lian legt ihr eine tröstende Hand auf die Schulter.

»Wir haben alle von der Krankheit des Kaisers gehört«, sagt sie. »Die Nachricht ist schon zu den Grenzen des Reiches vorgedrungen.«

»Ja, du hast davon gewusst, nicht wahr? Als Tochter eines Diplomaten.« Haushofmeisterin Yang schnieft, ihre Stimme klingt jetzt resigniert. »Es hat auch … Gerüchte gegeben. Gerüchte, dass der Kaiser selbst vom Schatten vergiftet wurde, dass er dauerhaft bettlägerig ist und sich deshalb seit Monaten nicht gezeigt hat.«

Der Gedanke ist beunruhigend, aber es würde seine Abwesenheit erklären.

»Der Kaiser muss doch essen«, sage ich. »Können Sie Ihrer Tochter denn nicht über die Küchenlieferungen eine Nachricht zukommen lassen?«

Die Haushofmeisterin schüttelt den Kopf. »Der Innere Palast hat seine eigene Küche. Wenn wir unsere Waren anliefern, stellen wir sie vor dem Tor ab und gehen wieder. Die Angestellten holen sich, was sie brauchen, dann kommen wir zurück und nehmen den Rest wieder mit.

Ich habe anfangs versucht, die Lieferung zu beaufsichtigen, aber sie sprechen nur durch das Tor mit uns und wollen, dass wir schnell wieder gehen. Die Ärzte sagen, es sei zu unserem eigenen Schutz, aber … ich befürchte das Schlimmste.«

Qing'er stürmt mit den verlangten Zutaten in der Hand herein und löst die düstere Stimmung auf. Ich schütte die Zutaten in einen irdenen Topf, der der Kohlenhitze standhält, ähnlich dem, in dem vorhin unser Frühstück serviert wurde. Ich gieße heißes Wasser über die getrockneten Kräuter und warte, bis es sich klärt. Der medizinische Dampf wabert durch die Luft und kribbelt mir in der Nase.

Ich habe mich immer gefragt, warum mein Vater einfach jedem im Dorf helfen musste, obwohl er damit die Familie gefährdete und die Aufmerksamkeit des Gouverneurs auf uns lenkte. Ich habe das nie verstanden. Ich hasste unsere abgenutzten Kleider und dass Mutter an manchen Tagen eine Handvoll Reis zu einer Suppe strecken musste. Ich wunderte mich, dass sie ihn immer unterstützte, ohne Fragen zu stellen. Jetzt verstehe ich es. Wenn man das Leid eines anderen fühlen kann, ist es unmöglich wegzuschauen.

Ich rede mir ein, dass die Tränen in meinen Augen vom Dampf kommen.

Die Haushofmeisterin greift plötzlich nach meiner Hand. »Ich habe gehört, dass Shénnóng-shī Botschaften senden können, über große Entfernungen hinweg. Dass ihr ein Wort in die Nacht hineinflüstert und es sein Ziel erreicht. Kannst du das für mich tun? Kannst du meiner Tochter eine Nachricht schicken?«

Ich schüttele den Kopf. »Ich wünschte, ich könnte es. Aber ich weiß nicht, wie man Botschaften durch Mauern schickt oder im Traum zu jemandem spricht. Vielleicht ist wirklich mächtiges Shénnóng-shī dazu in der Lage, aber ich habe es nicht gelernt.«

Haushofmeisterin Yang lehnt sich wieder zurück und verschränkt die Arme vor der Brust. »Manchmal wäre ich gern – der Schatten. Ich könnte durch Wände gehen und mich in der Dunkelheit verbergen. Ich dachte immer, der Palast wäre eine Zuflucht vor der harten Realität des Lebens, aber inzwischen ist mir klargeworden, dass er ein Gefängnis ist.«

Mit einem Holzlöffel rühre ich die Essenz im Topf um und achte darauf, dass sie nur siedet und nicht kocht. Der Gedanke an den im Palast eingeschlossenen Kaiser beunruhigt mich. Mir fällt die Bemerkung des Ehrwürdigen Qian wieder ein: Änderungen stehen an.

Als die Essenz fertig ist, seihe ich sie in einer der Ruheschüsseln ab und gieße sie dann in eine Teeschale. Die Flüssigkeit hat sich verdunkelt und in ein unattraktives Braun verwandelt. Ich bringe sie der Haushofmeisterin und stelle sie vor ihr ab.

»Sie müssen schlafen«, sage ich. »Wenn Sie nicht schlafen, können Sie Ihrer Tochter nicht helfen, wenn sie Sie braucht. Wie können Sie sich um Ihr Herz kümmern, wenn Ihr Verstand langsam ist?«

Sie grummelt über die Belehrung, legt aber die Hände um die Schale. »Kaum zu glauben, dass ich auf ein Kind höre. Auf meine alten Tage werde ich noch wunderlich.«

»Großmutter.« Qing'er umarmt sie von hinten und sagt süß wie Zucker: »Du bist doch noch jung.«

Haushofmeisterin Yang lächelt darüber und neigt ihren Kopf, um über die Oberfläche der Essenz zu pusten.

»Moment!« Ich springe auf, laufe in mein Zimmer und hole ein kleines Bündel von meinem Frisiertisch. »Das hier macht es leichter, die Essenz zu trinken, wenn Sie gestatten.«

Gestern habe ich in den Küchen ein paar Birnensirupbonbons von den Tabletts der Dienerinnen mitgenommen. Sie waren eine der wenigen Schwelgereien aus Jia, mit denen Mutter verschwenderisch umging und die ihre Laune aufhellten, wenn sie uns geliefert wurden. Sie steckte sie sich gleich ganz in den Mund, aber mir taten sie, süß wie sie waren, an den Zähnen weh. Also legte Mutter sie für mich in eine Kanne mit heißem Wasser, damit ich sie trinken konnte.

Haushofmeisterin Yang betrachtet mich mit einem seltsamen, nachdenklichen Ausdruck.

»Sie können es sich unter die Zunge legen«, erkläre ich, weil das in der Hauptstadt vielleicht nicht üblich ist. »Es mildert die Bitterkeit der Essenz.«

Sie ignoriert das Bonbon, befolgt aber meine anderen Anweisungen und nippt langsam an der Schale, bis sie leer ist. »Siehst du, Qing'er?« Sie hält ihm die leere Schale hin. »Großmutter hat ihre Medizin ganz ausgetrunken.«

Er strahlt sie an, seine Bewunderung für sie ist offensichtlich. »Gut gemacht!«

Haushofmeisterin Yang nimmt mein Taschentuch vom Tisch und mustert die aufgestickten Vögel. Ich widerstehe dem Drang, es ihr fortzunehmen, denn es gehört Shu. Seit man mir Mutters Shénnóng-shī-Truhe weggenommen hat, ist mir so wenig von zu Hause geblieben.

»Hast du das gemacht?«, fragt sie. »Die Stickerei ist trotz des groben Materials sehr zart.«

»Nein, das ist die Arbeit meiner Schwester.« Ich nehme es ihr wieder weg, ohne zu überlegen, ob es sich schickt oder nicht –, und bringe es unter meiner Schärpe in Sicherheit.

»Lian, würdest du Qing'er zum Spielen nach draußen bringen?«, fragt die Haushofmeisterin. »Ich möchte mit Ning unter vier Augen sprechen.«

Lian sieht mich fragend an. Ich zucke leicht die Schultern. Sie nimmt den Jungen bei der Hand und führt ihn hinaus. Er plappert schon wieder.

Die Haushofmeisterin wendet sich mir zu, aber jetzt, wo wir allein sind, kehrt der scharfsinnige Ausdruck auf ihr Gesicht zurück, als würde ein Rechenschieber in ihrem Kopf meinen Wert und meine Bedeutung abwägen.

»Du erinnerst mich an jemanden«, sagt sie.

Lian hatte mir erzählt, dass Haushofmeisterin Yang die Tyrannin der Küchen ist, dass ihr auch noch die kleinste Abweichung ins Auge sticht: eine einzelne Frucht, die auf dem Obstteller fehlt; wenn vom Abendessen zwei Portionen abgezweigt wurden oder das falsch angeordnete Besteck auf einem Tablett. Ihr Gedächtnis ist unfehlbar, ihre Liebe zum Detail erschreckend. Deswegen zollt man ihr Respekt und fürchtet sie gleichzeitig.

»Mit den Jahren hat mein Gedächtnis etwas nachgelassen, deshalb habe ich ein wenig gebraucht, um mich zu erinnern. Aber jetzt kann ich es deutlich sehen. An der Form deiner Augen, deines Gesichts und an der Art, wie du sprichst.« Sie nimmt das würfelförmige Birnenbonbon und hält es vors Licht, so dass es leuchtet. »Das hier hat meiner Erinnerung schließlich auf die Sprünge geholfen.«

Ich spüre meinen Herzschlag im Hals. Mutter hat nie jemanden aus der Hauptstadt erwähnt. Sie erzählte überhaupt sehr wenig darüber, auch wenn wir noch so sehr darum bettelten.

»Ich kannte einmal eine Frau, die im Palast arbeitete. Sie war Hebamme für die Dienerinnen. Sie ließ uns die bittersten Gebräue trinken.« Frau Yang kichert bei der Erinnerung, ihre Zuneigung zu dieser Frau ist offensichtlich. »Diese Gebräue rollten einem die Zehennägel auf und drehten einem den Magen um. Sie gab uns Birnenbonbonwürfel, damit wir sie leichter trinken konnten. Und sie wollte, dass wir sie unter die Zunge legen.« Sie sieht mir in die Augen. »Du bist Yitings Tochter.«

Der Klang des Namens meiner Mutter hallt durch das Zimmer. Sie hatte immer einen Eindruck hinterlassen. Sogar jetzt, siebzehn Jahre später, erinnern sich Menschen an sie.

»Ich habe mich gefragt, wie es ihr wohl ergangen ist, nachdem sie den Palast verlassen hat. Es hat da … einen Skandal gegeben. In den ersten Jahren war ich mir noch sicher, dass sie zurückkommt.« Sie lächelt. »Yiting ist entkommen, so wie sie es immer geplant hatte. Sie hat sich da draußen ein Leben mit einer eigenen Familie aufgebaut. Ich bewundere sie dafür.«

»Wirklich?« Ich habe so viele Fragen. Wie sie war, als sie jung war, und warum sie den Palast verlassen hat. So viele Fragen, die sie stets weggewischt hat und die jetzt für immer unbeantwortet bleiben.

»Die wenigsten schaffen es, sich auf ein Leben außerhalb der Hauptstadt umzustellen, wenn sie einmal von der Pracht des Palastes gekostet haben. Die meisten kommen zurück. Einige schon nach wenigen Tagen, einige nach ein paar Monaten, aber irgendwann kommen sie zurück. Sie hingegen … Wie geht es deiner Mutter?«

»Sie ist tot«, sage ich, ohne nachzudenken, überwältigt von der Woge der Gefühle, die in mir aufsteigt. Ich schlage mir die Hand vor den Mund.

»Oh, tatsächlich?« Sie streckt ihre Hand aus und streichelt mir die Schulter. »Das tut mir leid.«

Sie missversteht meinen Schock und hält ihn offenbar für Trauer. Ich schlage die Hände vors Gesicht und lasse sie in dem Glauben.

»Wie lange ist es her, dass sie von uns gegangen ist?«, fragt sie sanft, und plötzlich ertappe ich mich dabei, wie ich ihr alles erzähle. Vom Tod meiner Mutter, von dem Gift, von der Ungerechtigkeit all dessen. Weil diese Frau meine Mutter gekannt hat. Sie kannte ihre Brillanz und ihre Großzügigkeit, die Schönheit, die aus ihrem Inneren heraus leuchtete.

Haushofmeisterin Yang tut so, als sähe sie nicht, wie ich mir mit dem Taschentuch die Augen abtupfe. So kann ich trauern.

KAPITEL 14

Ich schenke Haushofmeisterin Yang noch eine Tasse Tee ein. Sie nimmt sie, nachdem ich ihr versichert habe, dass kein weiterer Zauber darin steckt.

»Können Sie mir … mehr über meine Mutter erzählen?«, frage ich zögernd.

»Das ist eine Geschichte für einen anderen Tag«, sagt sie. »Ich habe nicht viel Zeit, bevor ich in die Küchen zurückmuss. Ich sollte mit dir und Lian über den Wettkampf sprechen.«

Als Lian mit Qing'er zurückkommt, habe ich mein Gesicht bereits gewaschen und mein Äußeres wieder in Ordnung gebracht. Ich fühle mich innerlich leer und ausgewrungen vom Weinen.

Haushofmeisterin Yang bedeutet Lian, sich zu uns zu setzen. Ich verberge meine zitternden Hände unter dem Tisch.

»Ich habe gehört, was in der ersten Runde passiert und dass deine Position mehr als unsicher ist.«

Eine Welle von Scham durchläuft mich. Ich habe mich nicht nur vor der Jury und den anderen Shénnóng-tú blamiert, sondern auch vor Leuten aus der Hauptstadt, die im Publikum saßen. Und das kann ich nur mir selbst vorwerfen.

»Es ist nicht ihre Schuld, dass der Marquis ein altmodischer Sack ist«, nuschelt Lian.

Ich sehe, wie Haushofmeisterin Yang sich bemüht, ernst zu bleiben, aber ihre Mundwinkel sprechen für sich.

»Du hast meine Kopfschmerzen gelindert«, sagt sie. »Weil du mir geholfen hast, weil ich deine Mutter gekannt und geschätzt habe und weil ich nicht ertrage, dass die wohlhabenden Shénnóng-tú schamlos die Regeln missachten, habe ich mich dazu entschlossen, euch beiden zu helfen.«

»Wirklich?«, rufe ich.

Lian fällt ihr um den Hals. »Wir wären dir auf ewig dankbar, Tantchen.«

»Ich weiß, welchen Tee sie in der nächsten Runde verwenden wollen.« Sie mustert ihre Tasse und runzelt die Stirn. »Doch bevor ich euch verrate, wie er heißt, möchte ich, dass ihr mir beide etwas versprecht.«

Lian und ich warten.

»Ich möchte keine von euch jemals wieder in den Küchen sehen, verstanden? Ich bin für meine Leute verantwortlich. Wenn ihr von einem Jurymitglied erwischt werdet … Ich kann nicht das Leben aller anderen aufs Spiel setzen.« Sie wartet, bis wir beide zustimmen, dann nickt sie. »Der Tee heißt *Silver Needle*. Ich kann eine Kostprobe davon besorgen, wenn euch das weiterhilft.«

Nachdem Haushofmeisterin Yang und Qing'er gegangen sind, wenden Lian und ich uns aufgeregt einander zu. Endlich etwas, das uns nützlich ist. Endlich ein Hinweis, der uns ein klares Ziel gibt anstelle des Gefühls, völlig im Dunkeln zu tappen.

»Was weißt du über *Silver Needle*?«, frage ich. In Mutters Unterricht ist mir der Name nie begegnet.

»Kommt mir bekannt vor. Ich glaube, ich hab schon mal was darüber gelesen.«

Wir kehren in unser Zimmer zurück. Lian wühlt in ihren Sachen, bis sie ein Buch in der Hand hält. Sie setzt sich im Schneidersitz aufs Bett und blättert durch die Seiten. Schließlich findet sie den Abschnitt, nach dem sie gesucht hat.

»*Silver Needle* zeichnet sich durch dünne, schlanke Blätter aus, die von leicht silbrigem Flaum bedeckt sind«, liest sie vor. »Allerhand Versuche, die Wildpflanze zu kultivieren, sind gescheitert, weshalb sie äußerst gefragt ist. Meister-Shénnóng-shī können damit Wahrheiten hervorlocken, doch sogar einem Shénnóng-tú ist es mit diesem Tee möglich, Wahrheit von Lüge zu unterscheiden.«

»Ein Wahrheitsserum?«, frage ich. »Wer davon trinkt, ist also gezwungen, die Wahrheit zu sagen?« Dann wäre es ein unsagbar kostbares Werkzeug.

Lian lacht. »Glaubst du, wenn es so einfach wäre, würde dieser Tee nicht mehr wert sein als der *Golden Key*? Bei *Silver Needle* kommt es natürlich wie bei allen anderen Teeblättern auch darauf an, wer ihn einsetzt und wie mächtig diese Person ist. Es hängt von der Schwere der Lüge ab und davon, wie sehr der andere die Wahrheit verbergen will.«

Als wir vom Abendessen in unser Zimmer zurückkommen, liegt ein kleines Päckchen für uns auf dem Tisch.

Ich öffne es und finde darin eine Nachricht von Haushofmeisterin Yang vor, zusammen mit ein paar silbrig-gelben Blättern in einem kleinen Beutel. Wir einigen uns darauf, die Menge zu teilen und uns damit auf die nächste Runde des Wettkampfs vorzubereiten. Wir hoffen, dass es uns einen Vorteil verschafft, wenn wir lernen, den Tee zu beherrschen.

Bis zum Schlafengehen spekulieren wir weiter, was am nächsten Tag passieren wird. Dann liege ich wach, starre in die Dunkelheit und lausche auf Lians allmählich langsamer werdende Atemzüge. Mein Geist kommt nicht zur Ruhe, und ich denke an den Jungen, der in der Dunkelheit die Palastmauern überwinden kann. Und der versprochen hat zurückzukommen, damit ich ihm meinen echten Namen verrate.

Ich bin in Gedanken versunken, als mich der Gongschlag aufschreckt.

»Sān gēng!« Der ferne Ruf der Ausrufer dringt an mein Ohr und erinnert mich an ein Lied, das jedes Kind in der Schule lernt.

Yī gēng rén (Die erste Stunde gehört den Menschen, die sich auf die Nachtruhe vorbereiten.)

Èr gēng luó (Die zweite Stunde gehört dem Gong, der über all jene wacht, die sicher in ihren Betten liegen.)

Sān gēng guǐ (Die dritte Stunde gehört den Geistern, die aus der Dunkelheit kommen.)

Sì gēng zéi (Die vierte Stunde gehört den Dieben, die die Nacht ausnutzen.)

Wŭ gēng jī (Die letzte Stunde gehört dem Hahn, der als Erster erwacht. / Die Dämmerung kommt und heißt den neuen Tag willkommen.)

Jetzt ist die dritte Stunde, die Stunde der Geister. Die dunkelste Stunde der Nacht, in der die Geister am aktivsten sind.

Meine Füße berühren den kalten Boden. Ich taste im Dunklen nach meinem Umhang. Ich wickle ihn um mich und schleiche auf Zehenspitzen an dem Paravent vorbei, der unser Zimmer vom Foyer trennt. Ich trete durch die Tür hinaus in den dämmerigen Innenhof. Mir kommt noch ein anderes Kinderlied in den Sinn: *Verbannter Prinz, bist als Dämon geboren und für die Nacht erkoren …*

»Ich war nicht sicher, ob du dich erinnern würdest.« Bo tritt aus dem Schatten einer Weide hervor.

Erschrocken springe ich zurück und unterdrücke einen Aufschrei.

Kang, rufe ich mir in Erinnerung. Sein anderer Name, sein echter Name.

»Entschuldige.« Er tritt näher, bis ich ihn im Licht der Laterne, die von den Dachrinnen herabhängt, sehen kann. Er hebt die Hände, um mir zu zeigen, dass er unbewaffnet ist. Ich klammere mich an die Vorderseite meines Mantels, als wäre er eine Rüstung, die mich schützen könnte.

»Möchtest du …«

»Komm …«

Wir fangen gleichzeitig an zu sprechen und verstummen wieder.

Kang geht vorsichtig auf mich zu, bis er am Fuß der Treppe steht, und sieht zu mir hoch.

»Das ist das erste Mal, dass wir uns treffen, ohne dass du mich angegriffen hast«, stellt er fest, und langsam breitet sich auf seinem Gesicht ein Grinsen aus.

Dieses Grinsen, das mich jedes Mal verunsichert, als ob er etwas wüsste, das ich nicht weiß. Ich finde es unausstehlich. Ich finde *ihn* unausstehlich, und dennoch … sehe ich es gern.

»Du hattest es jedes Mal verdient«, erwidere ich.

»Dann sind wir also quitt.« Sein Lächeln wird breiter, die Schärfe meiner Worte scheint ihn nicht zu stören.

»Verrätst du mir endlich deinen Namen?«

Mein Name ist nicht annähernd so bedeutungsvoll wie seiner. Meine Familie ist weder so berühmt noch so berüchtigt wie seine. Warum ist ihm so wichtig, wie ich heiße und wer ich bin?

Ich muss ihn zu lange angestarrt haben, denn ich spüre, wie die Kluft zwischen uns wieder größer wird. Sein Gesicht wird ernst. Er dreht sich um und setzt sich seufzend auf eine Stufe. Kurz darauf mache ich das Gleiche, sorgfältig darauf bedacht, eine Armlänge Platz zwischen uns zu lassen.

»Ich dachte, du wolltest, dass ich wiederkomme.« Er klingt enttäuscht.

»Das wollte ich ja auch!« In dem Moment, als ich die Worte ausspreche, bereue ich sie schon. Hastig erkläre ich ihm: »Ich kann dir eben immer noch nicht richtig vertrauen. Wegen allem, was ich über dich weiß.«

»Aber wieso? Wer glaubst du denn, bin ich?«, will er wissen. »Denkst du immer noch, ich sei ein Attentäter?«

Es ist leichter, mit ihm umzugehen, wenn er kratzbürstig und abweisend ist als sanft und verletzlich.

»Sag es mir endlich!«, dränge ich. »Bist du der Schatten? Hast du die Teeziegel vergiftet?«

Ich suche nach irgendeinem verräterischen Hinweis – einem Augenflackern, einem nervösen Zucken vielleicht –, etwas, das meinen Verdacht bestätigt. Aber er schaut mich nur an, fassungslos, dass ich so etwas überhaupt von ihm denken kann. Dann sagt er: »Warum sollte ich Tee vergiften? Was würde mir das bringen?«

»Um Unruhe im Reich zu stiften.« Ich wiederhole nur, was ich im Dorf, in den Küchen und unter den anderen Shénnóng-tú gehört habe. »Um den Thron für deinen Vater zu erobern. Ich habe gesehen, was Menschen für Macht tun.« Ich kenne die Auswirkungen der grausamen Macht unseres Gouverneurs in Sù. Die Steuern, die Jahr für Jahr zu unserem Schutz erhöht werden, während alle ahnen, dass die Banditen, vor denen wir »beschützt« werden sollen, seine eigenen Schläger sind.

Ich erwarte, dass Kang wütend auf meine Anschuldigungen reagiert, dass ich ihn dazu gebracht habe, zu gehen und nie wieder ein Wort mit mir zu wechseln. Stattdessen wirkt er nachdenklich.

»Wir spüren die Belastung an allen Ecken des Reiches«, sagt er. »Deshalb bin ich ja überhaupt in die Hauptstadt gekommen. Ich bin hier, um den Kaiser zu bitten, meinem Volk zu helfen. Wenn er mich nicht empfangen will, wenn er zu krank ist, dann muss ein Übergangsregent solange die Regierungsaufgaben übernehmen. Während man am Hofe weiter politische Ränkespiele betreibt, verhungern die Leute langsam.«

Ich weiß nicht, was ich dazu sagen soll.

»Wie kann ich dich davon überzeugen, dass ich die Wahrheit sage?« Seine Hand ballt sich zur Faust. »Wenn ich nicht mal eine Fremde auf dem Markt von mir überzeugen kann, wie soll ich dann jemals den Hof umstimmen?«

Plötzlich wird mir alles klar. »Ist es dir deshalb so wichtig, was ich von dir denke? Bin ich das Übungsobjekt für deine rhetorischen Fähigkeiten? Wenn du eine ungebildete Bürgerliche von deiner Sache überzeugen kannst, dann gelingt es dir auch bei Gelehrten und Adeligen?«

»Das ist nicht …« Er runzelt die Stirn. »So meine ich es nicht. Du verdrehst alles. Du missverstehst mich absichtlich.«

Trotz meines verletzten Stolzes fallen mir Lians Worte ein: Wenn die Shénnóng-tú aus der Hauptstadt alle ihnen zur Verfügung stehenden Mittel einsetzen, um zu gewinnen, dann müssen auch wir unsere Kräfte bündeln. *Silver Needle* kann Wahrheit von Lüge unterscheiden, und an wem ließe sich das besser testen als an Kang?

»Beweis es mir«, sage ich und stehe auf. Diesmal schaue ich auf ihn herab. »Beweis mir, dass du nicht lügst.«

Argwöhnisch sieht er zu mir auf »Was würdest du denn wollen, dass ich tue?«

»Die nächste Runde des Wettkampfs ist ein Test der Ehrlichkeit«, berichte ich. »Es geht darum, Wahrheit von Lüge zu unterscheiden. Ich brauche jemanden, an dem ich üben kann. Und wenn du mir die Wahrheit sagst, hast du nichts zu befürchten.« Vielleicht kann er mir sogar etwas über den Hof verraten, das mir einen Vorteil im Wettkampf verschafft.

Ohne zu zögern stimmt er zu. Ich bin überrascht. Ist er tatsächlich derart von seinen Fähigkeiten überzeugt, eine einfache Shénnóng-tú täuschen zu können? Oder glaubt er wirklich an die Wahrhaftigkeit seiner Worte?

Ich gehe diese Möglichkeiten noch einmal durch, während ich in der Unterkunft das Feuer schüre, und nutze den Moment, um meine Gedanken zu ordnen. In dieser Art von Magie bin ich nie unterrichtet worden, und der Zweifel nagt an mir. *Man kann einem Unwilligen nicht die Wahrheit entlocken und einem verschlossenen Geist nichts entreißen. Geben und Nehmen.*

Ist er gewillt, mir die Wahrheit zu sagen? Und kann ich die Geheimnisse aushalten, die er verbirgt?

Ich stelle das Teegeschirr auf den Steintisch im Innenhof und unterdrücke ein Gähnen, als er nicht zu mir herschaut. Allmählich beginnt die Müdigkeit, an meiner Konzentration zu nagen. Schon zuvor bei Haushofmeisterin Yang habe ich Magie angewandt, und es hat mich Kraft gekostet.

Die Menge *Silver Needle* reicht gerade für eine kleine Tasse. Ich gieße Wasser über die zierlichen Fasern. Was ich nachmittags in Lians Buch nachgelesen habe, ist Folgendes: *Silver Needle* ist ein Tee des Tributs, bei dem jedes Blatt einzeln von Hand vom Baum gepflückt wird.

Sein Gewicht ist so federleicht, dass die kleinste Bewegung des Wassers im Topf die Blätter in einem Strudel herumwirbelt, bis sie sich am Grund in einem Punkt sammeln. Sie bilden eine Spitze, eine Nadel, und diese Nadel, so heißt es, könne den Schleier durchstechen und den feinen Faden der Wahrheit aus dem Geist herausziehen.

Zuerst nippe ich selbst daran und stelle die Tasse dann vor ihm ab. Eine Herausforderung.

»Soll ich ihn einfach nur trinken?«, fragt er und führt die Tasse behutsam an seine Lippen. Ich erinnere mich an das letzte Mal, als wir zusammen Tee getrunken haben und wie er danach geflohen ist. Ich nicke.

Er schaut mir in die Augen und trinkt, leert die Tasse.

Augenblicklich flammt die Magie in mir auf, sie erinnert sich an ihn. Das Licht im Hof verändert sich, und wie beim letzten Mal umhüllt es uns, bis schließlich alles silbern schimmert. Ich höre den Klang einer gezupften Pipa und die süße Stimme eines Sängers, die vom Jadefluss herüberweht …

Es ist Zeit für mich zu fragen und Zeit für ihn, Antworten zu geben.

KAPITEL 15

»Bist du der Schatten?« Meine Stimme klingt tief und hauchig, als würde jemand anderes durch mich sprechen. Als würde ich tatsächlich mit den Göttern in Verbindung treten.

»Nein«, flüstert er zur Antwort.

Seine Gesichtszüge verschwimmen, verschleiert von plötzlichem Nebel. Der Duft von Kamelienblüten umgibt uns wie schon einmal zuvor.

Wir betrachten einander, als stünden wir auf zwei Seiten eines Wasserfalls. Ich hebe meine Hand, und auch sein Arm hebt sich, durchbricht den Nebel, bis wir uns berühren. Ich denke an die Gestalt in der Dunkelheit, mit der ich gekämpft habe und deren Gesicht bedeckt war von einer schwarzen Maske.

Der Schatten … *Silver Needle* dreht sich auf dem Boden der Tasse im Kreis und sucht eine Antwort. Aber es passt nicht zusammen.

Er ist es nicht.

»Willst du der Prinzessin schaden?«, frage ich. »Warum bist du hier, Kang?« Seine Finger zittern unter meiner Hand, als ich seinen Namen ausspreche. Der Nebel wird lichter und verändert sich. Der Palast um mich herum verschwindet – der Nebel zeigt mir eine Vision.

Eine prunkvolle Brücke. Darauf zwei Kinder, die den Koi im Wasser mit Blaubeeren und wildem Reis füttern. Eines von beiden ist Kang, das andere die Prinzessin. Sie lachen, kameradschaftlich, vertraut.

Der Nebel kommt erneut auf, lässt die Erinnerung verblassen, ersetzt sie durch eine weitere.

Die Prinzessin tritt hervor, ihr Gesicht ungeschminkt, ihr Haar schmucklos. Jünger als die majestätische Schönheit, die den Zeremonien vorsitzt.

Sie sind in einem Garten. Ihrem Garten. Er erinnert sich. Über ihren Köpfen rascheln Zweige, Frühlingsknospen kommen gerade erst zum Vorschein. Er bemerkt die Soldaten, die Wache stehen. Irgendjemand schaut immer zu.

»Warum bist du hier, Kang?« Die Stimme der Prinzessin ist scharf und anklagend.

»Ich hatte gehofft, wir würden uns unter günstigeren Umständen wiedertreffen«, sagt er.

»Dann lass uns darauf anstoßen, dass du mich gerettet hast. Ich möchte mich dafür bei dir bedanken.« Ihre Mundwinkel verziehen sich, und er weiß, dass sie ihn verspottet. Vor ihr steht ein Tablett mit einer Kanne und Tassen.

»Es war meine Pflicht, Prinzessin.«

»Verweigerst du etwa eine Anordnung?«, fragt ihre Leibwächterin brüsk und tritt unter einem Baum hervor, die Hand am Griff ihres Schwerts.

Ihre weiße Kleidung steht im Kontrast zu ihrer gebräunten Haut und betont ihren warmen Goldton. Selbst in diesem Privatgarten trägt sie einen Brustpanzer, um die Prinzessin zu jeder Zeit gegen einen Angriff verteidigen zu können.

»Nein … « Er seufzt. »Hallo, Ruyi.«

Die Leibwächterin neigt grüßend den Kopf, belässt die Hand jedoch am Schwert.

»Ich bin Eures Dankes unwürdig.« Er verbeugt sich und setzt sich vor die Prinzessin.

»Meine Wachen sagen, es war, als seist du vom Himmel herabgeflogen, um mich vor den Pfeilen der Attentäter zu schützen.« Mit einer Hand schiebt sie ihren Ärmel beiseite, löffelt dann Teeblätter in die Kanne. Das kochende Wasser läuft über und ergießt sich über das Marmortablett. »Sie hätten dich niederschlagen können, wärest du eine echte Gefahr gewesen«, sagt sie leichthin, als spräche sie über jemand anderen.

»Ich bin dem Kaiser verpflichtet!«, protestiert er. »Mein Leben gehört ihm, Cousine!«

Mein Magen zieht sich zusammen. Sie will ihn brechen.

Mit einer Drehung des Handgelenks gießt sie ein. Licht verfängt sich im Wasserstrahl und lässt einen herrlichen Regenbogen aufschillern. Sie füllt zwei Tassen, eine davon schiebt sie zu ihm hin.

Er zeigt keine Regung.

»Trinkst du denn gar nicht?«, fragt sie schneidend.

Eine tödliche Frage.

»Nach Euch, Hoheit.« Er neigt den Kopf, seine Stimme klingt ungerührt.

Seine Beherrschtheit beeindruckt mich, seine Art, nichts preiszugeben, obwohl ich seinen inneren Aufruhr spüren kann. Das ist etwas, das ich selbst nicht zu verbergen vermag.

Die Oberfläche der Tasse schimmert vor ihm. Keine Magie, aber eine andere Waffe.

»Du sprichst von Treue zu meinem Vater.« Sie lächelt, aber es ist mehr ein Fletschen der Zähne. »Glaubst du, ich würde dich vergiften?«

»Bevor ich trinke, möchte ich Euch um etwas bitten.« Er neigt den Kopf. »Danach liegt mein Leben in Euren Händen.«

»Wie kannst du es wagen …« Empört tritt Ruyi wieder näher.

Doch die Prinzessin winkt sie zurück.

»Du benutzt Worte wie ›Pflicht‹ und ›Treue‹«, sagt die Prinzessin, und jedes ihrer Worte ist dazu bestimmt, ihn zu verletzen. »Doch du vergisst deine Herkunft.«

»Ich weiß, wo ich herkomme«, räumt er ein. »Ich möchte nur mit meinem Onkel sprechen.«

»Alles, was du meinem Vater sagen willst, kannst du ebenso gut mir sagen, Cousin.« Das letzte Wort betont sie, als wolle sie ihn an seine geschmacklose familiäre Abstammung erinnern.

»Ich möchte ihn nur bitten, unsere Verbannung nochmals zu überdenken.« Er redet einfach weiter, offenbar unbeeindruckt von ihrer Warnung. »Und ihm unsere Loyalität zusichern. Wir leben in gefährlichen Zeiten. Mit den Unruhen an den Grenzen, den Banditen, der Bedrohung durch die Clans aus dem Norden … Er kann auf uns zählen, denn wir sind eine Familie …«

»Familie.« Mit dem Finger fährt die Prinzessin am Tassenrand entlang. »Und meine eigene Familie will nichts trinken, das ich zubereitet habe?«

In einer schwungvollen Bewegung hebt er die Tasse an die Lippen und leert sie, dann nickt er ihr zu und stellt die Tasse mit lautem Klirren ab. Er ist am Ende seiner Geduld.

»Reicht das?«, fragt er. »Erlaubt Ihr mir jetzt, mit ihm zu sprechen?«

In einem Satz springt sie über den Tisch. In ihrer Hand blitzt eine Klinge auf. Die Spitze eines Dolches drückt gegen seine Kehle, doch er weicht nicht zurück. Er sitzt da, die Hände auf den Tisch gestützt, und wartet.

»Ich möchte dich daran erinnern, dass ihr verbannt wurdet und unter Androhung des Todes aufgefordert seid, niemals nach Jia zurückzukehren.« Die Dolchspitze wandert nach unten und verharrt auf seinem Herzen. Dort, wo das rote Mal sitzt, das ihn als Verräter brandmarkt.

»Es geht hier um Leben und Tod, Prinzessin«, sagt er und sitzt vollkommen still.

»Wessen Leben?«, fragt die Prinzessin. »Und wessen Tod?«

Kangs Hand zuckt zurück, die Vision löst sich auf. Die Magie befreit uns aus ihrem Griff und trennt die Verbindung zwischen seinem und meinem Geist. Ich habe ihr Gespräch nicht nur verfolgt – ich habe jede Regung gespürt, als hätte ich mich in seinem Körper befunden.

Er meint es nicht böse mit ihr. Es ist sein eigenes Leben, das in Gefahr ist.

Wir sind wieder zurück im Zwielicht des Innenhofs, sitzen uns am Steintisch gegenüber. Sein Ausdruck ist gequält, und noch immer kann ich die Verzweiflung spüren, die an ihm zerrt, seinen unbedingten Wunsch, seine Aufgabe zu erfüllen. Er kämpft für sein Volk – das Volk seiner Mutter, der Frau, die ihn einst wie ihr eigenes Kind zu sich nahm.

»Glaubst du mir jetzt?«, fragt er.

Ich nicke nur. Auf meine Stimme kann ich mich nicht verlassen.

»Lùzhou ist zwar kein Ort, der für Shénnóng-shī bedeutungsvoll wäre«, fährt er fort. »Aber vielleicht wirst du mich eines Tages dorthin begleiten und uns etwas über deine Kunst beibringen. Es ist ein wunderschöner Ort, trotz seines Rufs.«

Sein Angebot überrascht mich; ich erinnere mich an die Abscheu, mit der er mich von sich stieß, als er im Azaleenhaus herausfand, wozu ich fähig bin.

»Es ist nicht, weil ich dich …« Er wirft mir einen flüchtigen Blick zu. »Es ist nicht so, wie du denkst …«

Er beendet den Gedanken nicht, denn allein diese Andeutung lässt die Erinnerung wieder auferstehen: die geisterhaften Klänge einer Flöte in der Luft, die Überreste des *Golden Key* glühen noch einmal auf, stellen die Verbindung zwischen uns wieder her, so stark, bis wir beide nach Luft ringen.

Er versucht, sich herauszuwinden, sich von der Erinnerung zu trennen, doch es ist zu spät.

Wir kehren in den Garten zurück.

Der Dolch, der auf sein Herz zeigt. Die Worte, die er dann sagt: »Mich würde interessieren, was das Volk von Jia von einer Regentin hält, die den Tod des Kaisers verheimlicht. Und ich frage mich, ob es eine Prinzessin dulden würde, die auf einem Thron aus Lügen sitzt.«

Die Prinzessin sinkt auf ihren Stuhl zurück, ihr Gesicht hat jegliche Farbe verloren.

Der Kaiser ist tot.

Die Enthüllung raubt mir den Atem.

Der Nebel teilt sich, als Kang den Abstand zwischen uns durchquert. Seine Hände umfassen meine Schultern.

»Hör zu, das ist jetzt wichtig«, stößt er schwer atmend

hervor. Ich spüre, dass er am ganzen Körper zittert. »Hast du etwas in den Tee getan? Hast du *Golden Key* hineingetan?«

Ich schüttele langsam den Kopf. »Nein …« Doch dann halte ich inne, weil das gelogen wäre und er es merken würde. *Silver Needle* zeigt in zwei Richtungen. »Ich weiß nicht. Es war nicht *Silver Needle.* Ich glaube, es war von … vorher. Irgendetwas, das der *Golden Key* hinterlassen hat.«

»Das ist gefährlich«, sagt er. »Du musst vergessen, was du gehört hast. Ich habe deine Macht bislang einfach unterschätzt …«

Wieder kommt Wind auf und pfeift uns um die Ohren. Wir sind gefangen an einem schwindelerregenden Ort zwischen Erinnerung und Gegenwart.

»Sie werden dich töten.« Er ist mir so nahe, sein Ausdruck ist wild. Verängstigt. »Und ich glaube kaum, dass Shénnóng-shī Wiederauferstehung beherrschen.«

»Du glaubst, dass es wahr ist?« Ich flüstere, weil ich einfach nicht glauben kann, dass der Palast ein so großes Geheimnis zu verbergen vermag.

Seine Hände lassen von mir ab. Die Verbindung vibriert zwischen uns wie die gezupfte Seite einer Zither.

»Ich bin seit einigen Wochen in der Hauptstadt«, sagt er und wendet sich ab, so dass ich nur die eine Seite seines Gesichts sehen kann. »Ich beobachte, wer im Palast ein- und ausgeht. Was hineingebracht wird und was hinaus. Den jüngsten Berichten zufolge schien der Kaiser ernsthaft krank zu sein, aber jetzt … Ich weiß nicht, worauf die Prinzessin wartet. Darauf, wer sich als mögliche Bedrohung entlarvt? Oder wer ein Bündnis anbietet?«

Kang geht vor mir auf und ab, all seine Gelassenheit scheint verschwunden. »Sie werden dich töten, verstehst du? Sie zögern keine Sekunde damit.«

Ich höre es in der Ferne donnern, obwohl der Himmel noch klar war, als wir diese Traumwelt betreten haben. Die Intensität von Kangs Gefühlen hat den Wind heraufbeschworen, der uns jetzt die Haare ins Gesicht peitscht. Er hebt uns hoch und wirbelt uns herum, bis unsere Füße über den geisterhaften Formen unserer Körper schweben. Unter der plötzlichen Bewegung revoltiert mein Magen. Ich muss uns beide unbedingt zusammenhalten, bevor unsere Seelen voneinander getrennt werden und wir nicht mehr in unsere Körper zurückfinden.

»Kang!«, rufe ich und kämpfe gegen den Wind an, klammere mich an Kangs Schulter fest. Ich umfasse seinen Hals, grabe meine Finger in den Druckpunkt. Sein lodernder Blick trifft meinen.

»Mein Name, du wolltest doch meinen Namen wissen, oder? Ich heiße Ning, Zhang Ning.«

»Zhang Ning«, wiederholt er sanft.

Mit schwindelerregendem Tempo stürzen wir in unsere Körper zurück. Ich sinke gegen den Steintisch, unsicher, ob meine Beine mich noch tragen können. Ich halte mich daran fest. Mir gegenüber keucht Kang, als wäre er eine lange Strecke gerannt.

»Ich bin nur ein Mädchen aus Sù«, sage ich zu ihm. »Wer wird mir glauben, selbst wenn ich versuche, es ihnen zu sagen?«

Ein seltsamer Ausdruck huscht über sein Gesicht. »Ning«, seufzt er, und ein Schauer durchfährt mich. »Du … du bist mächtig. Mächtiger, als du glaubst. Mächtiger, als es diese törichten Adeligen in ihren prächtigen Residenzen sind, die vor der Not in der Welt abgeschirmt sind. Du kennst die Welt da draußen und weißt, was es heißt, von Tag zu Tag zu leben und nicht zu wissen, ob man den nächsten übersteht. Du hast *gehungert.*«

Er sagt das in einem Ton, der mir noch einmal vor Augen führt, dass er ein Prinz hätte sein können, wenn es seinem Vater gelungen wäre, den Thron zu besteigen. Dann wäre es Kang, der im Palast residierte, in Samt und Seide gekleidet.

Mutters Geschichten über Prinzen gingen allerdings nie gut aus. Sie wurden in den Nächten geraubt und durch gehäutete Katzen ersetzt oder in ihren Betten ermordet, während der nächste Mächtige bereits an seinem Aufstieg arbeitete.

Es ist nicht ungefährlich, ein Prinz zu sein.

»Wenn die Prinzessin an die Macht kommt, werden ihre Berater als Erstes empfehlen, sich ihrer Gegner zu entledigen. Ich bin hierhergekommen, ohne dass mein Vater davon weiß, denn ich hatte gehofft, dass sie zumindest das Leben des Volkes meiner Mutter verschonen würde.« Er schaut in die Ferne. »Ich hatte gehofft, ich könnte mich vielleicht als … Geisel anbieten. Als Pfand. Und ihr sagen, dass das Volk von Lùzhou ihr Treue schwört, solange sie uns kein Leid zufügt. Lùzhou hat wegen meiner Familie schon genug gelitten.«

»Und was machst du, wenn sie nicht einverstanden ist?«, frage ich.

Sein Kiefer verspannt sich.

»Wir hoffen, dass sie es ist. Sonst werden wir verteidigen, was uns gehört. Sie …«

»Nicht«, warne ich ihn. »Der *Silver Needle* wirkt noch nach. Sag jetzt nichts, das du mir nicht wirklich sagen willst.«

Kang zögert und nickt dann. »Ich kann nur hoffen, dass sie den friedlichen Weg geht.«

Er ist im Schwertkampf sehr gut ausgebildet, und wenn das Volk der Smaragdinseln dies ebenfalls ist … dann spricht er von Rebellion.

Ein Kaiserreich am Rande des Abgrunds. Bündnisse wechseln, je nach den Launen der Mächtigen. So wie der Erhabene Kaiser eine Schneise durch die Provinzen zog, um sich den Thron zu sichern, so wie seine Söhne um die Kontrolle kämpften. Einer regiert, einer wird verbannt.

Jetzt, wo der Kaiser tot ist, ist alles möglich.

Wir alle haben Menschen, die uns wichtig sind, für die wir unser Leben geben würden. Das bringt uns in Gefahr, oder es macht uns gefährlich. In gewisser Weise hege ich Groll gegenüber meinem Dorf. Ich hege Groll wegen der Fesseln, die mich dort binden, denn die Leute wissen noch, wie meine Mutter unverheiratet und schwanger zurückkehrte. Sie kennen meine unbeholfene Art, mein Ungeschick für soziale Feinheiten, meine vielen Fehler. Aber sie sind auch ein Teil von mir. Der Schmutz unter meinen Fingernägeln, das Blut in meinen Venen. Ich gehöre zu den Teebäumen, den Reisfeldern, den lehmigen Flussufern, dem Feuer in den Brennöfen.

Ich bin egoistisch, und ich weiß jetzt, dass ich mich in Zukunft nicht mehr dafür entschuldigen werde. Die Welt soll brennen, wenn Shu nur leben darf.

Der Gong erklingt. Die Stunde der Diebe.

»Ich muss gehen«, sagt Kang, doch er macht keine Anstalten, sich zu bewegen.

»Das solltest du«, sage ich und sehne mich danach, dass er bleibt.

»Wir sehen uns wieder.« Es klingt wie ein Versprechen. Er verbeugt sich, eine höfliche Geste, die an jemanden wie mich verschwendet ist. Und doch spüre ich noch immer die unsichtbare Verbindung zwischen uns wie einen straff gezogenen Faden.

Ich spüre sie noch lange, nachdem Kang in die Nacht verschwunden ist. So lange, dass es mir schon vorkommt, als sei er niemals da gewesen.

KAPITEL 16

Zur Mittagszeit versammeln wir uns und machen uns auf den Weg zur Jury. Als wir den großen Innenhof durchqueren, brennt die Sonne gnadenlos auf uns herunter. Ohne Menschenmenge, ohne Soldaten fühle ich mich wie eine winzige Ameise, die über den riesigen Platz krabbelt. Minister Song empfängt uns an der oberen Stufe der Marmortreppe, Marquis Kuang steht neben ihm. Ich verberge mein Gesicht in der Gruppe, damit er mich nicht plötzlich als die Magd wiedererkennt, die zwei Tage zuvor in seiner Residenz für Aufregung gesorgt hat.

Das Dach des Balkons schirmt uns vor der Sonne ab, und wir können über den »Innenhof der Vielversprechenden Zukunft« sehen, bis auf die Dachspitzen des Palastes und auf die Stadt dahinter. Ich kann gar nicht alles auf einmal erfassen, so überwältigend ist der Blick. Eine schwarze Pagode steht in der Ferne, ein wachsamer Turm, der auf die ziegelroten Dächer der Stadt blickt.

»Ihr steht vor der ›Halle des Ewigen Lichts‹.« Minister Songs Stimme holt uns in die Realität zurück. »Darin wird die nächste Runde stattfinden. Der Wettkampf ist ab jetzt von der Öffentlichkeit ausgeschlossen.«

Die Teilnehmer murmeln miteinander, bis der Minister die Hand hebt und uns zum Schweigen bringt.

»Es ist eine große Ehre, in dieser Halle empfangen zu werden. Sie wurde für den ehrwürdigen Kaiser erbaut, um ihn zu ehren und gleichzeitig demütig zu stimmen. Dieser Blickwinkel sollte ihn an seine Aufgabe gemahnen: das Volk von Dàxī zu schützen und dabei gewiss zu sein, dass sogar die Sonne vom Himmel stürzen kann.«

Mir fällt die Geschichte vom Bogenschützen ein, der in die höchsten Höhen aufstieg. Er erschoss neun der hochmütigen Söhne des himmlischen Kaisers, während die Erde unter ihnen in Flammen stand.

Genau wie die Schützen, die versucht haben, die Prinzessin zu töten. Aber niemand wagt, es laut auszusprechen.

Minister Song weist auf den Mann neben sich. »Marquis Kuang?«

Der Adelige tritt vor und breitet mit einem jovialen Grinsen die Arme aus. »Ich stelle euch eine einfache Aufgabe.«

Ein Diener kommt näher und verbeugt sich. Er hält ein Tablett, auf dem er fünf Tassen balanciert.

»Euch stehen fünf Tassen zur Auswahl. Eine davon ist unbedenklich. Die anderen vier Tassen enthalten Gift.« Er winkt, und der Diener weicht zurück.

»Gift!«, verkündet er noch einmal, hocherfreut über diese Herausforderung.

Aber ich kenne die Wahrheit: Dieser Wettkampf wird zu seinen Gunsten manipuliert, seine Favoriten können sich seiner Unterstützung und der des ehrwürdigen Qian sicher sein. Zwei alte Männer spielen ein höfisches Ränkespiel, in der Überzeugung, dass sie selbst weiterhin an der Macht sein werden, wenn über Dàxī ein neuer Morgen heraufdämmert.

Weiß er, dass der Kaiser tot ist? Wissen sie es alle?

»Mit welcher Art Gift habt ihr es also zu tun?«, fährt er theatralisch fort. »Ist es eins, dass eure Körper mit unaussprechlichen Schmerzen quält? Eins, dass euch aus jeder Körperöffnung bluten lässt? Euch in den Schlaf wiegt … für immer?«

Die anderen Shénnóng-tú erschrecken, aber niemand scheint sich tatsächlich zu fürchten. Es zählt zu den Grundlagenübungen der Shénnóng-tú, die gängigsten Gifte voneinander unterscheiden zu können. Es wird erwartet, dass sie in der Lage sind, sie an Geruch, Geschmack und Erscheinungsbild zu erkennen. Aber ich weiß, dass die heutige Aufgabe den Gebrauch von *Silver Needle* beinhaltet, also kann es nicht ausschließlich ein einfacher Test dieser Fähigkeiten sein.

»Ich habe dazu für beste Unterhaltung aus Jia gesorgt.«

Sein Lächeln ist schlüpfrig wie ein Aal.

Ein Gong ertönt, und fünf Gestalten kommen von der Seite der Halle herein. Fünf Frauen, gekleidet in weiße Mieder und weiße Röcke, nur ihre Schärpen zeigen einen Hauch von Farbe, ihre Schultern sind in schimmernde Gaze gehüllt. Sie stemmen die Hände in die Hüften, biegen anmutig die Handgelenke und knicksen in absoluter Synchronie vor dem Marquis, ätherisch in ihrer Schönheit. Als wären sie einem Gemälde entsprungen, das die Sternengöttinnen des himmlischen Palastes zeigt.

Ganz sicher steht nicht nur mir, sondern vielen meiner Mitstreitenden der Mund vor Bewunderung offen.

Der Marquis applaudiert, seine runden Wangen sind gerötet

»Einige der besonderen Schönheiten Jias aus den Häusern Azalee, Pfingstrose, Lotus, Orchidee und Chrysantheme – fünf der ältesten Teehäuser der Hauptstadt. Auch sie sind Schülerinnen, die sich einen Namen machen wollen.«

Die Teilnehmer flüstern miteinander, und ein paar Männer sehen aus, als würden sie die jungen Frauen am liebsten verschlingen.

»Diese Damen sind in den Feinheiten der Teezeremonie ausgebildet«, fährt der Marquis fort. »Ihr werdet ihnen eine Tasse Tee zubereiten, und sie werden euch im Gegenzug fünf Tassen zubereiten. Es ist euch erlaubt, nur eine der fünf Tassen auszuwählen, und aus dieser Tasse werdet ihr trinken.«

»Das ist ungerecht!«, protestiert eine der Shénnóng-tú. »Wie sollen wir denn so das Gift erkennen?«

»Eine ganz exzellente Frage.« Der Marquis feixt. »Der Kaiser braucht einen Shénnóng-shī, der ihm bei Hofe assistieren und Gefahren durch Gesandte und Ehrengäste in einem Raum einschätzen kann.«

»Das ist überhaupt keine Herausforderung.«

Ein junger Mann ergreift das Wort und tritt mit einer Verbeugung aus der Gruppe hervor. Mit seinen buschigen Brauen und der scharf geschnittenen Nase gibt er eine beeindruckende Erscheinung ab, und sein rasierter Schädel deutet darauf hin, dass er einem Kloster angehört. »Verzeihung, Verehrter. Auch ohne den Einsatz von Tee ist es nicht sonderlich schwierig, eine Person der Lüge zu überführen.«

Wegen seines starken Akzents vermute ich, dass er aus der Provinz Yún kommt.

 »Stellt ihr beim altehrwürdigen Wettstreit auf dem

Berg Wŭlín eure Fähigkeiten nur durch Kämpfe bis zum bitteren Ende unter Beweis?«, blafft der Marquis unerfreut. Er mag es nicht, wenn er in Frage gestellt wird.

Der junge Mann spricht weiter: »Im letzten Jahr war das Finale des Wettkampfs ein Turmritual. Die Teilnehmenden erklommen einen Bambusturm und stritten unbewaffnet und mit bloßen Händen um den Sieg. Green Snake und Frozen Snow …« Er nennt zwei der angesehensten Kampfkünstlerinnen der Wŭlín Akademie. »Ihre Waffen sind der Speer und das Schwert, aber Green Snake gewann den Wettstreit gegen Frozen Snow ohne ihren Speer, im direkten Handgefecht. Es war eine Prüfung ihres Gleichgewichts, ihrer Intelligenz und Ausdauer, nicht nur der rohen Kraft.«

Marquis Kuangs Gesichtsausdruck wird kalt. »Hier geht es nicht darum, wer den Tee wie ein dressierter Hund handhaben kann. Wir suchen nicht die, die den Tee am schwungvollsten einschenken können. Wir suchen jemanden, der sich bei Hofe einfügen und ein vernünftiger Ratgeber sein kann. Ich habe bislang übrigens noch gar nicht die letzte Regel dieser Wettkampfrunde erwähnt.«

Wir warten gespannt. Neben ihm lächeln die Unterhalterinnen weiter, unberührt von der Machtdemonstration des zornigen Mannes.

»Ihr erhaltet Teeblätter für eine einzelne Tasse. Diese Tasse muss genügen, um Wahrheit von Lüge zu unterscheiden … ohne dass auch nur ein Wort dabei geäußert werden darf.«

Verwirrtes Gemurmel erhebt sich unter den Shénnóng-tú.

Der Teilnehmer aus Yún verbeugt sich tief angesichts der schwierigen neuen Herausforderung und tritt zurück in unsere Reihe. Jetzt begreifen wir, dass es wahrhaftig um die Prüfung unseres Könnens geht: Mit einer einzigen Tasse Tee im Geist einer fremden Person zu lesen, in totaler Stille, nur mit Hilfe der Magie, die für uns spricht.

»Noch Fragen?«, erkundigt sich der Marquis spöttisch, und das aalglatte Grinsen kehrt auf sein Gesicht zurück.

Wir senken den Blick. Niemand wagt, noch etwas zu äußern.

»Gut«, sagt er. »Wir sehen uns in der ›Halle des Ewigen Lichts‹, sobald es zur nächsten Stunde schlägt.« Mit einem Schwung seines Ärmels und gefolgt von den Unterhalterinnen verlässt er den Balkon.

Wir kehren in unsere Unterkünfte zurück, um uns für die Jury zurechtzumachen. Die Shénnóng-tú aus unserer Unterkunft werden ins Badehaus gebracht, wo wir in großen, nach Blumen duftenden Wannen baden. Dienerinnen umschwirren uns, kämmen und stecken uns die Haare hoch, tupfen Make-up auf unsere sauber geschrubbten Gesichter.

»Ich fühle mich, als sollte ich gleich auf einem Fest gegrillt werden«, grummele ich, während zwei Mägde meine Schärpe fester schnüren.

Lian verdreht die Augen und sucht sich eine juwelenbesetzte Schmucknadel von einem Tablett aus.

Shu hätte es geliebt, wenn man ein solches Aufheben um sie gemacht hätte. Sie hätte ihre ganze Zeit bei den Stickerinnen verbracht und hätte sich neue Techniken von den Näherinnen beibringen lassen. Ich aber fühle mich einfach nur an Hals und Rücken eingeschnürt und habe Probleme zu atmen. Meine nicht enden wollenden Zweifel und Minderwertigkeitsgefühle tun das ihre und schnüren mir die Kehle zu.

Die »Halle des Ewigen Lichts« besteht aus Holzpanelen, die ich neulich schon kurz mit Qing'er gesehen habe. Die Fenster bieten den schönsten Blick auf Jia. Eine goldene Pferdestatue mit edelsteinbesetztem Sattel steht an der rückwärtigen Wand. Daneben die Statue eines knienden Schützen, die Arme am Bogen gespannt. Er zielt in den Himmel.

In dieser Halle ist Platz genug, um Hunderte Menschen zubeherbergen, weshalb die siebzehn Tische – einer für jeden Shénnóng-tú – ihn kaum zu füllen vermögen.

»Ihre kaiserliche Hoheit, Prinzessin Ying-Zhen!«, verkündet der Herold, und wir alle sinken auf die Knie.

»Bitte erhebt euch.« Die Prinzessin verwirft die Förmlichkeit sofort. Umständlich kommen wir zurück auf die Füße und schauen zu, wie sie durch den Raum schreitet. Einmal mehr ist sie ein prachtvoller Anblick, dieses Mal in ein Gewand gekleidet, dessen Stickereien Pfauenfedern imitieren. Bei jeder ihrer Bewegungen wirken sie wie Wimpernschläge Tausender Augen.

Unter diesem herrlichen Gewand trägt sie ein dünnes dunkelblaues Kleid. Eine Schärpe aus Gold schimmert an ihrer Taille. Sie lässt sich auf einem geschnitzten Stuhl mit einer Lehne in Form eines Phönix mit ausgebreiteten Flügeln nieder.

»Seid ihr gewillt, euer Leben zu geben, wenn ihr die

Chance erhaltet, Dàxī zu dienen?«, fragt Marquis Kuang. »Ihr dürft jetzt gehen, wenn ihr Angst davor habt, die falsche Tasse zu wählen.«

Fünf Shénnóng-tú geben sofort auf. Nachdem sie sich unter gemurmelten Entschuldigungen und Danksagungen vor der Prinzessin verbeugt haben, eilen sie zur Tür hinaus.

Kangs Erinnerung wird wieder in mir wach. Die Prinzessin schenkte zwei Tassen ein und forderte ihn auf zu trinken. Obwohl er ein ausgebildeter Kämpfer ist, standen ihm nur seine Worte zur Verfügung, und allein seine Worte retteten ihn letztendlich auch. Dennoch trank er. Er ging das Risiko für sein Volk ein. Nun steht mir eine ähnliche Prüfung bevor.

Wir Übriggebliebenen werden aufgefordert, uns vom langen Tisch am Ende der Halle das Tablett mit unseren Namen zu holen. Ehrfürchtig nehme ich mein Tablett, denn es ist wichtig, respektvoll mit den Werkzeugen umzugehen.

Das Teegeschirr ist noch schöner als das in unserer Unterkunft, das Porzellan so dünn, dass es sich anfühlt, als könnte es bei einem Windhauch zerbrechen. Auf dem Boden der Schale liegen lose Stränge schlanker, nackter Blätter.

Ich starre auf die Teeblätter und verstehe nicht. Mein Blut gerät in Wallung, Röte steigt mir ins Gesicht. Mein Blick trübt sich, dann zwinkere ich. Den Blättern fehlt der zarte silbrige Flaum, der dem Tee seinen Namen gibt.

Das ist nicht *Silver Needle.*

Jemand hat mir einen anderen Tee in die Schale getan.

»Ist alles in Ordnung?«

Eine zierliche Hand legt sich auf meinen Arm, und der angenehme Duft von Lilien zieht mir in die Nase. Ich starre die mir zugeteilte Unterhalterin an, die darauf wartet, dass wir zu unserem Tisch zurückkehren.

Der Marquis bemerkt mein Zögern und durchquert den Raum.

Soll ich den Fehler erwähnen? Aber es würde nichts nützen, wenn *er* derjenige ist, der die falschen Teeblätter auf mein Tablett gelegt hat. Außerdem würde ich damit zugeben, dass mir jemand aus der Küche geholfen hat.

Der Marquis kommt näher und näher.

»Wenn du Angst hast, musst du nicht weiter am Wettkampf teilnehmen«, sagt er schneidend, als er vor mir steht.

Plötzlich weiß ich, was ich tun muss.

Ich lasse mich von der Unterhalterin zu unserem Tisch zurückführen, bleibe mit dem Fuß an einem leeren Stuhl hängen.

Und falle.

KAPITEL 17

Krachend fällt das Tablett auf den Boden, die Tasse scheppert und zerbricht. Wie ein Häufchen Elend lande ich bäuchlings auf dem Boden. Das ist nicht gerade würdevoll, aber besser als die Alternative.

Das Mädchen vom Teehaus schaut erschrocken, ihr Mund steht offen, doch sofort gewinnt sie die Fassung zurück. Es ist schon eine Leistung, einen Teehauslehrling derart durcheinanderzubringen.

»Du Tölpel von einem Mädchen!« Der Marquis eilt herbei und schaut angewidert auf mich herab. »Dieser Tee kostet mehr als das Jahresgehalt eines Dieners. Wie kannst du es wagen, eine solche Kostbarkeit zu verschwenden!«

Ich bemühe mich, einsichtig zu wirken, obwohl ich diesen Mann innerlich mit einer Litanei aus Flüchen belege.

»Das Mädchen aus Sù«, sagt er gedehnt. »Du bist mir bis jetzt noch gar nicht aufgefallen. Aber du konntest natürlich nicht wissen, wie wertvoll dieser Tee ist, wenn man deinen Herkunftsort bedenkt.«

Ich koche vor Wut, als ich sein heimtückisches Feixen sehe. Er genießt meine Demütigung.

»Komm, ich helfe dir.« Meine Unterhalterin hilft mir vom Boden auf.

Zwei Diener eilen herbei, um die zerbrochenen Scherben des Teegeschirrs aufzufegen.

Ein Teil von mir will sich auf den Marquis stürzen, ihm den blasierten Ausdruck aus dem Gesicht wischen und ihm zeigen, dass er mich nicht schikanieren kann. Doch der Griff um meinen Arm hält mich davon ab. Er ist eine Warnung. Ich senke den Blick, konzentriere mich auf die Stickerei auf ihrem Ärmel und bemühe mich, Haltung zu bewahren. Ich kenne die Blumen. Sie ist aus dem Pfingstrosenhaus.

Tief hole ich Luft.

»Ich bitte um Verzeihung, Eure Eminenz«, nuschele ich. »Meine Hände sind den Umgang mit so zartem Geschirr nicht gewöhnt, und ich habe mich in große Verlegenheit gebracht.«

Ich spüre die Erleichterung der Unterhalterin. Sie löst ihren Griff.

Eine Wange des Marquis zuckt, und er scheint seinen nächsten Zug zu überlegen. Am liebsten würde er mich auf der Stelle vom Wettkampf ausschließen, doch selbst er bräuchte dafür einen angemessenen Grund.

Das Mädchen aus dem Pfingstrosenhaus knickst tief, ihre Stimme ist leise und unterwürfig. »Erlaubt mir bitte, rasch das Tablett eines Shénnóng-tú zu holen, der vom Wettkampf zurückgetreten ist. Lasst Euch nicht bekümmern, Eure Eminenz. Es ist nur eine Tasse, nichts weiter.«

»Gut, gut. Hilf dem Mädchen.« Widerwillig scheucht Marquis Kuang uns weg.

Ich setze mich und warte darauf, dass die junge Frau ein neues Tablett bringt. Mir wird erst jetzt bewusst, dass ich kurz davor war durchzudrehen und dass sie mich davor bewahrt hat. Ich kann ihr meine Dankbarkeit aber nicht zeigen, ohne uns beide nur noch weiter zu gefährden.

Nun sitzt sie wieder vor mir, ihre Gesichtszüge sind glatt und bar jeglicher Emotion – eine freundliche Maske. In der Hauptstadt fühle ich mich zwar bloßgestellt – durch meinen Akzent, meine Art zu gehen, meine Kleidung –, all das verrät mich. Aber immerhin hatte ich vorher ein Leben in Freiheit, in dem ich tun konnte, was mir gefiel. Meine Mutter hat nie von mir verlangt, dass ich eine andere war als die, die ich bin, trotz all meiner Mängel. Wie würde es sich anfühlen, wenn ich meine Gesichtszüge immerfort kontrollieren müsste?

Ich schaue mir die neuen Teeblätter an und rechne fast damit, dass auch diese Schüssel eine Fälschung enthält. Doch dann sehe ich den charakteristischen Flaum. Zitternd atme ich aus und konzentriere mich darauf, meine Hände ruhig werden zu lassen und das heiße Wasser in einem glitzernden, gleichmäßigen Fließen einzuschenken.

Der Wasserstrudel zeigt die Wahrheit an. Die Teeblätter deuten alle zur Mitte. Vorsichtig lege ich den Deckel auf und lasse den Tee ziehen.

Jemand hat versucht, mich zu disqualifizieren und zu vergiften. Und ich hätte es nie herausgefunden, wenn Haushofmeisterin Yang mir nicht geholfen hätte. Kann ich absolut sicher sein, dass es der Marquis war? Ich zwinge mich dazu, mich auf den Dampf zu fokussieren, statt mich umzudrehen und zu sehen, wer vielleicht sonst noch begierig beobachtet, ob sein Plan aufgeht.

Ich gieße den Tee in eine Tasse und bedeute der Unterhalterin, einen Schluck davon zu nehmen. Sie tut es mit anmutigen Bewegungen und bedeckt dabei mit einem Ärmel ihr Gesicht, was zur Darbietung gehört.

Hinter mir fällt etwas mit einem schweren Aufprall zu Boden. Ich zucke zusammen und drehe mich um. Einer der Shénnóng-tú liegt auf dem Boden. Zwei Soldaten kommen unverzüglich herein und tragen den hingestreckten Körper aus der Halle.

Ungeachtet des Redeverbots beginnen die anderen zu flüstern. Es sind Fragen wie »Ist er tot?« und »Was passiert jetzt mit ihm?«.

»Ich würde euch dringend empfehlen, euch auf euer eigenes Schicksal zu konzentrieren, Wettkämpfer«, erklärt der Marquis, der unser Unbehagen ganz offenkundig genießt.

Ich wende mich wieder der Unterhalterin zu, die trotz aller Störungen unbeirrt mit ihrem Ritual begonnen hat: das Ausspülen der Tassen, das Vorbereiten der Kanne, das Warten während des Ziehens. Der leichte Duft eines hellgrünen Frühlingstees weht mir entgegen, die perfekte Wahl für ein Getränk am Nachmittag.

Die fünf Tassen vor mir sind identisch in der Farbe und mit dem gleichen Pfirsichblütenmuster bemalt, alle sind leer. Die junge Frau gießt die verschiedenen Tees in jede Tasse, Dampf kringelt sich sanft über den Oberflächen. Ich starre sie an, hoffe, dass sie zu mir sprechen.

Wie wird man ein Shénnóng-Lehrling? Die Frage taucht ungebeten in meinem Geist auf, eine von Mutters grundlegenden Lektionen. *Für mich ist die Magie ein klingender Ton. Bei euch kann es ganz anders sein. Ist sie ein Geschmack? Eine Berührung auf der Haut?*

Mutter hatte uns beide vor sich hingesetzt, während sie uns Tee einschenkte. Shu keuchte und sagte, sie könne die Magie *sehen* – bunte Linien, die sich aus ihren Händen zogen, wie Fäden auf einem Webstuhl.

Ich dagegen konnte sie riechen, ganz deutlich.

Sie roch nach Pomeloblüten.

Ich hatte diese Erinnerung verdrängt, weil ich dachte, dass ich nie wieder jemandem eine Tasse magischen Tee einschenken würde. Doch jetzt kehrt sie zu mir zurück und wartet auf meine Führung.

Seit gestern Nacht weiß ich, dass *Silver Needle* nicht lange braucht, um zu wirken. Oder lag das vielleicht nur an Kangs früherer Verbindung zu mir, die der *Golden Key* geknüpft hatte?

Langsam, um sie nicht zu erschrecken, strecke ich die Hand nach der Unterhalterin aus und lege sie auf ihre Fingerknöchel. Sie verspannt sich, entzieht mir die Hand aber nicht. Die Magie fließt zu ihr hinüber und stellt die Verbindung her. In diesem Augenblick wird mir klar, dass ich den Tee gar nicht selbst trinken muss, um die Magie zu entfachen. Wenn die empfangende Person ihn trinkt, reicht es aus.

Die Finger meiner freien Hand schweben über der ersten Tasse. Meine Lider flattern, und plötzlich überwältigt mich eine genüssliche Schwere in den Gliedern und das Gefühl, jeden Moment einzuschlafen … Schnell ziehe ich meine Hand zurück. Das Gefühl vergeht.

Bei der nächsten Tasse dreht sich mir der Magen um, wie beim Auf und Ab auf der Fähre. Der Tee verursacht also Erbrechen.

Die dritte Tasse: nichts, Leere.

Ich greife zur vierten Tasse. Ein scharfer Schmerz schießt mir durch die Schläfe, als hätte mir jemand einen Dolch in den Schädel gerammt. Schnell schnappe ich mir die dritte Tasse und trinke ihren Inhalt in einem einzigen Zug aus. Dann stelle ich sie wieder auf den Tisch.

Ich schaue zum Mädchen aus dem Pfingstrosenhaus auf und kann die winzige, kaum wahrnehmbare Kurve in ihren Augenwinkeln sehen. Schon dieses Beinahelächeln sagt mir, dass ich die richtige Tasse ausgewählt habe. Ihre Augen blicken flüchtig nach unten, und ich merke, dass ich noch immer ihre Hand halte. Peinlich berührt lege ich die Hände zurück in meinen Schoß.

Meine Sinne gehorchen mir also noch. Auch der Schlaf hat mich nicht überwältigt. Ich fühle keinerlei Schmerz. Als ich mich umschaue, sehe ich, dass sich die Zahl der Shénnóng-tú weiter reduziert hat. Schließlich werden die Übriggebliebenen zum Marquis gebeten.

»Ihr habt diese Runde überlebt«, sagt er. Die goldenen Hufe der Pferdestatue bäumen sich über seinem Kopf auf. »Von mehr als fünfzig auf siebzehn auf acht.« Sein Blick bleibt an mir haften und verdüstert sich. Ich stehe noch immer vor ihm, und das missfällt ihm sichtlich.

Es wäre herrlich, wenn ein plötzlicher Windstoß die Statue auf seinen Kopf kippen lassen würde, aber der Himmel erfüllt mir den Wunsch nicht.

»Die nächste Runde startet in drei Tagen, am ersten Tag des Sommers. Wir heißen die längeren Tage willkommen und damit eine Zeit, in der alles von neuem beginnt. Morgen früh erhaltet ihr weitere Informationen, um euch vorzubereiten. Danach könnt ihr euch eine wohlverdiente Pause gönnen. Gratulation.«

Obwohl seine Worte feierlich sind, lassen sie mir das Blut in den Adern gefrieren. Wir haben einen langen Monat hinter uns, in dem das Tageslicht sich immer weiter in die Abende ausgedehnt hat. Der Sommeranfang steht bevor. Doch obwohl diese Jahreszeit Wärme und Wachstum verspricht, bringt sie weiter Angst und Unruhe.

Als wir die »Halle des Ewigen Lichts« verlassen, hallen die Fragen der Prinzessin in meinem Geist wider: *Wessen Leben? Und wessen Tod?*

Die Zeit wird es weisen.

An diesem Nachmittag bin ich fest entschlossen, die Haushofmeisterin aufzusuchen. Es ist möglich, dass der Marquis *sie* beauftragt hat, meine Teeblätter auszutauschen. Vielleicht war ihr Hinweis auch eine Warnung. Sie sagte, sie sei diejenige, die den Tee für den Wettkampf beschafft hat, also kann sie mir am ehesten Antworten auf meine Fragen geben.

Lian und ich haben zwar versprochen, die Küchen nicht wieder zu betreten, aber ich muss es tun, und ich werde niemanden in meine Pläne einweihen.

Auf der Suche nach Qing'er begegne ich Kleiner Wu. Er knetet wieder Teig, zieht und dreht ihn. Vor Anstrengung tropft ihm der Schweiß von der Stirn.

»Weißt du vielleicht, wo ich Haushofmeisterin Yang finden kann?«, frage ich.

Er hält inne und wischt sich mit einem Tuch über das Gesicht, bevor er antwortet: »Um diese Zeit ist sie normalerweise in ihrem Zimmer und geht die Küchenabrechnungen durch. Geh an der Fischküche vorbei und dann durch das hintere Tor zu den Unterkünften der Frauen. Beruf dich auf mich oder halt Ausschau nach A'bing, falls es irgendwelchen Ärger geben sollte.«

Dankbar neige ich den Kopf, eile dann durch die verwinkelten Flure der Küchen. Niemand hält mich auf, jeder ist mit sich beschäftigt.

Haushofmeisterin Yang ist hier die einzige Verbindung zu meiner Mutter, meine Hoffnung darauf, mehr über ihre Vergangenheit herauszufinden. Ich will nicht, dass sich herausstellt, dass sie diejenige ist, die mich hintergangen hat, aber ich weiß auch, dass ihre Loyalität in erster Linie ihrer Familie und gleich danach den Angestellten ihrer Küchen gilt. Ich bin nur eine Belastung für sie und eine mögliche Gefahr.

Ich betrete die Unterkünfte der Frauen und gehe den Laubengang entlang. Ich prüfe jede Tür. Neben den Eingängen hängen Schilder, die die Dienstgrade der Bewohnenden ausweisen, aber keine Namen. Ihr Zimmer befindet sich fast am Ende des Ganges. Aufgrund ihrer Position steht ihr offenbar ein Einzelzimmer zu.

Die Tür ist offen, und ich sehe sie mit einem Pinsel in der Hand an einem Tisch sitzen.

Ich hebe meine Hand und klopfe zweimal gegen die Tür.

Haushofmeisterin Yang zuckt zusammen und dreht sich zu mir um. Dann runzelt sie die Stirn. »Ich dachte, ich hätte dir zu verstehen gegeben, dass du die Küchen nicht mehr betreten sollst.«

Etwas in mir schrumpft in sich zusammen und will sich sofort entschuldigen. Doch ein anderer Teil will

Antworten und ist bereit, dafür einiges aufs Spiel zu setzen.

Unaufgefordert trete ich über die Schwelle und baue mich mit verschränkten Armen vor ihr auf. Sie legt den Pinsel auf den Tisch und sieht aus, als wolle sie mich kurzerhand wieder hinauswerfen.

»Waren *Sie* es, die *Silver Needle* auf meinem Tablett ausgetauscht hat?«, frage ich und stelle mir meine Worte wie Fäuste vor, die den ersten Schlag austeilen. »Haben Sie mich deshalb gewarnt, weil der Marquis von Ānhé sie längst beauftragt hatte, mich zu sabotieren?«

Eben noch ärgerlich, schaut sie jetzt verwirrt.

»Der Marquis? Warum sollte ich ihm helfen?« Sie schürzt die Lippen, dann scheint ihr zu dämmern, warum ich vor ihr stehe.

»Schließ die Tür. Niemand darf uns zusammen sehen.«

Und obwohl mich ihr fordernder Ton reizt, gehorche ich.

»Jetzt setz dich.« Sie deutet auf einen Bambusstuhl ihr gegenüber. »Und erzähl mir alles.«

KAPITEL 18

Ich berichte, was in der zweiten Runde des Wettkampfs passiert ist – von den Regeln, von unserer Aufgabe und schließlich von der Entdeckung, dass in meiner Schale der falsche Tee war.

Sie wird immer blasser und trommelt mit den Fingern auf den Tisch.

»Bist du sicher, dass es nicht *Silver Needle* war?«, fragt sie.

Ich nicke.

»Aber wie kann das sein?«, grübelt sie, während sich tiefe Falten auf ihrer Stirn bilden. »Einer der kaiserlichen Ärzte hat mir die Teeblätter gegeben, und dann habe ich die Tabletts vorbereitet … Es muss also jemand aus der Dienerschaft gewesen sein.« Die Erkenntnis beunruhigt sie sichtlich. »Es sieht ganz danach aus, als hätten die Sterne andere Pläne für dich. Deine Mutter ist von diesem Ort geflohen und wollte niemals zurückkehren. Und jetzt bist du an ihrer Stelle hier.« Sie schüttelt den Kopf. »Ach, Yiting … wieso hat dir das Schicksal so übel mitgespielt?«

Es scheint, als hätte sie meine Mutter aufrichtig gemocht. Sie müssen Freundinnen gewesen sein.

»Sie sagten, Mutter sei wegen eines Skandals weggegangen. Worum ging es da?« Erinnerungen sind alles, was mir von ihr geblieben ist, und ich bin verzweifelt auf der Suche nach irgendwelchen neuen Erkenntnissen.

»Es war ein bitterkalter Winter, und die Kaiserin war mit der Prinzessin schwanger …«, erzählt sie. »Sowohl die Kaiserin als auch die Hebamme, die sie pflegte, wurden allerdings krank. Ebenso viele der kaiserlichen Ärzte. Deine Mutter setzte Shénnóng-Magie ein und konnte sie retten. Dadurch gewann sie die Gunst des Kaisers und der Kaiserin.«

Mein Onkel mütterlicherseits hatte immer damit geprahlt, dass er die kaiserliche Akademie hätte besuchen können, stattdessen aber entschied er sich für das Familienunternehmen. Auf Mutters Beruf schaute er immer herab, obschon die Auswahlkriterien für eine Shénnóng-shī ähnlich streng sind wie die an der Akademie, wenn nicht noch anspruchsvoller. Warum hat meine Mutter niemals erwähnt, dass sie die Kaiserin behandelt hat?

»Der Kaiser hatte für Yiting einen passenden Heiratskandidaten ausgesucht, denn alle, die im Palast dienen, dürfen den Palast im Alter von fünfundzwanzig Jahren verlassen, um eigene Familien zu gründen. Aber in diesem Winter verliebte deine Mutter sich in deinen Vater, einen aufstrebenden kaiserlichen Arzt, und er sich in sie. Doch den kaiserlichen Segen abzulehnen gleicht einem Todesurteil.«

Ich stelle mir diese jüngeren Versionen meiner Mutter und meines Vaters vor, mit ihren eigenen Träumen und Zukunftsplänen, die wie Laternen über ihnen am Himmel leuchteten. Der zärtliche Blick meines Vaters, wenn er ihr beim Töpfern zusah. Wie sie lachte, wenn sie zusammen im Vorratsraum Kräuter zum Trocknen aufhingen.

»Mit Erlaubnis der Kaiserin begann deine Mutter, heimlich für die Shénnóng-shī-Prüfungen zu lernen. Es gelang ihr, den Ehrwürdigen Xu bei einem seiner Palastbesuche auf sich aufmerksam zu machen, und sie erhielt von ihm eine Teilnahmeberechtigung für die nächsten Prüfungen an der Hánxiá-Akademie. Als sie von der Akademie zurückkehrte, stand ihr Name im »Buch des Tees«. Sie bat um eine Audienz beim Kaiser und bei der Kaiserin und ersuchte um Gnade, weil sie das Leben von Kaiserin und Prinzessin gerettet hatte. Sie bat darum, von der für sie arrangierten Verlobung entbunden zu werden.

Der Kaiser war wütend, doch die Kaiserin zeigte sich verständnisvoll. Als Yiting zugab, dass sie ein Kind erwartete, half die Kaiserin deiner Mutter, in einer Kutsche aus dem Palast zu fliehen.«

»Und sie kehrte zu ihrer Familie in Sù zurück«, sage ich leise zu mir selbst. »Ein paar Monate später wurde ich geboren.«

Deshalb also verzieht sich Vaters Mund immer zu einem harten Strich, wenn ich ihn nach seiner Familie frage. Und deshalb verwandelte sich das Gesicht meiner Mutter in eine leere glatte Maske, wenn Shu sich laut darüber wunderte, dass andere Kinder zwei Paar Großeltern hatten und wir nur eins. Ich bin nicht mal sicher, wo Vaters Familie überhaupt ist. Ich weiß nur, dass sie in einer der Provinzen westlich von Jia lebt, aber getroffen haben wir sie nie. Sein Name muss in Ungnade gefallen und aus den Familienbüchern getilgt worden sein.

Es gibt mir einen Stich, als mir klar wird, was das bedeutet. Wäre Mutter nicht schwanger geworden, hätte sie ihr komfortables Leben im Palast weiterleben können. Als Liebling der Kaiserin hätte sie ihr als Shénnóng-shī und Beraterin gedient. Sie hätte nicht auf den Feldern schuften müssen. Sie hätte ein Leben zwischen Adeligen und Hofbeamten geführt.

»Du hast den Wettkampf schon zur Hälfte geschafft, Mädchen«, sagt die Haushofmeisterin lächelnd. »Du bist genauso intelligent wie deine Mutter. Sie hat alles riskiert, um dich behalten zu können. Das ist dir doch klar, oder? Sie hat für dich gekämpft, und jetzt bist du hier und folgst ihrem Vermächtnis. Du bist das Symbol ihrer Stärke. Also gib acht! Komm nicht dabei um.«

Ich stehe auf und nuschele meinen Dank. Ich habe es plötzlich eilig, das unangenehm stickige Zimmer zu verlassen. Schwer von der Last meines neuen Wissens stolpere ich zur Tür hinaus.

Zu meiner Erleichterung ist unser Zimmer leer, als ich zurückkomme. Ich lasse mich auf mein Bett fallen und zerknittere dabei fast einen Zettel unter mir.

Liebe Ning, man hat mich dazu verdonnert, wie ein Huhn gerupft und vor miefigen alten Beamten vorgeführt zu werden. Das gehört zu Vaters diplomatischen Pflichten. Bis morgen!

Obwohl ich noch immer den Tränen nahe bin, muss ich kichern. Lians Unverfrorenheit, ihr unbekümmertes Benehmen – darin ähnelt sie meiner Mutter, die ihr Schicksal selbst in die Hand nahm. Ich sollte ihrem Beispiel folgen, statt in Selbstmitleid zu baden. Ich nehme Mutters Haarnadel, wickele sie in Shus Taschentuch und stecke sie unter meine Schärpe.

Für sie werde ich stark sein.

Ich hadere mit mir, ob ich ohne Lian mit den anderen Wettkämpfenden zu Abend essen soll. Ich habe Haushofmeisterin Yang versprochen, keinen weiteren Umgang mit dem Küchenpersonal zu pflegen, und traue mich nicht, die Dienerinnen um eine Extraportion aufs Zimmer zu bitten, wie Lian es, ohne zu zögern, tun würde. Am Ende siegt der Hunger.

Jeden Abend werden unsere Mahlzeiten im »Duftenden Frühlingsgarten« serviert, unter einer Gruppe von Pavillons inmitten eines weiß gepflasterten Ziergartens. Und da wir inzwischen nur noch wenige sind, nehmen wir unter dem zentralen Pavillon in der Mitte an zwei Steintischen Platz. Lampions schaukeln leicht im Wind und erhellen die Wege, die Luft duftet nach Gardenien.

Shao hält an einem der Tische mit seinen übrig gebliebenen Freunden Hof. Der lauteste und flegelhafteste unter ihnen ist Guoming, der auch in der Residenz des Marquis anwesend war. Ich habe mir angewöhnt, ihnen aus dem Weg zu gehen, schaue auf meine Füße und benehme mich wie das stille Mädchen vom Lande, von dem keine Gefahr droht.

Heute gibt es süßsauren Fisch. Der Karpfen wurde in wunderschöne Blumenmuster geschnitten und dann gebraten, wobei er sich zu Blütenblättern kräuselt. Er badet in einer leuchtend roten Essigsauce. Dann sind da riesige Löwenkopffleischbällchen, größer als meine Faust und im eigenen Sud gegart. Sie wurden in Schalen angerichtet, mit einer leichten Brühe aus süßen Pilzen und anderem Gemüse. Selbst so etwas Einfaches wie Karotten oder Gurken ist in Blumenform geschnitten, so dass der Teller wie ein blühender Garten aussieht.

Innerlich bin ich noch immer aufgewühlt von den Enthüllungen der Haushofmeisterin. Was sie mir erzählt hat, erklärt, warum meine Eltern so darauf bedacht waren, dass Shu und ich im Dorf blieben. Warum sie selten reisten und nie dabei sein wollten, wenn der Kaiser auf einer seiner Sommertouren eine nahe gelegene Stadt besuchte. Warum Vater jedes Mal so wütend war, wenn ich die Aufmerksamkeit der Soldaten auf mich lenkte.

Ich bin so in mein Essen vertieft und merke gar nicht, dass ich nicht mehr allein bin, bis zwei Fäuste vor mir auf den Tisch schlagen. Ich schrecke zusammen, der Löffel fällt mir aus der Hand und scheppert gegen die Schale. Den Mund voll Reis schaue ich auf und sehe Shao missbilligend auf mich herabblicken.

»Wegen dir habe ich meine Moneten verloren, Mädel«, sagt er gedehnt, und sein Akzent ist noch ausgeprägter als sonst. Über seine Schulter hinweg kann ich sehen, wie sich seine Freunde am Tisch gegenseitig mit den Ellbogen anstoßen und lachen.

Verwirrt schlucke ich. »Ich weiß nicht, was du meinst.«

»Er hat 'ne Menge drauf gewettet, dass du aus der letzten Runde fliegst«, ruft einer seiner Freunde. »Gut, dass du ihm das Gegenteil bewiesen hast.«

Hitze steigt mir ins Gesicht. Sie … wetten, wer gewinnt und wer verliert?

»Es war reines Glück, dass sie weitergekommen ist.« Shao dreht sich wieder zu mir um, das lässige Grinsen kehrt auf sein Gesicht zurück. Er schwenkt einen kleinen Beutel vor mir hin und her und schüttelt ihn, bis ich die Münzen klimpern höre. »Machen wir doch für den Rest von uns eine echte Herausforderung aus dem Wettkampf. Nimm das Geld hier und geh einfach zurück in dein armseliges Dorf. Spar dir eine peinliche Niederlage.«

Der Beutel landet scheppernd auf dem Tisch, Silberstücke kullern heraus. Ich springe auf und werfe dabei den Stuhl hinter mir zu Boden. Meine Arme zittern.

Ich schaue in die Gesichter der anderen Teilnehmer an meinem Tisch. Sie sehen geschockt oder überrascht aus, einige amüsiert. Doch niemand ergreift Partei für mich.

Langsam nehme ich den Beutel und stecke jede einzelne Münze vorsichtig wieder hinein. Das Gewicht in meiner Hand verrät mir, dass mehr als genug darin ist, um Vaters gesamten Medizinschrank zu bevorraten. Mit allem Nötigen, um die Dorfbewohner zu behandeln, und noch dazu genug, um unsere Küchenschränke für Monate zu füllen.

Ich begegne Shaos Blick. Er betrachtet mich mit wachsender Belustigung.

»Du musst dich nicht schämen …«

Ich ziehe meinen Arm zurück und werfe den Beutel mit aller Wucht auf ihn. Er trifft ihn an der Brust und landet dann auf dem Steinboden. Münzen rollen in alle Richtungen.

»Wette ruhig weiter gegen mich«, sage ich, und meine Stimme bebt nur ganz leicht. »Schauen wir doch mal, was du noch alles verlierst.«

Shao reißt die Augen auf und macht einen Schritt auf mich zu, aber der Shénnóng-tú aus der Provinz Yún stellt sich zwischen uns.

»Geh mir aus dem Weg, Wenyi«, zischt Shao.

»Vorsicht, Shao«, sagt der Mönch gedehnt. »Du willst doch nicht, dass wir denken, du hättest Angst vor ihr.«

Über diesen absurden Gedanken lacht Shao so sehr, dass seine Spucke durch die Luft fliegt.

Ich drehe mich um und fliehe.

Vor ihren höhnischen Gesichtern. Vor ihrem Spott.

Shaos Sticheleien erinnern mich an meine Familiengeschichte, meine unwürdige Abstammung. Daran, wie ich meine Familie wieder und wieder in Verlegenheit brachte. Wie damals, vor Jahren, kurz vor der Regenzeit im Herbst, als die Soldaten kamen, um die Erntesteuer einzutreiben, und meine Familie schimpfte, dass sie hoffentlich bald wieder verschwänden.

In jener Nacht hatte ich nach blühenden Leichenlilien gesucht, die nur einmal alle sechs Jahre eine Blüte tragen. Ich sammelte so viele von ihnen, wie ich tragen konnte, und steckte sie rund um den Lagerplatz der Soldaten in die Erde, in der Hoffnung, dass ihr Gestank die Männer vertreiben würde.

Am nächsten Morgen wachte ich von Geschrei auf. Rauch zog die Hügel hinab. Die Soldaten hatten die Felder niedergebrannt, weil sie glaubten, die Blumen seien über Nacht aufgeblüht – ein schlechtes Omen. Unsere Obstgärten wurden zerstört, noch dazu die Hälfte unseres Teegartens. Der geschwärzte Himmel, der Geruch verkohlter Bäume …

Ich wache in der Dunkelheit auf und schlage um mich. Irgendetwas Schweres liegt auf mir, ein Schatten hockt auf meinen Beinen. Wild schlage ich mit den Armen nach meinem Angreifer, doch im Gegenzug erhöht sich der Druck auf meine Brust. Eine Hand schließt sich um meinen Hals, die andere legt sich mir auf den Mund, drückt mir die Luft ab.

Flüchtig kommt mir in den Sinn, es könne Kang sein, aber das Gesicht über mir ist nicht das meines sonstigen nächtlichen Besuchers. Es ist ein Mädchen. Ihre Haare sind hoch aufgetürmt und werden von einem Band aus ihrem Gesicht gehalten. Der Zopf hängt über ihre Schulter, schwarze Wellen streifen im Rhythmus ihres Atems mein Gesicht.

Plötzlich erkenne ich sie. Sie ist die, die immer an der Seite der Prinzessin steht.

»Mein Name ist Gao Ruyi.« Ihre geflüsterten Worte bestätigen es. »Ich bin die Leibwächterin der Prinzessin. Wenn ich die Hand von deinem Mund nehme, wirst du dann schreien?«

Ich schüttle den Kopf, soweit es möglich ist. Sie rollt von mir herunter, und ich keuche auf.

Ihr durchdringender Blick sucht nach meinen Schwachpunkten. Ich weiß, dass sie berechnet hat, wie sie mich zum Schweigen bringt, wenn ich eine falsche Bewegung mache. Das Laternenlicht scheint vom Innenhof durch die geschnitzten Fensterläden und hinterlässt Muster auf ihrem Gesicht.

»Die Prinzessin wünscht, dich zu sehen«, sagt sie.

Keine Frage. Ein Befehl.

»Darf ich mich umziehen?«, frage ich. Meine Stimme bebt leicht. »So kann ich ihr nicht entgegentreten.«

»Es dauert nicht lang«, erwidert sie. »Wirf dir einen Umhang über. Das muss reichen.«

Ich trete hinter den Paravent, hantiere an den Bändern meines Umhangs und stelle mir Fragen über Fragen. Wie viel weiß die Prinzessin? Ob es um meine Zeit in den Küchen geht, die Anschuldigungen des Marquis … Oder geht es um meine nächtlichen Unterhaltungen mit Kang?

Ich stapfe hinter dem Dienstmädchen her, meine Füße werden mit jedem Schritt schwerer. Sie sagt kein Wort auf unserem Weg durch die Korridore des Palastes, vorbei an unbekannten Toren mit Wachsoldaten. Sie neigen die Köpfe und lassen uns fraglos passieren, bis wir eine Nische mit einem traurig aussehenden Baum erreichen. Ich lege die Hand auf seine Rinde und spüre, dass das Leben aus ihm gewichen ist, seine Blätter sind braun und brüchig. Am Fuße des Baumstamms steht ein in Stein gemeißelter Löwe mit fauchendem Gesicht, eine Pfote erhoben, die Krallen ausgefahren.

Ruyi geht um den Baum herum und berührt die Wand dahinter. Vor meinen Augen öffnet sich eine Tür und gibt den Blick auf einen dunklen Tunnel frei. Verwundert staune ich noch über den Mechanismus, aber Ruyi zieht mich eilig hinein und schließt die Öffnung. Dunkelheit umgibt uns. Ich strecke die Hand aus und berühre die Wand. Stein.

Ein Streichholz flammt auf, und der Geruch von Schwefel zieht mir in die Nase. Dann wird Ruyis Gesicht von einer brennenden Fackel erhellt. Wir gehen tiefer in den dunklen Tunnel hinein, ich haste ihrem sicheren Schritt hinterher. Sie scheint diesen Weg mit all seinen Abzweigungen und Kurven schon unzählige Male gegangen zu sein. Schließlich erreichen wir eine Wand, an der ein Eisenring aus der Nase eines steinernen Ebers hängt. Spitze Stoßzähne ragen aus seinem Maul.

Sie zieht an dem Ring, und eine Tür öffnet sich, hin zu einem mondbeschienenen Garten.

Eine weiß gekleidete Gestalt erwartet uns unter den Bäumen.

KAPITEL 19

Der Garten sieht genauso aus wie in Kangs Erinnerung: die Trauerweide, deren tief hängende Blätter über den Boden streifen, die anmutigen Zwergkiefern in ihren runden Töpfen und die dekorativen weißen Felsbrocken, die im Umkreis liegen. Die Prinzessin, die am Steintisch sitzt, die Zweige des Pflaumenbaums hinter ihr in voller Blüte.

»Mach deine Aufwartung«, sagt Ruyi und legt eine Hand an meinen Rücken.

Ich knie nieder und berühre mit der Stirn den kalten Steinboden. Nie hätte ich mir einen solchen Moment vorstellen können, nicht einmal in Shus phantasievollsten Geschichten –, dass ich vor der Prinzessin stehen würde und ein Geheimnis mit mir trage, von dem sie ganz sicher nicht will, dass ich es kenne.

»Erheb dich«, weist ihre Stimme mich an.

Ich stehe auf und blicke in das Gesicht der Regentin von Dàxī, der Thronfolgerin.

Ihr Haar ist nicht wie sonst mit Nadeln und Kämmen geschmückt, sondern fällt ihr locker ins Gesicht. Sie trägt eine Robe in einem so blassen Violett, dass ich es anfangs für weiß gehalten habe. Sie wirkt wie die ätherische Verkörperung der Mondgöttin, ich wie eine unwürdige Bäuerin.

»Das Mädchen aus Sù«, sagt sie mit einem schiefen Lächeln, von dem ich nicht weiß, ob es ein amüsiertes oder abgeneigtes ist. »Du bist die Shénnóng-tú, die in diesem Wettkampf für Aufsehen gesorgt hat.«

Ich verberge die Hände hinter meinem Rücken und bin mir mit einem Mal meiner schmutzigen Fingernägel und meiner schwieligen Haut bewusst.

»Du hast die Aufmerksamkeit von Marquis Kuang und auch von Kanzler Zhou auf dich gezogen. Die beiden haben ausgiebig darüber debattiert, ob es dir erlaubt werden soll, weiter im Wettkampf zu bleiben, oder ob deine Anwesenheit in diesen Zeiten zu … destabilisierend ist.«

Ärger flammt in mir auf. Altbekannte Namen, altbekannte Anschuldigungen. *Querulantin.*

»Ich sehe, dass irgendetwas in dir rumort«, stellt sie fest. »Sag mir die Wahrheit: Warum bist du hier? Willst du das Kaiserreich stürzen?«

Unwissenheit vortäuschen scheint mir sicherer, als die Worte des Protests auszusprechen, die mir auf der Zunge liegen: »Ich … ich weiß nicht, wovon Ihr redet, Hoheit«, sage ich.

»Wenn du vorhattest, Unruhe zu stiften, dann ist es dir gelungen«, überlegt die Prinzessin. »Doch wenn du so leicht ans Ziel gelangt wärest, dann hättest du den Wettkampf bei der nächsten Gelegenheit verlassen.«

»Ich will den Wettkampf gewinnen«, sage ich, und mir wird klar, dass jetzt der Moment gekommen ist, an dem ich mich verteidigen muss. Ich stehe zwischen zwei ehrgeizigen Menschen – der Prinzessin und dem Marquis, und das ist gefährlich. »Ich arbeite für niemanden – nur für mich selbst.«

Ihre Augen bohren sich in meine. »Warum?«

Wie viele Informationen haben sie über die Shénnóngtú, die am Wettkampf teilnehmen? Der Name meiner Mutter ist im *Buch des Tees* verzeichnet, aber ich weiß noch immer nicht, ob in der Hauptstadt irgendjemand außer Haushofmeisterin Yang ahnt, dass sie tot ist.

»Ich stehe für mich selbst ein. Meine Mutter ist im letzten Winter gestorben, Hoheit.« Ich muss ein wenig von der Wahrheit offenbaren, und diesen Teil habe ich ohnehin schon an die Haushofmeisterin verschenkt. »Meine Schwester ist krank, und ohne die beiden hat es meine Familie schwer. Wenn ich diesen Wettkampf gewinne, diese Position am Hof, würde das meiner Familie ein besseres Leben erlauben.«

Aber es gibt so viel, was ich *sie* fragen will. Über das Gift, den Schatten und wie all das zum Tod meiner Mutter geführt hat. Dass ich auf der Suche nach der Person bin, die dafür verantwortlich ist, und sie mit bloßen Händen in Stücke reißen will.

Sie scheint darüber nachzudenken und schaut mich an, als wolle sie die Wahrheit aus mir herausschälen.

»Verstehst du, was für eine Art Reich der Erhabene Kaiser errichten wollte? Die Vision meiner Großmutter, an deren Erbe auch mein Vater glaubte. Ein besseres Leben für das Volk.«

Dein Volk verhungert gerade, denke ich. *Es ist wütend. Während du deine Träume von einem grandiosen Imperium träumst.*

Die Prinzessin lacht spröde.

»Ich sehe dir an, dass du mir nicht glaubst, und allein dafür sollte ich dich in den Kerker werfen lassen.«

Ich sollte auf die Knie fallen und um Vergebung betteln. Mein Überleben für einen weiteren Tag sichern, eine weitere Runde im Wettkampf, aber … aber das bin nicht ich. Es widerstrebt meinen Grundfesten. Selbst wenn es mich ins Verderben stürzt.

Sie spürt meinen inneren Kampf und scheint sich darüber zu amüsieren.

»Vielleicht lügst du auch nicht. Ich sollte tun, was der Marquis vorschlägt, und dich für deine Unverfrorenheit auspeitschen lassen.«

»Ihr seid alle gleich«, sage ich. »Ihr habt Angst vor der Wahrheit.«

Sofort ist Ruyi da, reißt mir den Arm auf den Rücken und zwingt mich zu Boden.

»Verstehst du mein Dilemma nicht?« Prinzessin Ying-Zhen schaut auf mich herab. »Ich kann nicht zulassen, dass Leute wie du Unruhe stiften. Ich muss die Ordnung aufrechterhalten, bis es meinem Vater wieder besser geht.«

Ihre Halsschlagader pulsiert. Eine schöne Lüge.

Doch dann hält sie inne.

»Von welcher Wahrheit sprichst du?«

»Jedes Jahr erwartet man Steuergelder von uns«, presse ich zwischen zusammengebissenen Zähnen hervor und ignoriere meine schmerzhaft verdrehte Schulter unter Ruyis Griff. »Selbst wenn die Ernte schlecht ist und unsere Vorratslager und Kornkammern leer sind.«

»Glaubst du vielleicht, ich kenne diese Berichte nicht?«, blafft die Prinzessin mich an. »Glaubst du, es macht mir Freude zu wissen, dass mein Volk leidet?«

»Ihr könnt mich gern nach Hause schicken, aber es

werden andere kommen«, sage ich. »Wir verlangen, dass Ihr uns anhört.«

»Treib es nicht zu weit!«, warnt Ruyi mich und verdreht mir den Arm so sehr, dass ich aufschreie.

»Verzeiht, Hoheit.« Ich keuche und versuche, den Schmerz wegzuatmen. »Aber es ist ein Unterschied, ob ich das Leid erlebe oder nur Berichte darüber höre.«

Die Prinzessin starrt einen Moment lang nachdenklich auf mich herunter, dann wendet sie sich ab.

»Lass sie los.«

Ruyi lässt von mir ab, und ich presse den Arm an meinen Körper. Der Schmerz darin pocht im Rhythmus meines Herzschlags.

»Erhalte dir dein Temperament«, sagt die Prinzessin mit kalter Belustigung. »Du wirst es für das, was ich von dir verlange, brauchen.«

Ich verstehe nicht.

»Ich war überrascht, als ich feststellte, dass du noch einer anderen Person im Palast ins Auge gefallen bist«, fährt sie fort. »Ich habe meinen Cousin überwachen lassen, seit er in die Unterkünfte übersiedelt wurde. Meine Wachen berichten mir, dass er jede Nacht zur Stunde der Geister fortgeht und zur Stunde der Diebe zurückkehrt. Um … dich zu treffen.«

Ich schlucke. Es geht also doch um Kang. Um die Fäden, die uns beide verbinden und ihn mit der Prinzessin. Schicksalsfäden.

Die Prinzessin nähert sich mir wieder, ihr Schatten fällt auf mich.

»Sag, Ning. Arbeitest du mit ihm zusammen? Was plant er?«

»Ich weiß es nicht.« Ich schüttele den Kopf. »Ich habe ihn am ersten Tag des Wettkampfs auf dem Markt kennengelernt.«

Sie packt mich am Kinn, biegt es nach oben, so dass ich gezwungen bin, zu ihr aufzuschauen. »Wenn du mich anlügst«, sagt sie ruhig, »lasse ich deine Familie töten.«

Die einzige Drohung, die mich außer Gefecht setzen kann.

»Er … er hat mir erzählt, dass er weiß, dass der Kaiser tot ist.«

Ungerührt betrachtet mich die Prinzessin, als wäge sie all die herrlichen Arten ab, mit denen sie mich zum Schweigen bringen könnte.

Ich zwinge mich dazu, ihrem Blick standzuhalten, und langsam und bedächtig zu antworten. »Ihr wisst, dass ich die Wahrheit sage.«

Sie lässt mich los, ich schließe die Augen.

»Erzähl niemandem etwas von seinen Lügen«, sagt sie leise. »Du wirst ihm näherkommen, herausfinden, was er vorhat, und mir Bericht erstatten. Wenn du mir brauchbare Informationen lieferst, werde ich dich nach dem Wettkampf belohnen und dir geben, was du für deine Familie benötigst. Wenn du mir nichts Brauchbares lieferst, dann …«

Die Drohung ist eindeutig. Sie will, dass ich ihre Spionin bin. Sie will, dass ich Kang benutze, um die Pläne seines Vaters aufzudecken. Mir bleibt kaum etwas anderes übrig als zuzustimmen.

Ich habe alles zu gewinnen und alles zu verlieren.

Ich nicke.

»Ich tue es.«

»Dann solltest du jetzt aufbrechen, die Stunde der Geister naht.«

Die Prinzessin greift nach oben und bricht einen Zweig vom Pflaumenbaum. Einige Blüten welken schon. Nichts Schönes hält ewig.

»Wie kann ich Euch erreichen, wenn ich Informationen habe?«, frage ich.

»Ruyi zeigt dir, wie.« Mit einer Handbewegung entlässt sie mich.

Ruyi bedeutet mir, ihr zu folgen. Sie ist keine Frau vieler Worte. Sie führt mich zu einem Tor auf der gegenüberliegenden Seite des Gartens, wieder ein Steintunnel, diesmal jedoch deutlich kürzer als der vorherige. Wir kommen in einem der hinteren Flure heraus, und an den weißen Wänden erkenne ich, dass wir uns hinter der Palastbibliothek befinden. Hier gibt es einen schattigen Pfad aus Kieselsteinen, auf dem Schülerinnen und Schüler barfuß laufen, um Klarheit und Geistesschärfe zu finden, indem sie den Mustern der Götter folgen. Steinlöwen mit dem gleichen knurrenden Gesichtsausdruck wie der erste auf unserem Hinweg säumen den Pfad.

»Nummer zwei von Süden aus gesehen«, sagt Ruyi und zeigt auf den fraglichen Löwen. Sie gibt mir einen bestickten Anhänger aus gelber Schnur, der dem Trauerknoten meiner Mutter ähnelt. Er ist aus der Entfernung leicht zu erkennen. »Binde das abends vor dem ersten Gongschlag an seine Pfote, wenn du die Prinzessin sprechen willst. Zur Stunde der Diebe treffe ich dich dann hier. Sollte die Prinzessin dich sprechen wollen, binde ich einen ebensolchen Anhänger an den Löwen vor eurem Innenhof. Du triffst mich dann hier zur gleichen Stunde.«

Ruyi verbeugt sich vor mir, die Hand an der Schulter.

»Ich wünsche dir eine gute Jagd, Ning aus Sù.«

Beinahe geräuschlos verschwindet sie in den Schatten und lässt mich zurück. Den Rückweg zur Unterkunft muss ich allein finden.

KAPITEL 20

Irgendwann nach dem vierten Gongschlag wird mir klar, dass Kang heute Nacht nicht mehr auftaucht, und ich schlafe ein. Vermutlich macht mich das zu einer Versagerin als Spionin, aber ich bin für diese Gnadenfrist dankbar. Meine Nerven sind nach dem Treffen mit der Prinzessin angespannt, und ich glaube nicht, dass ich die Heuchelei durchstünde, die mir ein Wiedersehen mit Kang heute Nacht abverlangen würde.

Am nächsten Morgen verputzen Lian und ich zum Frühstück Baozi, gefüllte Hefeteigtaschen, frisch aus den Bambusdampfgarern in der Küche von Kleiner Wu. Wir ziehen den Teig auseinander, um die Füllung zu enthüllen – Schweinefleisch mit gehacktem Schnittlauch und Sesamöl beträufelt –, und pusten, um das dampfende Innere abzukühlen. Ich sollte dankbar sein, überhaupt hier sein zu dürfen, doch mir wird immer unbehaglicher zumute, bis mir der Appetit vergangen ist.

Ich frage mich, wie lange die Prinzessin ihre Lüge über den Gesundheitszustand des Kaisers noch aufrechterhalten will. Die Leute werden rasen vor Wut, wenn sie merken, dass sie betrogen worden sind. Die Maske der Prinzessin hat viele Facetten, und ich habe schon einige davon gesehen – auf der Bühne, durch Kangs Augen und jetzt aus erster Hand. So sieht ein Mensch aus, der langsam an seine Grenzen gebracht wird.

»Ning!« Lian wedelt mit der Hand vor meinem Gesicht herum. »Du sagst ja gar nichts.«

»Ich bin …« Ich wende mich ihr wieder zu, beiße von meinem Baozi ab und verschlucke mich fast dabei. »Ich bin … ich mache mir nur Gedanken wegen der nächsten Runde.«

Ich muss unbedingt besser werden im Lügen und zwar schnell, sonst zerfällt das Netz aus Lügen um mich herum.

Sie nickt.

»Verständlich. Von jetzt an wird es immer schwieriger. Besonders, wenn sie diesmal schon zwei ganze Tage brauchen, um uns auf die nächste Herausforderung vorzubereiten.«

Lian versucht, mich mit Geschichten vom gestrigen Bankett abzulenken. Wie sie neben einigen der niederen Beamten sitzen musste, die zu viel reden, wenn Wein fließt. Wie alle darüber spekulierten, ob der Kaiser sie mit seiner Anwesenheit beehren würde, wenn auch nur für einen kurzen Moment. Aber er kam nicht.

Wie ist es dem Verbannten Prinzen gelungen herauszufinden, dass der Kaiser tot ist, obwohl die Prinzessin es sogar vor dem Hofstaat verbergen kann? Gerüchte kommen mir in den Sinn, dass seine Spione ihre Augen und Ohren überall haben … dass sie Kinder entführen, um sie in sein dunkles Reich zu verschleppen …

»Kannst du mir mehr über die Prinzessin erzählen?«, frage ich.

Mit Lians Hilfe kann ich vielleicht all das, was ich in den letzten Tagen gesehen habe, besser verstehen.

»Als ich noch die Winter hier verbrachte, haben wir Kinder alle zusammengespielt«, sagt sie. »Zhen war … ernst. Ruhig, aufs Lernen konzentriert. Nicht verwunderlich, wenn man bedenkt, dass ihre Großmutter die Kaiserinwitwe war.« Sie zieht eine Grimasse.

Ich nicke, und mir fällt meine eigene Großmutter wieder ein, die die Wu-Familie mit eiserner Hand regierte. Nur Großvater konnte sie besänftigen, wenn jemand sie wieder mal aufgeregt hatte.

»Wir nannten sie *Hŭ gū pó*.« Lian kichert.

Großmutter Tiger, die legendäre Tigerin, die durch die Wälder streift, Geschmack an bösen Männern findet und ihre Zähne gern an ihren Knochen wetzt. Mythen als Spiegel des Lebens.

»*Hŭ gū pó* war der größte Schrecken dieser Hallen«, erzählt sie weiter. »Ihre ganze Aufmerksamkeit lag auf Zhen und darauf, dass sie dem Namen Li gerecht wird. Vom frühen Morgen bis spät in die Nacht bekam sie Unterricht.«

»Klingt … ziemlich einsam.«

Lian nickt. »Wenn deine engste Gefährtin eine Person ist, die deine Großmutter ausgesucht hat, um wie ein Schatten immer an deiner Seite zu sein … Das ist kein Leben, das ich führen möchte.«

»Meinst du ihre Leibwächterin?«

Ruyi. Das Mädchen, das sich mit einem einzigen Sprung wie ein Vogel in die Luft katapultierte, um das Leben der Prinzessin zu beschützen.

 »Ihre Familie hat dem Kaiserhaus seit Generationen

gedient, und als die Kaiserinwitwe den Aufgestiegenen Kaiser heiratete, durfte sie ein paar ihrer eigenen Leute mitbringen. Ruyi war eine davon. Sie wurde in einer geheimen Kampfkunst ausgebildet, die nur innerhalb ihrer Familie weitergegeben wird.«

Die eine, geboren, um zu herrschen. Die andere, geboren, um zu dienen.

»Es ist vermutlich leichter, sich auf die Loyalität einer Person zu verlassen, wenn das Leben ihrer gesamten Familie davon abhängt«, murmele ich.

»Man kümmert sich aber auch um sie«, sagt Lian, ohne meinen inneren Aufruhr zu bemerken. »Soweit ich mich erinnere, war Zhen-Ying immer freundlich zu Ruyi. Sie war eigentlich freundlich zu allen. Hat sich nie wie eine Prinzessin benommen.«

Ich denke an ihren kühlen Blick, an die beiläufige Drohung in ihren Worten. Irgendetwas muss in der Zwischenzeit mit dem freundlichen Mädchen passiert sein, an das Lian sich erinnert.

Mingwen kommt herein und verneigt sich. Seit unserer Begegnung in den Küchen ist ihr Verhalten uns gegenüber freundlicher geworden. Sie hat als älteste Dienstmagd die Aufsicht über unsere Unterkunft übernommen, und auch wenn wir nicht mehr mit den Dienstboten verkehren dürfen, ist es doch schön, ein vertrautes Gesicht zu sehen.

»Wettkämpferinnen, eure Anwesenheit wird von der Jury im Spiegelsaal verlangt.«

»Was, jetzt schon?« Lian stürzt ihren Tee hinunter, und ich bereue, nicht mehr gegessen zu haben, um meinen Magen zu beruhigen. Wenn mir vor der Jury übel wird, ist das nur ein weiterer Punkt auf der langen Liste meiner Missetaten.

Die wenigen von uns, die noch übrig sind, betreten in einer Reihe den Spiegelsaal, einen kleinen Pavillon, der in den Lehrgärten liegt, die sich rund um die Bibliothek befinden. Der Boden besteht aus blass weißem Marmor mit Wirbeln, die an Wolken erinnern; die Wände aus schimmerndem blauschwarzen Stein, der so sehr glänzt, dass wir uns darin spiegeln können. Über unseren Köpfen erhebt sich das Dach in einem schwindelerregenden Muster. Auf den ersten Blick scheint es eine sich nach oben windende Spirale zu sein, bei genauerem Hinsehen erkenne ich jedoch das Trugbild. Es sind in die Holzkonstruktion eingelassene Gedenktafeln mit den eingravierten Namen, Gedenksteine für die Toten.

Ein melodisches Trillern erfüllt die Luft, und ich suche die Quelle für das Geräusch. Da sind goldene Käfige auf Ständern, in jedem sitzt ein einzelner Vogel. In einer Abfolge von Rufen und Gesängen unterhalten sie sich miteinander. Sie sind eine lebendige Dekoration, ein wunderschönes Detail im Raum –, um den Kaiser zu entzücken. Das Nebeneinander von Leben und Tod.

Elder Guo steht zwischen den Käfigen und mustert uns mit ernster Miene. Trotz ihres schmucklosen grauen Gewands strahlt sie gelassene Zuversicht aus.

»Ein Willkommen an jene, die ihr als Erben des Shénnóng-Vermächtnisses noch übrig geblieben seid.« Sie hebt eine Hand zum Gruß.

Die Gelehrten und Mönche widmen ihr Leben dem Studium der Gottheiten, die sie verehren. So wie Hánxiá dem Blauen Karpfen geweiht und Wŭlín dem Schwarzen Tiger verbunden ist, der für seine Lehre der Kampfkunst und Militärtechnik bekannt ist, ist die Yěliŭ-Akademie ein Ort, an dem Philosophie und Geschichte gelehrt werden. Wenyi, der Shénnóng-tú, der sich für mich gegen Shao eingesetzt hat, trägt einen Anhänger in der Form der Smaragdschildkröte von Yěliŭ. Nur der *Herrin des Südens* ist kein Kloster und keine Akademie gewidmet. Sie ist in den Bäumen und auf den Feldern zu finden.

»In Hánxiá stehen wir im Dienste Shénnóngs. Wir studieren seine Lehren, alles, was er über Ackerbau und Viehzucht hinterlassen hat, und, natürlich, die Kunst des Tees.«

Was ich über Hánxiá weiß, ist, dass es westlich des Jadeflusses liegt, am Rande der Bergkette, die Yún und Ānhé trennt, mit Blick auf das fruchtbarste Tal von Dàxī. Mutter sprach den Namen stets mit Ehrfurcht aus. Die berühmtesten Shénnóng-shī sind durch diese heiligen Hallen gewandelt, in der auch sie ihren Rang erhielt. Auf dieser Anhöhe werden die seltensten Teeblätter angebaut, von denen einige ausschließlich von der kaiserlichen Familie und ihrem Hofstaat gekostet werden.

Elder Guos Miene verdüstert sich.

»Ihr alle habt sicher von der Fäulnis gehört, von den vergifteten Teeziegeln, die das Reich zersetzen sollen. Heimtückische Versuche, die Herrschaft des großen Kaisers zu untergraben.«

In meinen Ohren rauscht es. Der Tee, der für den Tod meiner Mutter verantwortlich ist. Bis jetzt hat uns niemand etwas über seine Herkunft gesagt, darüber, wer hinter den Giftanschlägen stecken könnte. Der Gouverneur und seine Leute hatten vielerlei Ausreden und versprachen lediglich, dass die Gefahr gebannt sei.

»Eure dritte Herausforderung ist der Tugend der Weisheit gewidmet. Ihr werdet die nächste Runde paarweise bestreiten. Wählt jetzt eure Partnerinnen und Partner aus.«

Es überrascht mich, dass sie uns erlaubt, eigene Bündnisse zu schließen. Ohne zu zögern rücken Lian und ich näher zueinander. Die anderen tun das Gleiche, auch sie haben längst Allianzen gebildet.

»Wir werden …« Elder Guos Augen verengen sich, und sie hält mitten im Reden inne.

Der Boden unter unseren Füßen beginnt zu beben. Ihr Kopf dreht sich zur Tür. In der Ferne sind Trommelgeräusche zu hören.

Wenyi springt als Erster nach vorn und reißt ein Fenster auf, das den Blick auf den Innenhof freigibt. Dort marschieren Soldaten in Reihen und bringen den Boden des gesamten Palastes zum Erzittern. Plötzlich ist die Luft erfüllt von Flügelschlagen. Die eingesperrten Vögel versuchen wegzufliegen, denn sie spüren Gefahr.

Wehgeschrei ist jetzt zu hören, und Worte sind über die Dächer hinweg klar zu verstehen. Alle knien nieder.

»Der Kaiser ist zum Himmel emporgefahren! Nie soll er vergessen werden! Der Kaiser ist zum Himmel emporgefahren! Nie soll er vergessen werden!«

KAPITEL 21

Wir werden aus der Spiegelhalle hinauseskortiert und angewiesen, in unsere Unterkünfte zurückzukehren. Doch in den Gärten geraten wir schnell in ein Chaos aus herumeilenden Soldaten. Ich werde von den anderen Teilnehmern getrennt und versuche, mich zu orientieren, aber an einem Tor, das mir vertraut vorkommt, werde ich abgewiesen. Dann reißt mich eine Menschenmenge mit, einen anderen Flur entlang, und ich verirre mich immer mehr. Wie auf dem Markt damals ergreift mich Panik, die Trommeln schlagen in der Ferne einen wilden Takt, und mein Herz klopft immer schneller.

»Gebt den Weg frei!«

Soldaten blaffen eine Gruppe von Dienern an, von denen viele weinen. Ich drehe mich um, dort steht eine weitere Gruppe von Leuten, Adlige, ihren prächtigen Kleidern nach zu urteilen. Einer von ihnen scheint ohnmächtig geworden zu sein.

Ich folge einigen vorbeihastenden Dienerinnen und hoffe, dass sie mich zurück in den Dienstflügel führen, wo auch ich hingehöre. Doch dann pralle ich mit jemandem zusammen und werde von einem Arm gepackt, der in einer Rüstung steckt. Er zerrt mich in die entgegengesetzte Richtung.

»Moment mal!«, wehre ich mich. »Sie haben die falsche Person!«

Der Soldat, der mich im Klammergriff hält, bleibt stehen. Er beugt sich zu mir herab und hebt seinen Helm ein wenig an, um mir sein Gesicht zu zeigen.

»Kang?« Ich schnappe nach Luft und erschrecke erneut, als mir klar wird, dass ich einen Fehler gemacht habe: Ich habe seinen Namen in der Öffentlichkeit ausgesprochen. Schnell spreche ich weiter und hoffe, dass es niemand gehört hat. »Du bist letzte Nacht nicht aufgetaucht.«

Schon bereue ich meine Worte. Sie geben zu viel von mir preis.

»Ich war mir nicht sicher, ob du mich wiedersehen willst«, sagt er. Ein Lächeln huscht über sein Gesicht, bevor es wieder unter dem Helm verschwindet.

Noch ehe ich etwas erwidern kann, fällt ein Schatten auf uns: ein Soldat mit schwarzem Helm, aus dem goldene Flügel emporragen. Die feine Ausgestaltung seiner Schulterrüstung und die Gravur eines Grimassen schneidenden Dämons auf seinem Brustpanzer weisen auf jemanden von hohem Rang. Ich erstarre, sicher hat er Kangs Täuschungsmanöver durchschaut.

»Die Diener haben in ihre Unterkünfte zurückzukehren«, bellt er. »Anordnung des Kanzlers.«

»Zu Befehl, Marschall.« Schnell verschränkt Kang seine Hände zu einem Salut, dann fasst er mich wieder beim Ellbogen. »Gehen wir.«

Wir laufen, so schnell wir können, bis wir die Gärten hinter uns gelassen und ein letztes Mondtor passiert haben. Wir sind wieder in den Lehrgärten, gleich neben dem schwarzen Turm der Bibliothekspagode.

»Hier entlang.« Er zeigt in eine Richtung, und wir biegen um eine Ecke, auf den »Pfad der Inneren Einkehr«.

Erschrocken erkenne ich die Steinlöwen, die schwarzen und weißen Kiesel wieder. Die Anweisung der Prinzessin ragt drohend vor mir auf: *Finde heraus, was er vorhat.*

Plötzlich fühlt es sich an, als liefe ich durch ein Labyrinth aus Brombeerbüschen, jede Bewegung scheint bedrohlich.

Kang versichert sich, dass wir allein sind, und zieht seinen Helm ab.

»Als ich erfahren habe, dass die Nachricht über den Kaiser verkündet worden ist, war mir klar, dass ihre Entscheidung über mein Schicksal kurz bevorsteht«, sagt er, viel zu nah und viel zu ernst. Und dennoch zu gelassen für jemanden, der über seine mögliche Hinrichtung spricht. »Aber ich wollte dir nicht als jemand in Erinnerung bleiben, der sein Wort nicht hält.«

Wir sehen uns wieder. Ein Versprechen, so sanft wie fallende Blütenblätter.

»Wie, glaubst du, entscheidet sie sich?«, frage ich. »Hebt sie die Verbannung auf oder …« Ich kann es nicht einmal aussprechen.

Er hebt den Kopf.

»Wenigstens sterbe ich im Kampf für mein Volk.«

Das erinnert mich an seine Aufrichtigkeit, als er sagte, dass er um Milde bitten wolle, nicht für sich, sondern für alle in seiner Heimat. *Silver Needle* hat mir bereits die Wahrheit gesagt. Wenn das, was ich von ihm herausfinden kann, den Verdacht der Prinzessin zerstreut, dann verschont sie vielleicht sein Leben.

»Kennst du einen Ausweg aus dem Palast?«, frage ich.

Auf der anderen Seite der Mauer sind Schritte zu hören. Er zieht mich in eine Nische mit Bambusgehölzen und einer Holzskulptur in Form von Blumen.

»Warum willst du das wissen?«

Um mehr Zeit mit dir zu verbringen. Um mehr von deinen Geheimnissen zu erfahren. Um dich zu retten … oder zu entlarven.

Ich weiß, dass ich meine nächsten Worte sorgfältig wählen muss.

»Unsere Wege verlaufen parallel, in gewisser Weise. Du wirst dich bald dem Urteil der Prinzessin stellen müssen, und meine Zukunft entscheidet sich in der nächsten Runde des Wettkampfs.« Mit meinem Finger fahre ich über die Glätte eines Bambushalms und staune darüber, dass die Natur hier überhaupt noch wächst, eingezwängt in ein kleines Fleckchen Erde unter einem winzigen Ausschnitt des Himmels. »Aber du hast unseren Tag in Jia erwähnt, und ich habe mich daran erinnert, wie glücklich auch ich an diesem Tag war. Freier, als ich mich je zuvor gefühlt habe. Glaubst du, wir können das wiederholen? Auch wenn es nur für eine Stunde ist?«

Zuerst greife ich nur zögernd diese zerbrechlichen Verbindungen zwischen uns auf, aber je länger ich rede, desto mehr Kraft bekommen meine Worte. Ich kann die Süße der Birnenbonbons auf der Zunge schmecken, und andere Erinnerungen erwachen – an die Wärme des *Golden Key*, als wir uns berührten, wie wir ineinander versanken, eine Nähe, die ich zugleich fürchtete und herbeisehnte. Vielleicht habe ich die Magie tatsächlich eingesetzt, um ihm näherzukommen, aber die Magie hat mich umgekehrt auch enger an ihn gebunden.

»Und wenn du in die Stadt gehen könntest, wohin würdest du dann wollen?«, fragt er.

»Ich habe von Läden gehört, die Teetassen aus geschnitzten Knochen oder Elfenbein verkaufen«, antworte ich sofort. »Und Speisen aus dem Norden, die ich noch nie gesehen habe. All diese Dinge, die ich noch nie gemacht habe. Wenn ich den Wettkampf verliere, muss ich nach Hause zurück und kann meinen Traum, eine Shénnóng-shī zu werden, aufgeben. Ich könnte weder die Ausbildung bezahlen, noch an den Prüfungen teilnehmen.« Und ich verliere Shu, wenn ich scheitere. Das Beben in meiner Stimme ist beschämend echt.

Mutter sagte, Worte seien mächtig und würden der Hoffnung Leben einhauchen. Und mein Traum, der einmal so unerreichbar schien wie die Sterne am Himmel, meine Sehnsucht nach einem anderen Leben, all das ist jetzt zum Greifen nah. Ein Leben, das meine Mutter hatte und wieder verlor. Zwar hat sie irgendwann ihren Frieden damit gemacht, aber ich sehne mich noch immer nach diesem Gefühl, zufrieden zu sein.

»Vor einer Weile … wäre das vielleicht noch möglich gewesen«, sagt er. »Aber jetzt kennen alle Wachen mein Gesicht, und ich könnte mich ohne diesen Helm gar nicht frei bewegen.«

»Es war ein dummer Gedanke.« Ich zucke mit den Schultern und versuche, so zu tun, als mache es mir nichts aus. Aber es macht mir etwas aus, sogar mehr, als ich dachte.

Ein kleiner Teil von mir hatte gehofft, dass vielleicht ein Shénnóng-shī während des Wettkampfs auf mich aufmerksam werden, Potenzial in mir sehen und mich als Schülerin aufnehmen würde. Aber so, wie ich in der ersten Runde gepatzt habe, bezweifle ich, dass mich jetzt noch jemand haben will. Und da der Wettkampf inzwischen nicht mehr öffentlich ist, habe ich keine andere Chance. Wenn ich nicht gewinne, kann ich Shu nicht retten.

Es sei denn, ich bekäme die versprochene Hilfe von der Prinzessin als Gegenleistung für meine Spionage: den magischen Stein, der alle Krankheiten heilen kann, für meine Schwester und genügend Geld, um meine Familie zu versorgen.

»Meine Mutter hat mir von den Privatgärten der Gelehrtenfamilien erzählt und auch von Jias öffentlichen Gärten, die jeder betreten darf, um die Blumen zu bewundern«, sage ich und greife nach einer anderen Möglichkeit für uns, ungestört Zeit miteinander zu verbringen. »Manchmal fühle ich mich hier wie eingesperrt, weil man immerzu beobachtet wird und alle nur darauf warten, dass man einen Fehler macht …«

Ich verstumme.

»Das verstehe ich«, sagt er sanft. »Hier kannst du dir nie so ganz sicher sein, ob Leute dir schaden wollen oder ob sie es gut mit dir meinen. Das ist in Lǜzhou ganz anders. Dort meinen die Leute, was sie sagen, und sagen, was sie meinen.«

»Erzählst du mir ein bisschen über Lǜzhou?«, frage ich. »Aber nur, wenn du Lust hast.«

Die Mauern beben erneut, weil wieder Soldaten vorbeimarschieren. Plötzlich greift Kang nach meiner Hand und zieht mich nah an sich heran. Ich schaue zu ihm hoch und fühle mich für einen Moment beschämt. Denkt er etwa, ich bin auf ein Schäferstündchen aus? Ist das der Preis, den ich für die Erfüllung meines Auftrags zahlen muss?

»Mir ist ein anderer Ort eingefallen, den ich dir zeigen kann«, flüstert er. »Wo mich niemand erkennt. Vorausgesetzt, du vertraust mir …« Er nimmt meine Hand, öffnet meine Finger und drückt seine Handfläche an meine, so dass unsere Fingerspitzen sich berühren. *Vertrauen.*

Ich nicke, weil ich nicht sicher bin, ob meine Stimme versagt. Er schenkt mir dieses kurze Grinsen, das meinen Puls höher schlagen lässt.

Hoffentlich ist unsere magische Verbindung nicht so stark, dass er die Gedanken lesen kann, die in meinem Geist verräterisch gegeneinander ankämpfen.

Kang vergewissert sich, dass keine Soldaten in der Nähe sind, dann hasten wir in die nächste Nische. Hier steht ein Pflaumenbaum, seine weißen Blütenblätter liegen auf dem Steinboden verstreut. Ein weiterer Steinlöwe hockt mit erhobenen Pfoten am Fuße des Stammes.

Kang zieht an einem Eisenring an der Wand, und der Mechanismus öffnet sich zu einem verborgenen Tunnel hin, genau wie der, durch den Ruyi mich geführt hat. Wie viele solcher Tunnel gibt es in diesem Palast?

»Bleib nah bei mir«, flüstert er, als wir hinter der Tür in Sicherheit sind. »Der Tunnel ist an einigen Stellen ziemlich eng, und manchmal kommen wir direkt an den Wachen vorbei.«

Anfangs können wir bequem nebeneinander gehen, aber bald nur noch hintereinander. Nach einer Weile wird der Tunnel wieder breiter, bis wir in einen kleinen Raum gelangen, von dem mehrere Tunnel abzweigen. In der Mitte steht eine große eiserne Schale, in der ein Feuer brennt und seine Wärme verbreitet. Der Lichtschein tanzt über Tafeln, die an der Wand angebracht sind, und bringt deren Inschriften zum Leuchten. Es liegt kein Körnchen Staub auf dem Boden, keine Spur von Insekten oder anderen Tieren. Offensichtlich wird dieser Raum gut gepflegt.

Irgendwo über unseren Köpfen läutet eine Glocke, so nah, dass ihr Klang in meinem ganzen Körper widerhallt. Aber ihr Ton ist mir vertraut. Er zeigt den Wechsel der Tageszeiten an, vom Morgen zum Mittag zum Abend.

»Wir sind in der Nähe des Glockenturms!«, rufe ich.

Der Turm liegt im südwestlichen Teil des Palastes, und das Läuten erreicht jeden Winkel von Jia.

»Wir sind genau darunter«, erklärt Kang. Er nimmt eine Fackel von einem Stapel in der Ecke und entzündet sie an der Flamme der Feuerschale. »Als der Kaiser den Palast errichten ließ, ordnete er auch den Bau dieser Tunnel an, die den Palast mit verschiedenen Orten in Jia verbinden. Sie sind als Fluchtwege gedacht. Als Kind habe ich viel Zeit damit verbracht, sie mir einzuprägen, um mich vor meinen Lehrerinnen und Trainern zu verstecken.«

Er schaut in das tanzende Licht des Feuerbeckens. Die Flammen spiegeln sich in seinen Augen. »Einer der Tunnel führt zu den Docks im Norden. Ein anderer ins Teehausviertel. Er wurde auf Großmutters Wunsch hin gebaut, damit sie die Aufführungen anschauen konnte, ohne eine Entourage von Wachen mitzunehmen.«

Großmutter. Kaiserinwitwe Wuyang. Es ist seltsam, sich die sagenumwobenen Herrscher von Dàxī als Menschen mit Familie vorzustellen. Dass Kang sie genauso gut kennt wie ich Shu oder meinen Vater – der Gedanke ist verwirrend.

»Wir sollten weitergehen«, sagt er.

Wir laufen in einen der Tunnel, und ich bemerke ein leichtes Gefälle unter meinen Füßen. Die Luft wird feuchter, als wären wir auf dem Weg ins Innere der Erde.

»Es ist ein eigenartiges Gefühl, wieder hier zu sein«, murmelt er, als wir eine Weggabelung erreichen. Er hebt die Fackel und leuchtet in beide Tunnel hinein.

»Wie lange ist es überhaupt her, dass du den Palast verlassen hast?«, frage ich, in der Hoffnung, dass er an diesem Ort seiner Kindheit für meine Fragen empfänglicher ist.

»Ich war neun«, sagt er. »Es ist jetzt zehn Jahre her. Alles ist mir vertraut, und trotzdem …«

Ich warte darauf, dass er den Gedanken beendet, aber er spricht nicht weiter.

Ich weiß nicht, wie es sich anfühlt, aus dem Zuhause seiner Kindheit vertrieben zu werden und auf dem Körper das Brandmal eines Verräters zu tragen. Aber ich weiß, wie es ist, nicht dazuzugehören.

Ich lege meine Hand auf seinen Arm, und er sieht überrascht darauf hinunter, fast so, als hätte er für einen Moment vergessen, dass ich hier bin.

»Jetzt erinnere ich mich wieder.« Er lächelt mich an. »Wir sind gleich da.«

KAPITEL 22

Wir sind noch nicht sehr weit in den Tunnel hineingegangen, als wir auf eine Holztür stoßen, die von einem schweren Balken versperrt ist. Kang hebt den Balken aus der Verankerung, zusammen stemmen wir die Tür auf und halten uns dabei die Arme vors Gesicht, um den herumwirbelnden Staub nicht einzuatmen. Es ist offensichtlich, dass die Tür lange verschlossen war. Wir steigen ein paar Stufen hinauf und bewegen uns dabei leise, falls irgendjemand hier ist.

Als Erstes fällt mir der schwere, durchdringende Geruch von Räucherstäbchen auf. Die Kammer hat fünf Wände, an jeder befindet sich eine behauene Steintafel. Ehrfürchtig trete ich näher und erkenne, dass es sich um Abbildungen der Götter handelt.

Die *Herrin des Südens* trägt wallende Gewänder und eine Flöte in der Hand, ihre Füße stehen auf dem Rücken eines Vogels mit ausgebreiteten Flügeln. Die nächste Tafel zeigt den König der Bogenschützen rittlings auf einem Pferd, das sich unter ihm aufbäumt, so dass seine wuchtigen Hufe den Himmel streifen. Shénnóng ist mit einem rauschenden Bart dargestellt, er schwimmt auf einem Seerosenblatt und hält eine Blume in den Händen. Aber seine Spiegelung im Wasser zeigt einen riesigen Karpfen mit langen Bartfäden. Neben ihm steht ein Mann mit großen Augen und wildem Grinsen, eine Trommel in der Hand. Blitze überziehen den Himmel und werden von einem Spiegel zurückgeworfen, den eine Frau an seiner Seite hält. Der Gott des Donnertigers, wie gewöhnlich in Schwarz gekleidet, und seine Frau, die Göttin der Blitze. Die Tafel, die der Tür am nächsten ist, zeigt die Smaragdschildkröte. All das sind Geschichten, die jedes Kind in Dàxī kennt.

Über uns erhebt sich eine mit Sternbildern bemalte Decke, silberne Linien auf tiefblauem Grund. Zwei Figuren fliegen über den Himmel, ein Drache und eine Schlange, in ewigem Kampf ineinander verschlungen. Irgendwo in der Ferne erklingt ein Gesang.

»Wo sind wir hier?«, frage ich leise.

»Im Língyǎ-Kloster, der Grabstätte der früheren Kaiser«, erklärt Kang. »Sie haben einen der schönsten Gärten in ganz Jia.«

»Gärten?«

Mein Herz macht einen Sprung, auch wenn mein Verstand mir sagt, dass ich weiter meine Maske tragen und mich all das eigentlich nicht interessieren sollte.

Trotzdem vermisse ich es, durch die Obstgärten zu spazieren und Früchte von Bäumen zu pflücken. Ich vermisse die Arbeit bei der Ernte der Teeblätter. Ich vermisse Blumen, auch wenn ich die Dornen nicht mochte und es nicht immer leicht war, sie zum Blühen zu überreden.

Die Gärten im Palast, so schön sie auch sind, werden immer bewacht, und es war mir nie erlaubt, mich darin aufzuhalten.

»Sie verrichten gerade ihre Mittagsgesänge«, erklärt er. »Danach gehen sie normalerweise in den Speisesaal. Nach der Nachricht über den Tod des Kaisers werden aber sicher viele von ihnen in den Palast zu Hilfe gerufen. Wir sollten also in die Gärten gehen können, ohne entdeckt zu werden. Aber bis dahin müssen wir erst mal hierbleiben.«

Ich wende mich wieder den Portraits zu. Mir fällt auf, dass einige Details glänzen, sie schillern in allen Regenbogenfarben: der Schnabel des Vogels, der Spiegel der Göttin der Blitze, die Schuppen von Shénnóngs Karpfen.

»Die sind wunderschön.« Ich möchte sie am liebsten anfassen, aber ich will sie nicht beschädigen, sie sollten erhalten bleiben. »Sie müssen ziemlich alt sein.«

»Sie wurden vom Volk meiner Mutter gemacht, aus Steinen von den Klippen der Smaragdinseln«, sagt er mit leiser Traurigkeit in der Stimme. »Sie waren Teil der Mitgift der Kaiserin, als sie den Kaiser heiratete. Lǜzhou und Yún waren Verbündete … einst.«

Ohne nachzudenken, sage ich: »Aber ist das nicht dort, wo …« Ich schaue zu ihm hinüber, sehe den Schmerz in seinem Gesicht, aber es ist zu spät, um meine unbedachten Worte noch zurückzunehmen.

»Ja, ein Land, wo Gesindel und Banditen im Exil leben. Aber einst war es ein Ort, der für Schnitzereien wie diese hier berühmt war, wo Handwerker in Kollektiven zusammenlebten und prachtvolle Dinge herstellten.«

Ehrfürchtig streicht er mit den Fingerspitzen über die Schuppen des Karpfens.

»Sie waren berühmt für ihre Arbeit mit schwarzen Perlen, die man zu Schmuck machte oder in Tiaren und

Diademen einarbeitete. Die Schalen der Austern selbst wurden auch genutzt und zum Beispiel in Schnitzereien oder Skulpturen integriert. Die Perlen können auch für medizinische Zwecke zermahlen werden, man sagt ihnen nach, dass sie Kämpfern zusätzliche Kraft verleihen. Sie wurden Cremes beigemischt, weil sie die Jugendlichkeit erhalten sollen. Der Boden dort ist nicht sonderlich fruchtbar und schwierig zu bewirtschaften. Aber wir haben andere Wege gefunden, um auf dieser rauen Felseninsel zu überleben, bis …« Kangs Lippen werden schmal, und seine Miene verdüstert sich. »Bis der Kaiser beschloss, an meinem Vater ein Exempel zu statuieren und an jedem, der mit ihm zu tun hatte. Er verbot den Verkauf der Perlen, und seither sind Salzfarmen und Steinbrüche unsere einzigen Wirtschaftszweige. Und dann schickte er alle dorthin, die gegen ihn opponierten, damit sie dort sterben sollten.«

»Wie haben sie trotz allem überlebt?«, frage ich. Plötzlich tun mir die Unschuldigen leid, die den Launen des Kaisers zum Opfer gefallen sind.

»Die, die körperlich dazu in der Lage waren, gingen zur Armee, während ihre Familien hungernd auf das karge Gehalt warteten, das sie ihnen schicken konnten. Einige fingen irgendwo ganz neu an. Diejenigen, die das nicht konnten, bewaffneten sich und griffen die kaiserlichen Schiffe an, die Waren zu unseren Nachbarn im Norden transportierten.«

Es ist furchtbar, alle um sich herum leiden zu sehen. Die Geschichte kommt mir bekannt vor. Auch in Sù hat es Jahre gegeben, in denen die Ernte mager ausfiel, weil uns Seuchen oder Trockenheit zu schaffen gemacht hatten. Jahre, in denen ich meinen Vater von einem Haus zum nächsten begleitete, jedes erfüllt vom Weinen der Kinder mit ausgehöhlten Wangen.

»Ich will damit die Banditen nicht rechtfertigen«, beeilt Kang sich zu sagen, weil er mein Schweigen für Empörung hält. »Aber so viele Menschen waren auf die Perlen angewiesen. Als ihr Wert sank, sank auch die Hoffnung der …«

»Du musst es mir nicht weiter erklären.« Ich schüttele den Kopf, um ihm zu zeigen, dass ich verstehe. »In unserem Dorf hat es Missernten gegeben, aber wir mussten die Steuern trotzdem jedes Jahr zahlen, sogar doppelt, wenn wir auch nur eine Woche in Verzug gerieten. Jeder von uns kennt mindestens einen, der in die Berge gegangen ist und zum Banditen wurde, damit er seiner Familie nicht weiter zur Last fiel.«

Keine Nachsicht, wenn die halbe Familie vom Gift ausgelöscht worden war. Nicht einmal während wir unsere Toten bestatteten, bekamen wir Aufschub für die verlangten Abgaben.

»Mein Vater hat beim Gouverneur immer wieder aufs Neue Gnadengesuche gestellt und darum gebeten, die Steuerforderungen für ein Jahr auszusetzen, aber Gnade kommt im Wortschatz dieses Mannes einfach nicht vor.«

Ich erinnere mich an einen Mann, der auf dem Markt geschlagen wurde als Strafe für seine überfälligen Steuern. Nicht einmal einen Monat zuvor hatten Vater und ich ihm bei der Beerdigung seiner Frau geholfen, eine Woche davor bei der seines Sohnes. Ich zittere.

Diesmal ist es Kang, der seine Hand warm und beruhigend auf meinen Arm legt.

»Scheint so, als wären wir beide mit den gleichen Ungerechtigkeiten aufgewachsen«, sagt er sanft. »Deshalb bist du mir auf dem Markt aufgefallen. Als du dem Jungen geholfen hast, hat mir das ein paar Fragen beantwortet, mit denen ich mich zu der Zeit herumschlug.«

Irritiert schaue ich ihn an.

»Welche Fragen?«

Sein Blick gleitet über mein Gesicht, als suche er dort immer noch nach Antworten.

»Ning, ich …«

Der süße Klang eines Glockenspiels hallt im Raum wider und unterbricht ihn.

»Die Mittagsgesänge sind zu Ende«, murmelt er, aber er bewegt sich nicht.

»Dann sollten wir gehen«, sage ich, obwohl ein Teil von mir am liebsten diesen einen Schritt auf ihn zu machen würde. In meiner Vorstellung lege ich den Kopf an seine Brust, um ihn so zu trösten, wie er mich zuvor getröstet hat. Stattdessen drehe ich mich um, durchquere den Raum und zwinge mich, wieder klar zu denken. Ich muss die Information beschaffen, nach der die Prinzessin sucht, aber ich darf Kang dabei nicht näherkommen. Ich kann nicht noch jemanden gebrauchen, dem ich mich verpflichtet fühle. Wie soll ich ihn sonst verraten, wenn es so weit ist?

Wie kann ich überhaupt jemandem etwas von mir geben, wenn ich kaum etwas zu geben habe?

Wir schleichen durch leere Flure und treten schließlich auf einen Steg hinaus. Mein Blick fällt auf üppige Gärten, und ich kann gar nicht alles gleichzeitig aufnehmen. Die sich gerade erst öffnenden Knospen, die ich in Sù hinter mir gelassen habe, sind hier inzwischen ganz erblüht. Libellen surren über uns hinweg, andere Insekten brummen schläfrig in den Büschen. In der Ferne wogt das Blätterdach eines Waldes im Wind, und vor dem dichten Hain reihen sich Stauden, Sträucher und Büsche in grünen Wellen aneinander, übersät mit Blüten.

Wir steigen die Stufen hinunter und erreichen einen überdachten Pfad, der vom Kloster in die Gärten führt und mit Ziegeln gesäumt ist. Das Dach wird von roten Säulen getragen, und über unseren Köpfen fliegen Vögel in schillernden Farben hinweg – eine Wandmalerei.

»Das war das Hochzeitsgeschenk meines Großvaters an meine Großmutter«, erzählt mir Kang, als wir unter den Vögeln entlangspazieren und unsere Laune sich langsam hebt. »Die Berge von Yún sind berühmt für ihre seltenen Vögel, und Großmutter vermisste sie. Also ließ er das hier bauen und wies die Mönche an, sich darum zu kümmern.«

»Es ist, als könnten sie jeden Moment zum Leben erwachen.«

Die Farben wirken so lebendig, bestimmt werden sie jedes Jahr aufgefrischt, wie sonst könnten sie nach all der Zeit diese Nuancen beibehalten?

Aber ich bin nicht gemacht für überdachte Pfade – ich muss zwischen den Pflanzen sein, meine Haut will das Sonnenlicht aufsaugen.

An der nächsten Ecke verlasse ich den Gehweg und betrete ein Feld voller Blumen. Plötzlich bin ich umgeben von Pfingstrosen in allen möglichen Farben. Mit geschlossenen Augen atme ich tief ihren Duft und den der Erde darunter ein. Ich weiß nicht, ob sich alle Shénnóngshī so zu Pflanzen hingezogen fühlen oder ob es eine Besonderheit meiner Mutter war, aber genau hier bin ich mir ziemlich sicher, dass ein Teil der alten Gottheiten immer noch unter uns ist.

Ich öffne die Augen und sehe Kang, der mich mit seltsamem Gesichtsausdruck vom Weg aus betrachtet.

»Ich habe das Gefühl, dass ich endlich wieder atmen kann!«, rufe ich ihm zu und kann meine Freude einfach nicht zügeln, zwischen wachsenden Dingen zu sein, nicht mehr eingepfercht zwischen Steinmauern.

Vorsichtig macht er einen Schritt vom Weg ab und geht dann zögernd zwischen den Blumen entlang, als hätte er Angst, er könnte sie verletzen.

»Sie sind nicht so zerbrechlich, wie du denkst.« Ich necke ihn, indem ich nach einem Stängel fasse und mit der Blüte in seine Richtung winke. Er zuckt zusammen. »Sie sind biegsam, aber sie brechen nicht so leicht. Du kannst Pflanzen dem Erdboden gleichmachen oder sie verbrennen, und trotzdem werden ein paar von ihnen im Jahr darauf wiederkommen. Und auch im nächsten.«

Mir fällt ein, wie sehr ich geweint habe, als die Obstplantagen und Gärten brannten, als könne ich das Sterben der Pflanzen fühlen. Shu war bei mir, selbst nachts im Bett, wo ich immer noch vor mich hinschniefte. Sie flüsterte mir zu, was auch Mutter immer gesagt hatte, nämlich dass sie zurückkehren würden. Und es war leichter, die Worte zu glauben, wenn sie von meiner Schwester kamen.

Ich räuspere mich und versuche, Vaters stoische Art nachzuahmen: »Manchmal muss man Zweige abbrechen und die kranken Teile entfernen, damit die Pflanze wieder gesund wird. So ähnlich wie man Knochen bricht, um sie zu richten, oder geschwollene Gliedmaßen aufschneidet, damit eine Infektion austrocknet.«

»Ich glaube dir«, sagt Kang lachend, sichtlich amüsiert über mein Geplapper.

»Ihr zwei da!« Rufe aus einiger Entfernung lassen uns aufhorchen.

Wir schauen in Richtung Kloster und sehen zwei Mönche auf uns zueilen.

Erwischt.

Mit offenem Mund schaue ich Kang an, aber er reagiert schnell. Seine Hand findet meine, und er zieht mich mit sich, während er mir über die Schulter hinweg zuruft: »Lauf!«

KAPITEL 23

Wir rennen durch das Blumenmeer. Die Zweige teilen sich für uns, die Blumen neigen ihre Köpfe und wispern: *schnell, schnell.* Durch Sträucher hindurch schlagen wir uns einen Weg bis zu einem mit Gras bewachsenen Abhang. Die scharfsichtigen Mönche haben inzwischen Verstärkung geholt und sich aufgeteilt, um uns einzukesseln.

Vor uns fließt ein Kanal an einer Gruppe von Bäumen vorbei und mündet in einen Teich, der mit Lotusblüten übersät ist. Eine Halbmondbrücke erstreckt sich über das Wasser im Kanal. Wir hasten über die Brücke und tauchen unter den Ästen einer Weide hindurch, ein paar späte Blütenkätzchen bleiben in meinem Haar hängen. Der Weg macht hier eine Kurve um ein kleines, künstlich angelegtes Gebirge aus gelbem Stein herum. Ich gehe davon aus, dass Kang uns über den Weg in den nächsten Hain von Bäumen lotst, wo wir unsere Verfolger leichter abschütteln können, doch stattdessen rennt er auf die Felsen zu.

»Warte …«, sage ich, als er schon im Begriff ist, über die dekorativen Felsen zu klettern.

»Vertrau mir«, sagt er und zieht einen Mundwinkel nach oben. Seine Augen glitzern so hell wie das Wasser im Teich.

Ich schaue zurück. Die Mönche können nicht allzu weit weg sein. Ich kann nicht riskieren, mit Kang außerhalb des Palastes geschnappt zu werden. Ich muss ihm folgen.

Anstatt ganz hinaufzuklettern, steigt er am Fuß des Felsens entlang und balanciert auf einem schmalen Überhang weiter. Neben uns geht es steil ins trübe Wasser hinab. Wir drücken uns eng aneinander und schieben uns in eine kleine Höhle an der Felsenseite. Leider sind wir vom Weg und vom Teich aus noch immer zu gut zu sehen. Ich drehe mich zu Kang um, weil ich mit ihm absprechen will, wie es weitergehen soll, aber in diesem Moment zwängt er sich zwischen zwei Felsvorsprüngen hindurch und … ist verschwunden.

Die Stimmen unserer Verfolger kommen näher, zum Nachdenken ist jetzt keine Zeit. Auf Händen und Füßen krabbele ich Kang durch die Felsnische hinterher. Der eben noch sonnenwarme Stein wird plötzlich feucht und glitschig, meine Hände suchen Halt, während ich mich im Halbdunkel in dem engen Raum aufrichte und mir dabei die Röcke schmutzig mache.

Als meine Augen sich an die Dunkelheit gewöhnt haben, weitet sich die Öffnung, und ich kann Stufen erkennen, die nach unten führen. Ich quetsche mich hinter Kang zwischen zwei Felsblöcken hindurch und steige immer weiter hinab, bis wir schließlich in einer unterirdischen Grotte stehen.

Ich sehe hoch und bemerke einen Riss quer durch die Decke. Ein Streifen Sonnenlicht fällt durch den Spalt und tanzt auf der Oberfläche eines Beckens am Grottenboden. Das Gewässer leuchtet in blaugrünen Schattierungen und muss eine Fata Morgana sein.

»Wo sind wir hier?«, flüstere ich Kang zu, während wir das Becken vorsichtig umrunden. Der Rand ist so schmal, dass ich meine Füße nur knapp nebeneinandersetzen kann.

»Es ist eine unterirdische Quelle«, antwortet er. »Ich war hier oft, nachdem Großmutter gestorben war. Die Äbtissin von damals hatte sich bereit erklärt, sich um mich zu kümmern, wenn es im Palast zu turbulent wurde.«

Turbulent. Eine interessante Wortwahl.

»Als ich noch kleiner war, ist es natürlich viel einfacher gewesen, durch die Felsen hereinzukommen.« Er lacht leise, wirkt dabei aber nervös. Als hätte dieser Ort etwas tief in ihm aufgewühlt. »Wir müssen noch über diesen Felsblock klettern, dann kommen wir an einen Strand auf der anderen Seite. Dort können wir warten, bis die Mönche aufgeben.«

Kang tätschelt den Stein vor sich.

Unsicher betrachte ich die glatte Oberfläche. Das hier ist etwas anderes, als auf ein Dach zu steigen, wo meine Hände und Füße immer einen Halt finden.

»Wusstest du, dass dies hier heilige Gewässer sind?«, fragt Kang grinsend, als ob er meine Nervosität spüren könnte. »Als der Erste Kaiser in der Schlacht des Roten Regens kämpfte, erzählte man sich, dass der Kriegsherr Guan Yong ihn zwar in die Höhlen jagte, ihm aber nicht hineinfolgte, weil sein Klan glaubte, dass es dort spukt. Als der Erste Kaiser und seine Männer wieder aus den Höhlen traten, legten Guan Yong und sein Gefolge die Schwerter nieder, weil ihre Feinde sich den verborgenen Geistern gestellt hatten und siegreich daraus hervorgegangen waren. Sein Volk wusste, dass kein Fisch und keine Insekten in diesem Gewässer überleben konnten, doch der Kaiser hatte aus dem Becken getrunken, und es hatte süß geschmeckt. So triumphierte er über die südlichen Klans mit der Hilfe von Guan Yong.

Jahre später begann der Erhabene Kaiser mit dem Bau der Hauptstadt, doch als sie in diese Gegend hier kamen, stürzte die Erde ein. Sie fanden die unterirdische Quelle und das Höhlensystem. Als der Erhabene Kaiser davon hörte, besuchte er diesen Ort und sah einen riesigen Karpfen im Wasser schwimmen. Als aber seine Männer hineinsprangen, konnten sie keinen Hinweis auf das Wesen finden. Von da an sagte man, dass dieser Ort von Shénnóng gesegnet wurde, und das Kloster Língyǎ wurde errichtet, um ihn zu schützen.«

»Die Geschichte habe ich noch nie gehört.« Die Vorstellung, an einem Ort zu sein, den die Götter besucht haben, fasziniert mich. Ich spähe ins Wasser hinab, um herauszufinden, ob in seinen Tiefen Magie verborgen ist, aber ich sehe nur Stille.

»Probier doch das Wasser mal«, neckt er mich. »Schau, ob es so schmeckt, wie die Legende sagt.«

Ich hebe eine Augenbraue. »Ich nehme an, du hast das heilige Wasser als Junge schon oft probiert?«

In gespielter Beleidigung legt er lachend eine Hand auf die Brust.

»Deine Worte treffen mich tief. Willst du mich vor den Göttern bloßstellen?«

Ich muss kichern.

»Führ mich hier raus, bevor wir noch für unsere Respektlosigkeit bestraft werden.«

Kang erklimmt, ohne zu zögern, die Felsenseite. Seine Rüstung scheint ihn dabei überhaupt nicht zu stören, als ob er sie schon sein ganzes Leben lang getragen hätte.

»Hier oben ist zu wenig Platz für uns beide«, ruft er. »Ich warte auf der anderen Seite auf dich.«

Ich nicke, während meine Hände über den Stein fahren auf der Suche nach Halt. Ich finde Vertiefungen und Risse und benutze meine Zehen, um mich hochzudrücken. Ich bin langsamer und vorsichtiger als Kang, aber es dauert nicht lang, bis ich mich über den Felsvorsprung auf den Gipfel ziehe.

Hier oben ist es noch viel schöner. Von einem Kiesstrand aus schaut Kang grinsend zu mir auf. Attraktiv und zerzaust und wild.

Bis sich sein Gesichtsausdruck verändert.

»Ning …«, sagt er, leise und voller Angst. »Neben dir …«

»Was?« Ich schlucke herunter, was ich hatte sagen wollen, und folge seinem Blick zu meinem Bein.

Eine gelbgrüne Schlange reckt zischend ihren Kopf nach mir. Ihre kleinen schwarzen Augen sind auf mich gerichtet – für sie bin ich eine Bedrohung.

Ganz langsam lasse ich mich auf Hände und Füße nieder und schiebe meinen Fuß zurück, bis ich eine Stelle finde, die mir Halt gibt.

»Ich tue dir nichts«, sage ich ihr mit leiser Stimme. »Ich will nur …«

Die Schlange schießt nach vorn auf meinen Arm zu. Blitzschnell reiße ich ihn zurück, aus der Reichweite ihrer Giftzähne. Aber mein Fuß rutscht ab, und ich falle rückwärts ins Leere.

Das Letzte, was ich sehe, ist Kangs schockiertes Gesicht und seine Hand, die sich nach mir ausstreckt. Dann durchbreche ich die Oberfläche des heiligen Gewässers und versinke in seiner kalten Tiefe.

KAPITEL 24

Das Wasser durchdringt meine Ärmel und Röcke, die es gierig aufsaugen und mich nach unten ziehen. Ich schnappe nach Luft, das Wasser dringt mir in Nase und Mund. Ich habe das Gefühl zu ersticken. Als mir endlich klarwird, dass ich meine Arme und Beine bewegen muss, sind sie schon hoffnungslos in meinem Kleid verheddert. In meiner Brust brennt ein Feuer, gleichzeitig erfasst Kälte meine Glieder und kriecht in meine Knochen. Ein Schmerz durchfährt mich, wie ich ihn noch nie gefühlt habe.

Das Wasser schmeckt süß, während ich in ihm ertrinke. *Also,* denke ich, am Rande der Hysterie: *Die Legende über den Ersten Kaiser ist wahr.*

Licht explodiert direkt vor mir, immer und immer wieder. Ein Fluss aus Sternen, der durch den Nachthimmel strömt. Die Strömung ruft mich, verspricht mir Wärme und Frieden. Doch dann sehe ich Shus Gesicht im Dunkel, das zu mir sagt: *Ich glaube an dich*. Da weiß ich, dass ich mich auf keinen Fall vom Wasser wegtragen lassen darf.

Durch die Wärme hindurch packt mich etwas am Arm. Ich fange an, gegen die verlockende Strömung zu kämpfen, und wehre mich dagegen, von ihr weggezogen zu werden. Wir steigen auf, lassen die Sterne hinter uns, bis ich auf den Rücken geworfen werfe und die Welt in verschwommenen Farbklecksen wieder über mir erscheint. Meine Sicht ist getrübt, doch dann klärt sie sich, und ein Gesicht taucht über mir auf.

Ich glaube, meinen Namen zu hören. Große Hände packen meine Schultern und drehen mich auf die Seite. Kräftige Schläge treffen auf meinen Rücken. Ich speie Wasser auf den Boden, und plötzlich kann ich wieder atmen. Tief ringe ich um Luft. Ich versuche, mich auf dem Ellbogen aufzustemmen, Kleidung wird um mich gelegt. Erst jetzt, wo ich ihr begegnet bin, wird mir bewusst, wie sehr ich mich nach dieser Wärme gesehnt habe. Meine Zähne beginnen zu klappern.

Mit Kangs Hilfe setze ich mich auf.

»Geht es dir gut?« Er betrachtet mich wachsam.

In mir flackert etwas auf wie Zunder, der sich zu entzünden versucht.

»Du hast mir das Leben gerettet«, stoße ich mit Mühe hervor, mein Hals wund vom Husten.

»Ich habe gewartet«, sagt er entschuldigend. »Gewartet und gewartet, dass du wieder auftauchst, und als du es nicht getan hast, dachte ich, es sei längst zu spät.«

»Ich kann nicht schwimmen«, gebe ich zu und ziehe den Stoff enger um mich. Dann merke ich, was es ist: sein Hemd. Kangs Rüstung liegt überall um uns herum verstreut. Brustpanzer, Helm, Beinteile. Achtlos hingeworfen in der Eile, mir hinterherzuspringen.

Beim Gedanken an die warme Strömung fange ich wieder an zu zittern. Wenn Shu nicht gewesen wäre, diese Verbindung zu meiner Schwester, die zu Hause immer noch auf mich wartet, wäre das Aufgeben so einfach gewesen.

Haarsträhnen gleiten mir vor die Augen und machen mir das Sehen schwer. Ich will sie beiseiteschieben, aber meine Hände zittern noch immer zu stark.

»Es tut mir leid«, sagt er. Vorsichtig berührt er meine Stirn und streicht mir das Haar aus den Augen. Er streift meine Wange und die Spitze meines Ohrs.

»Was …« Mein Atem stockt. »Was tut dir leid?«

»Dass ich dich nicht früher gefunden habe«, flüstert er. An der weichen Stelle unter meinem Kiefer hält er in seiner Bewegung inne. Dort, wo er ganz sicher meinen wilden Puls fühlen kann. Seine Augen sind Untiefen aus Dunkelheit, tiefer als die, in die ich gefallen bin. Ich spiegele mich darin, ein Lichtfleck in der Finsternis.

Kangs Sorge durchdringt mich warm, seine Berührungen sind wie ein Versprechen. Er wartet auf meine Antwort. Ich gebe dem Sog nach und beuge mich vor, um den Abstand zwischen uns zu überwinden. Meine Lippen auf seinen, ganz zart. Er hebt meinen Kopf an, und wir versinken in dem Kuss, bis es eine andere Art von Ertrinken ist.

Schließlich müssen wir Luft holen. Das Hemd fällt mir von den Schultern, und er zieht mich zu sich heran und umfängt mich mit der Wärme seines Körpers. Wir sind beide ein wenig außer Atem, als wir uns voneinander lösen.

»Danke«, murmele ich, und versuche sofort, mich zu korrigieren: »Ich meine natürlich … dafür, dass du mir das Leben gerettet hast.«

»Ich rette dich gerne zehnmal, wenn du mich jedes Mal so küsst«, erklärt er und bringt mich zum Lachen.

»Ning …« Von einem Moment zum anderen wird sein Ausdruck ernst, und ich weiß, dass es viel Übung braucht, seine Gefühle derart unter Kontrolle zu haben. »Du bist das erste Mädchen, das mich mit einem Tritt gegen das Schienbein begrüßt hat. Und das erste Mädchen, das mir das Gefühl gegeben hat … normal zu sein.«

»Das ist auf jeden Fall unnormal«, sage ich nach einer Pause, weil ich nicht weiß, was ich sonst sagen soll.

»Vorhin wolltest du … etwas über Lüzhou wissen.« Er berührt seine Brust. »Sie haben uns als Verräter gebrandmarkt. Als ich ankam, habe ich es zuerst zu verbergen versucht, aber es war seltsam, wenn ich ein Hemd trug, während die anderen mit freiem Oberkörper herumliefen. Dann wurde mir klar, dass mich sowieso alle erkannt hatten, also musste ich mich auch nicht mehr verstecken. Dennoch hat es lange gedauert, bis die Leute in Lüzhou mich akzeptiert haben.«

Er weiß, wie es ist, nicht dazuzugehören. Genau wie ich.

Kang wendet sich von mir ab, lässt kleine Kiesel durch seine Hand rieseln, weicht meinem Blick aus. »Sie respektierten meinen Vater, weil er gegen die Banditen in den Bergen kämpfte. Er verteidigte ihre Heimat, und meine Mutter … stammte von dort. Sie sollte mit dem Kaiser verlobt werden, wusstest du das? Als mein Vater die Banditen besiegt hatte, brachte er meine Mutter in die Hauptstadt, damit sie mit dem Kaiser vermählt würde, so hatte meine Großmutter es angeordnet. Doch die Hochzeit fand nie statt.«

»Der General hat selbst Anspruch auf sie erhoben«, sage ich und wiederhole damit, was ich im Geschichtsunterricht gelernt habe. Eines der vielen Verbrechen, die dem Prinzen von Dài vorgeworfen wurden. Er erzwang eine politische Heirat zu seinen Gunsten und trieb damit einen Keil zwischen sich und seinen Bruder …

»Nein!«, sagt er scharf. »Sie sind sich auf der Reise von Lǜzhou nach Jia nähergekommen, und sie weigerte sich, einen anderen zu heiraten. Die Kaiserinwitwe nahm es im Laufe der Zeit hin … aber die Geschichte wird sich an meinen Vater immer als denjenigen erinnern, der einem anderen die Braut gestohlen hat.«

Langsam beginne ich zu verstehen, dass Geschichte nie so einfach ist, wie es scheint. Nicht die Geschichte meiner Eltern, nicht die von Kangs Eltern oder die von Kang und mir … Schnell lasse ich den Gedanken wieder fallen, er ist zu gefährlich. Ich darf es mir nicht einmal vorstellen.

Mir geht auf, dass die Gelegenheit günstig ist, um herauszufinden, was die Prinzessin wissen will. Auch wenn Schuldgefühle an mir nagen.

»Hasst du ihn? Den Kaiser?«

»Ich … ich weiß es nicht«, sagt er zögernd. »Er hat alles getan, was in seiner Macht stand, um meine Familie zu zerstören, aber in gewisser Hinsicht war er auch ein fähiger Herrscher. Er hätte uns alle hinrichten lassen können, stattdessen hat er uns gegen die Empfehlung seiner eigenen Berater in die Verbannung geschickt.«

Ich glaube nicht, dass ich etwas so Vernünftiges über jemanden sagen könnte, der die Menschen bedroht, die ich liebe.

»Ich wollte ihn treffen und nach all den Jahren mit eigenen Augen sehen, was für ein Mann mein Onkel ist.«

Er schüttelt den Kopf. »Jetzt werde ich keine Gelegenheit mehr dazu haben.«

»Die Leute am Hof … die, von denen du sagst, sie seien immer noch loyal gegenüber deinem Vater …« Ich wage mich mit weiteren Fragen vor. »Haben sie dir erzählt, wie der Kaiser starb?«

Kangs Kopf dreht sich zu mir, mit einem Male schaut er mich scharf an. »Warum ist das wichtig?«

Vorsicht, Ning …

»Es hat Gerüchte gegeben, dass der Schatten ihn vergiftet haben soll.«

Er wartet, und ich entschließe mich, es ihm zu sagen, hoffe, dass es sein Misstrauen vertreibt. »Meine Mutter ist eine derjenigen, die den vergifteten Teeziegeln zum Opfer gefallen sind«, erkläre ich. »Deshalb bin ich hier. Deshalb muss ich die Gunst der Prinzessin gewinnen.«

Kang denkt darüber nach und runzelt tief die Stirn. Schließlich sagt er: »Mein Beileid, ich kenne die Schärfe dieses Schmerzes. Meine leibliche Mutter starb bei meiner Geburt. Mein leiblicher Vater war Kommandeur im Kăiláng-Bataillon und kam auf dem Schlachtfeld um. Als meine Adoptivmutter mich bei sich aufnahm, gab sie mir das Gefühl, erwünscht zu sein. In ihrem eigenen Haushalt gab es Leute, die sich durch meine Anwesenheit angegriffen fühlten, aber sie hat sich vor mich gestellt. Als ich sie verlor … ist auch ein Teil von mir gestorben.«

Er zieht mich wieder an sich, und diese Umarmung ist einfach nur warm und tröstlich. Ich lege den Kopf an seine Schulter, auch wenn ich weiß, dass ich diesen flüchtigen Moment nicht allzu sehr genießen sollte.

»Aber …«, sagt er nach einer Weile. »Du sagst, dass der Tod deiner Mutter mit einem Gefallen zu tun hat, um den du die Prinzessin bitten willst. Forderst du Vergeltung?«

»Ich würde den Kopf des Schattens fordern, wenn ich es könnte«, sage ich barsch. Die Heftigkeit in meiner Stimme erinnert mich an die Wut, die ständig unter der Oberfläche schwelt. Ich schließe die Augen und drehe mich weg. Er hat schon zu viel von meiner Verbitterung gesehen, war zu oft Zeuge, wenn ich versagt habe.

Ich bin dankbar, dass Kang nicht auf meinen Ausbruch reagiert. Er spielt nur mit meinem Haar, lässt die Strähnen durch seine Finger gleiten.

»Wusstest du«, sagt er, »dass die Frauen der Smaragdinseln wildes Volk sind? Sie wissen, wie man mit einem Speer fischt, und tauchen nach Perlen, genau wie die Männer. Sie sind ebenso versiert im Speerkampf. Ich bezweifle, dass mein Vater meine Mutter zu irgendetwas hätte zwingen können. Man erzählt sich, sie habe ihn zum Duell gefordert, als er um ihre Hand anhielt.«

»Wirklich?« Ich bin froh, dass er etwas von sich mit mir teilt und mich von meiner Traurigkeit ablenkt. Ich stelle mir eine stolze Frau vor, eine, die in der Lage war, Waffen zu führen, um ihr Zuhause gegen Eindringlinge zu verteidigen. Die bereit war, sich entwurzeln zu lassen, um einen Mann zu heiraten, den sie noch nie gesehen hatte, und stattdessen einen anderen fand. »Sie hat es gewagt, den General zum Kampf herauszufordern?«

Das Lachen lässt seine Schultern erzittern. »Sie wollte herausfinden, wer von ihnen länger unter Wasser bleiben konnte. Er hat verloren.«

Ich lache auch. »Ich glaube, sie hätte sich mit meiner Mutter gut verstanden.«

»Das hätte sie bestimmt.« Er wartet einen Moment und sagt dann: »Wenn sie dir ähnlich war.«

»Kang …« Ich setze mich wieder auf, so, dass ich sein Gesicht sehen kann. »Ich möchte, dass du mir die Wahrheit sagst. Du hast einmal erwähnt, dass die Prinzessin einen Stein besitzt, der alle Krankheiten heilen kann … Gibt es so etwas wirklich?«

Als er nicht antwortet, nehme ich seine Hände in meine, damit er es selbst fühlen kann, durch die Verbindung, die zwischen uns aufflimmert. Ein Druck baut sich in meinem Kopf auf wie Wasser, das gegen einen Damm drückt. All meine Hoffnungen, die auf der Antwort lasten. »Ich muss es wissen.«

Er scheint überrascht zu sein über meinen festen Griff.

»Ich habe Gerüchte gehört«, sagt er. »Aber …« Langsam zieht er seine Hände aus meinen und legt sie stattdessen auf meine Schultern. »Wenn ein solcher Stein tatsächlich existierte, glaubst du dann nicht, der Kaiser hätte ihn benutzt, um seine Kaiserin zu retten oder die Kaiserinmutter? Hätte mein Vater ihn nicht gestohlen, um damit das Leben meiner Mutter zu retten? Hätte die Prinzessin ihn nicht benutzt, um ihren Vater zu retten? Glaubst du, alle diese Menschen wären gestorben, wenn es einen solchen Stein gäbe?«

Ich höre seine Worte und gleichzeitig auch nicht. Ich kann die schreckliche Wahrheit nicht an mich heranlassen, dass die törichte Hoffnung, die mich im Palast hält – trotz des Spotts, der Bedrohung, den Bloßstellungen –, eine Lüge ist. Dass, selbst wenn ich jede einzelne Runde gewänne und am Ende siegreich aus allem hervorginge, Shu trotzdem sterben könnte.

»Wer ist es?« Er sieht mich mit diesen Augen an, die immer zu viel sehen. »Wen willst du retten?«

»Meine Schwester«, flüstere ich. »Meine Schwester liegt im Sterben.«

Unsere Leben waren immer so verwoben, wachend und schlafend im selben Zimmer. Eine meiner frühesten Erinnerungen ist, dass ich sie im Arm hielt, als sie geboren wurde. Und jetzt stirbt sie vielleicht.

Wie zuvor unsere Mutter.

Der Druck ist zu groß, er übermannt mich, und eine Flut von Tränen fließt aus mir heraus. Ich schluchze in seinen Armen. Ein gebrochenes, erbärmliches Ding, das alles, was es anfasst, kaputt macht.

KAPITEL 25

Kang sagt nichts, als er mich in die Arme nimmt und festhält. Nie hätte ich gedacht, dass so viele Tränen in mir sind. Sie fließen aus mir heraus, rinnen durch meine Finger.

»Wenn meine Schwester stirbt, habe ich nichts mehr«, schluchze ich. »Mein Vater ist schon halb in seiner Trauer versunken, und ich glaube nicht, dass ich ihn retten kann, wenn Shu auch noch stirbt.«

Kang streicht mir mit dem Daumen vorsichtig die Tränen von den Wangen, aber ich stoße ihn weg. Ich verdiene es nicht, von ihm getröstet zu werden, und ich will sein Mitleid nicht.

»Wie kann es deine Schuld sein«, fragt er, »wenn es doch der Tee war, der sie vergiftet hat? Du wusstest es nicht.«

»Weil ich diejenige war, die den Tee zubereitet und eingeschenkt hat.« Mit meinem Ärmel fahre ich mir energisch über die Augen. »Ich hätte daran denken müssen, dass Gift in Umlauf ist. Und ich hätte die Anzeichen erkennen müssen.«

Er gibt einen spöttischen Laut von sich, und ich presse die Lippen zu einer dünnen, brennenden Linie zusammen.

»Ning …« Er zieht mich wieder an sich. Der ernste

Ausdruck kehrt auf sein Gesicht zurück. »Hör mal. Wie lang dauert es, eine Shénnóng-shī zu werden? Zehn Jahre? Und wie viele Jahre Training hast du gehabt? Zwei? Oder drei?«

Nicht mal das. Mal hier, mal da ein bisschen, wenn Mutter mich dazu zwang, mich hinzusetzen und an unseren gemeinsamen Lehrstunden teilzunehmen. Aber die Genugtuung, das zu erfahren, gönne ich ihm nicht.

»Wir vertrauen uns der Fürsorge des Kaisers an. Wir glauben, dass unsere Amtsvertreter uns schützen.«

»Was redest du da?«, entfährt es mir.

»Ich meine damit, dass es nicht dein Fehler war«, sagt er. »Selbst der Kaiser, der Herrscher von Dàxī, umgeben von all seinen Wachen, konnte seinen eigenen Tod nicht abwenden. Du konntest nichts von dem Gift wissen. Nicht mal deine Mutter, eine geschulte Shénnóng-shī, hat es erkannt, als sie den Tee trank.«

»Aber …«, sage ich unsicher. *Ich hätte die Zeichen erkennen müssen.*

»Jemand tötet das Volk von Dàxī in der Absicht, Unruhe zu verbreiten«, fährt er eindringlich fort. »Wenn du einen Schuldigen suchst, dann beschuldige die, die das Gift in Umlauf gebracht haben. Gib den Beamten die Schuld, den Ministerien. Aber nicht dir selbst.«

Ich betrachte diesen Jungen, der mit seinen Argumenten meine Ausreden zunichtemacht. Die Worte, die er voller Selbstvertrauen ausspricht, grenzen an Hochverrat. Und noch etwas anderes hat er offenbart: Er weiß, dass der Kaiser an etwas anderem als an einer Krankheit gestorben ist. Aber hat der *Verbannte Prinz* für seinen Tod gesorgt? Oder ist jemand anderes dafür verantwortlich?

Die Prinzessin will, dass ich Kang geschickte Fragen stelle und die Wahrheit aus ihm herausschmeichele. Aber ich war nie ein Mensch, der sich hinter einem Lächeln und Flirten versteckt.

»Bist du hier, um deinem Vater auf den Thron zu verhelfen?«, frage ich ihn.

Gefährliche Fragen, gefährliche Spiele.

Überrascht blinzelt Kang mich an. »Nicht mal die treuesten Diener meines Vaters würden es wagen, mich das zu fragen.«

»Ich bin niemandem am Hofe verpflichtet.« Ich sage das leichthin und zucke dabei mit den Schultern, obwohl mein Herz hämmert und ich verzweifelt auf eine Antwort warte, die ich der Prinzessin liefern kann. Ihre Drohung gegen meine Familie ist mir jede Sekunde bewusst.

Er betrachtet mich einen Moment lang und grinst dann schief. »Nein, du bist nicht wie die anderen.« Er hebt das Kinn und fährt fort. »Irgendetwas Dunkles legt sich über das Kaiserreich. Das Gift, ja, aber auch Überflutungen und Erdbeben. Mein Vater glaubt, dass ein neues Zeitalter für den Drachenthron anbricht, aber ich habe noch immer das Mädchen vor Augen, mit dem ich im Palast aufgewachsen bin. Meine Großmutter hat keine Närrin großgezogen, und ich wollte mit eigenen Augen sehen, ob es mit Zhen nicht doch eine Chance auf Frieden gibt.«

Der Glockenschlag hallt in der Grotte wider und zeigt den Wechsel der Tageszeit an. Mir wird klar, dass ich zum Abendessen zurück im Palast sein sollte, damit man mich nicht vermisst.

»Wir sollten gehen«, sagt Kang, aber er schaut auf das Wasser hinaus, Schatten unter den Augen.

Ich tue das Einzige, was mir einfällt. Ich beuge mich zu ihm und nehme sein Gesicht in meine Hände. Dann küsse ich ihn voller Dankbarkeit. Dafür, dass er mich gehalten hat, als ich weinte, dass er mich vor dem Ertrinken gerettet und die Schatten der Schuld verjagt hat.

Die Glocke läutet wieder über unseren Köpfen, und als wir uns schließlich voneinander lösen, sieht er benommen aus, aber er lächelt.

Wir kehren in den Palast zurück, ich kann seinen Geschmack immer noch auf meinen Lippen spüren. Doch seine Antworten haben neue Fragen aufgeworfen, die mir jetzt im Kopf herumschwirren.

Genau wie der Palast selbst, Tunnel über Tunnel, die nirgendwohin führen.

Ohne Aussicht auf Entkommen.

Ich fürchte, dass Lian in der Unterkunft auf mich wartet und sich fragt, wo ich bleibe, aber es sind nur die beiden Dienstmägde da. Sie verlieren kein Wort über meine feuchte Kleidung, während sie mir beim Baden helfen. Und als ich gerade meine Haare trockne, kommt Lian hereingeschlendert, Grashalme im Zopf und einem noch leuchtenderen Teint als sonst. Sie grinst bis über beide Ohren.

»Die Sonne hat heute so schön geschienen, perfekt zum Ausreiten«, verkündet sie durch den hölzernen Paravent hindurch, während sie sich umzieht. Die schmutzigen Klamotten wirft sie über den Rand. Sie scheint in bester Stimmung zu sein.

»Wo bist du gewesen?«, fragt sie. Ich höre ein Plätschern, als sie in die Wanne steigt. »Ich habe dich nach der Verkündigung gesucht, aber du warst nirgends zu finden.«

»Ich hab mich in der Bibliothek verkrochen«, sage ich. Es ist der Ort, der mir als Erstes in den Sinn kommt.

»Alle lenken sich vermutlich auf ihre Weise ab«, kommt es von ihr zurück.

»Glaubst du, der Wettkampf wird noch mal verschoben?«, frage ich.

»Ich wage die Vermutung, dass die Prinzessin sich heute Abend mit ihren engsten Beratern trifft.«

»Was wird wohl passieren, jetzt, wo der Kaiser …«

Ich kann mich nicht überwinden, es auszusprechen. Die Worte klingen wie ein Sakrileg.

»Die Regierungsvertretung liebt ihre Zeremonien«, sagt Lian gelassen. »Die Astronomen werden konsultiert, dann einigt man sich auf einen günstigen Zeitpunkt für die Thronbesteigung der neuen Kaiserin. Danach werden sie mit der Ernennung eines neuen Hofstaates fortfahren, und natürlich brauchen sie auch eine neue Hof-Shénnóng-shī, genau wie alle möglichen anderen Regierungsmitglieder.«

Wie viele Angehörige des Hofstaates und des Adels werden sich gegen die Prinzessin stellen und ihre Regierungsfähigkeit anzweifeln?

Beim Abendessen gibt es kein anderes Thema als die Frage, wie lange die Prinzessin bis zur Zeremonie für die Thronbesteigung wartet. Und dass Boten in alle Ecken des Kaiserreichs entsandt wurden, um die regionalen Beamten zu benachrichtigen.

Auch wenn die derzeitige politische Lage katastrophal ist, bedeutet es, dass jetzt weniger Aufmerksamkeit auf mir liegt. Das ist angenehm nach meiner Konfrontation mit Shao gestern Abend.

Als wir aufstehen, um uns für die Nacht zurückzuziehen, nicken mir Lin Wenyi, der Mönch aus Yĕliŭ, und sein Gefährte Hu Chengzhi anerkennend zu, und ich erwidere die Geste. Es scheint, als hätte ich seine Worte gestern missverstanden. Vielleicht hat er mich verteidigt und sich gar nicht an Shaos Spott beteiligt.

Kleine Schritte vorwärts. Dazu bin ich wenigstens in der Lage.

Auf dem Rückweg zu unserer Unterkunft fällt mir ein goldener Schimmer an der Löwenstatue vor dem Gebäude ins Auge. Ein aufwendig gestickter Knoten, mit einem Jadestein in der Mitte.

Ich werde also herbeizitiert.

Ich wusste, dass ich beobachtet werde, aber das kribbelige Unbehagen darüber ist jetzt trotzdem da. Ich wünschte, ich hätte all die Fähigkeiten, die den Shénnóng-shī nachgesagt werden: durch Wände sehen oder in Träume eindringen, anstatt hier herumzustolpern und fast dabei umzukommen.

Auf dem Tisch liegt eine lange, schmale Schachtel, darauf mein Name in einer mir unbekannten Handschrift. Ich schiebe sie in meinen Ärmel, bevor Lian sie bemerkt. Ich fürchte, es könnte etwas mit der Prinzessin und ihrem unmöglichen Auftrag zu tun haben.

Später liege ich im Bett und warte darauf, dass Lians Atem den vertrauten langsamen Rhythmus annimmt. Ich merke, dass ich mich an die Geräusche des Palastes gewöhnt habe, an das *Tap-Tap* der Zweige gegen die Dachsparren, an das ferne Gemurmel von Stimmen. Ich habe mich an die seidenen Decken gewöhnt, die meine schwieligen Hände berühren, und bin in der Lage, trotz der Fülle der Speisen nur so viel zu essen, bis ich satt bin, ohne dass mein Magen sich unangenehm voll anfühlt. Genau wie Haushofmeisterin Yang sagte: Es ist nicht schwer, dieses verwöhnte Leben zu führen und in dieser Phantasiewelt zu leben.

Ich hole die geheimnisvolle Schachtel hervor, um nachzusehen, was die Prinzessin mir geschickt hat. Die Schachtel ist so lang wie mein Arm und aus unscheinbarem Holz gemacht. Ich schiebe die obere Klappe auf und finde einen kleinen Dolch darin. Ich nehme ihn in die Hand, fühle sein Gewicht und bemerke das Wellenmuster, das in die Scheide geschnitzt ist. Als ich ihn herausziehe, fängt sich das Licht auf seiner scharfen Klinge, unten am Griff schimmert eine eingelassene schwarze Perle.

Auf dem Boden der Schachtel liegt eine Nachricht: *Für dich.*

Kang.

Er hat bemerkt, wie sehr ich die Kammer der Götter in Língyă bestaunt habe. Er hat mir von der Kunstfertigkeit seines Volks erzählt und wollte etwas davon mit mir teilen. Bei dem Gedanken wird mir warm. Auch wenn ich keine Ahnung habe, wie man mit einer Waffe umgeht, stecke ich sie in meine Tunika und freue mich über ihr beruhigendes Gewicht.

Dann schlage ich die Bettdecke zurück und mache mich leise auf den Weg in den Empfangsraum. Aus dem Schrank hole ich das Tablett, das ich dort versteckt habe, während Lian sich bettfertig gemacht hat. Für das, was mich heute Nacht erwartet, muss ich mich mit einem Tee stärken. Ich warte, bis das Wasser sprudelt, und spüle damit die Utensilien und Schalen aus. Als sich der Dampf über ihnen verflüchtigt hat, lege ich Teeblätter in die Kanne.

Ich glaube an dich. Mit dieser Versicherung hat Shu mich losgeschickt, und ich habe mich hier in Selbstmitleid und Schuldgefühlen verloren.

Die Fasern von *Lion Green* sickern ins Wasser und verleihen ihm den Hauch seiner namensgebenden Farbe. Ich lege ein paar Gojibeeren auf die Wasseroberfläche, weil ich mich vage daran erinnere, dass sie die Wachsamkeit erhöhen. Lian hatte es erwähnt. Die roten Beeren quellen auf und geben ihre Essenz an das Wasser ab. Ich füge noch ein paar hinzu, weil ich heute Nacht sehr wachsam sein muss. Zum ersten Mal probiere ich etwas Unbekanntes aus.

Das ist das Einzige, was ich wirklich vermissen werde, wenn ich den Palast verlasse: die riesige Auswahl an Teesorten, ganz leicht verfügbar, auch für mich, obwohl ich weder Rang noch Namen habe.

Ich trinke den Tee, ohne abzuwarten, bis er abgekühlt ist, lasse ihn heiß meine Kehle hinunterlaufen, und die Magie entfaltet sich sofort in mir. Es geht ganz leicht, wie eine Blüte, die sich öffnet, wenn die Sonne sie ruft. Der schwache Duft von Kamelien zieht vorbei, und ich weiß, dass ich jetzt bereit bin, der Prinzessin gegenüberzutreten.

KAPITEL 26

Verborgen unter der Kapuze meines Umhangs bewege ich mich im Schatten der Mauern. Schnell überlege ich, wer mir in die Quere kommen könnte: Die Ausrufer folgen einem Zeitplan, sie hüten den Lauf der Zeit, und jede Abweichung steht unter strenger Strafe. Die Palastwachen sind weniger berechenbar, doch auch sie neigen zur Routine.

Schon immer habe ich die Spuren von Tieren gedeutet, denn von diesen Hinweisen hing es ab, ob wir etwas zu essen haben würden oder nicht. So bin ich aufgewachsen. Vögel, die über den Himmel ziehen, signalisieren einen frühen Wintereinbruch. Spuren von Aufruhr im Wald zeigen den Frühlingsanfang an. Auch die Wachen sind nur ein Indiz, auf das es zu achten gilt.

Ich schlüpfe zwischen Gebäuden hindurch und zähle leise meine Schritte, während ich den Weg zum Teich überquere und an den Küchen vorbeikomme. Ich tue so, als würde ich mich hier genauso gut auskennen wie auf dem Fleckchen Erde, auf dem ich aufgewachsen bin.

Die erhabenen Berge über uns, die Silhouette ihrer Gipfel vor dem Himmel – unnachgiebig und tröstlich zugleich.

So wie die bedrohlich aufragenden Dachspitzen der »Halle des Ewigen Lichts«.

Das dichte Gewirr der Wildbeerbüsche, in dem sich kleine flinke Vögel verstecken.

Ich ducke mich an Reihen der Purpurblattsträucher vorbei, die übersät mit winzigen rosa Blüten sind.

Als ich etwa in der Gartenmitte bin, bemerke ich in einiger Entfernung das schwankende Licht von Laternen. Ich drücke mich an die Wand und beobachte, wie sie an der Bibliothek vorbeischaukeln.

Der Tee schwappt mir im Magen herum und verursacht einen bitteren Nachgeschmack auf meiner Zunge – ich habe ihn zu lange ziehen lassen. Ein seltsames Prickeln auf meiner Haut, schnell – zu schnell – drehe ich den Kopf herum, weil ich den Flügelschlag eines größeren Vogels verfolgen will. Und plötzlich bin ich der Falke, der in der Dunkelheit über mir schwebt. Ich bin die Spinne, die neben mir die Ziegelmauer erklimmt und dabei ihr Netz webt. Die Geräusche aller Lebewesen um mich herum schwirren in meinem Kopf, der schier zu bersten droht.

Beim Gongschlag sinke ich auf die Knie und zerdrücke dabei die Pflanze unter mir, die sofort einen beißenden Geruch verströmt. Fest presse ich mir die Hand auf den Mund, um nicht loszuschreien.

»Die dritte Stunde!«, plärrt der Ausrufer. »Die dritte Stunde!« *Die Stunde der Geister.* Ich werde zu spät kommen.

Mein Kopf dreht sich noch immer, aber ich gelange wieder auf die Füße. Die Sterne über mir scheinen spöttisch meinen Namen zu flüstern. Ich stolpere über den leeren Weg in Richtung Bibliothek, weg von den Wachen, und gleite dabei mit den Händen über die raue Mauerfläche. Sie ist meine Verbindung zur realen Welt, denn es kommt mir vor, als würde ich jeden Moment aus meinem Körper springen. Ich übersehe eine kleine Bodensenke, stolpere und verstauche mir den Knöchel. Der stechende Schmerz holt mich zurück in meinen Körper und macht meinen Kopf etwas klarer.

Ich habe zu viele Gojibeeren in den Tee getan. Ein weiterer Fehler. Es gibt Zusätze, die so stark sind, dass du vielleicht nicht mehr zurück in deinen Körper findest. Dann welkt dein Körper ohne Seele dahin.

Aus dem Augenwinkel sehe ich eine Bewegung. Ich ducke mich hinter eine Statue und beobachte, wie eine Gestalt zur Mauer schleicht, mit dem Schatten verschmilzt und die Büsche als Tarnung nutzt. Wenn ich den Tee nicht getrunken hätte, hätte ich sie sicher gar nicht bemerkt. Aber die Kontur des Körpers scheint sich zu kräuseln und leuchtet von innen. Als die Gestalt nur ganz kurz zwischen den Bäumen auftaucht, fängt das Mondlicht ihr Gesicht ein, und ich kann es sehen. Die flachen Gesichtszüge, die Maske, die mich bis in meine Träume verfolgt hat.

Der Schatten.

Ich sollte Alarm schlagen, doch als ich mich umsehe, liegt der Garten still da. Die Wachen werden hier jetzt eine ganze Weile lang nicht mehr vorbeikommen.

Der Schatten berührt die Mauer, und die verborgene Tür gleitet auf. Das Licht der Laternen lässt eine Klinge aufblitzen, die er fest an seine Seite presst. Sobald der Schatten im Tunnel ist, hat er direkten Zugang zum Garten der Prinzessin!

Wenn ich schreie, finden mich die Wachen vielleicht,

ehe er mich für immer zum Schweigen bringt, aber auch nur, wenn sie mich überhaupt hören.

Vaters Stimme kommt mir ungebeten in den Sinn: *Wir haben immer eine Wahl.* Die Wahl, aufzustehen und das Richtige zu tun. Auch wenn ich es in meiner kindlichen Unwissenheit nicht verstand, hat er sich immer für die Dorfgemeinschaft starkgemacht, obwohl er dafür einen hohen Preis bezahlt hat.

Die Tür wird sich jeden Moment schließen. Ich balanciere an einem Abgrund, auf der Klippe der Unentschlossenheit: bleiben oder gehen, springen oder ducken?

Ich schlüpfe durch den Spalt und hebele die Tür hinter mir zu, schließe mich mit dem Monster von Dàxī ein.

Der Schatten bewegt sich vorwärts durch den Tunnel, und ich hefte meinen Blick an seinen Rücken. Die Magie fließt durch meine Adern, und ich fühle mich zugleich in mir und außerhalb meiner selbst. Die Stimme in meinem Hinterkopf schreit: *Reiß ihm die Maske herunter! Fordere die Namen derer, die für das Gift verantwortlich sind!* Ob sie das Gift herstellen oder nur unter die Leute bringen –, an ihren Händen klebt Blut.

Die Gestalt zieht an dem Eisenring an der Wand, die Tür gleitet auf. Sie tritt hindurch, offenbar entschlossen, ihr mörderisches Vorhaben in die Tat umzusetzen.

»Halt!«, rufe ich.

Die Gestalt vor mir zögert, bleibt aber nicht stehen. Die Luft kräuselt sich, die Welt zieht sich zusammen, und im nächsten Moment habe ich den Abstand zwischen uns ausgelöscht. Mit voller Wucht renne ich in sie hinein. Ächzend stürzt sie zu Boden.

Es muss an den Gojibeeren liegen. Die Magie macht

alles greller, und mein Geist ist immer einen Schritt langsamer als mein rasender Körper, als schaue er nur aus der Ferne zu. Ich wuchte ihr das Knie gegen die Brust, sie wälzt sich zur Seite. Ich habe es auf diese eine dunkle Stelle unter ihrer linken Rippe abgesehen, gegen die sie beharrlich drückt. Mit meinem ganzen Gewicht stemme ich mich dagegen. Sie schreit auf. Ein wildes, grausames Geräusch aus Schmerz und Wut.

Mit ihrer anderen Hand tastet sie nach ihrem Schwert, doch ich ziehe blitzschnell meinen Dolch aus der Scheide und drücke ihn gegen ihre Kehle. Als das Metall ihr in die Haut schneidet, hält sie still. Ihre Augen schauen mich an, ihr Atem ist gedämpft von der Maske.

»Sag es mir!«, verlange ich. »Hast du die Teeziegel vergiftet?« Hätte ich doch bloß eine kochende Tasse *Silver Needle*. Dann würde ich dem Schatten den Tee einflößen und die Wahrheit aus ihm herausquetschen.

Mit einem Male ist jemand über mir, packt mich von hinten und zieht mich weg. Ich wehre mich, wedele wild mit dem Dolch herum, doch ein eiserner Griff umklammert mein Handgelenk und trifft einen Druckpunkt. Die Klinge fällt zu Boden, nutzlos.

Ich hole tief Luft, will schreien, aber ich werde einfach umgestoßen, wie ein Sack Reis. Ich könnte heulen über meine Schwäche, doch stattdessen krabbele ich rückwärts durch den Dreck und drehe mich schließlich um. Ich will sehen, wer mich vom Schatten weggezerrt hat … doch der Schrei erstirbt in meiner Kehle.

Prinzessin Zhen hockt neben dem Körper des mutmaßlichen Attentäters.

Was hat das zu bedeuten?

Trommeln donnern in der Ferne. Jemand hat Alarm ausgelöst.

Die Prinzessin macht aufgeregte Handzeichen in meine Richtung, und ich trete zu ihr.

»Hilf mir, sie in meine Gemächer zu bringen«, befiehlt sie.

»Aber … diese Person hat versucht, Euch zu töten«, stottere ich.

»Nein, du dummes Ding.« Sie greift nach unten und zieht dem Schatten die Maske vom Gesicht. Es ist Ruyi. Ihre Augen sind geschlossen, ihr Mund ist zu einer Grimasse verzogen. An ihrer Kehle – da, wo ich sie geschnitten habe, sickert eine rote Linie entlang.

»Fass sie an den Beinen. Oder willst du lieber von den Wachen entdeckt werden?«

Ich zwinge mich dazu, der Prinzessin zu helfen und Ruyi hochzuheben, noch ganz geschockt von der Enthüllung ihrer Identität. Mit meiner Hilfe fällt es der Prinzessin ganz leicht, Ruyis Körper hochzuheben. Auch den Druckpunkt am Handgelenk kannte sie …. Ich speichere dieses Wissen über sie ab – eine Mimose ist sie jedenfalls nicht.

Als wir die Gemächer der Prinzessin endlich erreicht haben, legen wir Ruyi auf das Bett. Dann schickt die Prinzessin mich zurück in den Garten, um die Spuren des Geschehens zu beseitigen. Ich verstecke den Dolch in meinem Ärmel und sammle das Schwert des Schattens sowie die Maske auf, die auf dem Steinboden gelandet sind. Ihr Holz ist glatt und noch warm von Ruyis Gesicht.

Auf meinem Rückweg in die Gemächer bemerke ich die kunstvollen Paravents und die schönen Aquarellportraits in der Residenz. Die Prinzessin lebt inmitten von Schätzen. Eine Prinzessin, der vorhergesagt wurde, dass sie zugleich das Licht als auch der Ruin eines Reiches sein werde.

Sie sieht selbst aus wie ein Portrait, in das goldene Licht der vielen Feuerschalen getaucht, die den Raum rundum erhellen. Mit sorgenvollem Gesicht läuft sie auf und ab. Ruyis Körper zuckt, dann rollt sie sich zur Seite und erbricht eine Flut schwarzer Flüssigkeit. Sofort ist Prinzessin Zhen bei ihr und drückt ihrer Leibwächterin ein Tuch gegen die Stirn.

»Was hast du mit ihr gemacht?«, knurrt sie mich an.

»Nein …«, protestiert Ruyi schwach. »Nicht sie.«

Plötzlich ist das Geräusch vieler Füße auf dem Holzfußboden zu hören, gefolgt von Rufen: »Hoheit! Eure Hoheit!«

Alarmiert schaut die Prinzessin an der Tür vorbei auf einen Paravent und zeigt darauf. Ich kauere mich dahinter, noch immer Schwert und Maske in Händen.

Duftende Gewänder und luxuriöse Stoffe umgeben mich – dies ist ihr Ankleidezimmer. Ich verschwinde noch ein wenig tiefer zwischen all der Seide und lausche den aufgeregten Stimmen auf der anderen Seite. Durch den Paravent kann ich nur Umrisse erkennen, aber ich weiß, dass es bewaffnete Männer sind.

»Haltet ihr es für angemessen, zu dieser Stunde in mein Schlafgemach zu platzen?«

Der Ton der Prinzessin ist vollkommen beherrscht und gibt keinerlei Hinweis auf die Gefühle, die sie einen Moment zuvor noch gezeigt hat.

 »Verzeiht, Hoheit.« Die Wachen scharren nervös mit

den Füßen. »Jemand hat die Palastmauern überwunden, und deshalb sind wir um Eure Sicherheit besorgt.«

»Wie ihr seht, ist hier niemand außer mir. Ihr solltet besser draußen sein und nach dem Eindringling suchen.«

»Jawohl, Prinzessin.« Einer der Soldaten hebt seine Waffe zum Salut. »Wer auch immer es gewagt hat, die Ruhe Ihrer Majestät zu stören –, wir finden ihn und bringen Euch seinen Kopf.«

»Tut das«, sagt sie mit kühler und ruhiger Stimme.

Das Stiefelstampfen verlässt langsam den Raum, dann ist es ganz verschwunden. Ich schiebe die Stoffmassen von mir und eile zum Bett. Die Prinzessin zieht die Decken herunter, die sie über Ruyis Körper geworfen hatte, und ich erschrecke, als ihr Gesicht zum Vorschein kommt.

Glasige, starre Augen. Ein schwarzes Rinnsal an ihrem Mundwinkel.

»Ruyi!«, presst die Prinzessin zwischen zusammengebissenen Zähnen hervor. Sie schüttelt Ruyi an den Schultern und verliert jegliche Fassung. »Wach auf!«

Einen Moment lang ziehe ich in Betracht, sie sterben zu lassen. Lasse das Gedankenspiel zu, dass der Gerechtigkeit so auf perverse Weise Genüge getan würde, wenn es tatsächlich sie gewesen sein sollte, die das Gift in Umlauf gebracht hat. Dann schüttele ich den Gedanken wieder ab. Shu das Leben zu retten ist wichtiger als mein Verlangen nach Rache, und wenn ich Ruyis Leben rette, werde ich der Wahrheit näher kommen.

»Aus dem Weg«, befehle ich der Prinzessin und lasse alle Höflichkeiten fallen. Als sie nicht hört, ziehe ich sie beiseite.

»Was machst du da?« Sie sieht mich an, verloren in ihrer Panik, bereit, mich in Stücke zu reißen, wenn ich Ruyi etwas antue.

Das ist mehr als Treue und Sorge um ihre Dienstmagd, das hier ist … noch etwas anderes.

»Wenn sie am Leben bleiben soll«, sage ich, »dann geht mir aus dem Weg.«

KAPITEL 27

Prinzessin Zhen tritt beiseite und kaut auf ihrer Unterlippe.

»Mein Vater ist Arzt«, sage ich und nehme den Ton meines Vaters an, den er benutzt, wenn Familienmitglieder seiner Patienten hysterisch sind. »Ich tue ihr nicht weh.«

Jedenfalls nicht mehr, als ihr sowieso schon weh getan wurde, aber das sage ich nicht laut.

Sie nickt daraufhin und bedeutet mir weiterzumachen.

Im Grunde ist auch dies eine Art Ritual. Ruhige Hände, ruhige Nerven. Gar nicht so anders als die Arbeit einer Shénnóng-shī, wird mir bewusst.

Ich ziehe meinen Dolch heraus und schneide, ohne auf das protestierende Aufstöhnen neben mir zu achten, die Schichten von Ruyis Tunika auf, bis ihre Wunde offen liegt. Scharf ziehe ich die Luft ein, als ich den zersplitterten Pfeilschaft sehe, der in ihrer Seite steckt und um den herum das Blut Blasen wirft.

Ich berühre die Haut rund um die Wunde, und Ruyi krümmt sich unter mir zusammen. Sie ist nicht mehr bei vollem Bewusstsein, reagiert aber noch, und das ist ein Segen. Aber ich weiß, dass dies keine normale Pfeilspitze ist. Sie wurde mit einem Gift überzogen, das Schmerzen verursachen soll.

Ich habe so etwas vorher schon einmal gesehen. *Krähenkopf.*

Die Pflanze hat wunderschöne violette Blüten, ist aber giftig – insbesondere die Wurzeln. Wenn auch nur ein winziges Stück davon in deinen Körper gelangt, kann sie dich innerhalb einer Stunde töten. Die Gebirgsbanditen setzen sie für ihre Pfeilspitzen ein, und ich habe selbst mitangesehen, wie Soldaten daran starben, wenn sie nicht rechtzeitig einen Arzt erreichten. Behutsam taste ich Ruyis Körperseite ab. Das Fleisch um die Wunde herum ist verhärtet, schwarze Blutgefäße breiten sich aus.

»Sag mir«, bittet die Prinzessin mit tränenverschmiertem Gesicht, »wie schlimm ist es?«

»Sie wurde vergiftet«, antworte ich. »Ich kann die Pfeilspitze herausziehen und die Blutung stoppen, aber ich muss auch das Gift herausholen und neutralisieren, bevor es sie tötet.«

»Alles, was du brauchst.« Sie richtet sich auf. »Alles, was du brauchst, gehört dir.«

Trotz der dringenden Aufgabe, die vor mir liegt, erkennt ein dunkler Teil von mir, dass dies meine Chance ist, die Antworten zu erhalten, die ich ersehne. Ich habe Kang gesagt, dass ich den Kopf des Schattens fordern würde, und jetzt kenne ich nicht nur seine Identität, sondern sein Leben liegt in meinen Händen.

»Warum war Ruyi in Sù?«, frage ich.

Prinzessin Zhen blinzelt mich an und scheint nicht zu verstehen, wovon ich rede.

»Sagt mir, warum sie in Sù gewesen ist!«, verlange ich. »Ist sie für das Gift verantwortlich? Verteilt sie es auf Euer Geheiß?«

»Wie kannst du es wagen!«, schnauzt sie und macht einen Schritt auf mich zu, die Hände zu Fäusten geballt.

»Je länger Ihr wartet«, erinnere ich sie, »desto tiefer wird das Gift in ihren Körper eindringen und desto schwieriger wird es, sie zu retten.« Ich habe den Verdacht, dass sie sich lieber einer ungeübten Arztassistentin anvertraut, als einen der kaiserlichen Ärzte um Hilfe bitten zu müssen. Das bedeutet, dass sie etwas zu verbergen hat.

Die Prinzessin scheint einen Moment lang abzuwägen, dann seufzt sie und blickt Ruyi an. »Ich habe sie losgeschickt, um herauszufinden, wer hinter den Vergiftungen steckt und ob es eine Verbindung gibt zu dem, was meinem Vater zugestoßen ist.«

»Warum habt Ihr seinen Tod so lange geheim gehalten?«, frage ich. »War er nicht einverstanden damit, die Teeziegel zu benutzen? Hattet Ihr vor, Unruhe zu stiften und dann selbst mit einem hübschen Heilmittel um die Ecke zu kommen? Um so die Herzen Ihrer Untertanen zu erobern?«

Röte steigt in ihrem Gesicht auf. »Ich würde vorsichtig sein mit dem, was du sagst. Ich könnte dich hinrichten lassen, sobald du diesen Raum verlässt.«

Ruyis Körper windet sich wieder unter meinen Händen. Sie gibt einen klagenden Laut von sich. Schnell halte ich sie fest und ziehe ihre Augenlider hoch. Ich kann nur das Weiße darin sehen.

»Schaut sie Euch an!«, schreie ich. »Sagt es mir. Warum war sie in Sù?«

»Halt! Ja!« Die Prinzessin klettert auf das Bett, kniet sich neben den Kopf ihrer Dienstmagd und spricht schnell. »Sie war dort, um in meinem Auftrag zu ermitteln. Sie sollte der Prozession folgen, die meine Einladungen im ganzen Reich verteilte, um zu beobachten, ob sich jemand einmischen würde. Aber irgendwer folgte ihr auf Schritt und Tritt, säte Misstrauen, bis es zu schwierig für sie wurde, ihre Tarnung aufrechtzuerhalten. Aber ich schwöre dir«, sie streckt die Hand aus und ergreift meinen Arm, »ich habe mit den Vergiftungen nichts zu tun. Ich will, dass Dàxī wieder geeint und stark wird. Und das erreiche ich nicht, indem ich Menschen töte.«

Es ist zwar möglich, dass sie mich noch immer anlügt, aber ihre Augen sind nur auf Ruyi gerichtet, ihre Sorge ist offensichtlich.

»Ein Leben für ein Leben«, sage ich, bereit zu verhandeln. »Wenn ich sie jetzt heile, schuldet Ihr mir einen Gefallen. Habt Ihr den Heilstein?«

Prinzessin Zhen schaut mich flüchtig an und winkt dann ungeduldig ab.

»Das ist nur ein Ammenmärchen. Er existiert nicht. Glaubst du etwa, ich würde jetzt nicht seinen Einsatz verlangen, wenn es ihn gäbe?«

Kang hat mir also die Wahrheit gesagt. Aber irgendetwas in mir wehrt sich noch immer gegen den Gedanken.

»Dann die kaiserlichen Ärzte«, sage ich. »Um die Vergiftungen zu behan …«

Sie fällt mir ins Wort, unfähig, ihre Frustration weiter zu verbergen.

»Begreifst du nicht? Es war das Gift, das meinen Vater getötet hat. Die kaiserlichen Ärzte waren nicht in der Lage, seine Ausbreitung zu verhindern. Nur ein Gegengift könnte es aufhalten, aber das muss erst noch gefunden werden.«

Das Herz hämmert mir in der Brust. Jemand hat es gewagt, den Kaiser zu vergiften und jetzt … habe ich ein neues Ziel. Ich muss das Gegengift finden.

»Dann werdet Ihr mir Zugang zu Euren Vorratskammern gewähren«, sage ich schnell. »Und Zugang zum Gegengift, wenn es gefunden wurde.«

»Ja, einverstanden«, sagt sie, ohne zu zögern. »Und jetzt hilf ihr, bitte.«

»Wo ist die nächste Küche?«

Aus den Gesprächen mit Haushofmeisterin Yang weiß ich, dass es im inneren Palast eine kleinere Küche gibt. Jetzt mitten in der Nacht sind die Öfen aus und die Herde dunkel, trotzdem gehe ich behutsam vor.

Ich greife auf die Kunst meiner Mutter und die Praxis meines Vaters zurück, als ich Tontöpfe und Schubladen durchstöbere. Scheiben von Süßholzwurzeln und runde, getrocknete Stücke von bitterem Buchweizen. Lange Ginseng-Strähnen, wie der Bart eines alten Mannes. Ich raffe alles zusammen, was ich brauche, und eile zurück zur Prinzessin.

Das Zimmer ist fast unerträglich warm, dank der Anweisungen, die ich zurückgelassen hatte. Die Feuerschalen wurden nahe ans Bett herangerückt. Die Prinzessin hat Stoffe in Streifen gerissen und das Feuer geschürt, damit es heiß genug ist, um die Klinge zu desinfizieren.

»Wäre es eine normale Pfeilspitze, würde ich sie drinlassen, damit sie die Wunde verschließt«, erkläre ich der Prinzessin, damit sie mich nicht niederschlägt, wenn ich gleich ihre Dienstmagd aufschneide. »Aber wegen des Gifts muss ich sie rausholen. Es wird eine blutige Angelegenheit.«

Sie nickt.

Ich wische Kangs Klinge an meiner Tunika ab, ziehe sie ein paarmal durch die Flamme, um das Metall zu reinigen, und mache mich dann bereit, den Pfeil aus der Wunde zu befreien.

»Haltet sie fest«, fordere ich die Prinzessin auf.

Sobald ich sicher bin, dass sie einen guten Griff hat, lege ich meine Hand auf den zersplitterten Pfeil. Mit dem Dolch mache ich einen Schnitt, um die Spitze zu lockern. Blut spritzt mir auf die Tunika. Ruyis Körper bäumt sich auf, dann sackt sie wieder in sich zusammen. Die Prinzessin schließt schnell die Augen, aber ihre Hände halten weiter fest. Sie presst die Zähne aufeinander und stützt sich mit einem Bein am Bettrand ab.

Obwohl ich weiß, dass es an dem Schmerz liegt, prüfe ich Ruyis Puls. Schwach, flatternd, aber noch vorhanden. Ich muss schneller arbeiten – gegen ihren Körper, der immer schwächer wird. Das Blut strömt zum Herzen und trägt das Gift mit sich. Die Zeit wird knapp.

»Ich kann das Gift herausziehen, aber ich glaube nicht, dass sie überleben wird, wenn wir nicht gleichzeitig ihren Körper kräftigen«, teile ich der Prinzessin mit, als ich das Ausmaß der Vergiftung am Zustand der Wunde erkenne. »Ich brauche Hilfe.«

»Was meinst du mit Hilfe?«, fragt sie.

»Ich brauche eine weitere Shénnóng-shī oder zumindest einen Shénnóng-tú«, erwidere ich.

 Sie schüttelt den Kopf.

»Ich kann … nicht noch jemanden mit hineinziehen. Es ist zu gefährlich. Das Gift …« Sie zögert einen Moment. »Die Spur führt zu jemandem aus dem Ministerium für Rituale, vielleicht sogar zum Rat selbst.«

Ich würde sie am liebsten schütteln und es aus ihr herausquetschen, aber die Angst in ihrem Gesicht ist echt. Die Art, wie sie Ruyi umklammert und ihr das Haar aus dem Gesicht streicht. Ich beschließe, die Wahrheit zu sagen.

»Prinzessin, Ihr müsst Euch entscheiden: Euer Plan oder ihr Leben?«

Sie schaut auf Ruyi herab, ihr Konflikt liegt auf der Hand. Dann glätten sich ihre Züge und werden so undurchdringlich wie die Holzmaske, die der Schatten trug.

»Wen schlägst du vor?«, fragt sie.

Lediglich ein leichtes Zucken ihrer Wange verrät ihre wahren Gefühle.

»Lian. Die Tochter des Botschafters von Kallah.«

Die Prinzessin nickt. »Nur sie. Niemand sonst.«

Wie befohlen bringe ich Lian durch die verborgenen Tunnel in den inneren Palast. Auf dem Weg mache ich einen kurzen Halt in der Küche und nehme weitere Zutaten mit. Unterwegs schaut Lian dauernd zu mir herüber und schimpft vor sich hin. Mit meinem zerzausten Haar und dem Blut auf der Tunika war es nicht schwer, sie von der Dringlichkeit der Angelegenheit zu überzeugen.

Als wir uns der Residenz der Prinzessin nähern, sagt sie bloß: »Die ganze Zeit in der Bibliothek gewesen, was?«

»Ich verspreche dir«, sage ich und schiebe sie durch die Tür, »dass ich dir später alles erkläre.«

Als wir eintreten, schaut die Prinzessin auf und begrüßt Lian mit einem Nicken.

»Ich brauche deine Fähigkeiten.« Ich deute auf die im Bett liegende Gestalt. »Du hast doch gesagt, dein Mentor sei auf Widerstandskraft spezialisiert. Meinst du, du kannst ihren Körper stärken und sie am Leben erhalten, während ich das Gift aus ihr herausziehe?«

Lian kaut auf ihrer Lippe und überlegt.

»Gift?«

»Ja, ein Pfeil, der in Krähenkopf getaucht war.«

»Ah.«

Sie kennt den Namen.

»Ich habe schon mal gesehen, wie es hergestellt wird, aber es nie selbst ausprobiert.«

»Yǐ lí cè hǎi«, murmele ich vor mich hin.

Unsere Aufgabe ist in etwa so, als wollten wir das Meer mit einer Kalebasse ausschöpfen. Fast unmöglich angesichts meiner fehlenden Erfahrung und meiner Wissenslücken.

Lian schnauft. »Kein Wunder, dass du mich zu Hilfe geholt hast. Wir können es nur versuchen.«

Zumindest eine von uns ist optimistisch.

Lian beginnt mit der Herstellung ihrer Essenz und bedient sich der Zutaten, die wir aus der Küche mitgenommen haben.

»Als Heilerin würde ich mich nicht bezeichnen«, sagt sie, während sie eine Prise hiervon und ein Scheibchen davon nimmt und alles in eine Schale gibt. »Aber mein Lehrer weiß, wie man die physischen Grenzen des menschlichen Körpers ausreizt. Vielleicht hilft das, sie beieinanderzuhalten.«

Ich werfe einen Blick auf ihre Zutaten, um sicherzugehen, dass meine Auswahl die Wirkung ihrer Essenz nicht unterläuft. Lian hat Beifuß gewählt, um die Durchblutung zu verbessern, und karmesinroten Pilz, um das Herz zu stärken.

»Normalerweise würde ich das über Nacht gären lassen«, sagt sie und schüttelt die Kräuter. »Aber wir haben keine Zeit dafür.«

Ganz bestimmt haben wir die nicht, wenn ich mir Ruyis feuchte Haut ansehe, die schwarzen Ringe unter ihren Augen und die schwarzen Venen, die immer näher auf ihr Herz zukriechen.

Die Kräuter ziehen im heißen Wasser, dann nimmt Lian den Beutel aus dem Topf und drückt ihn über einer Schale aus. Sie fasst die Schüssel mit beiden Händen, holt tief Luft und pustet über die Oberfläche.

Ich spüre die Magie, den würzigen Geruch von Zimt, obwohl ich weiß, dass keiner in der Mischung enthalten war.

»Setzt sie auf«, sagt Lian mit leicht veränderter Stimme. Ein befehlender Tonfall, als spräche jemand anderes durch sie hindurch. Die Oberfläche der Flüssigkeit in der Schale kräuselt sich.

Die Prinzessin verändert die Position ihrer Leibwächterin so, dass sie zwischen ihren Beinen sitzt und sich gegen sie lehnt.

»Öffne ihren Mund.«

Im Raum beginnt das Licht zu flackern, obwohl kein Lüftchen weht. Prinzessin Zhen sieht aus, als wolle sie protestieren, aber ich schüttele den Kopf. Sie nickt resigniert und kippt Ruyis Kopf leicht nach hinten. Die Essenz läuft in ihren Mund, doch Ruyi muss husten, und die Flüssigkeit rinnt aus ihrem Mundwinkel.

»Sorg dafür, dass es drinbleibt«, weist Lian mich an und hält die Schüssel wieder über Ruyis Kopf.

Die Prinzessin öffnet Ruyis Mund erneut, und mit meiner Hilfe schließen wir ihn wieder, sobald die gesamte Essenz darin ist, und zwingen sie so zu schlucken.

Die Spannung in der Luft lässt etwas nach, und im Raum duftet es wieder schwach nach Räucherwerk.

Lian sinkt in ihren Stuhl zurück und blinzelt. »Das war's«, flüstert sie. Sie klingt wieder wie sie selbst.

Zitternd hole ich Luft und trete näher an das Bett. Ich kann den Druck der Erwartung spüren, die nun ganz auf mir lastet. Jetzt muss ich meinen Teil der Abmachung erfüllen.

Für Shu, sage ich zu mir selbst, klettere aufs Bett und mache mich für die vor mir liegende Aufgabe bereit.

KAPITEL 28

Ich stecke in der Zwickmühle: Ich muss das Gift aus Ruyis Körper ziehen, aber sie darf in ihrem geschwächten Zustand kein Blut mehr verlieren. Mit dem Finger gehe ich das Tablett mit den Zutaten durch, halte bei der ein oder anderen Ingredienz inne, um schließlich bei der Rinde des Regenschirmbaums zu verharren, eine gewöhnliche Zutat, die es in jeder Apotheke gibt. Ich wünschte, ich hätte etwas Stärkeres, zum Beispiel Picrorrhiza-Wurzel oder die Rinde des Seidenbaums, aber die wären nur in der Vorratskammer eines Arztes zu finden und nicht so leicht zugänglich.

Ich zerdrücke die Mischung aus Rinde und Blättern mit den Fingern, bis daraus eine Art Brei entsteht, den ich leicht mit den Händen formen kann. Dann schmiere ich die Paste in ihre Wunde, wobei dunkle Schlieren auf ihrer Haut zurückbleiben. Die Reste meiner Mischung rolle ich zu einer Kugel und lege sie mir unter die Zunge. Es schmeckt widerlich, aber ich zwinge mich dazu, die Lippen zu schließen. Ich habe meiner Mutter einmal bei der Ausführung dieses Rituals zugesehen, als sie Seite an Seite mit meinem Vater arbeitete. Die beiden führten ihre jeweiligen Künste gemeinsam aus, wie einen komplizierten Tanz.

Ich lege meine Hände auf beide Seiten von Ruyis Kopf und schließe die Augen.

Shénnóng ist Gemeinschaft, eine Vereinigung deiner Seele mit der der anderen Person. Sei verletzlich, sei offen …

Ich begreife es jetzt. Die Magie liegt nicht in der Zeremonie des Einschenkens oder des Zubereitens einer Tasse Tee. Sie liegt in der Verbindung, der kurzen Vereinigung der Seelen. Die Teeblätter sind ein Kanal, die Zutaten die Wegweiser.

Ich sehe Ruyi an den Wurzeln eines großen Baumes liegen, umgeben von wirbelnder Dunkelheit. Ich schlucke meine Angst hinunter und gehe zu ihr. Die Rauchschwaden lösen sich vor meinen Füßen auf, doch nach Feuer riecht es nicht.

Dort, wo der Rauch sich auflöst, kann ich durch ihre Haut und ihre Muskeln hindurchsehen. Ihr Körper ist durchsichtig, erleuchtet von schillernden Bahnen aus Rot und Gold – Blut und Lebensessenz, die sich durch sie hindurchbewegen. Aber da, aus der Wunde an ihrer Seite, breitet sich pulsierende Dunkelheit aus. Sie schlingt sich bereits um Ruyis Eingeweide und ihre Leber und bahnt sich ihren Weg hinauf zu ihrem schlagenden Herzen.

Ich beuge mich vor und lege Ruyi eine Hand auf die Schulter. Benommen schaut sie zu mir auf.

»Wer bist du?« Sie hat Angst und weiß, dass etwas nicht stimmt.

Ich bin nicht sicher, was ich tun soll.

Im Baum über uns raschelt es. Der Kopf eines Kranichs taucht zwischen den Blättern auf, ein wunderschöner Vogel mit schneeweißem Gefieder und leuchtend rotem Kopfschmuck.

Eine Göttin. Die Herrin des Südens.

Ihre Stimme erklingt in meinem Kopf: *Die Empfangende muss bereit sein.*

Ich denke daran, wie die Prinzessin zärtlich den Schweiß von Ruyis Stirn gewischt hat. Wie sie sich, ohne zu zögern, in Gefahr begab, um ihre Leibwächterin zu beschützen. Jede Berührung erzählte von einer engen Vertrautheit zwischen den beiden.

»Zhen schickt mich«, sage ich jetzt. »Ich möchte dir helfen.«

»Zhen?« Ein wenig Klarheit kehrt in sie zurück, dann nickt sie leicht. Ich weiß nicht, ob sie den Vogel über uns sieht, aber ich schaue zu der Göttin hinauf und frage sie wortlos, was ich als Nächstes tun soll.

Sie neigt den Kopf. *Greif hinein und halte es fest.*

Wenn eine Göttin Anweisungen gibt, weiß ich, dass ich gehorchen muss. Auch wenn jede Faser in mir allein aus Protest bei dem Gedanken aufschreit, diese Dunkelheit zu berühren.

Ich fasse hinein. Es ist, als würde meine Hand in warmes Wasser tauchen, so wie damals, als ich Kang mit Hilfe des *Golden Key* berührte. Etwas Kaltes und Glitschiges gleitet durch meine Finger, und ich versuche, meine Abscheu zu zügeln.

Ruyi schreit auf, als ich versuche, es herauszuziehen, als würde ich ihr Herz herausreißen. Der Dunkelheit wachsen Widerhaken, die sich in ihre Organe bohren, sie brennt sich wie Brennnesseln in ihr Fleisch. Ich beiße die Zähne zusammen, packe die Dunkelheit mit beiden Händen und halte sie, so fest ich nur kann. Sie wehrt sich, versucht, sich tiefer in Richtung Ruyis Herz zu schlingen, doch Lians Essenz schimmert wie ein silberner Käfig und lässt sie nicht durch.

»Halt!«, schreit Ruyi. »Du bringst mich um!«

Das Rascheln über uns wird lauter, als würde der Baum von einem wilden Wind geschüttelt, den ich nicht spüren kann. Der Kranich ist verschwunden.

Mit einem dumpfen Knall löst sich die Dunkelheit. In meinen Händen fühlt sie sich an wie pulsierendes, muskulöses Fleisch. Sie peitscht gegen meinen Arm und hinterlässt rote Striemen, Blutperlen wie Rubine auf meiner Haut. Bösartigkeit kriecht durch die Kratzer in mich hinein, ein Flüstern von Zungen leckt an den Rändern meines Geistes. Sie will nichts weiter als verzehren. Sie giert nach Leben, weil sie selbst keins hat. Ich öffne mich ihr.

Sie schlängelt sich an meiner Brust hinauf, ich spüre ihren Hunger und ihre Begierde, als sie sich in meinen Mund zwängt. Ich ersticke, Tränen schießen mir in die Augen, ich greife mir an den Hals. Sie schmeckt nach verdorbenem Fleisch und Verwesung, nach der Fäulnis von Verrat, dem Groll, vergessen worden zu sein. Sie holt sich, was ihr versprochen wurde. Blut und Erinnerungen, Fleisch und Leben …

Mit einem Keuchen kehre ich in meinen Körper zurück, springe vom Bett und lande auf Händen und Füßen. Ich spucke die Medizinkugel aus, und sie klatscht widerlich zischend auf den Holzboden. Rauch steigt aus dem Brei auf, formt sich zu einer geschmeidigen, verdrehten Gestalt. Groteske Ausstülpungen beginnen, aus dem schlangenförmigen Körper zu sprießen, und drei Köpfe tauchen auf. Ihre Gesichtszüge formen sich vor unseren

Augen, als würde ein Bildhauer nassen Ton modellieren. Drei Köpfe mit menschlichen Gesichtern, die Haut von grauer Blässe. Dünne Lippen, farblose Augen und ein Geräusch wie knirschende Zähne, das aus den klaffenden Wunden ihrer geöffneten Münder dringt.

Ich starre diese abscheuliche Erscheinung an, mein Körper ist vor Entsetzen versteinert. Sie richtet sich auf ihrem gewundenen Körper auf, und die drei Münder grinsen auf mich herab, enthüllen ihre scharfen, dolchartigen Zähne.

Mit einem Aufschrei landet die Prinzessin vor mir, einen Krummsäbel in der Hand. Die Klinge schwingt einen tödlichen Bogen, und die drei Köpfe rollen vor meine Füße. Der Körper schwankt, dann kippt er zur Seite. So schnell, wie es gekommen ist, löst sich das Monster in Rauch auf. Es hinterlässt den Geruch von verwesendem Fleisch und einen schwarzen Fleck auf dem Fußboden, als hätte jemand eine Fackel zu nahe an das Holz gehalten.

Klirrend landet der Säbel auf dem Boden, die Prinzessin kauert sich vor mir hin. Ihre Lippen bewegen sich, doch ich kann nichts verstehen.

Das Letzte, woran ich mich erinnere, ist die selige Dunkelheit, in die ich gleite. Sie schließt sich über mir wie die Wasser der heiligen Quelle.

Ein Gong schlägt und erinnert mich daran, dass ich etwas zu tun habe, dass ich jemanden treffen muss. Bald herrscht die Stunde der Diebe. Angst schnürt mir die

Kehle zu, ich bekomme kaum noch Luft. Ich ringe mit den Laken, trete um mich.

»Ning! Ning!« Allmählich erkenne ich Lian. Ihre Augenbrauen sind sorgenvoll zusammengezogen. »Endlich«, seufzt sie.

»Wo …« Ich sehe mich um und stelle fest, dass ich in unserem Zimmer bin. Ich kann mich nicht entsinnen, wieder hergekommen zu sein. In meiner Schläfe dröhnt es dumpf, mein Hals ist rau und brennt.

Lian drückt mir eine Tasse in die Hand, und ich trinke gierig. Der Tee tut einfach nur gut. Keine Zusätze, keine Magie. Eine gute Tasse Tee, süßlich, vertraut wie die Umarmung einer Mutter.

»Wie bin ich hierher zurückgekommen?«, frage ich.

Sie hat einen Stuhl an mein Bett gezogen und sitzt so ernst da, wie ich sie noch nie zuvor gesehen habe.

»Die Prinzessin hat dich von einem ihrer Wächter zurücktragen lassen«, sagt sie.

»Ah.« Ich versuche zu nicken, aber ein scharfer, stechender Schmerz zuckt durch meinen Schädel. Ich fahre zusammen und drücke mir die Hand gegen die Stirn. Der Schmerz lässt nicht nach.

»Es wird einige Zeit dauern, bis es besser wird«, sagt Lian und fügt dann hastig hinzu: »Aber das weißt du vermutlich längst selbst. Eine Person, die in der Lage ist, das zu tun, was du … vollbracht hast.« Sie sieht mich ehrfürchtig an, als wüsste sie nicht mehr so recht, wer ich bin.

»Ich habe die Göttin gesehen«, flüstere ich, selbst unsicher, wer ich bin. »Sie hat mir geholfen.«

»Die Göttin?«, wiederholt sie.

»Ein Vogel … die Herrin des Südens, weißt du?«

Verständnisvoll nickt sie. »Bei uns heißt sie Bi-Fang, Göttin des Feuers.«

Nach einer Weile stellt Lian mir die Frage, die ihr offenbar schon eine Weile im Kopf herumschwirrt. »Was ist letzte Nacht überhaupt passiert? Warum warst du im inneren Palast?«

Mich packt das gleiche Zögern wie an dem Tag, als ich von meiner Begegnung mit Kang zurückkehrte. Ich fürchte mich davor, dass sie mich verurteilt, mich des Betrugs beschuldigt. Aber Lian hat immer fraglos zu mir gestanden. Ich habe erlebt, wie freundlich sie gegenüber den Küchenangestellten ist, wie sie ihnen mit dem gleichen Respekt begegnet, den sie jedem entgegenbringt, von den Bediensteten bis zu den höchsten Beamten. Sie hat mir ihre Freundschaft angeboten, und ich habe sie von Anfang an belogen. Sie verdient es, endlich die Wahrheit zu erfahren.

Zögernd beginne ich mit dem Tod meiner Mutter, dann erzähle ich von der Vergiftung meiner Schwester. Wie ich mit dem Schatten gerungen habe und dann Kang auf dem Markt begegnet bin. Wie es zum Treffen mit der Prinzessin kam und schließlich die Ereignisse der vergangenen Nacht. Das Einzige, über das ich nicht spreche, sind die intimen Momente zwischen Kang und mir. Die behalte ich für mich.

»Wie hast du das alles geheim halten können?«, sprudelt es aus ihr heraus, als ich fertig bin. Mit schwingendem Zopf geht sie in unserem Zimmer auf und ab und durchdenkt, was ich ihr alles erzählt habe. »Die Prinzessin heimlich zu treffen. Mit dem Neffen des Kaisers herumzuschleichen.«

»Ich würde liebend gern auf all das verzichten und wieder nach Hause gehen, wenn ich nur das Gegengift für meine Schwester finden könnte«, sage ich entschlossen.

»Also dann …« Sie schaut mich an. »Und was ist danach? Willst du für immer dort bleiben?«

»Meine Mutter konnte es ja auch«, sage ich und lasse mir nicht anmerken, dass die Worte mir einen Stich versetzen. Als hätte ich nicht mein Leben lang versucht, diesem Dorf zu entkommen.

»Ich glaube, deine Mutter hat ihre Entscheidungen für ihre Familie getroffen. Aber was willst *du*?«

Ich will nicht über meine Mutter reden. Ich will nicht über meine Zukunft reden, ob sie nun imaginär ist oder nicht. »Ich weiß nur, dass ich das Gegengift finden muss. Wenn das Gift, das Ruyi befallen hat, das gleiche ist, das meine Mutter umgebracht hat … Dieses Schlangenwesen … Hast du das vorher schon einmal gesehen?«

Lian erschaudert. »Diese Gesichter waren eine Abscheulichkeit. So etwas sollte nicht existieren.«

»Ich glaube, die Göttin hat mich schon einmal versucht zu warnen«, erzähle ich ihr. »Als ich zum ersten Mal auf den vergifteten Tee gestoßen bin, habe ich auch eine Schlange gesehen. Die beiden müssen in irgendeiner Verbindung zueinander stehen.«

Mit verschränkten Armen überlegt Lian.

»Jemand hat versucht, die Person zu töten, die der Prinzessin am nächsten steht. Ganz zu schweigen von den vielen Anschlägen auf ihr eigenes Leben.«

»Und jemand hat schon ihren Vater umgebracht, die mächtigste und am besten bewachte Person im ganzen Reich.« Wenn mir mein Leben lieb ist, sollte ich dieses

Wissen eigentlich für mich behalten. Doch ich brauche eine Person, die sich mit den Intrigen am Hof auskennt. Lian könnte mir sagen, mit wem ich reden darf und wen ich besser meiden sollte.

Meine Freundin scheint nicht sonderlich überrascht zu sein, eher besorgt.

»Weißt du das ganz sicher?«

»Die Prinzessin hat es jedenfalls nicht geleugnet.«

»Es ist genauso, wie mein Vater sagte.« Sie schüttelt den Kopf. »Der Prinz von Dài wird zurückkommen und zurückfordern, was er für sein Eigentum hält.«

»Nach all der Zeit …?« Zehn Jahre sind lang. Ein Reich kann sich verändern, Loyalitäten verschieben sich.

»Ich war damals im Palast, als der Prinz von Dài versucht hat, den Kaiser zu stürzen.« Ihre Stimme klingt sanft, doch die Angst in ihren Augen verrät sie. »Ich war jung, aber ich kann mich noch immer erinnern. Wie viel Angst ich hatte, als Vater mich durch das hintere Tor hinausschickte. Ich sah, wie der Palast brannte. Der Hofstaat zerfiel. Viele wurden hingerichtet, nachdem die Revolution gescheitert war.«

Sie hält inne und betrachtet mich mit einem Ernst, der sie um Jahre älter erscheinen lässt. »Viele Unschuldige sind dabei gestorben. Ich will nicht, dass dir etwas zustößt, Ning. Bitte pass auf dich auf.«

Mir kommt die Nacht in Erinnerung, in der ich mich im Dunkeln aus dem Haus schlich und ein Mädchen, das jünger war als ich, aber in jeder Hinsicht weiser, mir eine ähnliche Warnung mit auf den Weg gab.

»Ich würde so gern denken können, dass wir Freundinnen sind«, sage ich.

Es ist meine Art, mich dafür zu entschuldigen, dass ich Dinge vor ihr verheimlicht habe.

»Das sind wir.« Sie lächelt mir zu, und der vor uns liegende Weg scheint weniger beängstigend, wenn auch nur für einen kurzen Moment.

KAPITEL 29

An diesem Abend ziehen wir unsere Wettkampfgewänder an. Unsere neuen Gewänder haben weder Farbe noch Verzierungen. Nur die kaiserliche Familie darf sich in Trauerweiß kleiden, alle anderen im Palast zeigen ihren Respekt, indem sie Schwarz tragen. Um uns an den Verlust von Dàxī zu erinnern, hängen weiße Banner von den Dachsparren und vor jeder Tür.

Wir setzen den Wettkampf nicht in der Spiegelhalle fort, stattdessen treffen wir uns, um die Tugend der Weisheit zu ehren, im oberen Raum des Bibliothekspavillons. Die vergitterten Fenster haben die Form von Blumen und geben den Blick frei auf die Lichter der Palastanlagen und der Stadt dahinter. Draußen nieselt ein warmer Frühlingsregen auf die Dächer und hüllt alle Farben in einen Nebelton.

Dieser Raum scheint für Meditation und Kalligraphie-Übungen vorgesehen zu sein, denn es hängt nur eine einzige Schriftrolle an der Wand, mit drei in Schnörkeln geschriebenen Zeichen:

人之初

Die ewige Frage und der ewige Streit, den die Philosophen aufwerfen: Liegt es in der menschlichen Natur, gut zu sein oder böse?

Wie viele Kaiser und Kaiserinnen haben in diesem Raum gestanden, aufgesehen und darüber nachgedacht, wie sie diese Frage beantworten sollen, um das Volk von Dàxī zu führen? Hat Prinzessin Zhen jemals hier gestanden, wo ich jetzt stehe, und über diese Frage gegrübelt? Wie lautet ihre Antwort?

Die Vögel sind wieder in ihren goldenen Käfigen. Sie scheinen nicht fest in der Spiegelhalle untergebracht zu sein, wie ich anfangs vermutete. Diesmal fällt mir ihr Federkleid auf – ein sattes, dunkles Purpur, das in grünen Spitzen ausläuft. Ihre Augen sind dunkle Flecken, in denen es hell schimmert, ihre scharlachroten, gekrümmten Schnäbel münden in eine scharfe Spitze.

»Wir finden uns zur dritten Runde des Wettkampfes ein.« Elder Guo sieht in ihren schwarzen Gewändern heute besonders unheilschwanger aus, wie eine Wahrsagerin, die gleich ein entsetzliches Omen verkünden wird. Sie ist die einzige anwesende Jurorin und hat bereits die Grüße der anderen ausgerichtet. Sie sind jetzt vollends mit der Zukunft des Kaiserreichs beschäftigt.

»Es ist unbedingt erforderlich, dass wir unsere Bestrebungen fortsetzen«, sagt sie. »Wir werden nicht zulassen, dass Dissidenten den Ablauf unseres Wettkampfs stören, denn Dàxī ist ein mächtiger Fluss, und sie sind nur abgebrochene Äste, die von der Strömung davongetragen werden.«

Ihre Worte sollen uns beruhigen, aber ich habe gelernt, die Plattitüden der Hofbeamten zu durchschauen. Ihre

Taten stehen manchmal im Widerspruch zu ihren großspurigen Erklärungen. Immerhin, mit genügend Dissidenten könnten wir einen Damm bauen, der in der Lage wäre, den mächtigsten aller Flüsse umzulenken.

»Hinter mir befinden sich die Piya, der Inbegriff der Formel ›Gift mit Gift bekämpfen‹. Von Geburt an trainieren wir diese Vögel, füttern sie kontinuierlich mit einer Diät aus giftigen Kreaturen, bis sie sowohl immun gegen Gift als auch selbst giftig sind.« Sie lächelt angesichts unserer Verwirrung und Unkenntnis über solche Schöpfungen.

»Ich dachte, diese Vögel gibt es nur in den Legenden«, sagt Guoming. »Nicht in Wirklichkeit.«

»Ich versichere dir«, sagt Elder Guo, »sie sind überaus real. Vielleicht kennt ihr sie unter einem anderen Namen: dem Giftfedervogel. Ihr Biss, ihre Krallen, ihre Tränen, ihre Exkremente … all das ist giftig. Sie sind auch hervorragende Giftdetektoren, denn sie fressen nichts, das sie nicht vertragen. Jetzt aber zu eurer nächsten Aufgabe …«

Sie zeigt auf die Vögel. »Nur wenn ihr eng mit eurer Partnerin oder eurem Partner zusammenarbeitet, werdet ihr erfolgreich sein. Einer von euch wird ein tödliches Gift so transformieren, dass der Piya es entgegen seiner Natur bereitwillig frisst. Der andere wird diesem Gift entgegenwirken und das Leben des Vogels retten. Sollte der Piya sich weigern, das Gift zu fressen, habt ihr verloren. Stirbt der Vogel, habt ihr ebenfalls verloren. Weiter kommt ihr nur dann, wenn ihr beide Aufgaben erfüllt habt.«

»Welche Art Gift soll denn transformiert werden?«,

fragt Wenyi. Eine Frage, die zu einer Person passt, die ihr Leben der Akademie verschrieben hat.

Elder Guo bekommt glänzende Augen und sagt hingebungsvoll, als spräche sie den Namen eines geliebten Kindes aus: »Jīncán.«

Ein Aufschrei des Entsetzens, auch von mir, vermischt sich mit dem Gezwitscher der Vögel.

»Sie ist verrückt«, kommentiert Lian flüsternd, und ich pflichte ihr bei.

Der Jīncán ist eine goldene Seidenraupe, eine Absonderlichkeit der Natur. Mutter sagte, es sei nur Folklore, ein uraltes Ritual, das von Leuten durchgeführt wird, die sich mit dunkler Magie befassen. Es ist eine chaotische Magie, die irgendwann jeden verschlingt, der zu tief in ihr versinkt.

Die Seidenraupe wird genau dann geerntet, wenn sie im Begriff ist, sich zu verpuppen. Man gibt sie in ein Glas, zusammen mit giftigen Kreaturen – gesammelt bei Neumond in der dunkelsten Nacht. Das Glas wird vergraben und erst eine Woche später wieder ans Licht geholt und geöffnet. In der Zwischenzeit haben sich die Kreaturen gegenseitig abgeschlachtet, und die Larve hat einen goldenen Farbton angenommen, weil sie sich von dem Blut der Kreaturen ernähren musste. Die Larve kommt jedoch nie aus ihrem Kokon heraus, sie bleibt darin wie in einem dauerhaften Übergangsstadium hängen. Weder lebt sie, noch ist sie wahrhaftig tot.

Manche sagen, dass der Geist der Seidenraupe jedoch ihren Körper verlassen kann und dass nur Blut in der Lage ist, diesen Geist zu befriedigen. Wer auch immer diese Prozedur vollzieht, kann den Geist des Jīncán an sich binden, indem er ihm einen Tropfen seines eigenen Blutes schenkt. Er wird dann seinen dunklen Wünschen zu Diensten sein, doch Vorsicht: Wenn du ihn nicht ausreichend fütterst, verschlingt er dich!

Früher hätte ich eine so absurde Horrorgeschichte wahrscheinlich lachend abgetan. Doch gestern Nacht habe ich eine Schlange mit drei menschlichen Köpfen aus einem Frauenkörper gezogen. Es gibt in der großen, weiten Welt da draußen dunkle und merkwürdige Mächte, die ich mit meiner begrenzten Vorstellungskraft nie begreifen werde.

»Morgen erhaltet ihr Zugang zu den Vorratsräumen der kaiserlichen Ärzte. Wir kommen dann abends wieder zusammen, sobald die Sommerrituale beendet sind.«

Ich hatte ganz vergessen, dass morgen *Ruf des Sommers* ist, ein Fest, das den Wechsel der Jahreszeiten symbolisiert.

»Sucht euch nun einen Vogel aus, und nehmt ihn mit in eure Unterkünfte, wo ihr für ihn sorgen werdet.« Während wir die Piya begutachten und die entmutigende Aufgabe durchdenken, die vor uns liegt, sagt Elder Guo: »Diese Vögel gehören zu den Schätzen unseres Landes. Sollten sie Schaden nehmen, müsst ihr euch nicht nur über eure Stellung im Wettkampf Sorgen machen, sondern auch über die Strafe, die auf euch wartet.«

Mit selbstsicherem Grinsen stoßen Shao und Guoming sich gegenseitig an. Sie haben keine Angst vor der drohenden Gefahr. Und sie sind es auch, die als Erste zu den Podesten eilen und beschwingt mit einem Vogel auf ihren Platz zurückkehren.

Ich werfe Lian einen Blick zu, doch sie zuckt nur mit

den Schultern. Ich weiß nichts über die Pflege von Tieren, aber schon kurz darauf treffen ohnehin die anderen die Wahl für uns, einfach weil sie sich schneller entscheiden. Ich hebe den übrig gebliebenen Vogel vom Sockel, und er krächzt empört auf, als er durch die Bewegung ein bisschen durchgeschüttelt wird.

»Und was ist mit dem Jīncán?«, fragt Shao, als wir alle auf unsere Plätze zurückkehren, die Vogelkäfige in unseren Händen.

Abgesehen von Lian traue ich keinem der anderen Shénnóng-tú, obwohl Wenyi und Chengzhi eigentlich nett sind. Aber am allerwenigsten traue ich Shao, seit ich ihn in der Residenz des Marquis gesehen habe.

»Morgen im Wettkampf ist euch der Gebrauch einer einzigen getrockneten Larve erlaubt«, sagt Elder Guo. »An ihr werdet ihr die Transformation vor den Augen der Jury vorführen.«

Wir verbeugen uns und machen uns auf den Weg nach draußen. Ich kann nicht anders, als mich noch einmal umzudrehen. Über uns hängt die Schriftrolle mit der Frage: *Gut oder böse?*

»Was weißt du über diese Vögel?«, frage ich Lian, als wir wieder in unserem Zimmer sind. Den Vogel stelle ich auf einem der Beistelltische ab. Auf unheimliche Weise dreht er seinen Kopf und beobachtet jede unserer Bewegungen.

»Wenig«, gibt sie zu und linst durch die Gitterstäbe des Käfigs. »Es sind … keine natürlichen Geschöpfe. Ich will mir gar nicht vorstellen, wie viele Vögel sterben mussten, um diesen einen hier zu erschaffen.«

»Genau wie bei den Jīncán.« Mich schaudert. »So viele mussten sterben. Und wofür?«

Lian nickt feierlich. »Das ist das genaue Gegenteil der Kunst des Shénnóng, weil sein Zweck einzig darin besteht, Leben auszulöschen.«

»Vielleicht will die Prinzessin auf diesem Weg herausfinden, wer sich im Umgang mit Giften auskennt, und das führt sie dann zu der Person, die für die vergifteten Teeziegel verantwortlich ist«, überlege ich.

Verzweifelte Menschen greifen zu verzweifelten Maßnahmen. Und für die Prinzessin muss es entmutigend sein, durch das trübe Becken des Hofstaats zu waten, um zu bestimmen, wer Freund ist und wer Feind.

»Sie hat mich wiedererkannt«, sagt Lian. Träge nimmt sie eine Nuss aus einer Schale auf dem Tisch und legt sie an den Käfigrand. Der Piya zwitschert, kommt herabgeflogen und pickt an ihr herum. Als der Vogel offenbar entschieden hat, dass die Nuss essbar ist, wirft er sie in die Luft und verschlingt sie gierig.

»Wer?«

Der Vogel sträubt sein Gefieder und pickt tschilpend auf dem Boden herum. Lian schiebt ihm noch mehr Nüsse hin, und das gefräßige Geschöpf vertilgt eine nach der anderen.

»Zhen«, sagt sie gedankenverloren. »*Ältere Schwester* habe ich sie immer genannt. Als Kinder durften wir zusammen spielen. Doch dann kam die Angst vor der Rebellion, und man hat sie zu ihrer eigenen Sicherheit von allem abgesondert. Mein Vater sah meine Freundschaft mit Zhen kritisch. Er warnte mich, dass eines Tages vielleicht jemand meiner Familie schaden wolle, ihm schaden wolle – durch mich. Er sagte, deshalb müsse ich wachsam und nützlich sein, denn dieser Tag könne früher kommen, als wir denken.«

Meine Zeit im Palast, all die Dinge, die ich gelernt habe, haben meine Sicht auf meine Kindheit verändert. Früher habe ich alles durch einen Zerrspiegel gesehen, und immer noch suche ich nach Klarheit.

»Sie weiß nicht, wem sie trauen kann«, sage ich. »Wie sollte sie auch?«

Lian hält dem Vogel eine Erdnuss hin, und er krächzt genervt.

»In einer Sache hat sie bestimmt recht. Wenn sie die Quelle des Gifts findet und es schafft, ein Gegengift zu entwickeln, wird sie zumindest einige Leute besänftigen können.«

»Viele sind einfach müde und ängstlich.« Und verloren, wie ich.

»Mein Vater hat sich auf diesen Tag vorbereitet. Die Sterndeuter haben es bereits vorausgesagt: Das Kaiserreich zerfällt, und Veränderungen stehen uns bevor.«

Lian sagt das völlig überzeugt, als sei sie da genauso sicher wie darüber, dass die Sonne im Osten aufgeht. Ich beneide sie um ihren unerschütterlichen Glauben an die Worte der Astronomen.

»Was sehen sie denn? Sehen sie ihre Regentschaft voraus?«, frage ich neugierig. »Und warum können sie das Volk nicht einfach beruhigen und ihm sagen, wer gut herrschen wird und wer nicht?«

»Jeder kann die Sterne sehen; das Gefährliche daran ist

die Interpretation.« Lian runzelt die Stirn. »Sterne sind keine gerade Straße, sondern so etwas wie ein gigantischer Strom, der sich in mehrere Flussarme aufteilt, und diese Flüsse wiederum teilen sich erneut und immer so weiter. Unzählige Möglichkeiten, an den Himmel gemalt. Die Sterne zu deuten ist ein riskanter Beruf. Du könntest etwas sagen, das eine mächtige Person verärgert, und dann …« Sie zieht mit den Fingerspitzen eine Linie einmal quer über ihre Kehle.

»Nicht jeder will wissen, was die Zukunft bringt«, bemerke ich.

Lian nickt. Sie hebt den Vogelkäfig hoch, um ihn in unsere Schlafecke mitzunehmen.

»Du willst doch nicht etwa, dass wir neben dem Piya schlafen?«, frage ich.

Allein beim Gedanken daran, dass diese Augen mir beim Träumen zusehen, kribbelt es mich überall.

»Du hast doch gehört, was Elder Guo gesagt hat. Wenn der Vogel stirbt, werden wir vom Wettkampf ausgeschlossen. Und Schlimmeres.«

Ich grübele über ihre Worte, verstehe nicht, worauf sie hinauswill, dann kommt mir die Erkenntnis: Wenn jemand unseren Vogel tötet, werden wir aus dem Wettkampf geworfen. Mit dem Vogel in unserer Obhut sind wir anfällig für Sabotage.

»Spiele im Spiel«, murre ich, der Intrigen müde. Wieder einmal wird mir meine eigene Unwissenheit deutlich.

»Ich habe dir ja schon erzählt, dass Shaos Familie eng mit dem Hof verbunden ist«, sagt Lian. »Sowohl mit den kaiserlichen Ärzten als auch mit den Hofbeamten. Aber er ist der Erste in seiner Familie, der eine Affinität zu

Shénnóng zeigt. Liu Guoming ist ein entfernter Verwandter des Marquis, und seine Familie betreibt schon seit Generationen Handel mit Tee. Ihre Familien wissen ganz genau, wie die Tee- und Unterhaltungsbezirke mit den Beamten zusammenwirken. Es ist vorteilhaft für sie, innerhalb des Hofes auf dem Laufenden zu sein und Einfluss in Hánxiá zu haben. Die Spiele werden morgen Abend im Palast fortgesetzt, am besten bleiben wir einfach wachsam. Ruh dich aus, Ning. Wir haben es beide nötig.«

KAPITEL 30

Ich erwache von einem kreischenden Geräusch, einem gellenden Wehklagen, das mich aus den Tiefen eines Traums reißt und mich unsanft in den dunklen Raum zurückholt. Der Lärm scheint von überallher gleichzeitig zu kommen.

Ich strample die Decken weg und schaue mich nach Lian um, um sicherzugehen, dass nicht sie in Not ist. Ihre Augen sind zwei helle Punkte ein paar Meter von mir entfernt, sie sitzt im Bett und hat die Decke bis zum Kinn gezogen. Sie hebt einen Arm und zeigt zitternd in die Ecke. Eine Brise streicht mir um die Beine, offenbar ist das Fenster zwischen unseren Betten geöffnet.

Da fegt ein Schatten über uns hinweg. Ich ducke mich, und mir wird klar, dass die Quelle des grässlichen Wehgeschreis der Vogel ist. Er fliegt auf das offene Fenster zu.

»Lian!«, schreie ich. »Mach das Fenster zu!«

Sie springt auf und knallt das Fenster zu, bevor der Vogel entwischen kann. Der Piya kreischt noch einmal auf, schlimmer als zuvor, dann lässt er sich auf einem der Schränke nieder und beginnt, sich hingebungsvoll zu putzen.

Ich krame nach Streichhölzern und zünde die Kerzen an, endlich Licht.

Ein umgeworfener Stuhl liegt in der Ecke. Hinter dem Paravent schauen zwei Beine in schwarzen Hosen und schwarzen Stiefeln hervor. Ich greife nach Kangs Dolch, ziehe ihn aus der Scheide und umfasse ihn mit zitternder Hand. Als ich mich nähere, schlägt mir der Gestank entleerter Eingeweide und von Erbrochenem entgegen.

»Was … was ist los?«, fragt Lian.

Mit den Zehenspitzen stoße ich den Fuß an, und er fällt zur Seite. Ich hebe den Dolch und ziehe den Paravent beiseite. Das Gesicht des auf dem Boden liegenden Mannes wird sichtbar.

Lian schreit auf, mit ihrer Hand versucht sie, ihre Lautstärke zu dämpfen, doch ich höre ihr Entsetzen.

Der Mann ist auf die Seite gefallen, ein Arm unter sich, die andere Hand greift sich an den Hals. Seine Zunge hängt geschwollen und purpurfarben aus seinem Mundwinkel wie eine Schnecke. Blut sickert aus all seinen Körperöffnungen. Es rinnt aus seiner Nase, seinen Ohren und läuft ihm aus den Augenwinkeln wie rote Tränen.

Er sieht aus, als sei er schmerzhaft und brutal gestorben, ohne Frieden zu finden in seinem letzten Augenblick.

»Ich bin … Ich bin mir ziemlich sicher, dass er tot ist«, sage ich und versuche, Lian damit zu beruhigen, doch meine schwankende Stimme straft mich Lügen.

Mit einem lauten Krachen bricht jemand zur Tür unserer Unterkunft herein und kommt mit schnellen Schritten auf uns zu. Rasch schiebe ich den Dolch wieder in meinen Ärmel. Plötzlich sind wir in unserem kleinen Zimmer umgeben von Wachen. Sie schlagen die Augen nieder und heben die Schwerter zum Gruß an die Stirn. Einer von ihnen tritt vor und verbeugt sich.

»Verzeiht unser Eindringen«, sagt er. »Wir hatten den Auftrag, heute Nacht eure Unterkunft zu bewachen, aber es scheint, als seien wir zu spät, um noch helfen zu können. Ich habe nach dem Kanzler geschickt, er hatte gewünscht, informiert zu werden, wenn es in eurer Unterkunft einen Zwischenfall gibt.«

»Kanzler Zhou?« Lian runzelt die Stirn. »Warum sollte er sich um unsere Sicherheit sorgen?«

Im Hof sind jetzt Schritte zu hören, dann tritt der Kanzler persönlich ins Zimmer. Er trägt ein legeres Gewand, als hätte er sich nur hastig etwas übergeworfen. Sein Haar ist zu einem schlichten Knoten im Nacken gebunden. Er schaut düster drein.

»Ich hatte gehofft, es würde nicht so weit kommen.« Er geht zu der Wache, die neben dem Toten kniet und seine Rüstung durchsucht. »Es sieht ganz danach aus, als hätte jemand vorgehabt, euch beide aus dem Wettkampf zu entfernen.«

Die Wache steht auf und salutiert.

»Melde gehorsamst, Herr. Soweit ich sehe, lässt sich der Tote durch nichts identifizieren.«

»Das finden wir schon noch heraus. Bringt ihn nach draußen und entkleidet ihn.« Mit einer Handbewegung entlässt Kanzler Zhou die Wache, dann kehrt er zu uns zurück. »Kommt zu mir, wenn ihr so weit seid. Hauptmann Wu zeigt euch den Weg.«

Wir warten, während einer der Soldaten den Vogel mit dicken Handschuhen einfängt und ihn vorsichtig mit Futter in den Käfig zurücklockt. Der Soldat will den Piya mitnehmen, aber Lian macht ihm klar, dass der Vogel bis zur nächsten Runde in unserer Obhut bleiben muss. Grummelnd gibt der Soldat schließlich nach und entfernt sich, damit wir uns für die Audienz mit dem Kanzler zurechtmachen können.

Hauptmann Wu führt uns durch die Gänge, während der Palast in tiefem Schlummer liegt. Die Ausrufer geben keinen Anhalt, wie spät es ist, aber ich kann die Müdigkeit in Geist und Körper fühlen. Die Bäume in den Gärten und die Statuen scheinen unheilvolle Formen anzunehmen, die Schatten dehnen sich zu grotesken Gestalten aus. Ich wünschte, ich hätte eine frisch gebrühte Tasse Sommertee mit Gingko, um meine Gedanken zu klären.

Wir gehen durch ein Seitentor, und ich erkenne, dass wir ins Palastinnere eingelassen werden – diesmal ganz offiziell und ohne durch Tunnel zu schleichen. Wir laufen über Steine, über die schon die Kaiserin geschritten ist, vorbei an Wandmalereien, Bilder von Kriegern, Jungfrauen und Gelehrten. Es ist, als würde jeder unserer Schritte von zu vielen Augen verfolgt.

Wir treten über eine Schwelle in einen großen Raum. Die Feuer in den Feuerschalen sind entzündet und bringen die satten Farbtöne der Rotholztäfelung zum Leuchten. Die Mitte des Raums ist abgesenkt und für Darbietungen gedacht. Doch anstelle des Kanzlers ist es die Prinzessin, die uns auf einem der Podeste erwartet. Lian und ich fallen vor ihr auf die Knie.

»Lasst uns allein«, befiehlt die Prinzessin.

Hauptmann Wu und die Wachen verschwinden.

»Kommt.« Sie bedeutet uns aufzustehen.

Mir fällt ein, dass ich die Prinzessin vergangene Nacht bedroht und sie in Zugzwang gebracht habe. Und ungeachtet des glücklichen Ausgangs glaube ich nicht, dass sie zur versöhnlichen Sorte Mensch gehört.

»Ich … Ich hoffe, Ruyi hat sich gut erholt, Eure Hoheit«, sage ich und räuspere mich.

Sie wirft mir einen prüfenden Blick zu, bevor sie antwortet. »Ganz die Tochter eines Arztes«, sagt sie dann. »Aber ihr beide müsst mir gegenüber nicht so förmlich sein. Ihr habt meiner Geliebten das Leben gerettet, und dafür bin ich euch dankbar. Ihr könnt mich Zhen nennen, wenn wir unter uns sind.«

»Das ist eine große Ehre, Eure … Danke.« Lian verneigt sich, und ich tue es ihr nach.

»Setzt euch«, weist sie uns an.

Wir knien uns auf Kissen, die auf einem niedrigen Podest liegen.

»Ruyi ist den ganzen Tag über unruhig gewesen, konnte aber etwas Nahrung zu sich nehmen«, sagt Zhen. Ich kann die unterschwellige Sorge in ihrer Stimme hören.

Lian schüttelt den Kopf. »Ich bin entsetzt, dass jemand so etwas getan hat. Gift ist eine niederträchtige Waffe, aber ich bewundere dich dafür, so gefasst zu bleiben. Vater hat mir erzählt, dass du heute früh eine Rede vor dem Hofstaat gehalten hast, die allen für die kommende Zeit Mut gemacht hat.«

»Du erinnerst dich also an Großmutters … Lektionen«,

sagt die Prinzessin, und in Lians Gesicht flackert eine Erinnerung auf.

Sie nickt. »Ich musste sie ja nur ein paar Monate im Jahr ertragen, aber ich hatte Albträume, in denen sie mich mit Haut und Haar auffraß und anschließend meine Knochen ausspuckte, weil ich es gewagt hatte, ohne Erlaubnis zu sprechen.«

Zhen kichert und seufzt dann leise. »Ich wünschte, sie wäre jetzt hier … Sie wüsste, was zu tun ist. Wie man den Hofstaat lenkt, wie man …«

»Das stimmt«, sagt Lian feierlich. »Sie wüsste, was zu tun ist.«

»Lasst uns im Vertrauen sprechen.« Prinzessin Zhen beugt sich vor, entschlossen. »Ich verspreche euch, dass ihr in diesem Raum meine volle Aufmerksamkeit genießt. Wenn ihr ehrlich zu mir seid, werde ich auch aufrichtig zu euch sein.«

Zuerst wendet sie sich an Lian.

»Ich appelliere an dich, weil du früher meine Kameradin warst. Meine Großmutter gab mir ihr Wort, dass deine Familie vertrauenswürdig ist. Kann ich mich auf deinen Rat und deine Diskretion verlassen?«

Lian legt ihre rechte Hand an ihre linke Schulter, um der Prinzessin ihre Loyalität zu versichern. »So wie mein Volk einst deine Großmutter als Prinzessin des Friedens anerkannte, werde auch ich es tun, wenn du den Pakt zwischen unseren Familien anerkennst.«

Die Prinzessin nickt, dann fällt ihr Blick auf mich.

»Am Anfang mochte ich deine Unüberlegtheit nicht und habe sie als Beleidigung empfunden«, sagt sie. »Aber mir ist klargeworden, dass ich keine blumigen Worte und

Treueversprechen brauche. Ich brauche Menschen, die mich in Frage stellen, wenn ich mein Volk enttäusche. Was sagst du also, Ning aus Sù?« Sie mustert mein Gesicht, als suche sie darin nach einem eventuellen Zögern. »Als du den Revolutionär zitiert hast, wolltest du damit ein Zeichen für den Wandel setzen, wie der Marquis behauptet? Bist du bereit, eine Stimme für das Volk zu sein und mir dabei zu helfen, das Erbe meines Vaters fortzuführen, für das Wohlergehen Dàxīs?«

Für einen Moment gerate ich in Panik angesichts einer solchen Bürde. Wie soll ich wissen, ob sie eine gute Herrscherin sein wird? Ich habe die Menschen unter Habgier und Korruption leiden sehen, aber vielleicht hat sie tatsächlich nichts von den Verbrechen gewusst, die die Beamten begangen haben. Vielleicht wird sie wirklich tun, was getan werden muss. Vielleicht ist sie wirklich bereit, den Wandel einzuleiten.

»Wenn du dich der Not des Volkes annimmst und beweist, dass du deine Versprechen hältst …« Ich wähle meine Worte mit Bedacht, denn sie wiegen schwer. »Dann hast du mein Wort, dann werde ich ehrlich zu dir sein.«

»Gut.« Zufrieden mit unseren Schwüren lehnt Zhen sich zurück. »Und jetzt wollen wir besprechen, was heute Nacht geschehen und was noch zu erwarten ist. Es gibt viel zu tun.«

KAPITEL 31

»Ich habe versucht, den Unruhen an den Grenzen nachzugehen«, erzählt uns Zhen. »Ich weiß, dass einige der Beamten die kaiserliche Autorität zu ihrem eigenen Vorteil genutzt haben, aber erst in den letzten Monaten ist mir klargeworden, wie weit die Korruption verbreitet ist.«

Es schmerzt mich zu sehen, dass die Prinzessin so wenig von den Problemen des Reiches gewusst hat. Ich frage mich, ob der Kaiser sie, bevor er krank wurde, absichtlich im Unklaren gelassen hat.

»Illegale Landbesetzungen, Verkauf von Tee und Salz zu überhöhten Preisen, Bestechung, Drohungen, Einsatz von Gewalt … und besonders widerwärtig ist der vergiftete Tee.« Wütend lässt sie ihre Hand auf den Tisch sausen. »Ich habe alle mir möglichen Mittel eingesetzt, um die Untersuchung zu finanzieren, aber es war schwierig. Die Spione hielten meinem Vater die Treue, und ich bin nicht sicher, wie viele von ihnen auch anderen am Hofe Bericht erstatten.«

Jetzt verstehe ich, warum sie uns in ihre Angelegenheiten einbezieht. Wir sind in der Hauptstadt nahezu unbekannt, deshalb kann sie sich unserer Loyalität sicher sein.

»Du nimmst also an, dass es jemand bei Hofe ist.« Lian

hebt eine Augenbraue. »Vielleicht sogar einer der Minister. Und nicht etwa ein anderes Königreich, das versucht, die Stärke Dàxīs zu untergraben.«

Zhen schüttelt den Kopf.

»In Talum im Westen herrscht Bürgerkrieg, und die Familie, die über das Land herrscht, ist mit ihren eigenen Angelegenheiten beschäftigt. Die nördlichen Königreiche müssten sich einen Weg durch die Säulen des Himmels bahnen, um Dàxī anzugreifen. Ihre Kriegsflotte ist nicht bedeutend genug, um eine Bedrohung darzustellen.«

Lian zitiert eine bekannte Redewendung: »Der Baum mag stark sein, doch die Fäulnis beginnt von innen.«

Zhen schneidet eine Grimasse und fährt fort.

»Es liegt natürlich auf der Hand zu vermuten, dass es äußere Kräfte sind, die Unruhe stiften wollen, aber alle meine Quellen deuten auf einflussreiche Beamte innerhalb des Hofes. Sie unterstützen jemanden, der ihrer Ansicht nach mehr Anspruch auf den Thron hat.«

»Den General von Kăiláng.« Selbst ich kann eins und eins zusammenzählen.

»Ja.« Sie seufzt. »Mein ehrgeiziger Onkel. Ich weiß, es gibt Leute am Hof, die glauben, er hätte schon vor Jahren Kaiser werden sollen.«

»Du denkst also, dass er in all das verwickelt ist? In die Vergiftungen?« Ich kann meine Gefühle nicht mehr im Zaum halten, so verzweifelt suche ich nach Antworten. »Und du glaubst, dass die vergifteten Teeziegel der Schlüssel sind, um herauszufinden, wer diesen Einfluss ausübt?«

»Genau«, erklärt Zhen. »Es ist ein Schlag mitten ins Herz des Volkes, aber sie haben dabei sehr viel von sich selbst preisgegeben, jedenfalls mehr als bei früheren Attentatsversuchen. Ich bin gerade dabei zu analysieren, welche Provinzen sie besonders im Visier haben, ob es ein Muster gibt. Unsere Untersuchung der Teeziegel lässt nur einen Schluss zu: Das Gift wurde mit magischem Einfluss hergestellt. Es ist die Arbeit eines sehr talentierten Shénnóng-shī.«

Ich hätte es von Anfang an wissen müssen. Das nicht nachweisbare Gift, die Unmöglichkeit, ein Gegengift zu finden …

Lian runzelt die Stirn. »Du hast einen Weg gesucht, die Shénnóng-shī des Reiches und die vielversprechendsten Shénnóng-tú im Palast zu versammeln, um weiterzuforschen.«

Zhen nickt. »Die Einweisung einer Hof-Shénnóng-shī ist mit langwierigen Ritualen verbunden. Wenn ich diesen Wettkampf nicht ausgerufen hätte, wäre es mir niemals gelungen, alle Shénnóng-shī nach Jia zu rufen.«

Sie erhebt sich, geht zu einer Schriftrolle, die an der Wand hängt, und schiebt sie zur Seite. Die Schriftrolle verbirgt einen Durchgang, und die Prinzessin ruft nach einer Person, die sich im Nebenzimmer aufhalten muss, bevor sie sich wieder auf ihr Kissen setzt.

Der Kanzler tritt ein, von Wachen gesäumt. Es ist also wahr: Er arbeitet mit der Prinzessin zusammen, um die Drahtzieher hinter dem Gift zu finden. Deshalb hat er unsere Unterkünfte so aufmerksam beobachten lassen.

»Habt Ihr die Identität des Mannes aufdecken können, der versucht hat, den Vogel anzugreifen, Kanzler?«, fragt Zhen. Als sie sein Zögern bemerkt, winkt sie ab. »Ihr könnt frei sprechen.«

Der Kanzler senkt den Kopf und berichtet. »Der Dieb verschaffte sich über das Dach und das geöffnete Fenster Zugang zur Unterkunft. Er trug Handschuhe, um den Vogel zu halten, doch das Tier muss ihm in die Augen gespuckt haben, so dass er erblindete. Der Angreifer ließ den Piya los, woraufhin ihm der Vogel ins Handgelenk hackte. Der Speichel gelangte in sein Blut, und es nahm seinen Lauf, er starb.«

Und hinterließ eine Schweinerei auf dem Fußboden unserer Unterkunft.

»Für diese verfluchten Vögel kann man auf dem Schwarzmarkt einen hohen Preis erzielen«, sagt Lian. »Es überrascht mich nicht, dass er versucht hat, ihn zu stehlen, anstatt ihn zu töten.«

»Damit hätte er zwei Fliegen mit einer Klappe geschlagen: sich etwas dazuzuverdienen und euch beide aus dem Wettkampf zu werfen«, sagt der Kanzler.

Die Prinzessin nickt.

»Wir werden sehen, wer morgen mit seinem Vogel auftaucht und wer nicht.« Nach einer Pause wendet Zhen sich wieder mir zu. »Wir müssen uns über Kang unterhalten.«

Ah ja, die Diskussion, vor der ich mich gefürchtet habe. Ich kann das Gewicht all ihrer Blicke auf mir spüren, genau wie die Augen dieser Leute auf den Wandmalereien. Da sie mich in Gegenwart des Kanzlers gefragt hat, muss das bedeuten, dass er in unsere Vereinbarung eingeweiht ist.

Mit zitternder Stimme beginne ich.

»Er hat mich ins Kloster von Língyǎ gebracht.«

Kanzler Zhous Blick verändert sich, als sähe er mich

mit ganz neuen Augen, was mich schmerzlich an die Missbilligung meines Vaters erinnert. Doch ich starre zurück und halte den Kopf hoch.

Jetzt folgt eine Frage auf die andere.

»Língyǎ?«, fragt Zhen. »Wieso Língyǎ?«

»Hat er dich der Äbtissin vorgestellt?«, fragt der Kanzler. »Hat sie irgendetwas von einer Allianz mit seinem Vater gesagt oder Andeutungen über ihre Pläne gemacht?«

»Er wollte mir die Gärten zeigen, und fast hätten uns die Mönche entdeckt. Also haben wir uns in einer unterirdischen Höhle versteckt, während sie uns suchten.« Und ich bin ins Wasser gefallen, und er hat mich gerettet, und wir haben uns geküsst, bis uns beiden die Luft wegblieb. »Und wir haben … uns unterhalten.«

»Unterhalten?« Die Prinzessin ermutigt mich fortzufahren.

»Wir haben darüber gesprochen, wie er im Palast aufgewachsen ist, mit dir.«

»Glaubst du, er hegt irgendwelche bösen Absichten gegenüber der Prinzessin? Ist er eine Gefahr für sie?«

Kanzler Zhou fährt mit seinem Fragenkatalog fort. Er scheint mit meinen Antworten unzufrieden, er will etwas anderes.

»Er sagt, Lùzhou leidet, weil das Volk keine Arbeit findet«, erwidere ich. »Sie haben nur begrenzte Möglichkeiten, ihren Lebensunterhalt zu verdienen, und sind deshalb gezwungen, illegale Handlungen zu begehen, um zu überleben.«

Zhen wendet sich an den Kanzler. »Das habe ich Euch auch schon gesagt. Wenn Ihr mir gestatten würdet, den

Palast zu verlassen und die Strategien umzusetzen, die

wir besprochen haben, dann könnten wir ihr Leid ein wenig lindern.«

»Eure Sicherheit ist das Wichtigste, Eure Hoheit«, sagt der Kanzler. »Wie könnte ich es vor dem Geist Eures Vaters und dem Eurer Großmutter verantworten, wenn Euch etwas zustieße?«

»Ich habe es satt, sicher zu sein!« Zhen erhebt ihre Stimme. Ihre Augen blitzen. »Ich habe es satt, verhätschelt und beschützt zu werden! Ich muss endlich lernen, wie man regiert. Wir müssen diesen gesichtslosen Feind aus dem Weg räumen, bevor es zu spät ist.«

»Wir kommen der Wahrheit immer näher. Denkt an die Informationen, die uns über Kang vorliegen«, sagt der Kanzler schnell, um ihre Wut zu besänftigen. »Ihr wisst, dass wir ihm nicht trauen können.«

»Welche Informationen?«, frage ich, doch Lian verschränkt die Arme und fällt mir ins Wort.

»Hast du Ning etwa als Köder benutzt?«

Zhen schaut sie fest an. »Ich glaube nicht, dass ich sie auf irgendeine Art in Gefahr gebracht habe.«

Bevor ich überhaupt erfassen kann, was sie damit meinen könnte, ergreift der Kanzler wieder das Wort. »Unsere Spione haben Kang mit dem Marquis von Ānhé gesehen; offenbar versucht er, den Einfluss seines Vaters auf die südöstlichen Provinzen auszuweiten. Der Marquis und der General haben Beamte des Ministeriums bestochen, sie rekrutieren immer mehr Leute für die Salzwiesen und errichten im Geheimen Trainingscamps für eine eigene Armee.«

»Kang hält den Einsatz von Gift für unehrenhaft«, protestiere ich. »Er will sich nur für sein Volk einsetzen.«

Ich weiß nicht, warum ich ihn weiter verteidige, aber ich bin mir sicher, dass seine Worte an der geheimen Quelle aufrichtig waren. Der *Golden Key* sagt mir dasselbe, ich spüre sein Vibrieren in mir.

»Wir vermuten es bislang nur«, lenkt die Prinzessin ein. »Die Beweise gegen meinen Onkel liegen auf der Hand, aber was Kang betrifft, sind wir uns nicht sicher.«

»Wäre es möglich, dass er nichts davon weiß?«, wagt Lian zaghaft zu fragen. »Könnte sein Vater ihn im Unklaren gelassen haben?«

»Ich habe ganz vergessen, dass du ihn auch gekannt hast«, sagt Zhen. »Damals.«

»Bitte seid doch nicht naiv«, blafft der Kanzler. »Ihr habt gesehen, wie er sich bei der Zeremonie verhalten hat. Er war genau im richtigen Moment da und warf sich vor die Prinzessin, um sie zu verteidigen. Er wollte ihr Vertrauen gewinnen, aber die Attentäter wurden mit hoher Wahrscheinlichkeit von seinem eigenen Vater geschickt. Es war eine wohldurchdachte List. Kang schwingt das Schwert, seit er laufen kann. Als Jugendlicher trainierte er mit den Geächteten des Reiches. Er ist eine Waffe, so viel ist klar. Ich glaube, die Wahrheit kommt sehr bald ans Licht«, endet der Kanzler mit einem mürrischen Lächeln. Dann sagt er, an Zhen gewandt: »Wollt Ihr es ihr sagen, oder soll ich es tun?«

Sie tauschen einen Blick aus, dann wendet sich die Prinzessin an mich.

»Wir haben Hinweise darauf – *zuverlässige* Hinweise –, dass ein Bestandteil des Gifts, das sich in den Teeziegeln verbirgt, nur in Lǜzhou vorkommt. Eine Art gelber Seetang, Kūnbù.«

Plötzlich rauscht es in meinen Ohren. Wie Wellen schlägt die Wahrheit über mir zusammen und droht, mich unter ihrem Gewicht zu begraben.

»Es tut mir leid«, sagt sie sanft. »Aber es ist unwahrscheinlich, dass er so unwissend ist, wie er zu sein behauptet.«

Ich hasse ihren mitleidigen Gesichtsausdruck.

»Ist denn die Arbeit an dem Heilmittel inzwischen erfolgreich gewesen? Am Gegengift?«, will ich wissen.

Ich hätte mich die ganze Zeit nur darauf konzentrieren, mich nicht ablenken lassen sollen von einem attraktiven Jungen auf dem Markt. Ich habe meine Zeit damit verschwendet, mich zu fragen, ob er meine Fähigkeiten als Shénnóng-tú für irgendwelche schändlichen Zwecke ausspionieren oder ob er tatsächlich mich kennenlernen wollte, wie er behauptete. Unsere Wege hätten sich niemals kreuzen dürfen.

»Wir machen Fortschritte«, sagt der Kanzler. »Aber noch können wir nur die Ausbreitung des Gifts im Körper verlangsamen, wir können es nicht aufhalten.«

»Mach dir keine Sorgen, Ning«, sagt die Prinzessin. »Ich halte meine Versprechen. Du bekommst das Gegengift, sobald wir es finden, und wenn wir es nicht finden, erhältst du Zugang zu den Vorratsräumen. Aber es ist wichtig, dass ihr beide weiter im Wettkampf bleibt. Seid euren Mitstreitenden gegenüber wachsam, erstattet mir Bericht über auffälliges Verhalten oder merkwürdige Vorgänge.«

Lian und ich nicken verständnisvoll.

»Und ich wünsche mir sehr, dass eine von euch meine Hof-Shénnóng-shī wird«, sagt sie. »Ich brauche Menschen, die mir nahestehen. Menschen, denen ich vertraue.«

Als wir ihre Räume verlassen, habe ich das Gefühl, ein Brandmal auf der Brust zu spüren. Mir fällt wieder ein, was Kang mir vom Verlust seiner Mütter erzählte – seiner biologischen und der, die ihn bei sich aufgenommen hat. Es hatte mich so an meinen eigenen Verlust erinnert. War es möglich, dass er seinen Hass so gut verbergen konnte? Sein Verlangen nach Rache?

Er hat mich belogen, stichelt eine leise Stimme in mir, die von seinem Verrat verletzt ist.

Jetzt weiß ich es besser.

KAPITEL 32

Kanzler Zhou hat uns umquartiert, da unsere Unterkunft für weitere Untersuchungen abgeriegelt worden ist. Wegen der bevorstehenden Begräbniszeremonien und der letzten Runden des Wettkampfes sind noch mehr Minister und Beamte im Palast als üblich, weshalb sogar die Unterkünfte der Dienerschaft voll belegt sind. Lian und ich wohnen daher jetzt bei den Gelehrten in der fünften Etage der Bibliothek. Es ist ein kreisrunder Raum mit schlichten Möbeln. Mir ist das Spartanische viel lieber als der Luxus unserer vorherigen Unterkunft, ich bin es leid, von zerbrechlichen Dingen umgeben zu sein.

Die Müdigkeit der letzten Tage umhüllt mich wie eine riesige Welle, und ich schlafe schnell ein. Als ich die Augen wieder öffne, ist der Raum in helles Sonnenlicht getaucht. Das Licht fällt durch den Stoff, der den Vogelkäfig abdeckt, und darunter singt der Piya lauthals. Offenbar versucht er, unsere Aufmerksamkeit auf sich zu lenken. Ich ziehe das Tuch ab, und er begrüßt mich mit noch mehr Geträller und hüpft von seiner Stange herunter. Auf der Suche nach Futter pickt er auf dem Käfigboden herum.

»Es tut mir leid«, erkläre ich ihm. »Ich habe im Moment nichts für dich.« Er hebt den Kopf und betrachtet mich wieder mit seinen neugierigen Augen. Mich schaudert. Ein Biss von diesem Vogel, und ich sterbe einen schnellen, schmerzvollen Tod. Ich beschließe, mich von ihm so gut wie möglich fernzuhalten.

Qing'er bringt uns das Frühstück und bricht in Jubel aus angesichts des Ausblicks aus unserem Fenster.

Erst nachdem er gegangen ist, wage ich, über die Geschehnisse der letzten Nacht zu sprechen. Ich will nicht noch jemanden in diese immer gefährlicher werdende Angelegenheit verwickeln. Immerhin ist der Fremde mühelos durch unser Fenster geschlüpft, ohne dass die Wachen des Kanzlers es bemerkt hätten. Anstatt zu versuchen, den Vogel zu stehlen, hätte er uns in unseren Betten ermorden können.

Wir schlürfen dicke Nudeln in einer Brühe mit süßen grünen Kürbisstückchen und Streifen von Schweineschnitzel. Qing'er sagte, es sei Tradition im Norden, im Sommer Nudeln zu essen, besonders zur Zeit der Sonnenwende. Teigtaschen gibt es hier eher im Winter. Doch weil der Kaiser Teigtaschen liebte, werden sie im Palast das ganze Jahr über zubereitet. Unwillkürlich frage ich mich, wie sich das Menü ändern wird, wenn ein neuer Herrscher den Thron besteigt.

Lian hält dem Vogel ein Kürbishäppchen hin, aber er lehnt das grüne Fleisch angewidert ab.

Als unsere Schüsseln leer sind, erzähle ich Lian endlich alle Einzelheiten von meinen Begegnungen mit Kang. Wie ich eine Tasse *Golden Key* mit ihm getrunken habe, dann *Silver Needle*, um seine wahren Absichten herauszufinden –, und wie ich daran scheiterte. Doch zu meiner Überraschung tadelt Lian mich nicht. Sie scheint im Gegenteil beeindruckt zu sein.

»Meisterschaft im Shift zu erlangen ist eine große Gabe«, sagt Lian mit Ehrfurcht in der Stimme. »Du hast Talent, Ning.«

Der Gedanke gefällt mir, erinnert er mich auch daran, wie viel ich noch zu lernen habe. Der große Baum in der Dunkelheit, als die Göttin sprach …

»Wird er so genannt, dieser Zwischenraum? Shift?«

»Gestern habe ich es zum ersten Mal gespürt, glaube ich.« Lian bekommt glänzende Augen. »Dieses Gefühl, das du auch erlebt hast, wie aus dem Körper herauszutreten. Es war etwas ganz anderes, als ohnehin starken Männern noch mehr Kraft zu verleihen. Mehr, als in ein bereits brennendes Feuer noch einen Holzscheit zu legen. Als ich Ruyi geholfen habe … habe ich sie in der Welt gehalten. Ich habe sie geschützt. Ich habe mit ihr gesprochen, während du mit der dunklen Kreatur gekämpft hast, damit sie nicht auf die andere Seite gleitet. In unseren Legenden stellen wir uns den Tod als eine Klippe und ein immerwährendes Fallen vor. Als ich dort war, habe ich Ruyi vom Rand weggezogen, aber ich habe etwas gehört, es rief meinen Namen.«

Ein Zittern überläuft sie. Ich habe Mitleid mit ihr, sie ist nur ein nettes Mädchen, das ich in den Versuch, meine Schwester zu retten, hineingezogen habe. Ich nehme ihre Hand.

»Danke«, sage ich. »Dafür, dass du mir, ohne zu zögern, beigestanden hast, als ich dich brauchte. Danke, dass du eine echte Freundin bist.«

Alles, was ich ihr geben kann, sind meine Worte, keine

Reichtümer, keine seltenen Zutaten, nichts, mit dem ich handeln oder tauschen könnte. Nur meine Freundschaft. Und sie nimmt sie an, so majestätisch, wie die wahre Prinzessin von Dàxī.

Wir steigen die Treppe in die Hauptebene der Bibliothek hinunter, um alle Texte über das Geheimnis der Piya zu studieren, die wir finden können. Einer der Gelehrten bemerkt den Vogel und fragt nach unseren Namen. Dann führt er uns über eine weitere Steintreppe in eine kleine Kammer.

»Was ist das für ein Ort?«, frage ich, als ich die rissigen Bambusschriftrollen und die in schützendes Tuch gewickelten Bücher bemerke.

Der Gelehrte verbeugt sich. »Dieser Bereich der Bibliothek ist der Öffentlichkeit eigentlich nicht zugänglich. Der Kanzler hat jedoch angedeutet, dass ihr euch hier umschauen dürft.«

Kanzler Zhou unterstützt uns also, damit wir im Wettbewerb eine Chance haben, so wie es die Prinzessin gewünscht hat.

Lian schlendert an den Regalen entlang und wählt eine *Abhandlung über Gifte und Kräuterkunde im Norden* aus, verfasst von Qibo, einem berühmten Arzt aus Ānhé. Ich nehme mir *Língshu*, eine von einem großen Shénnóngshī, der den erhabenen Kaiser bei Hofe besuchte, verfasste Schrift. Außerdem ein schmales Bändchen über die Wechselwirkung und Neutralisation von Giften aus Hánxiá. Sehnsüchtig betrachte ich Bücher mit Titeln wie *Gespräche von Teebauern in der Provinz Yún* und *Über die Auswahl des Teegeschirrs für ein besseres Trinkerlebnis.* Aber dann greife ich doch nach *Heilmittel für fünfzig Krankheiten* und lege, aus einer Laune heraus, *Erstaunliche Geschichten aus dem Himmlischen Palast* darauf. Lians Blick bleibt an dem Titel hängen, aber sie kritisiert meine Auswahl nicht. Dabei würden selbst die abergläubigsten Bürger von Dàxī diese Geschichten als phantasievolle mythische Überlieferungen abtun.

Zurück in unserem Zimmer diskutieren wir über die alten Schriften und notieren uns viele Sätze der großen Tee-Magier. Auch sie scheinen sich nicht immer einig zu sein. Verzweifelt will ich das Wissen aus diesen Bänden heraussaugen, in der Hoffnung, dass irgendeine unbedeutende Zutat darin das Gegengift ist, nach dem ich suche.

Wir erfahren etwas über das Horn des Rhinozerosses, das angeblich allen Giften entgegenwirkt, aber da das Tier ausschließlich in einem fernen Königreich lebt, ist es eine absolute Rarität. Auch die schwarze Perle von Lǜzhou wird erwähnt, was mich an Kang erinnert, doch sie scheint die Eigenschaften bestimmter Wirkstoffe eher zu verstärken, als selbst ein Gegengift zu sein.

Wir führen das Frage-und-Antwort-Spiel weiter und weiter und kommen schließlich zur Kernfrage zurück. Wie verwandeln wir den Jīncán in einen Köder? Und wie befreien wir den Vogel später wieder davon?

Irgendwann döse ich ein und erwache von Lians angenehmem Gesang, den der Piya trillernd erwidert. Offensichtlich haben die beiden Zuneigung füreinander entwickelt, während ich geschlafen habe.

»Kannst du es überhaupt ertragen, ihn zu vergiften?«, necke ich sie.

Sie winkt entschieden ab.

»Du vergiftest, ich rette«, bestimmt sie.

Ich bin einverstanden.

Ich lese nach, wie die Piya von Geburt an mit ihrer einzigartigen Nahrung gefüttert werden, angefangen von Saaten und Insekten bis hin zu größeren Tieren. Sie lernen dazu und ihre Immunität wächst, bis sie alt genug sind, um auf menschliche Speisen umgestellt zu werden. Bald sind sie in der Lage, darin enthaltene Gifte ausfindig zu machen. Ich lese über die fünf Gifte – den Skorpion, die Schlange, die Motte, die Kröte und den Tausendfüßler. Sie alle sind auch im sagenumwobenen Jīncán enthalten und sollten deshalb leicht vom Vogel entdeckt werden können.

Später bringt Qing'er uns das Mittagessen, dazu einen Teller mit Obst und Nüssen. Ich experimentiere mit einem milden Gift, einer Beere, die den Magen reizt, aber dem Auge schmeichelt. Der Vogel pickt daran, bis sie sich öffnet, weigert sich dann aber, sie zu fressen. Raffiniertes Geschöpf.

Während wir unsere Rettichkuchen essen und sie dazu in Sojasoße und Chili tauchen, probieren wir weiter aus, was der Piya frisst. Zu Hause werden unsere Rettichkuchen pur gedämpft, hier im Palast sind Wurststückchen und getrocknete Krabben eingebacken. Der Vogel lehnt die Wurst ab, knabbert aber an einer Krabbe herum und pickt etwas vom Kuchen ab.

Frustriert schaue ich den Vogel an, während wir weiter nach der Lösung des Rätsels suchen.

»Du solltest ihn nicht überfüttern«, sage ich zu Lian, die den Vogel gerade mit einer Weintraube lockt. »Sonst hat er keinen Appetit mehr auf das Gift heute Abend.«

»Armer Peng-ge«, seufzt sie.

»Peng-ge?«

Lian lacht.

»So nennt man die Jungs in Kallah. Ich finde, es passt zu ihm.«

Ich kann mir ein Kichern nicht verkneifen, obwohl eine so schwierige Aufgabe vor uns liegt. Wir diskutieren weiter, während ich mich auf dem Bett ausstrecke und Lian auf- und abgeht. Ihr Gemurmel ist mir inzwischen so vertraut wie das Knacken des Feuers und das Läuten der Glocken.

Eine weitere Stunde verstreicht, die Sonne geht allmählich unter, und die dritte Runde rückt näher, bis die Ungewissheit in mir so groß und beunruhigend wird, dass ich sie keinen Moment länger aushalte. Ich schleudere die Schriftrolle, die ich gerade in der Hand halte, zu Boden. Peng-ge und Lian zucken zusammen.

»In diesen Texten steht nichts!«, schimpfe ich. »Nichts … nichts … nichts!«

Ein Buch nach dem anderen werfe ich auf mein Bett, bis das letzte den gesamten Stapel mit einem Krachen umkippt.

»Geht's dir jetzt besser?«, fragt Lian.

Ich grunze nur und verschränke die Arme vor der Brust. Beide schauen wir auf Peng-ge, der sich gerade putzt.

»Der Vogel entwickelt also irgendwann eine Abneigung gegen Gifte«, spreche ich meine Gedanken laut aus und kehre zu unserem Rätsel zurück, »und weigert sich zu fressen, was ihm schadet.«

»Das ist es ja, worüber ich die ganze Zeit grübele«, sagt Lian und kreuzt ebenfalls die Arme vor der Brust. »Manchmal muss man ein Gegengift verabreichen, auch wenn man dabei Gefahr läuft, zwar dem einen Gift entgegenzuwirken, aber dem anderen zu erliegen.«

»Was hat Elder Guo noch mal an dem Tag gesagt, als wir die Sache über den Kaiser herausfanden?«, frage ich und versuche, mich zu erinnern.

»Der Vogel nimmt nur das in sich auf, was er ertragen kann«, zitiert Lian.

Ich starre sie an, während sich die Lösung in meinem Kopf entfaltet, als würde eine Hand Kondenswasser von einem beschlagenen Spiegel wischen.

»Gift mit Gift bekämpfen«, sage ich aufgeregt. »Das ist es! Das ist die Lösung!«

Lian schaut mich verwirrt an.

»Der Vogel wird das Gift fressen, wenn es für ihn der einzige Weg ist, um am Leben zu bleiben. Wir müssen dafür sorgen, dass es eine noch größere Gefahr für ihn gibt als den Jīncán.«

Im Geiste gehe ich schon die Liste der Zutaten durch, die einen Menschen oder ein Tier leichter beeinflussbar machen. Mutter benutzte sie, um Menschen in seelischer Not zu beruhigen. Aber ich kann damit auch eine andere Reaktion hervorlocken.

Missbilligend ziehen sich Lians Mundwinkel nach unten. »Ich will ihm nicht weh tun.«

Beruhigend lege ich ihr die Hand auf die Schulter. »Wir werden ihn retten. Da bin ich ganz sicher.«

Nach einer ziemlich langen Weile nickt Lian und willigt in meinen grausamen und doch notwendigen Plan ein.

KAPITEL 33

Die untergehende Sonne schickt rosa und orangefarbene Streifen über den Himmel, die sich im Wasser des Seerosenteichs hinter dem Pavillon spiegeln. Eine phantastische Kulisse für die dritte Wettkampfrunde, aber ich kann mir den Luxus nicht erlauben, den Ausblick zu bewundern. Stattdessen gehe ich im Geiste immer wieder die Schritte der vor uns liegenden, beängstigenden Aufgabe durch. Den Piya täuschen, den Piya retten.

Die Jury sitzt auf in den Pavillon eingebauten Steinstühlen und plaudert. Drei von ihnen sind in Schwarz gehüllt, schmucklos und schlicht. Die Prinzessin trägt ein strenges weißes Gewand, das Haar ist mit silbernen Blumen geschmückt. Ihr Rocksaum lässt die zarte Stickerei goldener Chrysanthemen erahnen.

Mutter mochte keine Chrysanthemen, weil es Beerdigungsblumen sind. Als wir sie zur Ruhe betteten, war weit und breit keine einzige Chrysantheme zu sehen. Jetzt kommen sie mir wie ein schlechtes Omen vor.

Nur sechs von uns sind anwesend: Die beiden Shénnóng-tú, die mit Shao und Guoming befreundet sind, sind nicht erschienen. Ich bemerke es erst in dem Moment, als wir vor der Jury stehen. Nur drei Podeste, drei Vögel. Irgendetwas muss passiert sein.

Elder Guo erhebt sich.

»Der Minister hat die Sommerrituale durchgeführt, um die Götter zu besänftigen, damit sie uns mit gutem Wetter und einer üppigen Ernte segnen. Es sollte eine glückliche Zeit für Dàxī sein, stattdessen haben wir eine Verschwörung in unserem Wettkampf aufgedeckt.«

Hinter uns betritt ein Beamter den Pavillon und verneigt sich vor der Jury. Der Anhänger an seiner Schärpe verrät, dass er dem Justizministerium angehört. Obwohl sein Schwert in einer verzierten Scheide steckt und wir weit weg von Sù sind, überkommt mich bei seinem Anblick das altbekannte Frösteln.

»Wir haben herausgefunden, dass der Söldner, der versucht hat, einen der Piya zu stehlen und dabei selbst zu Tode gekommen ist, von der Familie Zhu angeheuert wurde. Es war der perfide Versuch, den Wettkampf zugunsten ihres Sohnes zu beeinflussen«, berichtet er. »Sie haben bereits gestanden und stehen bis zur Verurteilung unter Hausarrest.«

Neben mir höre ich ein Kichern. Shao und Guoming können ihre Schadenfreude kaum verbergen, und es würde mich nicht wundern, wenn die beiden ihre Hand im Spiel hatten, wenn sie ihre Freunde zu dieser Intrige ermuntert hätten. Eine geflüsterte Andeutung, ein Anstupsen, ein Zwinkern …

Aber immerhin ist Wenyis Miene ausdruckslos, und Chengzhi scheint entsetzt von der Enthüllung zu sein.

»Das Volk von Dàxī ist immer noch von Habgier durchzogen«, sagt Elder Guo mit Abscheu. »Wir sollten uns daran erinnern, dass der Weg zur Weisheit die Selbstbeschränkung ist. Wir dürfen unserem Ego nicht erliegen.«

Nach dieser Bemerkung wirkt die Prinzessin beunruhigt, doch sie lässt Elder Guo weitersprechen.

»Aber nun werden wir sehen, wie ihr der vor euch liegenden Herausforderung begegnet.« Elder Guo nickt in Richtung Shao und Guoming. »Die von euch gewünschten Dinge liegen im Pavillon bereit und sind mit euren Namen gekennzeichnet.«

Nach einer Verbeugung vor der Jury trennen sich die beiden – Guoming tritt zu dem Tisch, auf dem die Zutaten ausliegen, Shao holt den Käfig mit »ihrem« Piya.

Einige Diener schieben einen hüfthohen Tisch in die Mitte des Pavillons, auf dem sich eine größere Vogelvoliere befindet, ein Holzkäfig mit Seiten aus Maschendraht. Shao setzt den Piya hinein, und der Vogel flattert sofort von einer Seite zur anderen, um sein neues Reich zu erkunden. Die Bühne ist bereitet.

Shao nickt Elder Guo zu, die einen Mönch herbeiwinkt. Er händigt Shao eine kleine Schale aus, die mit rotem Wachs versiegelt ist. Ein Hinweis auf seinen gefährlichen Inhalt.

»Es ist mir eine Ehre, heute vor der Jury zu stehen und diese seltenen Geschöpfe mit eigenen Augen sehen zu dürfen.«

Shao verbeugt sich formvollendet.

Guoming steht neben ihm und hält ein Tablett mit einer Tasse, aus der es dampft.

Shao greift zu der versiegelten Schale und bricht vorsichtig das Wachs, dann stellt er sie auf den Tisch. Mit ruhigen Händen benutzt er zwei Essstäbchen, um den Jīncán für alle sichtbar herauszuheben.

 Die Seidenraupenlarve ist winzig. Nur daumengroß.

Die Farbe ist blassgold, fast durchsichtig, als hätte das Gift alle Farbe aus ihr herausgesaugt. Vorsichtig legt Shao sie auf einen Teller und bedeckt sie mit einer anderen Schale.

Er nimmt die Tasse von Guomings Tablett, nickt der Jury erneut zu und leert sie dann in einem großen Schluck.

Ich rieche den Duft von Regen und spüre dieses eigentümliche Kribbeln auf meiner Stirn.

Mit Schwung deckt Shao den Teller ab, und in seiner Mitte glänzt eine pralle rote Dattel. Der Jīncán ist verschwunden.

»Ein Trugbild«, flüstert Lian mir zu.

Shao dreht sich lachend zu ihr um, der Rausch der Magie stimmt ihn ausnahmsweise freundlich.

»Kein Trugbild, eine Verwandlung! Dem Piya wird der Jīncán wie eine Dattel schmecken.«

»Fabelhaft!« Marquis Kuang kommt näher, sein Gesicht nimmt einen berechnenden Ausdruck an. »Wie lange hält diese Verwandlung an?«

Shao zuckt mit den Schultern. »Das kommt auf die Fähigkeiten des Shénnóng-tú an. Ein durchschnittlich fähiger Lehrling sollte es schaffen, sie für die Dauer eines Räucherstäbchens aufrechtzuerhalten.« Prompt wird er wieder überheblich: »In meiner Klasse halte ich den Rekord: über zwei Stunden.«

»Beeindruckend.« Der Marquis nickt und kehrt auf seinen Platz zurück.

»Es reicht nicht aus, dass der Jīncán eine andere Gestalt annimmt«, ruft Elder Guo aus. »Der Vogel muss ihn auch fressen.«

»Natürlich.« Shao verneigt sich und schiebt den Teller in die Voliere.

Der Piya landet daneben, betrachtet ihn. Schließlich scheint er entschieden zu haben, dass es sich um gutes Futter handelt, denn er zupft die Dattel vom Teller und schluckt sie im Ganzen herunter. Es dauert nur einen Moment, dann beginnt er zu zucken.

Schon die Einnahme weniger Krümel Jīncán über eine längere Zeit hinweg führt zu einem langsamen Tod, aber eine so große Menge auf einmal?

Der Vogel stößt einen hohen, klagenden Laut voller Schmerz und Verzweiflung aus.

Die anderen beiden Piya im Pavillon kreischen besorgt.

Sofort ist Guoming zur Stelle und greift in den Käfig. Mit Handschuhen öffnet er den Schnabel des Piyas und träufelt eine Essenz hinein. Der Vogel ist zu schwach, um sich zu wehren, versucht aber, ihn mit ein, zwei trägen Flügelschlägen zu vertreiben.

Er zuckt wieder, einmal, zweimal, dann speit er die glitschige Dattel aus. Benommen liegt der Vogel da, seine Brust hebt und senkt sich. Er lebt. Der Mönch, der am Rande des Pavillons gewartet hat, kommt rasch herbei und steckt den verwandelten Jīncán zurück in die Schale. Auch der Vogel, der seinen Zweck erfüllt hat, wird weggebracht.

»Gut gemacht«, verkündet Elder Guo. »Eine angemessene Lösung für das dargebotene Problem. Und jetzt werden die nächsten beiden Shénnóng-tú uns ihre Fähigkeiten demonstrieren.« Erwartungsvoll wendet sie sich Lian und mir zu.

 Auf dem Weg zum Podium wirbelt etwas in mir auf.

Mutter sagte mir einmal, wenn jemand durch die Hand eines Shénnóng-shī stirbt, dann wird der Name des Mörders aus dem *Buch des Tees* gestrichen. Sie starb an einem Gift, das einer von uns erschaffen hat, einem, der nur vorgibt, auf dem Pfad der Shénnóng-shī zu wandeln. Und jemand im Palast weiß, wer es ist.

Einzig dieser kalte Gedanke lässt meine Hände ruhig werden, während ich meine unbarmherzige Tat vorbereite.

»Es tut mir leid, Peng-ge«, flüstere ich dem Vogel zu, als ich seinen Käfig zur Voliere trage.

Er tschilpt mir zu, ohne zu ahnen, welches Schicksal ihn erwartet. Vorsichtig hüpft er aus dem Käfig, und ich schließe das Türchen hinter ihm.

Schwer und kalt ist die Schale, die in meine Hände gelegt wird. Meine Fingernägel drücken sich in das weiche Siegelwachs und lösen den Deckel. Ich betrachte den Jīncán, wie er da auf dem Boden liegt. So ein kleines, unnatürliches Ding. Ich hebe ihn heraus und setze ihn in einen flacheren, kleineren Napf. Lian reicht mir ein Glas Wasser, das ich in einem dünnen Strahl über den Jīncán gieße.

Die goldene Seidenraupe steigt hoch, doch dann nimmt sie das Wasser in sich auf und sinkt wieder herab. Dabei setzt sie ihre Essenz frei.

Ich schiebe den Napf in die Voliere. Peng-ge ist inzwischen an meine Anwesenheit gewöhnt und hüpft heran, um den Inhalt des Schälchens zu untersuchen. Sein Vertrauen macht alles nur noch schlimmer, während ich ihm zusehe, wie er das Wasser probiert. Einen Moment lang hatte ich gehofft, dass er weniger klug ist, als die Ältesten es behaupten, dass er das Wasser einfach trinken würde. Aber er scheint die Gefahr, die darin lauert, zu erkennen und flattert uninteressiert davon.

Auf meinem Tablett liegen drei Dinge: ein Messer. Ein Teeziegel. Eine Schale.

Ich nehme den Teeziegel in die Hand und atme seinen Duft ein. Zusammengepresste Teeblätter, zu einem handlichen Block geformt, in Dunkelheit fermentiert und gereift. Leicht zu transportieren, leicht zu lagern.

Mit der flachen Klinge schneide ich ein Stück Tee ab und lege ihn in die Schale, in der einige Strähnen von Haselwurz liegen. Lian tritt mit dem schweren Kessel dazu, das Wasser darin sprudelt bereits. Als sie es in die Schale gießt, zischt es heftig. Der Tee muss stark sein, mächtig, damit ich ihn als Waffe einsetzen kann.

Genau wie der Shénnóng-shī, der meine Mutter ermordet hat.

Ich schließe die Augen, umfasse die Schale mit beiden Händen und führe sie an meine Lippen.

KAPITEL 34

Shao ließ den Jīncán als etwas völlig anderes erscheinen, er hat unsere Sinne ausgetrickst. Ich hingegen werde die Magie direkt am Piya selbst anwenden.

Der Tee ist dickflüssig und stark und hinterlässt einen bitteren Geschmack auf meiner Zunge. Schnell entfaltet sich die Magie und beginnt, ihre Wirkung zu tun.

Vater nutzte den wärmenden Haselwurz, um bei Erkältungen Hals und Nase zu befreien. Den Shénnóng-shī dient er aber zu einem anderen Zweck, nämlich um sich mit dem Geist eines anderen zu verbinden und ihn auf subtile Weise von etwas zu überzeugen. In meiner Hand halte ich eine einzelne Feder von Peng-ge, die ich vom Käfigboden aufgelesen habe.

Bitte, ich schicke einen Appell an die Göttin, *du hast mir schon einmal geholfen. Hilf mir noch einmal, auch wenn ich diesmal etwas Schreckliches tun muss, das deinen Lehren widerspricht.*

Ich folge der Magie, trete aus meinem Körper heraus und stelle mir vor, wie meine Hände nach dem Piya greifen, wie ich ihn zärtlich rufe. Der Vogel hebt den Kopf, als könne er mich sehen, obwohl ich von außen betrachtet nur weiter dort stehe, mit geschlossenen Augen, nur meine Lippen bewegen sich leicht.

Peng-ge schüttelt das Köpfchen, er hat ein schlichtes, einfältiges Gemüt. Er kennt nur die Dinge, mit denen er aufgewachsen ist in seiner vertrauten Umgebung im Hánxiá-Kloster, in seinem von Begonien und Efeu umrankten Gehege. Nie hat er den freien, offenen Himmel erfahren. Er kennt Durst, und er weiß, dass manches, was essbar erscheint, ihn krank machen kann.

»Du bist durstig«, flüstere ich und suche nach diesem Gefühl in ihm. »Du hast schon sehr lange Durst. Tagelang kein Wasser.«

Der Vogel krächzt unbehaglich, denn die Ranken meiner Magie schlängeln sich nun in ihn hinein und ergreifen von ihm Besitz. Jeder Schritt fühlt sich falsch an, und während ich in dem Vogel das Gefühl großer Durstigkeit erzeuge, spiegelt es sich auch in mir wieder: Meine Lippen reißen auf, mein Mund wird trocken.

Jetzt finde ich den zarten Punkt in mir, an dem sich jedes Gefühl von Kränkung, jeder bittere Gedanke wie in einem undurchdringlichen Busch aus Nesseln ineinander verwoben haben. Seit der Kanzler diese eine Zutat des Gifts enthüllt hat und damit die Tatsache, dass Kang mich von Anfang an belogen hat … Diese dunkle und doch verführerische Magie will, dass ich sie gegen jemand anderen einsetze, damit er den Schmerz fühlt, den ich gefühlt habe.

Meine Kehle zieht sich schmerzhaft zusammen, sucht verzweifelt nach einem Tropfen Feuchtigkeit. Der Piya versucht, sich zu erheben und meinem Einfluss zu entkommen, doch er schafft nur ein paar schwache Flügelschläge, bevor er fällt.

»Trink«, krächze ich und deute auf das Gift.

Mit zögernden torkelnden Schritten schwankt er zum Wassernapf. Hin und her gerissen zwischen dem Wunsch zu überleben und dem Durst, zwischen Leben und Sterben kämpft er gegen alles, was man ihm beigebracht hat, bis er schließlich unterliegt.

Er taucht den Schnabel ein und trinkt.

Ich taumele zurück. Die Verbindung zwischen Peng-ge und mir bricht ab, als der Vogel das Bewusstsein verliert. Lian fängt mich auf.

»Geht's?«, fragt sie leise.

Ich nicke und leere die Flasche, die sie mir reicht, um mir den abscheulichen Geschmack aus dem Mund zu spülen. Der Geschmack von Grausamkeit und Gewalt, so ähnlich wie beim Krähenkopf, dem Pfeilgift. Aber bevor ich weiter darüber nachdenken kann, dreht sich mir der Magen um und ich muss mich übergeben.

Lian arbeitet daran, das Gift aus Peng-ge zu holen, und wendet dabei das Wissen an, das wir bei Ruyis Rettung erworben haben. Der karmesinrote Pilz für Widerstandskraft, die Rinde des Regenschirmbaums, um das Gift zu bekämpfen. Die Wirkung des Gifts ist diesmal schwächer, weil der Vogel es nur getrunken und den Jīncán nicht selbst gefressen hat.

Ich übergebe mich in einen Topf in einer Ecke des Pavillons, und verstehe nun, was Mutter mit dem Preis meinte, den das Shénnóng fordert. Die Magie wendet sich um ein Vielfaches verstärkt gegen jene, die sie zum Schaden anderer einsetzen. Ich habe noch nie gegen ihre Lehren verstoßen, und jetzt fühlt es sich an wie eine Beleidigung ihres Andenkens.

Noch während mir übel ist, streift mich ein flüchtiger

Gedanke: Wie mächtig muss der Shénnóng-shī sein, der die Teeziegel hergestellt hat, wenn er das Gift an so vielen Menschen anwenden kann, ohne dass es Auswirkung auf ihn selbst hat?

»Hier.«

Ich schaue auf. Wenyi hält mir ein Taschentuch hin, wobei er sich rücksichtsvoll abwendet. Ich murmele einen Dank, ich muss völlig zerzaust aussehen. Ich wische mir die Spucke von den Lippen und richte mich ein bisschen her. Er nickt und kehrt zu seinem Platz neben Chengzhi zurück.

Als ich mich wieder neben Lian aufstelle, haben die Diener die Voliere bereits gesäubert. Auch sie nickt mir leicht zu, um mir zu sagen, dass sie ihre Aufgabe erfolgreich ausgeführt hat. Nun schauen wir auf die Jury, um zu erfahren, ob wir die Prüfung bestanden haben.

Mit zusammengezogenen Augenbrauen steht Elder Guo da, sie wirkt unschlüssig. Der Marquis betrachtet mich finster, und Minister Song schüttelt langsam den Kopf. Der Kanzler flüstert der Prinzessin etwas zu, und sie nickt.

»Die Jury hat beraten und befunden, dass ihr in Übereinstimmung mit den Wettkampfregeln gehandelt habt«, verkündet Elder Guo. »Obwohl wir diese Art von … Einflussnahme auf hilflose Lebewesen nicht billigen, erkennen wir doch an, dass ihr den Piya dazu gebracht habt, das Gift zu trinken, und ihn auch wieder davon befreit habt. Ihr werdet zur letzten Runde des Wettkampfes zugelassen.«

Es war nicht die ästhetische Lösung, die sie sich erhofft hatten, und nicht die Art von Darbietung, die sie großmütig irgendwelchen Würdenträgern oder Gästen des Palastes vorführen konnten.

Aber wir hatten das Rätsel gelöst.

Ich weiß jetzt, dass die Jury die Art von Magie bevorzugt, die dem Auge schmeichelt, wie sie in der ganzen Hauptstadt üblich ist. Und das macht mich wütend, denn eins ist klar: Vom Leben außerhalb dieser schönen Mauern haben die Ratsmitglieder nicht den Hauch einer Ahnung. Ich knülle das Taschentuch in meiner Faust zusammen und werde mir einmal mehr bewusst, dass ich ihren Ansprüchen an die höfischen Gepflogenheiten nicht genüge.

Lian legt mir eine Hand auf die Schulter, als könne sie meine düsteren Gedanken lesen. Ich weiß, wie hässlich die Gefühle waren, die ich aufbringen musste, um dem Vogel weh zu tun, und ich schäme mich dafür.

»Wir haben es geschafft«, flüstert Lian.

Ich wünschte, ich könnte mich freuen über das, was wir erreicht haben, stattdessen habe ich das Gefühl, dass etwas Schreckliches bevorsteht.

Es gibt eine kurze Pause, in der die Diener Laternen am Pavillondach aufhängen. In der Ferne zirpen Grillen, irgendwo in der Dunkelheit quakt ein Frosch. Wenyi und Chengzhi gehen zum Podium vor und verneigen sich vor der Jury. Chengzhi ist derjenige, der sich nachher des Vogels annimmt, Wenyi kümmert sich um das Gift. Er bedeckt den unteren Teil seines Gesichts mit einer Maske und zermahlt den Jīncán zu Pulver – eine klassische Vorgehensweise, da das Pulver geruchs- und geschmacksneutral ist und sich so problemlos in jede Speise, jedes Getränk mischen lässt.

Chengzhi bringt einen großen Topf herbei und stellt ihn vor Wenyi auf den Boden, der das Mehl hineinschüttet. Gespannt beobachten wir, wie der Topf zu wackeln beginnt, als ob sich darin etwas bewegen würde. Mit angehaltenem Atem lauschen wir auf das immer lauter werdende Rumoren, bis etwas darin in sich zusammenfällt. Und dann … Stille. Was auch immer darin ist, es ist dem Gift des Jīncán erlegen.

Mit zwei langen Stöcken zieht Chengzhi eine tropfnasse Schlange aus dem Topf. Ihre schlanke Form, der braune Körper mit schwarzen Sprenkeln – eine Wasserschlange! Sie hängt schlaff herab, als Chengzhi sie in die Voliere hineinmanövriert und dort zusammen mit dem Piya einschließt. Der Vogel zieht sich ans andere Ende des Käfigs zurück und beobachtet den Eindringling argwöhnisch.

Lian und ich sehen einander ratlos an: Wie soll der Piya das Gift fressen, wenn es bereits in der Schlange steckt?

Wenyi zieht etwas Schwarzes, Bröseliges aus einem Beutel von seinem Tablett und legt es sich unter die Zunge.

Ein seltsamer, kühler Wind weht durch den Pavillon und streicht durch unser Haar, lässt die Ärmel flattern. Über uns schaukeln die Laternen und werfen Schatten auf den Steinboden. Ein Geruch nach Frost und Kiefern hängt plötzlich in der Luft, als würden wir einen Winterwald betreten und auf schmalen Wegen in die Berge hinaufsteigen, um Pilze zu sammeln. Ich sehe zum Himmel auf und könnte schwören, dass es jeden Moment zu schneien beginnt …

»Sie bewegt sich!«, ruft jemand.

In der Voliere zuckt der Körper der Schlange, sie bewegt sich eigenartig, als bestehe sie wie ein Holzspielzeug aus einzelnen Teilen. Sie zieht sich zusammen, als lebe etwas in ihr, obwohl sie doch tot sein sollte. Die Schlange richtet sich auf, ihr Kopf wippt ruckartig, ihre Zunge schnellt heraus und leckt in die Luft. Mit ihren Augen stimmt etwas nicht, sie sind von einer Art blassem Film bedeckt. Noch immer wippt sie unnatürlich, stößt mit dem Kopf gegen den Maschendraht und scheint wegzurutschen. Plötzlich fällt ihr Blick auf mich. Einen Moment lang betrachten wir einander in Stille, dann schwenkt ihr Kopf wieder weg, und sie fährt mit ihrer Suche fort.

Ich habe mir das nur eingebildet. Ganz sicher.

Jetzt bemerkt die Schlange den Vogel und richtet sich kampfbereit auf. Ihr Schatten wird immer länger auf dem Steinboden. Der Piya breitet die Flügel aus, sucht einen Fluchtweg, kreischt eine Warnung. Aber er kann nirgendwohin. Die Schlange zischt und entblößt ihre Fangzähne. Sie greift als Erste an und schießt nach vorn. Mit einem wilden Kreischen schlägt der Vogel seine Krallen in ihren Kopf, hält sie fest, selbst als sie wild darum kämpft, sich zu befreien. Der Vogel hackt auf die Schlange ein, wieder und wieder. Blut spritzt auf den Boden der Voliere, bis die Schlange von Wunden übersät ist und reglos liegen bleibt. Der Vogel fängt an zu zittern und immer heftiger zu zucken, während das Gift sich in ihm ausbreitet.

Auf dem Fußboden beben seine Schatten und bilden unheimliche Formen, Krallenwesen, die sich unseren Füßen nähern. Ich weiche zurück, obwohl ich mir fast sicher bin, dass es nur Schatten sind … fast. Der Geruch von Frost wird noch stärker, unser Atem hängt als Wölkchen in der Luft, eine Unmöglichkeit mitten im Sommer.

Mit einem kleinen Teller in der Hand tritt Chengzhi vor. Er stellt ihn vor den Vogel, und ich kann erkennen, dass es sich um Fieberbeeren handelt, dieselben, von denen ich Peng-ge zuvor eine in der Bibliothek angeboten habe, die mildes Erbrechen hervorruft. Der Vogel pickt danach, frisst den Beerenklumpen rasch auf und würgt dann eine schwarze Flüssigkeit hervor.

Das Gift ist ausgetrieben, der Tod abgewendet.

Wenyi stößt einen Seufzer aus, und die Schatten im Pavillon lösen sich wieder auf, nehmen ihre normalen Formen an. Blasser als sonst wischt er sich die Stirn trocken und trinkt einen Schluck Wasser.

Die Jury klatscht höflich. Der Marquis runzelt die Stirn und verbirgt sein Gesicht hinter einem Taschentuch. Sein Missfallen ist offensichtlich. Minister Song scheint ein wenig blass und nimmt ebenfalls rasch einen Schluck Wasser zu sich.

»Diesen Anblick wird man mit großer Sicherheit so schnell nicht wieder vergessen.« Mit einer hochgezogenen Braue tritt Elder Guo vor. »Mit dem Gift wurde eine Gefahr erschaffen, die den Vogel in die Defensive getrieben und ihn dazu gebracht hat, eine kleine Menge Jīncán mit dem Schlangenblut aufzunehmen –, die dann leicht wieder ausgeleitet werden konnte.«

»Kann die Schlange wiederbelebt werden?«, fragt die Prinzessin und wirkt beunruhigt.

»Nein, Hoheit.« Wenyi neigt den Kopf. »Sie ist nur eine Animation, eine bewegliche Imitation, nichts weiter.«

Eine Marionette, die an einer Schnur tanzt. Eine clevere Lösung, aber keine, die die Jury wertschätzt.

»Schade«, kommentiert der Kanzler. »Es wäre wünschenswert gewesen, dass die Schlange hätte leben können.«

Der Piya wird aus der Voliere gehoben und gibt klägliche Laute von sich, aber meine Aufmerksamkeit bleibt bei der Schlange. Ich erinnere mich an diejenige, die mich auf dem Felsen angegriffen hat. Diese hier bewegt sich nicht und ihr eines, sichtbares milchiges Auge starrt ins Leere. Ein Diener lässt sie in den Topf zurückgleiten, wo sie mit dumpfem Platschen im Wasser landet. Blut tropft vom Rand des Tisches herunter.

Sie ist tot, sage ich noch einmal zu mir selbst. *Und Schatten sind bloß Schatten.*

Als würde es wahr werden, wenn ich es nur oft genug wiederhole.

KAPITEL 35

Wir stehen vor Elder Guo und warten darauf, entlassen zu werden. Die Runde ist beendet.

»Sechs sind übrig geblieben.« Sie klatscht in die Hände. »Sechs Teilnehmer, doch es gibt nur Platz für drei in der letzten Runde.«

»Drei?«, ruft Guoming, und ich kann zusehen, wie seine Zuversicht sich in Luft auflöst.

Die vier jungen Männer betrachten einander unbehaglich, offenbar wägen sie ab, wer von ihnen die größte Gefahr darstellt –, Lian und mich ignorieren sie dabei.

»Der Legende nach gab es sechs Götter, als die Welt erschaffen wurde: der Vogel des Südens, der Tiger des Nordens, der Karpfen des Ostens und die Schildkröte des Westens. Über sie alle herrschten die Zwillingsgötter – der Jadedrachen des Flusses und die Goldene Schlange vom Wolkensee. Doch die Goldene Schlange wurde eifersüchtig, weil unsere Vorfahren den Jadedrachen verehrten. Er machte ihr Land fruchtbar und teilte mit ihnen die unermesslichen Schätze, die seinen Unterwasserpalast füllten.«

Obwohl ich die Geschichte schon unzählige Male gehört habe, hängen ihre Worte hypnotisierend in der Luft und ziehen uns alle in ihren Bann.

»Die Goldene Schlange täuschte ihren Bruder, lockte ihn in ihr Bergreich und sperrte ihn unter den Granitgipfeln von Kūnmíng ein. Um den bedauernswerten Menschen ihr Missfallen zu zeigen, überzog die Goldene Schlange das Tal mit Stürmen, und viele kamen ums Leben.

Die vier anderen Götter versuchten, die Goldene Schlange zu stürzen, doch sie erwies sich selbst für sie als zu mächtig. Also verbündeten sie sich und befreiten den Jadedrachen aus seinem Gefängnis, und der Himmel donnerte von der erbitterten Schlacht Bruder gegen Bruder. Gott gegen Gott.«

Die uralte Geschichte, in die Nacht hineingesprochen, scheint magische Kräfte zu erwecken. Der Wind steht plötzlich still. Auch die Frösche haben zu quaken aufgehört. Es herrscht Stille, während wir dem Schluss der Schöpfungserzählung lauschen.

»Als die Goldene Schlange schließlich vom Himmel fiel, tropfte ihr Blut auf die Seen und Tümpel von Dàxī wie Regen. Dort, wo ihr Blut das Wasser berührte, erblühten Seerosen. Aber auch der Jadedrachen kam ums Leben, und die vier Götter trugen ihn hinauf in den Himmel. Man sah sie nie wieder unter uns Menschen wandeln.«

Elder Guos Stimme wird leiser. »Wenn die Seerose erblüht, erinnern wir uns daran, wie die Götter einst die Erde durchstreiften. In dem Teich hinter mir gibt es drei Seerosen, und in ihren Blüten sind Schätze versteckt. Die ersten drei von euch, die einen Schatz finden und ihn zu uns bringen, kommen im Wettkampf weiter. Mögen die Götter euch bei eurer Suche leiten.«

Sie verbeugt sich, und die Aufgabe ist freigegeben.

Ein lautes Platschen ertönt, denn Guoming ist bereits die Steinstufen hinuntergerannt und im Wasser, wo er die herumtreibenden Blätter zur Seite schiebt. Chengzhi ist ihm dicht auf den Fersen und geht mit den Pflanzen auch nicht gerade zimperlich um. Shao steigt vorsichtig ins Wasser und berührt sacht eine geschlossene Knospe, während Wenyi nur am Teichrand steht und mit nachdenklichem Blick die Seerosen vor sich betrachtet. Die zart geknüpften Allianzen sind bereits zerrissen, jeder kämpft jetzt für sich selbst.

»Ein Schatz.« Lian stellt sich am Ufer neben mich. »Was, glaubst du, ist damit gemeint?«

»Ich weiß nicht genau.«

Ich runzele die Stirn und knie mich hin, schaue auf die Schneise, die Guoming und Chengzhi durch die Seerosen gezogen haben. Ich streiche mit dem Finger über eines der Blätter und höre die Pflanze schreien, denn ihre Wurzeln wurden verletzt. Auch ohne die Magie des Tees haben Pflanzen immer zu mir gesprochen. An sonnigen Tagen kann ich ihre Freude hören, oder wenn sie aufgeregt murmeln: »Der *Regen kommt*«, wie kleine Kinder.

Aber die Magie macht es leichter, sie zu spüren und miteinander flüstern zu hören.

Die Menschen sind gekommen. Die Menschen sind ins Wasser gekommen, aber sie waren vorsichtig. Nicht wie diese hier. Sie werden nicht finden, was sie suchen.

Woran sie sich erinnern: Finger, die vorsichtig eine Blüte öffnen und die Blütenblätter auseinanderdrücken. Etwas wird hineingelegt, sehr klein. Rund, mit beißendem Geruch.

Ich frage sie, ob sie mir zeigen wollen, wo ihre Geheimnisse stecken.

Ich öffne die Augen, und Lian betrachtet mich, ein kleines Lächeln auf den Lippen.

»Ich weiß, wo sie sind«, sage ich leise, damit die anderen es nicht hören können. »Ich hole dir auch einen Schatz. Komm, dann können wir zusammen in die letzte Runde gehen.«

Ich erwarte, dass Lian mit ihrer üblichen Begeisterung und Freude reagiert, doch sie lächelt unsicher, und ich verstehe nicht, warum.

»Weißt du noch, als wir uns das erste Mal begegnet sind?« Ich deute auf die plantschenden Jungs, die da in der Dunkelheit herumplantschen. »Wir wollten ihnen zeigen, dass es auch außerhalb der Hauptstadt Shénnóngtú gibt. Ihnen beweisen, dass sie mit ihrer Arroganz danebenliegen. Das ist unsere Chance!«

Vielleicht will sie einfach nur nett sein und in der letzten Runde nicht zu meiner Rivalin werden. Aber ich will mit ihr zusammen dorthingehen. Eine würdige Freundin und Gegnerin.

»Es tut mir leid, Ning.« Sie schüttelt den Kopf. »Ich kann nicht weiter am Wettkampf teilnehmen. Ich wollte es dir heute Abend sagen, nach dieser Runde. Meine Familie kehrt nach Kallah zurück.«

Auch wenn ich weiß, dass es in der Natur des Wettkampfs liegt, dass sich unsere Wege irgendwann trennen, so hatte ich doch gehofft, sie würde im Palast bleiben, wegen der Position ihres Vaters. Dass ich immer noch eine Freundin an meiner Seite hätte und nicht allein bliebe.

Als sie meinen Gesichtsausdruck sieht, beugt sie sich

zu mir und flüstert: »Die Prinzessin schickt mich aus einem anderen Grund fort. Mach dir um mich keine Sorgen.« Sie stößt mich fest gegen die Schulter. »Nun geh!«

Widerwillig wende ich mich wieder den Seerosen zu. Das ist nicht fair … Doch die Pflanzen wispern eifrig und lotsen mich zu den versteckten Schätzen.

Hier … hier …

Ich folge ihren Ermutigungen und finde ganz in unserer Nähe eine Blüte, die mir zuflüstert, dass in ihrem Inneren ein Geheimnis verborgen ist. Meine Schuhe und mein Rocksaum saugen sich voll Wasser, als ich mich hinknie und eine Hand um die Blüte lege. Ich bitte sie um Erlaubnis, in ihr Innerstes zu schauen.

Die Dichter nennen sie die »Schlafenden Schönen«, weil sie sich in der Mittagshitze öffnen und abends, wenn die Luft sich abkühlt, wieder schließen. Doch unter meinen Fingern entblättert sich die Knospe jetzt langsam und enthüllt eine kleine schwarze Kugel in ihrer Mitte. Ich nehme sie heraus, und sie pulsiert warm gegen meine Hand.

Still bedanke ich mich bei den Seerosen, und ringsum wogen die Blüten als Zeichen ihrer Anerkennung.

Ich klettere aus dem Teich und kehre als Erste in den Pavillon zurück, wo mir Elder Guo zur Begutachtung meines Fundes die Hand entgegenstreckt. Sie schnuppert daran, nickt und verkündet, dass ich bestanden habe.

Noch jemand ruft aus, dass ein weiterer Teilnehmer einen der Schätze entdeckt hat.

Ein Blick auf den Teich jagt mir einen Schauer über den Rücken: Wie viele Seerosen verletzt wurden! Hoffentlich können die Gärtner sie retten.

Nach und nach kehren alle in den Pavillon zurück. Ich stelle mich neben Wenyi und Shao, die als weitere Sieger hervorgehen. Guomings düstere Miene kann seinen Ärger darüber, so kurz vor dem Ziel zu verlieren, kaum verbergen. Chengzhi steht mit verschränkten Armen da und sieht resigniert aus. Nur Lian wirkt zufrieden, als wäre ihr eine Last von den Schultern genommen.

»Den drei von euch, die nicht weiterkommen, möchte ich mein Lob aussprechen. Ihr habt es im Wettkampf bis hierhergeschafft«, sagt Minister Song und nimmt damit seine Funktion als Minister der Rituale wieder auf. »Ihr kehrt mit großer Anerkennung in eure Provinzen zurück, euren Shénnóng-shī sendet der Kaiserpalast die besten Empfehlungen, und euren Familien werden Reichtümer zuteil. Morgen werdet ihr wieder mit ihnen vereint sein. Ich wünsche euch eine gute Nacht.«

Die drei verbeugen sich und verlassen den Pavillon. Lian zwinkert mir noch einmal aufmunternd zu, dann winkt sie und verschwindet auch. Obwohl ich glücklich darüber sein sollte, dass ich es geschafft habe, dass ich in der letzten Runde angekommen bin, erdrückt mich ein Gefühl des Verlusts.

»Nun …« Minister Song wendet sich wieder an uns und betrachtet uns eingehend. »Die letzte Runde des Wettkampfs. Der oder die zukünftige Hof-Shénnóng-shī steht schon jetzt vor mir.« Sein Blick trifft uns einen nach dem anderen, und es ist, als könne er all unsere Schwächen durchschauen, unsere Zweifel und unser Zögern.

»Die Astronomen haben gesprochen«, verkündet er. »Ein neuer Herrscher wird aufsteigen, und der neue Hof-Shénnóng-shī wird ihm Weisheit und Führung geben, wie es vor euch schon andere getan haben. Eure letzte Prüfung werdet ihr vor den Augen der Jury ablegen. Sie wird den Wundern Shénnóngs beiwohnen und einen von euch als würdig erachten. Behaltet die Medizinkugel, die ihr im Innern der Seerose gefunden habt, denn ihr werdet sie in der nächsten Runde brauchen.«

Wir alle blicken auf das unscheinbare Kügelchen in unseren Händen und rätseln, was es uns über die letzte Runde verraten könnte.

»Eure Besitztümer werden noch heute Abend in eine neue Unterkunft gebracht, in die ›Quelle der Harmonie‹. Und morgen … werden wir sehen, welcher eurer Sterne am hellsten über Jia leuchtet.«

KAPITEL 36

Nur schwach erhellt das Morgenlicht meine ungewohnte, luxuriöse Umgebung. Ohne Lians Begrüßung oder wenigstens Peng-ges gezirptes Ständchen kommt mir das Zimmer kalt vor.

Ich habe es in die letzte Runde geschafft. Mein Ziel liegt in Reichweite. Trotzdem bin ich ruhelos.

Ich versuche, mich mit *Erstaunliche Geschichten aus dem Himmlischen Palast* abzulenken, aber sie können mich nicht in ihren Bann ziehen.

Als ich durch unseren Hofgarten gehe, sehe ich Shao und Wenyi durch die offene Tür ihres Quartiers ein Strategiespiel spielen. Die beiden sitzen einander gegenüber. Mit den Ellbogen auf den Knien lotsen sie konzentriert Pferde und Streitwagen über das Brett. Ich fühle mich in keiner Weise von ihnen eingeladen und will sie auch nicht stören. Ich weiß sehr wohl, wo mein Platz innerhalb dieser parfümierten Flure ist.

Ich würde gern ein wenig in den Gärten herumspazieren, doch Soldaten stehen an allen Türen – auf Erlass des Kanzlers zu unserer eigenen Sicherheit. Aber ich weiß ja, wie leicht man durch die vielen Tunnelgänge in den Palast hinein- und wieder hinauskommt. Wie sicher können wir hier also überhaupt jemals sein?

»Warte!«, ruft mir einer der Soldaten zu. »Es ist ein Brief für dich gekommen.«

Er verbeugt sich und reicht mir eine mit Schnur umwickelte Bambusrolle.

Ich setze mich auf den Rotholzstuhl in meinem Empfangszimmer und untersuche die Schriftrolle. Ich gehe davon aus, dass es ein Abschiedsbrief von Lian ist, doch als ich sie öffne, merke ich, dass sie sich nicht entrollt, sondern dass es sich um eine Rohrpost handelt. Etwas ist darin versiegelt – ein zusammengerolltes Blatt Papier und ein weiches Stück bestickten Stoffs.

Eine Pfingstrose, die Kaiserin der Blumen, erblüht leuchtend rot in der Stoffmitte. Jedes Blütenblatt ist peinlich genau mit Goldfaden umstickt. Sie wächst inmitten sich kräuselnder Gräser, deren Farbe zwischen dunkelrot und dunkellila changiert. Im Hintergrund sind Äste und Bäume in verschiedenen Rosatönen hingetupft. Wie ein wachsames Auge leuchtet am Himmel der Mond.

In einer Ecke befinden sich Schriftzeichen aus rotem Garn, die einen Satz aus Mutters Lieblingsgedicht wiedergeben, eins, das wir immer wieder aufsagen mussten, bis wir es auswendig konnten. An diesem Gedicht erkenne ich, dass die Handarbeit von Shu stammt.

海底有明月
圓於天上輪

Heller Mondschein im See gespiegelt,
rund wie das Rad am Himmel.

Mit zitternden Fingern entrolle ich das Blatt Papier und fürchte die in schwarzer Tinte von Vater geschriebene Nachricht.

Ning-er,

hoffentlich erreicht dich diese Nachricht noch rechtzeitig. Ich weiß, dass du uns auf der Suche nach einem anderen Leben verlassen hast, und ich missgönne dir das nicht. Ich muss zugeben, ich habe geglaubt, dass du scheiterst, dass du diese Dummheit ein paar Tage genießen und dann in die Sicherheit deines Zuhauses zurückkehren würdest. Erst nach einigen Wochen habe ich feststellen müssen, dass ich meine Tochter unterschätzt habe.
Ich hätte nicht all meine Zeit den Dorfbewohnern widmen und davon ausgehen sollen, dass ihr allein zurechtkommt. Ich konnte mir nicht vorstellen, dass du für deine Schwester eine solche Bürde auf dich nehmen würdest. Das wäre meine Aufgabe gewesen.
Doch jetzt ist mir klargeworden, dass ich euch beiden gegenüber noch einmal versagt habe. Shu hat mit Teeziegeln experimentiert und ein Gegengift an sich selbst ausprobiert. Ich hätte die Arroganz ihrer Jugend erkennen und sie davon abhalten müssen. Sie wollte nicht, dass ich mich an dich wende, aber jetzt ist sie zu schwach, um sich zu wehren. Sie hat mich gebeten, dir ihre Stickerei beizulegen, damit du weißt, dass sie in Gedanken bei dir ist. Sie glaubt daran, dass du erfolgreich zu uns zurückkehrst.
Ich denke nicht, dass ihr noch viel Zeit bleibt.
Ich bitte dich deshalb: Komm zurück. Sag deiner Schwester Lebewohl, Vater

Eine Träne tropft auf die Seite und verschmiert die Tinte darauf. Bevor mich irgendjemand weinen sieht, ziehe ich mich in meine Schlafkammer zurück.

Ich taste nach der Gebetskette in meinem Ärmel. Doch der Trost, den ich darin suche, bleibt mir versagt.

Meine Schwester hat mich nie im Stich gelassen, als sie so beliebt war und es leicht hätte tun können. Sie wusste immer, wovon ich träumte, trieb mich an, sagte: *Mach schon.* Ich wollte alle Reichtümer nach Hause bringen, die man mit einer Sänfte tragen kann, um zu zeigen, dass das schwangere Mädchen, das man im Dorf einst verachtete, eine Tochter hat, die nun Beraterin einer Prinzessin geworden ist. Ich wollte meiner Familie mütterlicherseits beweisen, dass wir etwas wert sind. Doch am Ende treiben mich immer der Gedanke an Shu und die Gewissheit an, dass sie auf mich wartet.

Wieder und wieder lese ich Vaters Worte.

Während ich hier im Palast auf ein Gegengift hingearbeitet habe, hat Shu von ihrem Krankenbett aus das Gleiche getan. Warum war sie so leichtsinnig? Am liebsten würde ich zu ihr zurückkehren und eine Antwort verlangen. Doch etwas in mir muss auch lachen, weil es ihre schiere Dickköpfigkeit gewesen sein muss, die sie zu einem solchen Spiel verleitet hat. Sie hat ihr Leben riskiert, um ein Heilmittel zu finden, obwohl sie mich damit betraut hat, für sie im Wettkampf anzutreten. Und was habe ich jetzt vorzuweisen, nach meiner Flucht in die Hauptstadt?

Einen dürftigen Hinweis des Kanzlers. Den Kuss eines Jungen am Strand eines verborgenen Sees, den ich nicht hätte küssen dürfen.

Ich weiß, ich sollte mein Versprechen mir selbst gegenüber halten und das Ganze mit Kang einfach als schöne Erinnerung oder als dummes kleines Stelldichein bewahren. Aber ich bin schon zu weit mit ihm verstrickt. Ich muss die Fäden zerreißen, auch wenn dadurch alles ans Licht kommt.

Mingwen bringt das Mittagessen und holt mich aus meinen düsteren Gedanken heraus. Traditionell sommerlich kalte Nudeln, geschwenkt in Erdnussöl und Sesamsoße. Ihr Duft lässt mir das Wasser im Munde zusammenlaufen. Ein paar kleine Speisen ergänzen die Nudeln: dünn geschnittene geschmorte Schweineohren und geriebene Gurke, gemischt mit Knoblauchstücken. Als sie die Speisen auf den Tisch stellt, fällt mir ein, dass die Dienerschaft sich außerhalb des Palastes frei bewegen kann.

Ich werde meine Antwort bekommen. Es könnte der einzige Weg sein, das Heilmittel zu finden, bevor meine Zeit – bevor Shus Zeit – endet.

Wenn es sein muss, reiße ich es aus ihm heraus.

Ich stehe auf, schließe die Tür und gebe Mingwen ein Zeichen.

»Du musst mir für eine Stunde deine Uniform leihen«, sage ich, als sie das Besteck auf den Tisch legt.

Sie dreht sich zu mir um, runzelt die Stirn und will meine Bitte gerade abschlagen, da packe ich sie am Arm.

»Nur für eine Stunde«, flehe ich und lege mir mit dem Wenigen, was mir zur Verfügung steht, einen Plan zurecht. »Du musst nichts weiter tun, als in meiner Unterkunft bleiben, und sollten sie nach dir suchen, sagen, dass du dich ausruhst und etwas Privatsphäre zum Nachdenken brauchst.«

Die Falten auf ihrer Stirn vertiefen sich.

»Wo willst du denn hin? Du bist ungehorsam gegenüber dem Befehl vom Kanzler. Wenn sie dich schnappen, erlauben sie dir niemals weiterzumachen.«

Ich haste in mein Schlafzimmer, krame in meinen Habseligkeiten herum und finde endlich Mutters Haarnadel.

»Bitte.« Ich halte sie Mingwen hin.

Die Schmucksteine funkeln im Licht. Viele der schönen Dinge, die meine Mutter aus der Hauptstadt mitbrachte, hat sie verkauft, aber dieses hier hat sie behalten. Kirschblüten mit Perlen auf goldenen Zweigen. Stellvertretend für alle glücklichen Erinnerungen aus ihrem Leben im Palast, von denen sie manchmal erzählte, und auch für alles, das sie niemals mit mir teilte.

Mingwen nimmt die Nadel und untersucht sie. Sie scheint zwiegespalten.

»Willst du mir die wirklich geben?«, fragt sie.

»Leih mir deine Kleider, behalte mein Geheimnis für dich, und sie gehört dir«, sage ich.

Noch einmal betrachtet sie die Nadel, dann schließt sie die Hand darum und nickt.

»Eine Stunde.«

Ich rücke den Korb an meinem Arm zurecht und nicke den Wachen an der Tür zu. Mein Haar, das Mingwen mir hochgesteckt und mit ihrer eigenen Nadel befestigt hat, fühlt sich schwer und schief an. Mit angehaltenem Atem entferne ich mich von der Unterkunft und erwarte, dass jeden Moment jemand meinen Namen ruft und meinen Trick durchschaut. Doch niemand hält mich auf.

In der Ferne sehe ich die Residenz des Marquis mit ihren roten Säulen und braunen Mauern. Ich senke den Blick, sobald mir andere Dienerinnen und Diener begegnen, in der Hoffnung, niemandem aufzufallen. Vor dem Tor der Residenz »Winterträumerei« bleibe ich stehen. Mingwen hat mir noch einmal versichert, dass hier der Sohn des Verbannten Prinzen wohnt. Ein schwarzes Dach wird von hohen weißen Mauern getragen, steinerne Wölfe bewachen die Tür. *Ist das eine Ehre oder ein Gefängnis?*

Die Wachen lassen mich passieren, sehen in mir nur eine gesichtslose Küchendienerin. Ihre roten Helme und Rüstungen weisen sie als Teil der Elitepalastwache aus. Angesichts von Kangs Fähigkeiten setzt man nur Männer mit bester Ausbildung für seine Bewachung ein.

Der Innenhof ist klein, viel kleiner als die der anderen Unterkünfte, aber dennoch elegant ausgestattet. Bonsaibäumchen auf Podesten werden von wellenförmigen schwarz-weißen Steinmustern gesäumt.

Die hoch gelegene Tür steht offen und gibt den Blick auf ein kleines Empfangszimmer frei, in dem zwei geschnitzte Holzstühle und ein Tisch stehen. Ein Bildbehang ziert die rückwärtige Wand, eine Tuschezeichnung mit den Dächern einer Stadt.

Zögernd steige ich die Stufen hinauf und trete über die Schwelle. Links und rechts von mir gibt es bogenförmige Durchgänge mit auffallend filigranen Schnitzereien. Ein Holzparavent mit Vögeln versperrt die Sicht zum Zimmer auf der rechten Seite. Der Eingang links führt in einen größeren Raum, aus dem der beruhigende Duft des Storaxbaumräucherwerks weht.

Storaxbaum wirkt stresslösend und beruhigt den rastlosen Geist. Ich frage mich, welche Gedanken Kang damit zu vertreiben versucht.

Ich trete näher. Der Raum vor mir erweist sich als Studierzimmer, doch seine Regale sind fast alle leer. Es gibt nur ein paar Schriftrollen, einige davon ausgerollt, andere aufs Geratewohl aufeinandergestapelt. Ein achtlos abgelegtes Gewand hängt über einer Vase.

Kang steht an einem runden Tisch und stützt sich mit ausgestreckten Armen auf seiner Oberfläche ab. Sein Haar ist ordentlich zusammengebunden, sein Kragen geplättet. Er ist in Hellblau gekleidet, wie es den jüngeren Angehörigen des Hofes geziemt, nicht im Trauerweiß der Kaiserfamilie, nicht in Schwarz, das in Trauerfällen von den Ministern getragen wird. Lian würde fragen, ob die Prinzessin das Hellblau als Affront auffassen könnte, als ein Zeichen dafür, dass Kang lieber Distanz zur kaiserlichen Familie wahrt. Ich denke nur eins, nämlich, wie gut ihm dieses Blau steht.

»Du kannst das Tablett dort an der Tür abstellen«, sagt er, ohne von seinen konzentrierten Studien aufzusehen.

»Ich …«

Ich suche nach dem richtigen Ton für meine einstudierte Rede. Ich will ihm meine Worte wie Stacheln entgegenschleudern. Ich will ihm so weh tun, wie er mir weh getan hat. Doch die Worte wollen einfach nicht herauskommen.

Er dreht sich zu mir um. Es braucht einen Moment, bis er sich aufrichtet und mit einer überraschten Armbewegung einen Stapel Schriftrollen vom Tisch fegt, der klappernd zu Boden fällt.

»Ning«, sagt er atemlos.

Mein Herz rutscht tief hinunter zu den Schriftrollen auf den Boden.

KAPITEL 37

Ich stelle meinen Korb beiseite, um ihm zu helfen. Gleichzeitig knien wir uns hin. Er rafft die Schriftrollen zusammen, und ich hebe zwei auf, die mir vor die Füße gerollt sind. Die ganze Zeit über beobachte ich ihn unauffällig. Von dem draufgängerischen Sohn eines wohlhabenden Kaufmanns mit schulterlangem Haar, der mich durch die Straßen Jias führte, ist nichts geblieben. Er sieht jetzt wie ein Studierender aus, der sich auf sein Examen vorbereitet. Seriös. Er legt die Schriftrollen auf den Tisch, ich lege meine in ein Regal.

»Ich wusste nicht, dass du es bist«, fängt er zögernd an. »Sonst hätte ich …«

Ich unterbreche ihn, indem ich mich umdrehe und in meinem Korb herumwühle. Dann schiebe ich ihm die Holzkiste hin. Ich versuche, ihm meine Gefühle nicht zu zeigen und ihn davor zu bewahren, etwas zu sagen, das wir beide bereuen würden. Der *Golden Key* summt, erkennt ihn wieder, versucht, uns näher zueinanderzubringen.

Verwirrung breitet sich auf seinem Gesicht aus, als er den Deckel aufschiebt. Der schöne Dolch liegt darin, von Ruyis Blut gesäubert. Ich hielt ihn gern in der Hand, besonders im gesteigerten Zustand der Magie, aber wenn ich von hier fortgehe, möchte ich durch nichts an ihn erinnert werden.

»Er war ein Geschenk«, sagt er verständnislos.

Ich stelle mir vor, in einer Burg eingesperrt zu sein, umgeben von zornigen Bestien, um sagen zu können, was ich zu sagen habe. Um die Bande zwischen uns so rigoros zu durchtrennen, dass sie irreparabel sind. Ich hole mit der Wahrheit aus wie mit dem schärfsten aller Dolche.

»Ich habe mit Zhen gesprochen«, sage ich. »Sie hat mir erzählt, dass dein Vater hinter den vergifteten Teeziegeln steckt, dass sie hauptsächlich aus gelbem *kūnbù* bestehen, einer Alge, die nur auf den Smaragdinseln wächst.«

Auf seinem Gesicht flackert Überraschung auf, dann wird sein Mund zu einem dünnen Strich.

»Wenn ich dir jetzt beim Leben der alten Götter schwören würde, dass ich davon nichts gewusst habe, würdest du mir dann glauben?«

Ich ermahne mich, dass er ein geschickter Schauspieler ist und Gesichtsausdrücke geschmeidig wie Masken wechselt.

»Tut das irgendwas zur Sache?«, frage ich.

Er zuckt zusammen, als hätte ich ihn geschlagen.

»Du hast mich von Anfang an belogen. Unter dem *Golden Key* und dem *Silver Needle* hast du mir zwar flüchtige Blicke in dein Inneres gewährt, dann aber deine Worte wieder so verdreht, dass du deine wahren Absichten verbergen konntest.«

»Und die wären?« Seine Worte brennen wie Nesseln.

»An die Prinzessin heranzukommen«, sage ich, »ihr Vertrauen zu gewinnen, ihr Harmlosigkeit vorzugaukeln, mit ihrer Sympathie zu rechnen, indem du dich auf eure

Freundschaft als Kinder berufst. Und wenn du sicher Fuß gefasst hast, hilfst du deinem Vater auf den Thron.«

Während ich spreche, wandelt sich seine Wut in Traurigkeit und mündet schließlich in Resignation.

»Jeder weiß über die Ambitionen meines Vaters Bescheid, über sein Verlangen nach Rache, und sie liegen bestimmt nicht falsch damit, ihn als Bedrohung zu betrachten«, sagt er mit flacher Stimme.

»Willst du etwa damit sagen, dass du anders als dein Vater bist? Weil du von ihm nur *adoptiert* worden bist?«, kontere ich.

Die Worte wirbeln durch die Luft wie Blätter im Wind und führen ein Eigenleben. Sie verhöhnen. Wollen verletzen.

»Ich konnte mir bei dir ja so manches vorstellen«, sagt er, und sein Kiefer verspannt sich sichtlich. »Aber ich hätte nicht gedacht, dass du absichtlich grausam sein kannst.«

Er wendet sich ab, so dass ich sein Gesicht nicht mehr sehen kann.

Erst jetzt wird mir klar, wie sehr ich ihn mit meinem Wissen um seine Vergangenheit verletzt habe. Ich weiß ja, dass er sich gleich zweimal wie ein Außenseiter gefühlt hat, zuerst im Haus des Generals und dann, als sie auf die Smaragdinseln verbannt wurden.

Obwohl ich mir verzweifelt wünsche, dass er mich wieder so ansieht wie damals, als er mich im Arm hielt, muss ich jetzt dafür sorgen, dass das Messer so tief wie möglich in ihn dringt –, um meiner Selbst willen und für alles, was ich verlieren würde, sollte ich scheitern.

»Du weißt über mich auch nicht alles«, sage ich leise. »Ich habe gelogen, als ich dich bat, mich aus dem Palast mitzunehmen, ich habe gelogen, als ich sagte, ich sei einsam. Ich sollte mich dir auf Befehl der Prinzessin nähern, und einzig daran war mir gelegen.«

Seine Schultern hängen herab, Röte steigt ihm ins Gesicht. Ich weiß, dass er jetzt über alles, was wir einander gesagt haben, über all unsere Vertraulichkeiten, nachdenkt. Er fragt sich, was davon wahr war und was Lüge. Böse durchströmt mich die Genugtuung. Soll er ruhig genauso verunsichert sein, wie ich es bin.

Er wendet sich mir wieder zu. Mit gebrochener Stimme sagt er: »Und? Hast du gefunden, wonach du gesucht hast?«

»Nicht alles. Ich hätte es anders angehen sollen.«

Er schaut mich unschlüssig an, wartet, ob ich noch etwas Netteres sage. Ich zerschlage seine Hoffnung.

»Ich hätte vorgeben sollen, dass mich deine Angelegenheiten interessieren, und dich dazu bringen, das Gegengift von deinem Vater zu holen.«

»Also war alles aus deinem Munde gelogen?«, fragt er zitternd. »Zwei Lügner, die einander Dinge sagen, von denen sie denken, dass der andere sie hören will?«

Ich sage nichts, und plötzlich lacht er. Er beugt sich vornüber, die Hände auf den Knien, und lacht, bis es sich anhört, als ersticke er gleich.

»Bist du langsam fertig?«, frage ich, als er schnaufend innehält und eilig Atem holt.

»Ich …« Er gibt ein Geräusch zwischen Kichern und Schluckauf von sich und reibt sich die Arme, als täten sie ihm weh. »Ich habe alles so gemeint, wie ich es gesagt habe. Jedes Wort. Hätte ich das Gegengift für deine Schwester gehabt, hätte ich es dir gegeben.«

»Du kannst aufhören, mich von deinen Lügen überzeugen zu wollen«, sage ich und hasse den schwankenden Teil in mir, der ihm immer noch glauben will.

Kang streckt die Hand aus und berührt meine Wange. Obwohl ich ihn wegstoßen, ihn anschreien und einen Verräter nennen sollte, will sich etwas in mir dieser Berührung noch immer entgegenneigen. Dieser hartnäckigen Anziehung zwischen uns nachgeben, von der ich nicht weiß, ob ich dem *Golden Key* weiter die Schuld dafür zuschieben kann. Wir sind zwei Menschen, die einen Platz für sich suchen, die ein Leben leben wollen, ohne sich verstellen zu müssen, ohne die komplizierte Geschichte ihrer Familien. Doch der Abstand zwischen uns ist zu groß, so riesig wie die Kluft zwischen Brüdern, die um einen Thron kämpfen, oder zwischen Göttern, die einen Kontinent auseinanderreißen.

»Es gibt einen Segensspruch in meinem Volk«, flüstert er, seine Augen tief wie heilige Bergseen. *»Möge das Meer dir geneigt sein. Möge es dir bringen, wonach du suchst.* Ich gönne es dir auf immer.«

Seine Hand fällt wieder herab. Es kostet mich Überwindung und all meine Kraft, um nicht nach dieser Hand zu fassen, ihn nicht an mich zu ziehen und zu küssen, bis sich alle Worte aufgelöst haben, bis nichts mehr von alldem wichtig ist.

Aber ich tue es nicht.

Mingwen öffnet den Mund, als ich durch die Tür hereinkomme, aber ich schüttele nur den Kopf, und sie stellt keine Fragen.

Noch einmal lese ich Vaters Brief. Diesmal kann ich

die Sorge hinter den zurückhaltenden Zeilen herauslesen, die Mühe, die es ihn gekostet haben muss zuzugeben, dass er falschlag.

Ich denke nicht, dass ihr noch viel Zeit bleibt.

Ich widerstehe der Versuchung, den Brief zu zerreißen, und werfe stattdessen die *Erstaunlichen Geschichten* gegen die Wand, wo sie mit einem befriedigenden Knall aufschlagen.

Alberne Geschichten für alberne Kinder, hat Vater sie einmal genannt.

Er hatte recht.

KAPITEL 38

Alles hat mich zu diesem Punkt hier geführt. All meine sorgfältigen Täuschungen, alles, von dem ich nie geglaubt hätte, dass ich dazu fähig bin.

Ich bin angekleidet und gepudert, mein Haar ist gebürstet und aufgesteckt. Ich bin hoffähig. Ich vermisse Lians bissige Witze über Bankette und wünsche einmal mehr, dass sie noch bei mir wäre.

Als Dritte in der Reihe gehe ich hinter Shao und Wenyi. Bestimmt zum zehnten Mal taste ich noch einmal über meine Schärpe. Die Medizinkugel ist noch da. Wir betreten den Hof »Vielversprechende Zukunft«, wo wir damals vor Jias Bürgerinnen und Bürgern aufgetreten sind. Jetzt ist er leer, abgesehen von vereinzelten Soldaten an den Mauern.

Wir steigen die große Treppe hinauf. Viele ehrwürdige Gäste sind vor uns bereits darauf entlanggeschritten. Das ist die Anerkennung dafür, dass einer oder eine von uns schon bald als Shénnóng-shī am Hofe dienen wird.

Ich beiße die Zähne zusammen. Meine Entscheidungen haben mich bis hierhergebracht, und jetzt bringe ich es zu Ende.

Wir betreten die »Halle des Ewigen Lichts«. Wieder stehen die Fenster offen. Der Ausblick auf Jias ungeheure Weite ist Ehrfurcht gebietend und soll Würdenträgern und fremden Machthabern die Pracht des Kaisers von Dàxī vor Augen führen.

Der Raum ist voll von Hofbeamtinnen und Hofbeamten, Adel und Gelehrten. Die zwei Seiten des Hofstaates: Einfluss und Wissen. Alle haben die schwarze Trauerschärpe angelegt.

Mein Blick schweift über die Amtsleute, die sich vor der offiziellen Versammlung größtenteils noch leise miteinander unterhalten. Wer von ihnen hat den Kaiser hintergangen? Und wer hat das Gift in Dàxī in Umlauf gebracht?

Ein Gongschlag kündigt an, dass der Wettkampf weitergeht. Mit raschelnden Gewändern setzen sich die Amtsleute hin, während die Ministerinnen und Minister in Erwartung der Prinzessin auf dem Podium stehen. Wir knien uns im hinteren Teil der Halle auf Kissen nieder. Leer prangt der Thron über uns allen.

Der Herold verkündet ihre Ankunft, wir verneigen uns.

Die Prinzessin schreitet durch den Raum, ein atemberaubender Anblick in ihren Gewändern.

Pfingstrosen fließen in Kaskaden von ihren Schultern herab, lilafarbene Blüten, goldumrandet, die sich vom weißen Hintergrund abheben. Sie trägt einen kleinen Kopfschmuck, Vögel aus Juwelen glitzern im Licht, wenn sie den Kopf dreht. Doch statt Ruyi folgt ihr eine andere vertraute Gestalt, gekleidet in tiefes Purpur, passend zur Farbe der Pfingstrosen, mit schwarzer Taillenschärpe.

Kang, der Sohn des Verbannten Prinzen. In eine Farbe gewandet, die nur Mitgliedern von Königshäusern gestattet ist.

Zwischen den Amtsleuten erhebt sich ein Gewirr von Stimmen. Ich hingegen möchte am liebsten zwischen den Holzparavents hinter mir verschwinden und eins mit der Wand werden. Mir fallen alle harschen Worte wieder ein, die wir uns in seiner Unterkunft an den Kopf geworfen haben. Aber er schaut nicht in meine Richtung. Mein trotziges Herz sollte dankbar dafür sein, dennoch leidet etwas in mir darunter, dass er mich ignoriert.

Zhen setzt sich rechts neben den leeren Thron, wie es sich für die Regentin und baldige Herrscherin Dàxīs geziemt. Kang steht hinter ihr.

Noch einmal tritt der Herold nach vorn. Die Prinzessin nickt, und er entrollt eine Schrift.

»Erhebt euch, Volk von Dàxī, um die kaiserliche Proklamation anzuhören!«

Der Hofstaat raunt, Beamtinnen und Beamte stehen auf. Ihre Mienen sind verwirrt, als sei das keine übliche Vorgehensweise. Leider ist Lian nicht bei mir, um es mir zu erklären.

»Auf Erlass Prinzessin Ying-Zhens, Regentin des glorreich erhabenen Kaiserreichs, wird sie fortan als die Kaiserin der Nächstenliebe anerkannt. Sie handelt im Namen ihrer um Rat gefragten Vorfahren, im vollen Respekt gegenüber der Trauerzeit, und verpflichtet sich, im gesamten Kaiserreich den Frieden zu fördern. In Anerkennung und im Angedenken an die einstmals als Friedensprinzessin bekannte Kaiserinmutter und zu Ehren von Kaiserin Wuyangs Verlobung mit dem erhabenen Kaiser, wodurch sich zwei Königreiche vereinten und der Krieg beendet wurde. …«

Der Herold hält inne und räuspert sich. Die Prinzessin

starrt über die Köpfe des Hofstaats hinweg, ihre Miene ist kühl, ihr Blick leer.

»Die Prinzessin von Dàxī gibt außerdem ihre Verlobung mit Xu Kang bekannt, dem Adoptivsohn des Prinzen von Dai …«

Mit einem Mal hört sich der Saal an wie ein wildes Hornissennest.

Aber ich höre immer nur drei Worte, die sich in meinem Kopf endlos wiederholen: *Prinzessin. Verlobung. Kang.*

Kang, der vom Dach in den Hof sprang, um mir Glück für die zweite Runde zu wünschen. Der mir ein wunderschönes Geschenk aus seiner Heimat machte, mir die geheimen Orte seiner Kindheit zeigte, mir von seinen Träumen für sein Volk erzählte. Den ich ausspionieren sollte, den ich verletzte und betrog.

Mein Gesicht glüht, als wir uns niederwerfen und mit der Stirn auf dem Boden die Bekanntmachung empfangen. Ich schließe die Augen. Mir wird bewusst, wie recht der Kanzler hatte: Ich war naiv zu glauben, dass ich begabt bin. Letztlich bin ich nur eine Schachfigur, die am Rande des Schlachtfeldes entlangstolpert.

Die beiden haben mich gegeneinander ausgespielt, und doch wollte ich beiden so gern glauben.

Die Beamten beginnen, über die Köpfe der anderen hinweg zu schreien. Ihre Worte vermischen sich zu einem unverständlichen Durcheinander.

»Ruhe.«

Mit einem einzigen Wort bringt die Prinzessin sie zum Schweigen.

Ich schlage die Augen wieder auf und sehe sie mit erhobener Hand dastehen. Die zwei Gestalten auf dem Podium sind zu Flecken verwischt, wie ferne Sterne.

»Eure Hoheit«, donnert eine Stimme quer durch den Raum.

Ich kneife mich in den Arm, damit der Schmerz mich wieder klarer sehen lässt. Der Mann, der jetzt auftritt, ist in eine zeremonielle, leuchtend rote Rüstung gekleidet.

»Der Kriegsminister hatte mit den Auswirkungen des Putsches noch Jahre später zu kämpfen, auch dann noch, als die eigentliche Revolte längst niedergeschlagen war. Ist es weise, diese Bande zu erneuern?«

Ein Strom der Zustimmung flutet durch den Raum, Köpfe nicken einvernehmlich.

»Der Verlust des Prinzen von Dai ist in unserer Geschichte stets ein Schandfleck gewesen.« Minister Song tritt vor, ein offenes Buch in der Hand. »Ich habe das *Buch der Rituale* Rat suchend hinzugezogen und glaube, dass Xu Kang eine angemessene Brücke zwischen beiden ist. Er war der adoptierte Sohn des Prinzen, doch sein leiblicher Vater erlangte den Rang des Kommandeurs in der Armee und kämpfte im Krieg der Zwei Flüsse. Sein Name wurde von der Kaiserinmutter selbst in die Familienchronik eingetragen. Wir gestehen ihm den Rang des Prinzen von Dai zu, und unsere Geschichte ist wieder in Ordnung gebracht.«

Auch andere Beamte schließen sich ihm jetzt an, der Saal ist gespalten.

Noch jemand tritt vor und stellt sich als der Beamte für Organisation von Lǜzhou vor.

»Wir haben all die letzten Jahre ein Auge auf ihn gehabt. Er war in die Aufstände, über die man munkelt, nie verwickelt. Er wuchs auf, während er in den Salinen arbeitete, und trainierte in einem anderen Bataillon, obwohl er sich leicht den Truppen des Generals hätte anschließen können. Es ist allgemein bekannt, dass er als Kundschafter begann und sich dann zum Hauptmann hochgearbeitet hat.«

Minister Song schlägt die Seite in seinem Buch um.

»Bevor der Kaiser von uns gegangen ist, hat er den Wunsch geäußert, die Prinzessin möge einen passenden Mann finden. In einem solchen Moment des Umbruchs, in dem der Thron leer steht, sollten wir alle danach streben, eine hoffnungsvolle Botschaft zu verbreiten und die Stimmen der Abweichler zu ersticken. Auf dass die Vereinigung einen Wandel zum Guten bringt.«

Die Stimmung in der Halle scheint sich zu bessern, als Kanzler Zhou aufsteht und den Raum mit scharfem Blick durchmisst.

»Die Prinzessin hat eingewilligt und sich für seinen Charakter verbürgt. Sie kennt ihn von Kindesbeinen an. Und wir sollten uns daran erinnern, dass er sie in der ersten Nacht des Wettkampfes vor dem Attentäter gerettet hat.«

Das Gemaule der Beamten ebbt zu einem leisen Murren ab.

An dieser Stelle erhebt sich die Prinzessin, ihre Stimme ist glasklar und gebieterisch: »Ich heiße den Hofrat willkommen, denn ihr habt meinen Vater beraten und meines Vaters Vater. Ich verlasse mich auf eure Hilfe in diesen dunklen Zeiten. Die Sterndeuter wurden zu Rate gezogen, und sie haben bestimmt, dass die Drei die glücksverheißende Zahl meiner Regentschaft ist. Mein Aufstieg, meine Verlobung und die Ernennung einer oder eines neuen Shénnóng-shī.«

Ihr Gewand wischt über den Boden, als sie sich wieder setzt. Die Angelegenheit ist für sie beendet.

»Beginnen wir mit der letzten Prüfung.«

KAPITEL 39

Seit der ersten Runde haben wir kein so großes Publikum mehr gehabt. Die vielen Augen auf mir fühlen sich an wie das ungebetene Krabbeln von Ameisen. Ich halte den Kopf gesenkt und gehe zur Jury im vorderen Teil des Saals, vorbei an der wartenden Beamtenschaft.

Es ist Kanzler Zhou, der zur Begrüßung vortritt.

»Für die Jury war es ein Segen, Zeuge der vielfältigen Fähigkeiten zu sein, die diese drei Shénnóng-tú über den Wettkampf hinweg demonstriert haben. Sie haben Erinnerungen heraufbeschworen und unsere Sinne getäuscht. Sie haben Gifte entkräftet und die Wahrheit von der Lüge geschieden. Wir haben damit Tugenden gehuldigt, die unserem irdischen Dasein eine Richtung weisen. Harmonie«, ruft er aus und zeigt einmal mehr, dass er eine Menschenmenge im Griff hat. »Sie steckt in der Zusammenstellung von Speisen und Tee und in der regionalen Vielfalt, die einen Beitrag zum Gesamtbild unseres großartigen Kaiserreichs leistet. Ehrlichkeit und Bescheidenheit«, fährt er fort. »Shénnóng-shī sind der Wahrheit verpflichtet, auch wenn die Wahrheit weh tut. Denn allein im Empfangen und Akzeptieren von Wahrheit können Herrschende zuverlässig regieren. Weisheit und Mitgefühl. Diese gemahnen daran, dass Shénnóng Lehrer und

Arzt, Bauer und Philosoph war. Shénnóng-shī wissen, ebenso wie die Ärzteschaft, um das nötige Gleichgewicht zwischen innen und außen. Wir sind gering vor dem Tode, doch wir beugen uns ihm nicht. Zu guter Letzt würdigen wir die Tugend der Hingabe, der heiligen Verbindung der Shénnóng-shī zu ihren Klienten.«

Er klatscht dreimal in die Hände. Dienerinnen und Diener strömen herein, sie tragen Tische und Schränkchen. Die Beamten machen ihnen Platz, bis eine kreisrunde freie Fläche in der Saalmitte entsteht. Drei Schränkchen. Drei Tische. Wir drei Wettkämpfer werden angewiesen, uns danebenzustellen. Wir beäugen einander über die Kreismitte hinweg. Ich fasse nach der Tischkante und presse meine Handfläche fest hinein.

Mit einem Bambushalter kommt Minister Song auf uns zu. Rote Glücksstäbe ragen daraus hervor, solche, die man von Tempeln als Segen der Gottheiten erbitten kann.

»Ihr sollt Lose ziehen.«

Shao zieht das erste Stäbchen heraus und legt es auf seinen Tisch. Wenyi tut es ihm nach, er sieht düster aus. Zuletzt bin ich an der Reihe. Ich schließe die Augen, tippe blind an den Halter und ziehe ein Stäbchen heraus.

Shaos Los zeigt die Smaragdschildkröte, Wenyis den Schwarzen Tiger. Meins, das ich mit zitternden Händen auseinanderfalte, ist der Weiße Kranich. Ich bete, dass das ein gutes Omen ist, und hoffe, dass die Göttin mich weiterhin leitet.

Der Herold ruft die Repräsentanten herein. Zwei Männer und eine Frau betreten die Halle, in ihre jeweiligen Farben gekleidet. Der Vertreter der Schildkröte ist ein stämmig gebauter Mann, mit dunklen Brauen und Mengen ungebändigter schwarzer Locken. Er trägt weite, sackartige Kleider, ein Hemd und eine bis zum Knie reichende Hose. Seine Beine ähneln Baumstämmen, mit hervortretenden Muskeln, er ist barfuß. Er winkt der Prinzessin zu, einen wuchtigen Stab aus Rotholz in den Händen.

Die Meisterin des Schwarzen Tigers ist eine muskulöse Frau mit nackten Armen, abgesehen von roten Bändern an den Handgelenken. Sie trägt Pluderhosen, Goldringe funkeln an ihren Fingern. An einem Ohr hängt eine goldene Kreole. Auf ihrem Rücken sind zwei Schwerter über Kreuz festgeschnallt.

Der letzte Vertreter, der Repräsentant des Weißen Kranichs, ist ein schlanker, weiß gekleideter Mann. Sein Haar ist zu einem geschmeidigen Knoten aufgesteckt und mit einer silbernen Haarnadel befestigt. Trüge er kein Schwert in einer blauen Scheide bei sich, würde ich ihn für einen Gelehrten halten. Er faltet die Hände vor der Stirn und begrüßt die Prinzessin mit einer Verbeugung.

Ihre durchtrainierten Körper und anmutigen Bewegungen lassen keinen Zweifel daran, dass sie in den Kampfkünsten ausgebildet sind.

»Auf Grundlage der Tradition des Duells sind in der Geschichte Dàxīs Städte aufgestiegen und gefallen. Unter dem Heldenmut zweier Meister, bereit, ihre Leben ehrenhaft zu opfern für die Eroberung oder zur Verteidigung ihrer Stadt«, intoniert der Kanzler.

Dann dreht er sich um und blickt über den Saal.

»Wer steht für Jia ein?«

»Ich.«

Ich schlage mir die Hand vor den Mund und ersticke damit einen Aufschrei. Sofort habe ich Angst, mich verraten zu haben, aber alle Köpfe drehen sich nach Kang um, der jetzt die Stufen herabsteigt und in den Kreis tritt. An der Haltung seiner Schultern erkenne ich den Soldatensohn. Er verneigt sich vor dem Kanzler.

»Der Verlobte der Prinzessin.« Kanzler Zhou lächelt. »Wollt Ihr Euch in Gefahr begeben und für Jia und Dàxī einstehen? Wollt Ihr Euch der Hand der Prinzessin als würdig erweisen?«

»Voller Ungeduld warte ich darauf, dem Thron Dàxīs meine Treue zu demonstrieren«, sagt Kang selbstsicher und furchtlos.

Mit aufeinander abgestimmten fließenden Bewegungen enthüllen die Diener die drei zugedeckten Schränkchen. Es sind allesamt Kommoden von gewöhnlicher Erscheinung – in jeder Apotheke könnte man eine ähnliche finden. Jede ist mit einem Schildchen versehen.

»Ihr habt eine Räucherstäbchenlänge Zeit, das Getränk für euren Repräsentanten auszuwählen«, sagt Kanzler Zhou, »und euren *dān*, den ihr gestern aus den Seerosen geerntet habt, zur Stärkung eurer Bindung und eures Versprechens an Shénnóng zu verwenden.«

Ich fische die Kugel aus meiner Schärpe und begreife erst jetzt ihren Verwendungszweck. Sie ist eine wirkungsvollere Form der Mischung, die ich aus herkömmlichen Kräutern hergestellt habe, um Ruyi das Gift zu entziehen. Sie soll uns helfen, den Shift zu erreichen. Das Wenige, das ich weiß, ist, dass das Rezept für die Herstellung des *dāns* verlorenging, weil die Methoden zu gewissenhaft bewacht und schließlich Geschichte wurden.

Er sei ein magischer Verstärker, sagt man, wie eine zwischen Klippen hin und her geworfene Stimme, die man von einer Seite bis auf die andere hören kann.

Ganz von sich überzeugt steuert Shao zielstrebig auf seine Kommode zu. Wenyi betrachtet die Repräsentanten argwöhnisch, schaut sich dann stirnrunzelnd nach Shao um, als merke er erst jetzt, dass er nicht mehr da ist. Ich trete zögernd an die Kommode heran und streiche mit der Hand über ihre Oberfläche aus Ebenholz. Fast kann ich den Puls des Baums spüren, aus dem sie geschnitzt wurde. Meine Mutter hätte dieses Schränkchen geliebt – das Holz hat keinerlei Eigengeruch, der in die Bestandteile im Innern dringen könnte, und seine Härte stellt ebenfalls sicher, dass die Inhalte über die Zeit nicht in es eindringen.

Es gibt eine Auswahl verschiedener Teeblätter in den oberen Schubladen, alles rare Sorten, der Huldigung eines Kaisers würdig. Zwei sprechen mich besonders an: *Heaven's Stream* wird als Sorte kaum verkauft, nur ganz junge Knospen dürfen davon gesammelt werden. *Hidden Autumn* ist ein älterer Teebaum, der bis zum Herbst vollständig auswachsen darf und dann sonnengetrocknet seine ihm innewohnende Süße entwickelt. Gegensätzliche Eigenschaften, je nachdem, wie ich an die Aufgabe herangehen möchte. Rasch überblicke ich die anderen Zutaten.

Goldblume, Jasmin, Honigholz und getrocknete Färberdistel. Huáng qí, die Tragantwurzel, ist ebenfalls ein interessanter Inhaltsstoff, dessen stärkende Eigenschaften ich schon von früheren Anwendungen her kenne.

Lian und ich haben uns darüber unterhalten, wie sie

ihr Elixier magisch mit Stärke aufgeladen hat, also weiß ich, wie es grundsätzlich geht, auch wenn es nicht gerade meine Spezialität ist. Kang könnte es auch mit erhöhter Achtsamkeit schaffen – allerdings besser nicht so stark erhöht, dass er sich in seiner Umgebung verliert, wie es mir mit dem *Lion Green* passiert ist. Oder ich müsste ihm etwas geben, das die Schmerzen des Kampfes dämpft. Das Problem ist nur, dass meine Kenntnisse über Kampfstile jämmerlich sind, weil ich nie bei einem Turnier dabei war. Ich kann nur ungefähr schätzen, was die jeweiligen Fähigkeiten der Repräsentanten sein könnten.

Ich entscheide mich für drei Zutaten: die Gojibeere für wache Aufmerksamkeit, die bittere Curcumawurzel zur Anregung des Kreislaufs sowie zur Schmerzreduktion und den Purpurpilz, um die Ausdauer zu erhöhen. Ein würdiger Tee, wenn man Vertreterinnen und Vertreter der Gottheiten herausfordern will.

Die erste Runde beginnt in dem Moment, als das Räucherstäbchen zu Asche zerfallen ist. Der Kanzler gibt uns die nächsten Anweisungen.

»Innerhalb einer Räucherstäbchenlänge sollt ihr eure Auslese zubereiten und darbieten, dann muss euer Repräsentant seinen Herausforderer besiegen. Ich sage *besiegen*. Es gibt keine Netze oder doppelten Böden, keine zweite Chance. Die Herausforderer müssen sich offiziell ergeben. Den Kreis zu verlassen bedeutet, dass man gescheitert ist. Als Erste oder als Erster Blut zu verlieren bedeutet ebenfalls, dass man gescheitert ist.«

Zu viele Unbekannte. Ich betrachte meine Zutaten und frage mich schon jetzt, ob ich die richtige Wahl getroffen habe.

»Die Jury hat die verbliebenen Wettkämpfer nach ihren bisherigen Darbietungen eingestuft. Es beginnt Chen Shao aus Jia.«

Der Kanzler nickt dem Herold zu, der das Spiralräucherwerk anzündet.

Der Wettkampf beginnt.

Shao tritt nach vorn und gießt seinen Tee auf. Die Kräuter saugen sich mit Wasser voll und setzen ihre Aromen frei. Der ihnen innewohnende Duft der Magie prickelt mir in der Kehle. Mit einer Verbeugung und ohne das geringste Zögern nimmt Kang die Tasse entgegen und trinkt sie in einem Zug leer. Dann betritt er den Wettkampfboden.

Die Diener haben Webmatten ausgelegt. Die Schildkröte bewegt sich darauf fast gelangweilt und schwingt ihren Stock, als sei er eine Verlängerung des Körpers. Kang bewegt sich pfeilschnell und wehrt die Schläge ab. Wann immer der Stock auf dem Boden aufkommt, spüren wir das Beben unter unseren Füßen. Schließlich trifft er mit donnerndem Krachen auf das Schwert, Kang wird zurückkatapultiert und fällt fast aus dem Kreis heraus. Er rappelt sich wieder auf, der Kampf geht weiter. Kang dreht und wendet sich biegsam wie ein Bogen, um nicht vom dahinfegenden Stock erschlagen zu werden.

Shao sitzt auf seinem Stuhl, und vor lauter Anspannung bilden sich Schweißperlen auf seiner Stirn. Wortlos bewegt er die Lippen im stillen Gespräch mit den Göttern, wie wenn Mutter mit einer besonders schwierigen Krankheit rang. Ich frage mich, ob Kang Shaos Stimme in seinem Kopf flüstern hört.

Zehn Bewegungen später befindet sich Kangs Schwert

am Hals der Schildkröte. Der große Mann verbeugt sich und räumt seine Niederlage ein.

Applaus wogt durch die Halle. Das Publikum ist hingerissen, nachdem es anfangs dem Repräsentanten gegenüber skeptisch gewesen ist.

»Gut gemacht!«, rufen sie.

Shao wischt sich mit einem Taschentuch über das Gesicht, aus dem sein übliches Feixen gänzlich verschwunden ist. Mit zitternden Beinen verbeugt er sich und hält sich dabei an der Stuhllehne fest.

»Lin Wenyi, Gefolgsmann aus Yĕliŭ«, kündigt der Herold an.

Mit einer Geste bedeutet Kanzler Zhou Wenyi weiterzumachen.

Seine große Gestalt bewegt sich mit einer Eleganz, die für seine Ausbildung spricht. Klare, knappe Bewegungen. Er setzt keinerlei Übertreibungen ein, um das Publikum zu unterhalten. Sofort werde ich von seinem Ritual gefangen genommen, obwohl mir meine eigene Prüfung noch bevorsteht.

Wenyi benutzt anstelle einer Tasse eine Steinschale, mit höherem Rand als für Essschalen typisch. Er hält die Schale zur Seite geneigt. Das heiße Wasser, das er hineingießt, springt aus der Rundung hoch und erzeugt die Illusion wilden Wellengangs. Sanft schwenkt er die Schale, so dass alle Zutaten von Wasser bedeckt werden und den goldenen Farbton annehmen, den ein guter Aufguss haben sollte.

Er legt sich den dān unter die Zunge und reicht Kang die Schale, der sie mit einem Nicken entgegennimmt.

Kang gießt sich den Tee in den Mund, schluckt und verzieht das Gesicht. Der Tee muss stark gewesen sein. Zusammen mit der Schwarzen Tigerin betritt er die Arena. Ein entfachtes Streichholz ist der Auftakt zur nächsten Runde.

Die Tigerin fegt mit den Füßen über den Boden, kreist ohne erkennbare Richtung hin und her. Kang weicht aus und beobachtet ihre Bewegungen, will herausfinden, wohin sie den nächsten Schritt setzt. Fast ohne ihre Knie zu beugen, springt sie plötzlich auf ihn zu, schlägt auf ihn ein und bringt ihn in die Defensive. Kang blockt ab, drängt sie mit seinem in der Scheide steckenden Schwert zurück, zieht es aber noch nicht. Sie findet ihr Gleichgewicht wieder, federt auf den Fersen. Ihre Augen schimmern im Licht.

Mit einem heiseren Aufschrei macht sie noch einen Sprung, zieht diesmal die zweifach silberglänzenden Sichelschwerter vom Rücken. Mir waren daran schon die besonderen Griffe mit Handschutz aufgefallen, die in einer Spitze münden, solche Klingen habe ich nie zuvor gesehen. Dünn gebogener Stahl mit böse aussehenden Haken an den Enden. Wieder nutzt Kang seine Schwertscheide zum Abblocken, drängt sie mit Gewalt zurück und zieht dann in einer einzigen geschmeidigen Bewegung sein Schwert.

Klingend trifft Metall auf Metall.

Der Angriff ist eröffnet. Die Tigerin kreuzt ihre Schwerter und kommt dann mit wirbelnden Bewegungen näher. Die Schwerter erscheinen wie rotierende Kreise. Immer wieder hebt sie im Versuch, Kangs Deckung zu unterlaufen, ihre rechte Hand in eine Richtung und senkt die linke in die andere. Er wehrt ab, doch ihre

Schnelligkeit gibt ihr Vorsprung. Rutschend und schwankend versucht er, der Wucht ihrer Schläge standzuhalten, doch sie drängt ihn weiter und weiter auf den Rand des Kreises zu.

Ich brauche zu lang, um zu merken, dass etwas an Kangs Bewegungen nicht stimmt. Seine Schwertspitze bewegt sich zu langsam, und jedes Mal, wenn er seine Bewegungen ihren Attacken anpassen will, stolpert er. Die Stärke, mit der er eben noch der Schildkröte begegnet ist, zeigt er hier nicht. Tatsächlich sieht es aus, als könne er sich kaum gegen den Angriff der Doppelklingen verteidigen.

Die rotierend kreisenden Sichelklingen haken sich an Kangs Schwert fest. Die Tigerin zieht. Sein Schwert wird in die Menge der Beamten geschleudert, die wie Fische in einem Teich erschrocken auseinanderstieben.

Die Schwertspitze steckt im Boden, der Griff zittert in der Luft.

Stille senkt sich über die Halle. Kang umklammert seine Schulter. Blut sickert zwischen seinen Fingern hervor und tropft auf die Matte unter seinen Füßen.

Er verbeugt sich vor der Tigerin und bekennt seine Niederlage.

KAPITEL 40

»Es sieht so aus, als hättest du nicht bestanden«, sagt Kanzler Zhou nicht unfreundlich zu Wenyi.

Doch Wenyi nimmt keine Notiz von ihm, sondern schaut stattdessen zur Prinzessin auf. Mit einer in die offene Handfläche gelegten Faust salutiert er vor ihr. Ein Gruß voller Ehrerbietung, begleitet von einer tiefen Verneigung.

»Obwohl ich Eurer nicht würdig bin, bitte ich darum, mich an Euch wenden zu dürfen, Eure Hoheit.«

Seine Stimme klingt rau, seine Beine zittern. Während unserer gesamten gemeinsamen Zeit im Palast habe ich ihn noch nie die Fassung verlieren sehen. Ich hätte vorhin mehr auf ihn achten sollen, statt mich völlig von Kangs Kampf gegen die Schwarze Tigerin bannen zu lassen.

Zhen macht eine Handbewegung.

»Sprich.«

»Ich habe den Wettkampf besudelt, Prinzessin«, sagt Wenyi.

Ohne Reue. Ohne Entschuldigung. Statt den Kopf fügsam zu senken, schaut er sie direkt an, als mache er gerade eine Kampfansage.

»Was hast du getan?« Die Worte des Kanzlers durchschneiden die Luft.

In einer raschen Bewegung wirft Wenyi seinen Mantelsaum hinter sich und fällt auf ein Knie.

»Ich habe für Euren Vertreter einen Tee gebraut, der seine Kraft untergräbt und sein inneres Gleichgewicht stört. Ich habe darauf gehofft, dass die Tigerin ihn zweiteilt. Ich habe es nicht über mich gebracht, diesem … Verräter auf den Thron zu verhelfen.«

Es kostet mich alle Mühe, nicht in Kangs Richtung zu schauen.

»Sagst du gerade, dass du etwas in sein Getränk gemischt hast?«

Die Prinzessin beugt sich mit gerunzelter Stirn nach vorn, die Sorge um ihren Verlobten ist ihr anzusehen. Ihre Verbundenheit muss stärker sein, als ich anfangs geglaubt hatte, geschmiedet von Kindesbeinen an.

»Auf Gift habe ich mich nicht herabgelassen.« Wenyis Lippen kräuseln sich verächtlich, dann zeigt er mit zitterndem Finger auf Kang. »Das ist die Waffe seiner Familie.«

Seine Anschuldigung hängt in der Luft wie eine Sturmwolke, die nur darauf wartet, das Land unter sich zu verwüsten. Der Hass verwandelt seine hübschen Züge in ein finsteres Antlitz. Prinzessin Zhen lehnt sich wieder in ihren Sitz zurück.

»Wer für die Vergiftungen verantwortlich ist, konnte bislang vom Justizministerium nicht hinreichend geklärt werden«, sagt sie gedehnt und wendet sich dann an die Beamten, die die Szene noch immer verunsichert verfolgen. »Es sei denn, Minister Hu … hat mir etwas verschwiegen.«

Ein Minister hastet nach vorn und verneigt sich tief

vor der Prinzessin, wobei ihm in der Eile der Hut zur Seite rutscht.

»Hat das Justizministerium bestätigt, dass mein Onkel hinter den Vergiftungen steckt? Gibt es irgendetwas, das ich wissen müsste?« Zhens Stimme klingt jetzt gefährlich geschmeidig. Sie ist offenkundig wütend, ob über das anmaßende Benehmen Wenyis oder über das weitere Zutagetreten von Zwistigkeiten bei Hofe. Von ihrer Unsicherheit ist nichts mehr übrig – hier kündigt sich die neue Kaiserin an.

Minister Hu fällt auf die Knie und legt die Stirn auf den Boden.

»Nein, nein, Eure Hoheit. Wir haben noch nicht bestätigt, wer für den vergifteten Tee verantwortlich ist.«

»Meine Familie kommt aus einer Stadt in der Nähe von Lǜzhou.« Wenyi erhebt seine Stimme erneut, offenbar nicht gewillt, klein beizugeben. »Eine Vielzahl von Menschen ist überstürzt aus unserer Stadt verschwunden. Leute wurden gezwungenermaßen für die Armee rekrutiert und ihren Familien entrissen. Die, die sich weigerten, wurden vergiftet. Ich flehe Euch an, das zu untersuchen, Hoheit …«

Etwas bewegt sich unscharf, Metall blitzt auf. Wenyi fällt hin, ringt nach Atem, an Ort und Stelle niedergestreckt. Der Kriegsminister steht mit gezogenem Schwert da und richtet die Spitze auf Wenyis Hinterkopf.

»Du wagst es, etwas von der Prinzessin zu verlangen?«, sagt er abfällig. Zwei Palastwachen kommen herbei und flankieren ihn. »Nehmt ihn mit.«

Die Wachen packen Wenyi unter den Achseln und schleifen ihn hinter sich her.

Wenyi sieht die Jury und die Beamten an, doch er bekommt keine mitfühlenden Blicke, nur solche voller Angst und Unsicherheit. Geradezu gespenstisch fühle ich mich an die Zeit erinnert, in der mein Dorf sich der ungemeinen Härte des Statthalters ausgesetzt sah. Alle waren viel zu ängstlich, um seine Macht anzufechten, und fürchteten um ihre Familien. Unterstütze ich hier etwa Tyrannei? Ist das der Wandel, den die Prinzessin versprochen hat?

Als er merkt, dass er von der Menge kein Verständnis für seine Sache zu erwarten hat, zappelt Wenyi plötzlich in den Armen der Wachen und schreit: »Passt nur auf! Und zwar alle von euch! Denn bald schon werden die Schatten folgen!«

Immer noch schreiend wird er zur Tür hinausgezerrt.

Nachdem die Türen sich hinter ihm geschlossen haben, klingen die unheilvollen Sätze seiner Prophezeiung nach, lasten auf allen im Raum. Die festliche Stimmung ist verschwunden.

»Der Wettkampf muss weitergehen.«

Minister Song stellt sich wieder vor die Beamtinnen und Beamten und ringt um Fassung. Doch seine Nervosität zeigt sich daran, wie er immer wieder über sein Gewand streicht.

Die Prinzessin erhebt sich vor dem Hofstaat, ihre Miene ist streng.

»Wir gestatten nicht, dass die Handlungen eines einzelnen Dissidenten diese Veranstaltung stören, und fahren trotz seines Versuchs, Unruhe zu stiften, fort. Vor Dàxīs Feinden kuschen wir nicht.«

 Sie kehrt zu ihrem Sitzplatz zurück. Die Beamten murmeln noch miteinander, setzen sich aber, für den Moment besänftigt, wieder auf ihre Stühle.

»Geht es Euch gut genug, um fortzufahren?«, fragt Kanzler Zhou.

Kang nickt steif.

Dann wendet sich der Kanzler an mich.

»Und dir?«

Obwohl ich mich lieber verstecken als sprechen würde, muss ich unbedingt sicherstellen, dass mir kein Nachteil entstanden ist.

»Kanzler, erlaubt Ihr mir, den Puls Eures Vertreters zu fühlen? Um zu wissen, ob die negativen Auswirkungen des Tees von Wen … – ich meine, von Wettkämpfer Lin – meine Darbietung noch beeinflussen könnte?«

Kanzler Zhou schaut Prinzessin Zhen an, und sie neigt zustimmend den Kopf. Sie zeigt keinerlei Wiedererkennen, kein Anzeichen von Vertrautheit. Als hätte ich nie ihre Hand gehalten, als sie wegen ihrer Magd weinte, oder als hätte ich nie leidenschaftlich mit ihr über die Spaltung innerhalb des Kaiserreichs gestritten. Der Kanzler nickt.

Unter gesenkten Wimpern hervor betrachtet Kang mich misstrauisch. Er schaut auf meine Schulter, anstatt mir in die Augen zu sehen. Ein kaiserlicher Arzt hat ihm bereits den Arm verbunden, und er schwankt nicht mehr. Aber ich muss ganz sicher gehen.

»Wie geht es …«

»Kannst du …«

Wir fangen gleichzeitig zu sprechen an und verstummen dann peinlich berührt. Ich schiebe nestelnd meine Ärmel hoch, er räuspert sich und wendet noch immer den Blick ab.

Ich bedeute ihm, sich auf den Stuhl hinter ihm zu setzen, und er gehorcht, das Unbehagen in Person. Ich bitte ihn, seinen Ellbogen auf den Tisch zu legen und den Arm zu mir auszustrecken.

Ich schließe die Augen und blende das Gemurmel des Hofstaats aus, konzentriere mich voll und ganz auf das Gefühl seiner Haut unter meinen Fingern. Ich tue so, als sei er einfach irgendein Klient. Ich darf mich einzig von diesem Gefühl leiten lassen. Die Stimme meines Vaters schilt mich auch jetzt noch über das gesamte Kaiserreich hinweg. Setz all deine Sinne ein. Konzentrier dich, Ning!

Ich lausche auf Kangs schleppenden Puls, der noch von dem beeinträchtigt ist, was Wenyi ihm verabreicht hat. Aber er fühlt sich warm an. Ein beißender Geruch geht von ihm aus, fast wie Pfeffer. Schließlich schaue ich ihm in die Augen, nehme sein gerötetes Gesicht wahr, seinen ausgesprochen unglücklichen Ausdruck, und bemerke seine geweiteten Pupillen. Alle Zeichen verweisen auf ein Zuviel an Hitze in seinem Körper.

Wenyi hat Zutaten eingesetzt, um Kangs Blut über die Maßen zu beleben und ihn damit benommen und unstet zu machen, impulsiv und leicht zu verärgern. Ich lasse seine Hand los. Er zieht sie sofort zurück und steht auf, als könne er meine Gegenwart nicht einen Moment länger ertragen.

Ich gehe zurück, stelle mich neben die Kommode mit den Zutaten und warte auf Anweisungen.

»Bist du so weit, Wettkämpferin Zhang?«, fragt Kanzler Zhou. »Weil du die Sabotage des vorigen Wettkämpfers einrechnen musst, ist es dir erlaubt, eine deiner bereits ausgesuchten Zutaten gegen eine andere einzutauschen. Wähle weise.«

Als ich den Austausch vollzogen habe, sage ich: »Ich bin so weit.«

Ein Streichholz entflammt.

Das Räucherstäbchen wird entzündet.

Meine letzte Prüfung beginnt.

KAPITEL 41

Weil ich weiß, dass die Zeit läuft, gehe ich zügig vor. Dem Tee *Hidden Autumn* mische ich meine umgetauschte Zutat bei: eine Seerosenknospe, als Gruß an die gedemütigte Blume, die mit mir sprach und die mir den dān aus ihrem Herzen gab. Ich bitte sie, mir ihre reinigenden Eigenschaften zu gewähren, damit ich Wenyis Gebräu entgegenwirken und die noch schwelenden Auswirkungen von Shaos belebendem Tee unterstützen kann.

Ich reiche Kang die Tasse. Er schaut mir in die Augen und hebt sie mit beiden Händen hoch. Seine Augen sind dunkle, lockende Teiche, und ich widersetze mich ihrer Anziehung.

Vertrau mir, bat er mich einmal. Jetzt ist es an ihm, an mich zu glauben.

Ich lege mir den dān in den Mund. Der bittersüße Geschmack breitet sich auf meiner Zunge aus, der Zauber entfaltet sich in mir. Leicht springt er mit einem fast hörbaren Seufzen des Wiedererkennens auf Kang über. Auch diesmal hüllt uns der Duft der Kamelie ein, als stünden wir zwischen meinen geliebten Teebäumen.

Wir kehren an den verborgenen Ort zurück, den nur der Shift offenbart. Goldumrandet und mit dem Brandmal über dem Herzen sehe ich Kang. Aber ich kann auch mich in seinen Augen sehen, ein schwarzhaariges Mädchen mit weizenfarbener Haut, dessen dunkle Augen ihn traurig betrachten. Die Magie wogt zwischen uns hin und her. Fäden wie aus Malzzucker lassen die von ihm ausströmende Hitze zu mir herüberlaufen, bis ich sie wie einen schweren Mantel auf mir spüre.

Er öffnet den Mund, um etwas zu sagen, aber ich zwinge mich dazu, mich umzudrehen und auf dem Wettkampfstuhl Platz zu nehmen. Er beobachtet, wie ich mich abwende, und ich fühle das Bedauern, das in Wellen von ihm ausgeht. Es dauert nur einen Moment, kaum einen Atemzug lang in der Realität, doch an diesem Ort zwischen Magie und Traum dehnt sich die Verbindung quälend lange aus. Eine Erinnerung an alles, was wir geteilt haben, und das Wenige, was bleibt.

Los, sage ich zu ihm, als er zögert. Endlich wendet er sich dem Repräsentanten im Kreis zu. Er geht jetzt leichtfüßiger, seine Gedanken fließen klarer. Schon jetzt fühle ich, wie sich Schweiß in meinen Achselhöhlen sammelt und meine Glieder von Schwere erfasst werden.

Der Mann in Weiß steht ruhig da, sein Schwert hält er hinter dem Rücken. Kang begrüßt ihn mit einer Verbeugung. Und als hätte eine unsichtbare Glocke geläutet, beginnen beide, sich im Einklang zu bewegen. Spiegelgleich kreisen sie innerhalb des Rings umeinander, mit vorsichtigen, wohlüberlegten Schritten.

Bis der Kranich in einer geschmeidigen Bewegung sein Schwert zieht und dessen elegante Biegung zum Vorschein kommt. Er verwendet das einschneidige Dao, das anders ist als Kangs schlanke zweischneidige Klinge. Der Weiße Kranich hebt den Arm mit dem Schwert über seinen Kopf und das entgegengesetzte Bein in die Höhe – wie ein Vogel. Einen kurzen Moment lang hält er diese Figur aufrecht, sammelt sich und bricht dann in ein Durcheinander von Hieben nach vorn aus.

Die Waffe muss schwer sein, doch in seinen Händen wirkt sie federleicht, wirbelt pfeilschnell in der Luft herum. Ich spüre das Echo von Kangs Muskeln in mir. Er hebt sein Schwert der anderen Waffe entgegen. Dann treten beide in einen fieberhaften Tanz der Klingen ein.

Schweiß tropft mir aus dem Haaransatz in die Augen, weil ich angestrengt versuche, die negativen Energien von ihm wegzuziehen. Die Überreste von Wenyis Zauber sind die eilig trippelnden Beine Hunderter Spinnen, die Halt suchen. Sie wollen beißen und sich an der goldenen Essenz ergötzen, die durch Kangs Körper fließt, ihrem ausgesuchten Ziel. Doch weil sie ihn nicht haben können, bin ich es, an der sie fressen, deren Energie sie aufsaugen, bis meine Augen sich flatternd zu schließen drohen.

Ich kneife mich in die zarten Fingerzwischenräume und zwinge mich dazu, wach zu bleiben. Kangs Herz pulst mit meinem im gemeinsamen Trommelschlag, pocht mir in den Ohren. Mein Körper brennt in einem fort und fleht um Gnade vor der erbarmungslosen Hitze.

In einem Wirbelwind geht der Kampf vor mir weiter. Ich unterstütze die Kräfte des Purpurpilzes, die Kang den wiederholten Schlägen des Kranichs trotzen lassen. Die Curcumawurzel mindert die Schmerzen in seinen Gliedern. Meine Hand klammert sich gerade am Tisch fest, als ich das Schwert in seiner Hand spüre, ich kann fühlen, wie sein Körper sich durch die Erinnerung an seine jungen Jahre und die damals erlernten Positionen bewegt. Er trainierte im Regen und bei Nacht, in bitterkalten Winden auf einer Klippe und mit verbundenen Augen im Schnee, wo die glatten Steine unter seinen Füßen ihn aus dem Gleichgewicht zu werfen drohten.

Dieses Training ist es, das jetzt ganz entfesselt und von der Wirkung der Seerosenknospe noch gesteigert wird. Der Kranich unterbricht seinen Angriff, er wechselt die Hand des Schwertes, um mit einer anderen Abfolge weiterzukämpfen. Kang dreht sich blitzartig um, peitscht mit seiner Schwertkante in die entgegengesetzte Richtung und bringt die gegnerische Klinge aus dem Gleichgewicht. Nichtsahnend getroffen taumelt der Mann. Mit einem weiteren drastischen Schlag fährt Kang durch die Luft, und ein Stück weißen Stoffs flattert zu Boden.

Der Weiße Kranich hält inne, hebt sein Schwert vor sich und verneigt sich. Fetzen seines Ärmels hängen an ihm herab, und eine blutige Linie ist darunter zu sehen.

Er hat verloren.

Ich spucke die Medizinkugel in eine dafür vorgesehene Schüssel und unterbreche unsere Verbindung. Keinen Augenblick länger kann ich in seinem Geist sein, die Last auf meinem Körper ist unerträglich. Endlich lassen die Wellen nach, die Hitze klingt ab, ich kann Atem schöpfen, ich bin wieder mehr ich selbst und weniger er.

Sie ist vollbracht. Die letzte Runde. Und ich bin noch immer hier.

Es dauert, bis die Beamten klatschen, doch als sie einmal damit begonnen haben, bebt die Halle. Sie haben den Kraftakt erkannt, den ich gemeistert habe, und auch ich erkenne jetzt endlich die Macht, die mir immer weiter zuwächst. Ich habe mich Mutters Vermächtnis gegenüber als würdig erwiesen.

»Moment!«, ruft eine Stimme und entreißt mir den Glanz meines Erfolgs. Der ehrwürdige Qian, vorheriger Hof-Shénnóng-shī, tritt vor. »Eure Hoheit, mit Bedauern muss ich anmerken, dass etwas unstatthaft war.«

Ich starre ihn verständnislos an. Ich habe die Aufgabe doch vollständig erledigt. Was habe ich falsch gemacht?

»Sprich«, befiehlt Prinzessin Zhen, obwohl sie aussieht, als ob sie seine nächsten Worte lieber nicht hören wollte.

Er verbeugt sich eilig, richtet sich zu voller Größe auf und faltet die Hände hinter dem Rücken.

»Als erfahrener Shénnóng-shī war ich bereits Zeuge vieler Prüfungen und Zeremonien. Ich hatte einen Verdacht, doch heute, nachdem ich der letzten Runde beigewohnt habe, wurde alles bestätigt, was ich erwartet habe.«

Unbehaglich nah bleibt der ehrwürdige Qian vor meinem Tisch stehen. Ich würde gern Abstand herstellen, aber meine Beine fühlen sich noch zu schwach an, um mich zu tragen, und ich fürchte, vor den Augen des versammelten Hofstaats hinzufallen.

»Das Mädchen aus Sù.« Er schaut auf mich herab. Sein Hass ist ebenso spürbar wie Wenyis Verachtung gegenüber Kang. »Und der Sohn des Verbannten Prinzen. Sie standen schon vor dieser letzten Runde in Beziehung zueinander. In der Beziehung zweier Verräter.«

Ich gebe stotternde, unsinnige Laute von mir. Die Prinzessin fasst sich als Erste und sagt schnell: »Mir war bekannt, dass zwischen Xu Kang und einigen anderen Wettkämpfern Treffen vorausgingen. Zhang Ning hat die

Angelegenheit außerdem aus freien Stücken vertraulich vorgetragen. Wie dem auch sei, sie wusste nicht, um wen es sich beim Vertreter der letzten Runde handelt, denn das wurde erst vor wenigen Stunden entschieden. Ich glaube nicht, dass sie den Hof täuschen wollten.«

Sie ist eine viel bessere Lügnerin als ich. Sie stellt das Ganze als bloßes Missverständnis dar, während sie kaum etwas über unser Bündnis preisgibt. Sie streckt das Kinn nach vorn, als trotze sie dem Widerspruch des alten Mannes.

Der Shénnóng-shī verbeugt sich in seiner Dienstbeflissenheit diesmal geradezu lächerlich tief.

»Ich widerspreche nicht, Hoheit, sollte der Fall so liegen, wie Ihr sagt. Ein zufälliges Treffen. Doch mein Verdacht hat sich vertieft, als ich eigene Nachforschungen anstellte und eine Verschwörung entdeckte, deren Ausmaß meine Vorstellung weit überstieg.«

Mir ist, als krabbelten die Kreaturen aus Wenyis Zauber an meinen Armen hinauf.

Der ehrwürdige Qian fährt fort: »Das Mädchen hat es gewagt, in der Gesellschaft Eures Verlobten in aller Öffentlichkeit Tee in einem Teehaus zu trinken.«

»Ist das von Belang?«, fragt Minister Song. »Vielleicht hat er sie zu einer Tasse Tee eingeladen, weil er neugierig auf ihre Fähigkeiten war, und ihr war seine Rolle in der letzten Runde nicht klar. Nur die Jury wusste, dass er dabei sein würde, und Ihr könnt versichert sein, dass niemand von uns diese Information preisgegeben hat.«

Überrascht sehe ich ihn an. Ich hätte von niemandem aus der Jury erwartet, dass er sich für mich einsetzt.

»Für die, die in der Kunst des Shénnóng-shī nicht

ausgebildet sind, mag das ein unschuldiges Treffen gewesen sein. Aber für die Shénnóng-shī bedeutet es viel mehr«, erwidert der ehrwürdige Qian mit Nachdruck. »Die Bindung der Shénnóng-shī wird durch wiederholte Zusammenkünfte erheblich gestärkt, wie jeder und jede Shénnóng-tú mit etwas Übung bereits weiß. Ich wurde auf Wettkämpferin Zhangs … Benehmen in der vorhergehenden Runde aufmerksam gemacht, auf einige ihrer unkonventionellen Entscheidungen. Weshalb ich mir ihre Geschichte etwas genauer vorgenommen habe. Die Ergebnisse dieser Nachforschung wurden mir erst heute früh überbracht.«

Ein Tentakel der Angst kriecht mir den Rücken hinab. Er muss bis hin zu meiner Familie recherchiert haben. Hat sein Botschafter mit meinem Onkel gesprochen, der meiner Mutter grollte? Oder mit den Dorfbewohnerinnen und Dorfbewohnern, die sich noch daran erinnern, wie meine Mutter in Schande ins Dorf zurückkehrte?

»Ich habe mich im Dorf Xīnyì nach ihrem Mentor erkundigt. Alle haben mir das Gleiche gesagt: Ihre Schwester Zhang Shu war Schülerin ihrer Mutter. Zhang Ning hat gelogen, was ihre Ausbildung betrifft. Weder stand ihr die Schriftrolle zu, die sie vorzeigte, noch hätte sie überhaupt an diesem Wettkampf teilnehmen dürfen.« Seine Worte hämmern mich in Grund und Boden. »In Wahrheit studierte sie unter den Fittichen eines kaiserlichen Arztes – eines in Ungnade gefallenen kaiserlichen Arztes, der vor vielen Jahren aus dem Palast geflohen ist. Vor Scham, weil er eine Magd geschwängert hatte.«

»Ist das wahr?« Prinzessin Zhen betrachtet mich mit unergründlicher Miene.

All meine Lügen, meine getroffenen Entscheidungen, alles, was ich getan habe, um es bis hierher zu schaffen – und am Ende scheitere ich *daran*. An der Schande meiner Familie. Daran, das Mädchen einer unverheirateten Mutter zu sein.

Ich möchte sie anschreien, ihr die Wahrheit über meine Vergangenheit erzählen. Darüber, wie sehr meine Mutter meinen Vater geliebt hat und wie die beiden unter Lebensgefahr alles hinter sich ließen, um zusammen ganz neu anzufangen.

Aber ich schaffe es nur zu nicken. Der Marquis gibt neben der Prinzessin ein zufriedenes Grunzen von sich. Endlich wird er mich doch noch los.

»Dann tut es mir leid, sagen zu müssen, dass du, obwohl du dich selbst übertroffen und deine Fähigkeiten unter Beweis gestellt hast …« Zhens nächsten Worte schmerzen mich wie ein Messer in den Eingeweiden, »vom Wettkampf ausgeschlossen wirst.«

Nach alldem. Nach all dieser Zeit.

Ich habe es nicht geschafft.

»Die Jury erklärt hiermit Chen Shao aus Jia zum Sieger!«, verkündet Minister Song, und seine Worte rufen donnernden Applaus des Hofstaats hervor. »Heute Abend werden wir ihm zu Ehren ein Bankett veranstalten, damit die Angestellten des Hofes ihren neuen Shénnóngshī begrüßen können.«

Sofort ist Shao umringt von Ministern und Beamten, die ihm ihre Glückwünsche aussprechen. Ich bin vergessen. Vermutlich sollte ich dankbar sein, dass man mich nicht in den Kerker geworfen hat, aber ich fühle mich wie ausgehöhlt.

Ich habe alles gegeben, was ich konnte, und es hat doch nicht gereicht.

Der ehrwürdige Qian bedenkt mich mit einem letzten Blick, dann dreht er sich auf dem Absatz um, stellt sich neben seinen Zögling und stimmt in die allgemeine Bewunderung ein. An solchen höfischen Ränkespielen werde ich niemals teilnehmen.

Die Prinzessin hat mir ihr Wort gegeben, Shu zu helfen, aber ich verfüge nicht über die Mittel, sie zum Einhalten ihres Versprechens zu zwingen. Erst jetzt wird mir klar, wie lachhaft mein Versuch war, die Hilfe der zukünftigen Herrscherin Dàxīs erzwingen zu wollen. Sie hielt mir ein Stöckchen hin und wusste, wie eifrig ich darüberspringen würde, immer ihren Launen nach. Dann ließ sie mich genauso leicht wieder fallen.

Ich denke an Vaters Brief. Ich muss nach Hause zurück und mich seiner Enttäuschung stellen. Dann dämmert mir allmählich mit Schrecken, dass ich das Augenmerk des Palastes auf das gelenkt habe, was vor Jahren geschehen ist. Für das Justizministerium wäre es ein Leichtes, weiter nachzuforschen. Ich habe vielleicht auch meine Familie dem Untergang geweiht.

Der Raum ist plötzlich zu stickig. Ich rempele einen Beamten an und nuschele eine Entschuldigung. Ich sehe, wie Kang sich mit angespannter Miene einen Weg zu mir zu bahnen versucht, während man auf ihn einredet und ihm für seinen Aufstieg bei Hofe gratulieren will. Zwischen uns gibt es nichts mehr zu sagen. Jedes Mal, wenn ich daran denke, dass er der Prinzessin versprochen ist, fällt mir das Atmen schwer. Die Wachen öffnen mir die Türen, und ich renne in die Nacht hinaus.

Ich weiß nicht mehr, wie ich zur Unterkunft »Wohlklingende Quelle« zurückgekommen bin, wo ich meine Kleider hervorhole, sie zusammenfalte und danach achtlos in einen Sack stopfe. Ich muss Mutters Shénnóng-shī-Truhe finden … aber vielleicht wird man sie mir auch zurückgeben, wenn ich einen sorgsam formulierten Brief an die Prinzessin schreibe, sobald ich zurück in Sù bin und mich davon überzeugt habe, dass meine Familie in Sicherheit ist.

Als ich fertig bin, wird mir klar, wie ungeheuer wenig ich während meiner Zeit in Jia erreicht habe. All der Glanz um mich herum scheint mich jetzt zu verhöhnen. Ich habe all das zu begehren gewagt und geglaubt, dass ich eines Tages ein so großartiges Zuhause haben könnte. Eine Illusion, so trügerisch wie der Drachen, den Shao einmal aus Dampf erschuf. Ein Fingerzeig auf meine Eitelkeit.

Ich lasse einen dunklen Gedanken aus den Untiefen meines Geistes zu: Was, wenn ich einfach alles nehmen und weit weg von Sù und Jia gehen würde? Ich könnte in den Bergschluchten von Yún untertauchen oder mich auf eine Wanderung zur Stadt Jasmin aufmachen und dort ganz neu anfangen. Einen neuen Namen annehmen, einen alten Arzt finden, bei dem ich meine Ausbildung beenden kann. Einen kleinen Garten anlegen und die Shénnóng-Kunst im Geheimen praktizieren. Ohne von der Geschichte meiner Eltern belastet zu sein … und mit der lebenslangen Schuld am Tod meiner Schwester im Gepäck.

Ich ziehe Shus Stickerei hervor und halte sie zitternd fest. Der Mond wacht darauf über einem seltsamen Motiv, das aus den lebendigen Träumen meiner Schwester stammt. Wieder denke ich, dass ich mit leeren Händen nach Hause zurückkehren und alte Wunden aus der Vergangenheit meiner Eltern aufreißen werde. Ich stopfe den Stoff zurück in meinen Kleidersack.

Tränen laufen mir heiß die Wangen hinunter. Ich nestele an meinen Haaren herum, um die Schmucknadeln abzunehmen. Als sie nicht wollen, reiße ich sie in meiner Unachtsamkeit zusammen mit ein paar Haarsträhnen aus. Ich wickele die Schärpe ab und ziehe die feinen Kleider aus.

Schließlich stehe ich in meiner schlichten Tunika da.

Das Mädchen von damals.

Ich lasse meine Schwester nicht im Stich.

Ich bin das Mädchen aus Sù.

KAPITEL 42

Zaghaft klopft es an meiner Zimmertür, dann öffnet sie sich mit leisem Knarren. Ich lege mir den Ärmel über die Augen, weil ich mich für meinen jämmerlichen Zustand schäme. Zu meiner Überraschung ist es Mingwen.

Mitleidig schaut sie mich an. »Draußen warten die Mägde auf dich«, sagt sie sanft. »Sie helfen dir, dich für das Bankett anzukleiden, wenn du so weit bist.«

Die einst mürrische Mingwen ist mir inzwischen vertraut, und sie wird eine von denen sein, die ich vermissen werde, wenn ich wieder zu Hause bin.

»Ich gehe fort«, lasse ich sie wissen. »Es gibt für mich keinen Grund, weiter im Palast zu bleiben.«

Mingwen nickt.

»Haushofmeisterin Yang hat sich Sorgen gemacht und mich zu dir geschickt. Wenn du schon nicht zum Bankett gehen willst, komm wenigstens in die Küchen und sag uns Lebewohl.« Als sie meine Zurückhaltung bemerkt, fügt sie hinzu: »Ein junges Mädchen sollte abends nicht in der Hauptstadt herumlaufen. Das ist zu unsicher.«

Die Warnung ist mir vertraut, denn mein Vater hat mir oft Ähnliches über die Hauptstadt gesagt. Schweren Herzens muss ich feststellen, dass ich besser auf ihn gehört hätte. Aber jetzt ist es zu spät.

»Wir sorgen schon dafür, dass du morgen früh sicher zur Fähre kommst.« Beruhigend legt sie mir eine Hand auf die Schulter. »Und jetzt komm. Dich kriegen wir auch noch satt.«

Eine letzte Mahlzeit im Palast ist eine verlockende Versuchung, und ich muss widerstrebend zugeben, dass sie recht hat. Ich sollte mich wirklich von den Leuten verabschieden, die nett zu mir waren.

Man gibt mir eine Tunika, die ich in den Küchen tragen soll. Während ich mich wasche, kehren meine Gedanken immer wieder zu den Enthüllungen des ehrwürdigen Qians zurück, zu meinem vorhersehbaren Scheitern. Wie ein Fisch, der in einem zu kleinen Topf schwimmt, dreht sich der Zweifel in mir im Kreis.

»Ning!«, ruft Qing'er, als ich mit Mingwen zu den Küchen hereinkomme.

Der Junge schlingt die Arme um meine Hüfte. Ich zwinge mich zu einem Lächeln, um ihn mit meinem Kummer nicht zu belasten.

»Du bist lang nicht mehr bei uns zu Besuch gewesen.« Der Junge grinst zu mir auf. »Ich hab schon gedacht, Lian und du habt uns ganz vergessen.«

Ich zögere, weil mir wieder einfällt, dass ich Haushofmeisterin Yang versprochen hatte, mich von den Angestellten fernzuhalten. Aber da ich ja jetzt aus dem Wettkampf ausgeschieden bin, besteht für die Beamten kein Grund mehr, mir einen Fehler anlasten zu wollen. Ich schaue Mingwen an, die ermutigend in Richtung Küchen zeigt.

Ich drücke die kleine Hand des Jungen.

»Zeig mir, wo ich helfen kann.«

Qing'er führt mich zu einem der großen Tische. Das Bäckereipersonal begrüßt mich im Chor. Schulter an Schulter richten wir große Servierplatten für das Bankett her. Ich bilde mir dabei einfach ein, dass das Essen für irgendwelche Hofbeamtinnen und Hofbeamte gedacht ist und ich eine Dienerin von vielen bin, die ihren täglichen Pflichten nachkommt.

Ich helfe dabei, kleine krabbenförmige Bällchen aus Krabbenfleisch und Fischrogen in Reis herzustellen. Nachdem sie golden frittiert sind, verteilen wir sie auf einem Nest knuspriger Nudeln und bestreuen das Ganze mit Sesam. An der nächsten Station platziert einer der Chefs mit Essstäbchen vorsichtig zarte Klößchen in Fischform zwischen den Krabben, so dass es aussieht, als sprängen sie zwischen ihnen hin und her.

Das Gericht auf der nächsten Servierplatte würde ich eher als Kunstwerk bezeichnen, als darin etwas zu sehen, das gegessen werden soll. Unter Bambusdeckeln verbergen sich gedämpfte rosa Küchlein in Blumenform. Die Blütenblätter bestehen aus roten Bohnen, um die Geschmacksrichtung der Füllung anzudeuten. Die Küchlein werden in ein Blumenbeet gebettet, in dessen Mitte eine Skulptur des Phoenix aus japanischem Rettich steht, die mit Möhrenstreifen dekoriert ist.

Ich habe überhaupt keine Zeit nachzudenken, keine Zeit, mich zu ärgern oder mir Sorgen über mein mögliches Schicksal zu machen. Ich schaffe es gerade eben, alle Portionen so zu platzieren, dass sie die Kreationen und die harte Arbeit der anderen nicht kaputtmachen. Ich nehme die hektische Betriebsamkeit in mich auf, atme den süßen Duft ein, der uns wie eine Wolke umhüllt und in unsere Hände und unsere Haut einzieht.

Schließlich sind unsere Aufgaben alle erledigt. Die letzte Servierplatte ist hinausgeschickt, die Küchenfeuer sind gelöscht. Wir stellen Bänke auf, ziehen die Tische zueinander. Seufzend setzen wir uns endlich hin und ruhen unsere schmerzenden Beine aus.

Schüsseln mit aufgetürmtem Reis werden herumgereicht. Vor uns stehen die Überbleibsel des Banketts, die der Inspektion von Kleiner Wu nicht standgehalten haben: aufgeplatzte Klöße und unförmiges Gebäck. Die Angestellten der Fleischküche bringen Stühle mit, steuern auch noch etwas zu essen bei und gesellen sich zu uns.

Von ihnen gibt es dicke rote getrocknete Wurst, glänzende Scheiben gerösteten Schweinefleischs und knusprig gebratene Hühnchenteile.

Inmitten des Gelächters und Plauschens fühle ich mich in dieser Küche zu Hause. Wie in einer besonderen Art Familie.

Ich habe erst wenige Bissen gegessen, als draußen Fußtritte zu hören sind. Es erscheint ein junger Mann, der seiner Kleidung nach zum Küchenpersonal gehört. Er beugt sich schnaufend und völlig außer Puste vornüber. Stuhlbeine scharren über den Boden, Kleiner Wu und viele andere stehen auf. Alle Unterhaltungen sind im Keim erstickt.

Der junge Mann japst nach Luft und ruft dann: »Es ist … Es ist was passiert! Beim Bankett … Mit dem Essen stimmt was nicht!«

Zuerst verstehen wir die Worte des Mannes nicht, bis uns ihre Bedeutung mit einem Schlag klarwird.

Haushofmeisterin Yang erscheint in der Tür. Haarsträhnen haben sich aus ihrem strengen Knoten gelöst, ihr Kragen ist vom Rennen verrutscht, ihr Mund verspannt. Ihr Blick fällt auf mich, und im Nu steht sie neben mir.

»Was tust du noch hier?«, fragt sie scharf.

Ich schaue sie verständnislos an.

»Ihr habt doch gesagt, dass ich herkommen soll. Ihr habt Mingwen geschickt.«

Haushofmeisterin Yangs Miene wechselt von Unglauben zu Wut. Sie schaut über meine Schulter hinweg. Ich folge ihrem Blick zu Mingwen, die zitternd dasteht.

»Ich habe ihr gesagt, sie soll dich rauswerfen«, sagt Haushofmeisterin Yang laut. »Ich habe ihr gesagt, dass du dich so weit wie möglich vom Palast entfernen sollst.«

Puzzleteile fügen sich in meinem Kopf allmählich zu einem Ganzen.

Irgendjemand hat gewollt, dass ich während des Banketts in den Küchen bin.

Die ältere Frau schüttelt den Kopf. »Ich hätte es mir denken können, als sie sich so eifrig freiwillig gemeldet hat.«

»Bitte, versteht doch!« Mingwen klammert sich an die Dienerin neben sich, doch alle gehen auf Abstand zu ihr. Schließlich steht sie allein da. Mit ausgestreckten Armen fleht sie: »Die haben meine Familie bedroht! Die haben gesagt, wir werden alle hingerichtet, weil ich eine Diebin bin. Ihretwegen!« Ihre Stimme schwingt sich hysterisch in die Höhe. Sie zeigt in meine Richtung. »Die da hat mir doch die Haarnadel gegeben! Die hat nämlich ihr gehört!«

»Haushofmeisterin Yang«, flüstere ich. »Was ist auf dem Bankett passiert?«

Einen Moment lang gibt sie keine Antwort und kaut auf ihrer Unterlippe. Ich kann fast den Rechenschieber in ihrem Kopf hören, der auf der Suche nach einer Lösung Wahrscheinlichkeiten und Zahlen kalkuliert.

»Hört mir jetzt genau zu. Wir haben nur ein paar Minuten Zeit, um unsere Haut zu retten«, ruft sie allen im Raum zu. »Keiner von euch hat Ning hier gesehen, verstanden?«

Köpfe nicken. Haushofmeisterin Yang gibt blitzschnell Anweisungen und verteilt das Personal in unterschiedliche Richtungen. Mich schiebt sie durch eine der Mondtüren weiter in die Küchen hinein. Wir eilen an Regalen voller Zutaten, Töpfen und Pfannen vorbei. Vorbei an Öfen mit schwelender Glut.

Erst in der Nähe der Frauenquartiere sehen wir in einiger Entfernung Bewegung. Haushofmeisterin Yang schiebt mich in einen Seitenflur, doch jetzt stürzen Schritte hinter uns her. Rufe sind zu hören, dann schneidet uns eine Reihe Rüstungen mit Lanzen den Weg ab. Wir sind gefangen.

»Was hat das zu bedeuten?« Haushofmeisterin Yang bewahrt noch immer die Fassung, doch die Wachen schweigen. »Ich verlange, Hauptmann Liang zu sprechen!«

Sie ignorieren uns, weigern sich aber, zur Seite zu treten, als wir näher kommen. Wir brauchen nicht lange zu warten, bis einige von ihnen am Hofeingang beiseitetreten und einen Mann durchlassen. Die vertraute Gestalt bleibt vor mir stehen und begrüßt mich mit einem strahlenden Lächeln.

»Hallo, Ning«, sagt er mit voller, tiefer Stimme.

Mit einer Stimme, die ich fürchte, einer, die mich daran erinnert, wie ich mit zehn Jahren zusammengekauert dahockte und voller Angst war.

Wang Li, Statthalter von Sù.

Er ist breitschultrig mit schmaler Hüfte, sein Haar ist zu einem Knoten aufgesteckt. Seine Uniform ist tailliert und betont seine Größe. Er trägt einen schwarzen Umhang mit grünen Streifen, ein Jadeanhänger baumelt an seinem Saum. Meine Tante fand seine imposante Gestalt immer gut aussehend, aber ich denke, dass das dumm war. Alle, die dieser Meinung sind, lassen außer Acht, wie sehr er die Angst seiner Opfer auskostet, wenn er auf der Jagd ist.

Mir ist sofort klar, dass ich jetzt seine Beute bin.

»Dies ist ein Statthalter Dàxīs!«, bellt ein Soldat neben ihm. »Wisst ihr nicht, wie man sich benimmt?«

Haushofmeisterin Yangs Hand hält mich noch immer am Arm fest, und ich merke, wie sie zittert. Langsam kniet sie vor dem Statthalter nieder, und ich tue es ihr nach. In meinem Kopf dreht sich alles, meine zwei Leben prallen in diesem Augenblick aufeinander.

Ich weiß, was es bedeutet, wenn der Statthalter die Farben seines Amtes trägt, wenn er in Begleitung seines Rudels Hunde kommt. Wenn er über seinen Schwertgriff streicht, als würde er ihn am liebsten so schnell wie möglich ziehen.

Als Statthalter Wang spricht, übertönt seine Stimme alle Wachen, so dass jeder hören und bezeugen kann, was er sagt.

»Zhang Ning aus Sù, du stehst im Verdacht, mit Rebellen zu konspirieren, die dem Kaiserreich feindlich gesinnt sind, die persönliche Magd der Prinzessin getötet zu haben, in den Komplott zur Vergiftung der Hofangestellten am heutigen Bankett verwickelt und auf der Flucht vor den Festlichkeiten des Banketts zu sein. Du wirst vom Justizministerium vernommen, da man in dir eine Gefahr für die Öffentlichkeit sieht.«

Ruyi … Ruyi ist tot?

Als Zhen das letzte Mal von ihr gesprochen hat, befand Ruyi sich auf dem Wege der Besserung. Aber danach war sie nie mehr zu sehen gewesen, obwohl sie doch normalerweise immer an der Seite der Prinzessin ist. Mein Herz krampft sich beim Gedanken an den Verlust der vielen Leben zusammen, von denen eines das meiner Patientin war, die ich gerettet zu haben glaubte.

Alle Blicke sind nun auf mich gerichtet. Nur mühsam bringe ich ein paar Worte hervor: »Das ist nicht wahr.«

»Und mir ist das einerlei.« Statthalter Wang ergötzt sich sichtlich an meinem Leid. Er winkt die Wachen zu sich heran. »Seht zu, dass sich auch die anderen Ratten in diesen Küchen nicht länger versteckt halten.«

KAPITEL 43

Die Arme werden mir nach hinten gerissen und mit einem Seil auf dem Rücken gefesselt, dann zieht mich einer der geharnischten Männer zurück auf die Füße. Die wenigen persönlichen Wachen des Statthalters tragen die gleichen Umhänge und Jadeanhänger an ihren Schwertgriffen. Sie flankieren ihn, als er unserer Prozession vorausgeht. Die anderen Befehlsträger sind im Schwarz der Stadtwachen gekleidet, anders als die auffallend rote Rüstung der Palastwachen, an die ich mich inzwischen gewöhnt habe.

Wir marschieren durch die Küchen zurück, und immer mehr Soldaten schließen sich uns an. Sie haben weiteres Küchenpersonal gefangen genommen, das sich unter ihren Griffen windet. Ich muss sehr schnell gehen, um Schritt zu halten. Nachdem wir den Küchenflügel verlassen haben, werde ich von den anderen getrennt und allein hinter dem Statthalter weitergeschubst.

»Wohin bringt ihr sie?«, höre ich die Stimmen von Kleiner Wu und Haushofmeisterin Yang protestierend rufen.

Mein Hals schnürt sich bei dem Gedanken zu, dass sie sich für mich eingesetzt und sich damit bewusst in Gefahr gebracht haben. Ich wage nur einen kurzen Blick auf den Tumult hinter mir, wo drei Männer Kleiner

Wu mit Gewalt zurückhalten, bevor ich weitergestoßen werde. Wir bewegen uns nach Westen, auf die Mitte des Palastes zu.

Heiß lauern die Tränen hinter meinen Lidern, doch ich blinzele und schlucke sie hinunter. Mingwen mag mich aufgegeben haben, aber sogar in meiner Bitterkeit gebe ich ihr keine Schuld. Ich weiß, dass sie kleine Kinder hat, ich weiß, was ich über alle hier weiß. Sie haben alle Familien, innerhalb oder außerhalb des Palastes – und jetzt sind sie in diese böse Intrige verwickelt, von der selbst ich nicht weiß, ob ich jemals wieder aus ihr herausfinde.

Denk nach, Ning!, sage ich zu mir selbst und gehe kurz die Lehrstunden bei Mutter und Vater durch. Vater brachte mir bei, meinen Kopf zu klären und meinen Geist einzusetzen, Mutter, wie man beobachtet und sich später daran erinnern kann.

Wie viel Zeit ist vergangen, nachdem wir die letzten Gerichte für das Bankett losgeschickt haben? Die Bäckerei war für die Nachspeisen verantwortlich, also wäre das ein Hinweis auf den letzten Gang gewesen. Das Bankett hatte erst am späten Abend begonnen, weil die Stadtschreier bereits die zweite Stunde ausgerufen hatten, als ich mit Mingwen die Unterkunft verließ. Ich habe mindestens eine Stunde in den Küchen zugebracht, wenn nicht länger. Und jetzt, wo die Mondsichel hoch und kaum merklich aus der Mitte gerückt am Himmel steht, müssen wir in der Stunde der Geister sein.

Der Statthalter führt uns durch Flure, die ich noch nie gesehen habe. Währenddessen wird unsere Prozession immer länger – mehr und mehr schwarz gekleidete Stadtwachen schließen zu uns auf –, was seltsam ist. Und wenn sie die Palastwachen an den Toren grüßen, fällt mir ein weiteres Merkmal an ihnen auf: Anstelle von Shaos eigenwilliger Art, Satzenden auf für die Hauptstadt typische Art zu verschlucken, klingen diese Wachen eher wie Wenyi mit seinem nordischen Trällern. Details, die mir vorher niemals aufgefallen wären, lebte ich noch in Sù.

Wir bleiben vor einem großen und beeindruckenden Tor stehen, das von Fackeln auf beiden Seiten hell beleuchtet ist.

»Knie nieder«, befiehlt eine der Wachen.

Bevor ich überhaupt reagieren kann, stößt er mich schon auf die Knie. Die Seile, mit denen meine Arme auf dem Rücken zusammengebunden waren, werden aufgeschnitten. Ich verkneife mir einen Schmerzensschrei, als das Blut zurück in meine Hände schießt. Meine Hände werden jetzt nach vorn gezerrt, und man legt mir Ketten an Handgelenken und Fußknöcheln an.

»Wohin soll ich denn bitte schön weglaufen?«, kommentiere ich freudlos.

»Sei still!«, bellt der Wachposten mich an und schwingt sein Schwert.

Hier, im Licht der Fackeln, bemerke ich ein Funkeln an seinem Schwertgriff. Ich starre auf das silbrige Schimmern im Holz – wie das Schimmern der Schnitzereien an den Wänden des Tempels. Wie das Muster im Dolch, den Kang mir geschenkt hat.

Es ist die aus der Mode gekommene schwarze Perle, die von einem eifersüchtigen Kaiser für wertlos erklärt wurde. Einem Kaiser, dessen Ehre von Lùzhous Bewohnern noch immer trotzig gehegt und gepflegt wird.

Ich beiße mir auf die Lippen, um ruhig zu bleiben und den Schock meiner Entdeckung nicht zu zeigen. Weiter warten wir auf Einlass in den Hof. Ich werfe verstohlene Blicke auf die Soldaten um mich herum. Die schwarze Perle ist überall. Hier blitzt sie an einem Anhänger auf, da funkelt sie an einer Broscheneinfassung.

Ich bin von Soldaten umringt, die mit schwarzen Perlen geschmückt sind. Sie sind im Harnisch der Stadtwachen gekleidet und gehorchen den Befehlen des Statthalters von Sù.

Mein Herz hämmert plötzlich sehr laut in meiner Brust, als wolle es mich mit jedem Schlag warnen. Etwas stimmt hier ganz und gar nicht.

»Herein!«, ruft ein Beamter hinter dem Tor.

Ich werde hineingeführt.

Der kleine Innenhof ist von hohen Mauern umgeben. In der Mitte befindet sich ein erhöhtes Podium, das von tanzenden Flammen in Feuerschalen in jeder Ecke erhellt wird. Der Weg dorthin ist von Wachen gesäumt, was mich auf merkwürdige Weise an die erste Runde erinnert –, da war ich noch dumm und hoffnungsvoll, statt besorgt und ängstlich.

Schwarz gekleidet erwartet mich Kanzler Zhou hinter dem Tisch. In der Mitte des geflügelten Richterhuts auf seinem Kopf prangt eine Jadebrosche, deren Auge mich tadelnd anstarrt. Es steht für die stets wachsamen Himmel. Hinter ihm hängt die Flagge Dàxīs, Sinnbild für den Einflussbereich des Kaisers. Zwei weitere Beamte in vollem Ornat sind als Zeugen meiner Verurteilung ebenfalls anwesend.

Grob werde ich nach vorn gestoßen, damit ich allein

zum Podium hinaufsteige. Das Holz knarrt unter meinen Füßen.

»Zhang Ning.« Das Gesicht des Kanzlers im Schatten erinnert mich an die Statue im Tempel des Höllengottes, der den Höllenwesen der Unterwelt und ihren Bestrafungen vorsitzt. Er ist viel beeindruckender als unser Bezirksmagistrat, ein einfältig lächelnder Mann, der sich immer Statthalter Wangs Anweisungen beugte und mehr an seiner eigenen Sicherheit interessiert war als daran, Recht zu sprechen.

»Verbeug dich vor deinen Respektspersonen.«

Der Wächter auf dem Podium stößt mich auf die Knie, die dabei aufschürfen. Keine Kissen weit und breit. Blutgeschmack breitet sich in meinem Mund aus, weil ich mir die Wangen aufgebissen habe. Trotz allem bringe ich meinen Körper langsam in eine ehrwürdigere kniende Haltung, obwohl ich sehr dabei zittere.

»Du stehst vor Gericht und vor uns, den Repräsentanten des Gerichtshofs von Dàxī, einer Funktion, die uns von Gott selbst gegeben wurde, um deinen Vergehen entgegenzutreten. Es gibt Beweise dafür, dass du dich gegen das Kaiserreich verschworen hast. Du hast mit denen kollaboriert, die Unruhe stiften wollten.«

Sein dunkler Blick verrät keinerlei Vertrautheit.

»Die Liste deiner Anschuldigungen …« Er öffnet eine schwarze Schriftrolle. Der Drache auf der Flagge Dàxīs hinter ihm faucht wie immer. Doch statt dabei wie sonst grausam zu wirken, gleicht sein Gesicht jetzt eher einer enttäuschten Grimasse. »Einen Hofbeamten bezüglich deiner Ausbildung zur Shénnóng-shī belogen zu haben. Deine Familienverbindungen zu Staatsfeinden verschleiert zu haben. Deine Täuschung auch dann aufrechterhalten zu haben, als du im Wettkampf weiterkamst. Eindringen in die Küchen, wo du Personal rekrutiert hast für dein aufständisches Anliegen, das zum Tode der getreuen Dienstmagd der Prinzessin führte, als diese deine Pläne aufdeckte. Vergiften von Mitgliedern des Hofstaats, als du deine gewünschte Position nicht erreichtest, dann Fluchtversuch vom Tatort.«

Mein Schock über die Liste der Anschuldigungen weicht Unglauben. Ich starre den Mann an, der doch freundlich zu sein schien, der Mann, der mich vor dem Marquis gewarnt hat. Er stand auf der Seite der Prinzessin und half mir, im Wettkampf weiterzukommen.

Er legt die Schriftrolle nieder und betrachtet mich mit düsterer Miene.

»Du schienst ein einfaches Mädchen aus Sù zu sein, das den schlichten Fehler beging, das Gedicht eines Revolutionärs zu rezitieren. Du hast Unschuld beteuert, aber wir hätten dich für deine Unverfrorenheit in den Kerker werfen sollen. Ich hätte auf den Marquis hören sollen, statt dir zu erlauben, weiter am Wettkampf teilzunehmen. Nun ruht er in Frieden, und wir sind seiner Weisheit beraubt. Ich habe in meiner Pflicht, das Kaiserreich zu schützen, versagt.«

Also ist der Marquis tot. Eines meiner vermeintlichen Opfer.

»Du hast viele Leben zerstört, Ning aus Sù«, sagt er. »Ich möchte mir den verheerenden Schaden gar nicht vorstellen, den du über das Reich gebracht hättest, wärest du zur Hof-Shénnóng-shī ernannt worden und wären all deine Intrigen zum Tragen gekommen.«

Er nimmt eine weitere Schriftrolle zur Hand und ergänzt die Liste meiner Vergehen: »Fang Mingwen, Seniordienstmagd. Wurde in Besitz einer gestohlenen Schmuckhaarnadel angetroffen, hat dir dabei geholfen, die Unterkunft der Wettkampfteilnehmenden zu verlassen und in die Küchen zu gelangen. Verurteilt zu sechzig Stockschlägen.«

Es raubt mir den Atem. Zwanzig Schläge allein reichen aus, um das Bein eines Mannes zu brechen. Vierzig Schläge können innere Blutungen verursachen. Sechzig Schläge … sechzig Schläge würden sie umbringen. Als ich ihr die Haarnadel in die Hand legte, hätte ich sie auch gleich zum Tode verurteilen können.

Aber wer hat sie angewiesen, mich in die Küchen zu bringen? Wer hat ihre Familie mit dem Tode bedroht?

»Yang Rouzi, leitende Haushofmeisterin der Küchenabteilung. Vertuschte ihr Wissen über deine Vergangenheit. Konspirierte mit dir bei der Besorgung und Verbreitung des Gifts auf dem Festbankett. Verurteilt zum Tod durch den Strang. Ihre Familienmitglieder werden ihrer Stellungen enthoben und für den Rest ihres Lebens dazu verbannt, im Dienste Dàxīs in den Steinbrüchen zu arbeiten.«

Mir sinkt das Herz, mir fehlen völlig die Worte. Chunhua, Qing'er …

Mühsam rappele ich mich auf die Beine. Eine schwere Hand drückt mich wieder nach unten, doch der Kanzler schüttelt den Kopf. Er bedeutet dem Wachmann zurückzutreten, und er gehorcht.

Ich spucke Blut auf das Podium vor mir und schaue zu ihm auf. Er sitzt hoch erhoben, um mich an meinen bürgerlichen Status zu gemahnen. Wie leicht sie doch ihren Lügen Gestalt geben können.

»Ich möchte mit der Prinzessin sprechen«, rufe ich aus, froh darüber, dass meine Stimme fest bleibt.

Die zwei Beamten hinter Kanzler Zhou sehen einander an und flüstern, doch sein Gesicht bleibt ungerührt.

»Was könntest du ihr wohl zu sagen haben?«

»Ich habe Informationen, die nur für ihre Ohren bestimmt sind.«

Er macht eine wegwerfende Handbewegung. »Sie hat mich bevollmächtigt, dieses Gerichtsverfahren zu leiten und dich zu verurteilen, wenn wir es für nötig halten. Was du zu sagen hast, interessiert sie nicht.«

In meinen Ohren rauscht die Wut, als würde der Geist des schwarzen Tigers in mir brüllen. Ich dachte, man könnte ihr vertrauen. Ich hielt das schlagende Herz ihrer Liebhaberin in Händen und gewann ihr ein Versprechen ab. Für einen kleinen Gefallen. Ich glaubte, eine verwegene Unterhändlerin zu sein, aber letztendlich habe ich nur erfahren, zu welcher Grausamkeit ich fähig bin.

Alle miteinander sind sie Lügnerinnen, Diebe, Verräter. Jeder und jede hier. Mich eingeschlossen.

»Ich war nicht die Einzige, die mit dem Essen in den Küchen in Berührung gekommen ist«, argumentiere ich, obwohl mir klar ist, dass das in den Augen derer, die mich längst schuldig gesprochen haben, kaum von Belang ist. »Ihr solltet nach dem wahren Mörder suchen.«

Kanzler Zhous Lippen werden zu einem dünnen, freudlosen Strich.

»Glaubst du etwa, ich bin so dumm, dich grundlos vor Gericht zu bringen?«

Ein Diener tritt heran und leert einen Sack auf dem Boden aus. Doch statt der Kleider, die ich hineingestopft habe, als ich den Palast verlassen wollte, rutscht eine Menge Schmuck und Münzen heraus. Bücher zum Thema Gift aus der verbotenen Bibliotheksabteilung folgen, die ich in meinem Zimmer zurückgelassen hatte. Und dann … Bruchstücke der Shénnóng-shī-Truhe meiner Mutter. All die Pulver und Kräuter und getrockneten Blumen, die sie so gewissenhaft gesammelt hat … ruiniert.

Ich schreie erstickt auf und will einen Schritt nach vorn machen, um zu retten, was noch zu retten ist, doch die Wache zerrt mich zurück.

»Halte sie von den Zutaten fern«, warnt der Kanzler, während mich die starken Arme der Wache festhalten. »Wer weiß, was sie mit ihrer Magie noch alles zuwege bringen könnte.«

Dann fährt er mit meinem Prozess fort und mauert mich mit jedem weiteren Beweis Ziegel für Ziegel ein.

»Herausschmuggeln gestohlener Schätze aus dem Palast. Bücher zum Thema Gift. Schämst du dich nicht?«

Mir fällt wieder ein, wie Wenyi immer weitersprach, als er aus der Halle Ewiges Licht geschleppt wurde, obwohl niemand auf ihn hörte. Er wollte Dàxī, wollte Jia retten. Ich entsinne mich, dass Lian sagte, die Hauptstadt stehe in Flammen. Die Dunkelheit wütet in mir – sie sollen brennen.

Aber ich kämpfe noch immer für Shu.

Ich muss aus diesem Palast verschwinden und zu ihr zurückkehren.

»Wenn Ihr Haushofmeisterin Yang bereits vernommen

habt«, sage ich, »wisst Ihr auch, dass sie wollte, dass ich den Palast sofort verlasse, nachdem ich in der letzten Runde gescheitert war. Irgendjemand hat Fang Mingwen angewiesen, mich im Palast zu halten.«

Kanzler Zhou schaut ungläubig, weil ich noch immer spreche.

»Du …«

Ich werde lauter, schneide ihm das Wort ab.

»Die Soldaten von Lùzhou sind im Palast. Im Schlepptau des Statthalters von Sù.«

»Du bist irre!«, ruft er aus.

Er schaut hinter sich und begegnet den besorgten Mienen der anderen Beamten. Dann schnellt sein Blick auf die Soldaten hinter mir. Obschon er sich bemüht, die Risse in seiner Maske zu verbergen, merke ich zu spät, was ich hätte voraussehen müssen.

Er weiß längst Bescheid.

Ich wurde den Bürgerinnen und Bürgern Jias nicht vorgeführt und der Schmach einer öffentlichen Gerichtsverhandlung ausgesetzt. Ich dachte, er mache das, weil er an mir ein schnelles Exempel statuieren wollte. Jetzt aber erkenne ich sein wahres Ziel: Eine Tote kann nichts mehr sagen.

Ich schreie, so laut ich kann: »Holt Hilfe! Verräter sind im Palast! Getreue des Prinzen von Dai!«

»Bring sie zum Schweigen«, zischt der Kanzler.

»Ich will …«

Eine behandschuhte Hand hält mir den Mund zu. Ich werde auf die Füße gezerrt.

»Werft sie in den Kerker«, ruft Kanzler Zhou und verkündet dann: »Sie ist mit dreihundert Peitschenhieben zum Tode verurteilt, die bei Tagesanbruch ausgeführt werden. Die Sterndeuter haben die Sterne befragt und gesehen, dass ihr Blut die Götter beschwichtigen wird. Mögen die Götter ihrer Seele freundlich gesinnt sein.«

Speere stoßen in den Himmel, und ein Chor von Stimmen ruft: »Lang lebe das Vermächtnis des Kaisers!«

Als man mich die Stufen hinunterschleppt, kann ich mir das Lachen nicht verkneifen.

Ein günstiger Zeitpunkt für eine Hinrichtung. Eine günstige Zeit zum Morden.

Morgen werde ich sterben.

KAPITEL 44

Die Palastkerker liegen unterirdisch, am Fuße einer Reihe von Treppen, und sind von Mauern umschlossen. Die Luft ist moderig und feucht, als wäre dieser Ort eine Weile lang nicht genutzt worden. Flüchtig kommt mir die Bemerkung des Beamten in den Sinn, der mir anfangs Einlass in den Palast gewährte: dass die, die nur vorgeben, Shénnóng-tú zu sein, wieder fortgeschickt würden. Ich hatte gedacht, dass das mein schlimmstes Schicksal wäre, doch jetzt weiß ich, dass mir weit Schlimmeres bevorsteht.

Die Feuerschale an der Raumseite wird von der Fackel der Wache entzündet. Die Zellen liegen dahinter – es sind weniger, als ich erwartet hatte. Augenscheinlich werden einige von ihnen als Lager verwendet und enthalten nichts weiter als Spinnweben und kaputte Möbel.

Mit einem Rasseln werden die Ketten von meinen Armen und Beinen gelöst, dann schiebt man mich in eine leere Zelle. Die Türen schließen sich hinter mir. Ich reibe über die roten Striemen auf meiner Haut und begutachte meine Umgebung. Es gibt eine Strohmatte mit ein paar fragwürdigen Kissen in der Ecke, dazu ein Topf, in dem ich mich erleichtern kann. Die Wachen gehen an ihren Platz um die Ecke, und ich ziehe mich in den hintersten

Teil der Zelle zurück, froh darüber, mir selbst überlassen zu sein.

Nach meinem hysterischen Lachanfall ist mein Geist jetzt auf unheimliche Weise ruhig.

Das ist meine letzte Nacht auf Erden. Bleiben werden leere Versprechungen und zu viele Fehler.

Ich höre Männerstimmen und klirrende Würfel. Für die Wachen bin ich nur jemand, der ihr Leben einen Moment lang streift und im nächsten Augenblick schon Vergangenheit ist. Ich lehne meinen Kopf an die Wand hinter mir und seufze.

»Ning?« Ich höre eine raue Stimme.

Eine, die ich kenne.

»Wenyi!« Ich springe zu den Gitterstäben hinüber, die unsere Zellen voneinander trennen. Sein Körper, den ich für ein Bündel Decken gehalten hatte, liegt zusammengekrümmt in einer Ecke.

Er richtet sich halb zum Sitzen auf. Ich schnappe nach Luft, unfähig, mein Grauen zu verbergen. Er wurde so schlimm zugerichtet, dass er kaum wiederzuerkennen ist. Abgesehen von seinem geschorenen Schädel ist die Hälfte seines Gesichts lila verfärbt und angeschwollen. Er versucht, zu mir zu kriechen, schafft aber nur ein kleines Stück, bis er sich keuchend wieder hinlegt. Die Decke rutscht ihm von den Beinen. Sie sind völlig deformiert, so stark gebrochen, dass er nie wieder wird richtig laufen können.

»Was ist mit dir passiert?«, flüstere ich.

»Sie …« Er schluckt. »Sie haben mich hier reingeworfen. Mich beschuldigt, in der letzten Runde einen Protest inszeniert und eine Beleidigung gegen die kaiserliche

Autorität begangen zu haben.« Nach seinen Worten folgt ein Keuchen. Ich fürchte, dass seine Lunge punktiert sein könnte. Er bräuchte dringend einen Arzt, stattdessen haben sie ihn hier wie Müll abgelegt.

»Sie haben versucht … versucht, ob sie mich auf ihre Seite ziehen können. Und als das nicht funktionierte, haben sie mich geschlagen, um herauszufinden, wer mich geschickt hat und für wen ich arbeite.« Er lächelt und entblößt blutige, zerschlagene Zähne. »Ich habe sie enttäuscht.«

»Wer hat dich gefoltert?«, frage ich.

»Männer, die für den Kanzler arbeiten«, sagt er und schließt die Augen.

Ich lehne mich mit der Stirn gegen die Eisenstäbe. Die Kälte kriecht unter meine Haut und mit ihr die schmerzhafte Erkenntnis. Natürlich war es der Kanzler. Er muss hinter den Kulissen gestanden, der Prinzessin Treue vorgespielt und an der Seite des Verbannten Prinzen gegen sie gearbeitet haben.

»Ich habe ihn über seine Pläne reden gehört, über den General. Er hat zugegeben, dass er derjenige ist, der den Kaiser vergiftet hat. Ich nehme an, er hat gedacht, dass ich kein Risiko mehr bin.« Wenyi versucht zu lachen, hustet aber stattdessen. Blut ergießt sich auf seinen Ärmel und hinterlässt Flecken auf dem Stoff.

Seine Augen glänzen im Dämmerlicht und suchen die meinen.

»Die Prinzessin … du musst ihr eine Warnung zukommen lassen.«

Wenyi wühlt in seiner Kleidung herum und zieht zwei quadratisch gefaltete Blätter hervor. Er kriecht noch einmal auf mich zu und schafft es diesmal gerade weit genug, um damit meine Fingerspitzen zu berühren. Vorsichtig stecke ich sie in den Beutel in meiner Schärpe und prüfe noch einmal, ob sie auch sicher verstaut sind.

»Einer der Briefe ist von meiner Familie. Er fasst alle Gräueltaten zusammen, die der General von Kǎiláng in Lǜzhou begangen hat, um Macht zu gewinnen. Meiner Mutter gehört das Teehaus in der Stadt Raohe an der Grenze zwischen Lǜzhou und Yún … der zweite Brief ist für sie.« Er zögert. »Lass sie wissen, was mir zugestoßen ist … bitte.«

»Ich … ich werde versuchen, sie zu erreichen. Teehaus. Stadt Raohe«, wiederhole ich. »Und solltest du derjenige sein, der von uns beiden überlebt: Ich bin Dr. Zhangs Tochter aus dem Dorf Xīnyì. Sag meiner Familie, dass ich keine Verräterin bin.«

Wenyi nickt. »Dr. Zhang. Dorf Xīnyì.«

Dann verspannt sich seine Miene plötzlich. Er räuspert sich und fragt: »Hast du den Hofstaat vergiftet? Ich habe die Wachen sagen hören, dass der Marquis und der ehrwürdige Qian unter den Getöteten waren.«

Es schnürt mir den Hals zu. Auch wenn der ehrwürdige Qian ein arroganter Dummkopf war, der mich aus dem Wettkampf geworfen hat, hätte ich ihm ein solches Ende nicht gewünscht.

»Nein«, antworte ich säuerlich. »Das widerspricht der Shénnóng-Kunst und dem, was Ärzte wollen. Auf Gift lasse ich mich nicht herab.«

Wenyi grinst mich schwach an, als er seine eigenen Worte wiedererkennt.

»Es gibt noch ein paar Dinge, die ich dir sagen muss«,

sagt er und geht über seinen Schmerz hinweg, obwohl er sicher Höllenqualen leidet. Ich wünschte, ich könnte ihm mit irgendetwas wenigstens ein bisschen Erleichterung verschaffen. »Ich gehe davon aus, dass, wenn Shao erst einmal als Hof-Shénnóng-shī eingeführt worden ist, seine Loyalität zum Kanzler wechselt. Seine Familie ist viel zu sehr mit dem Hof verstrickt, als dass er es wagen würde, sich gegen Kanzler Zhou zu stellen. Vertrau ihm nicht. Und gib acht, wenn es um die Hánxiá Akademie geht«, warnt er mich. »Als ich von Yěliŭ fortging, gab es Gerüchte über sich ändernde Loyalitäten, weil man unglücklich über die jüngsten Restriktionen war, die der Kaiser bezüglich ihres Zugangs zu den besonderen Tees verhängt hatte. Aber die Mönche von Yěliŭ helfen dir vielleicht, wenn du ihnen meinen Brief gibst und meinen Namen sagst …«

Ich schüttele den Kopf.

»Sag so was nicht. Ich werde die Prinzessin bitten, dir einen Arzt zu holen. Ich überzeuge sie, dass sie dich persönlich treffen soll. Das Gleiche gilt für deine Familie und deine Heimatstadt. Du wirst sie wiedersehen.«

Lange starrt er mich an, bis er schließlich zaghaft nickt.

»Er hat versucht, sich für mich einzusetzen …«, murmelt er leise, wie zu sich selbst.

»Wer?«

»Der Sohn des Verbannten Prinzen«, sagt er. »Ich glaube, ich habe seine Stimme gehört …«

Seine Worte versiegen, flatternd schließen sich seine Lider.

 »Wenyi?«, flüstere ich eindringlich. »Wenyi!«

Ich versuche, ihn durch die Gitterstäbe hindurch zu berühren, aber er ist zu weit weg. Ich starre seinen Körper an, bis ich endlich das Heben und Senken seines Brustkorbs sehe und sicher bin, dass er noch atmet. Erst dann lasse ich die Gitterstäbe los.

Ich schrecke auf. Ich muss eingeschlafen sein. Die Erschöpfung lässt meine Augenlider fast wieder zufallen, aber ein vertrauter Duft kribbelt mir in der Nase und hält mich wach. Das Geräusch der Würfel und die Gespräche der Wachen haben aufgehört. Ich bemühe mich, etwas zu hören, aber im Nebenraum scheint niemand mehr zu sein. Dann bemerke ich im flackernden Licht der Fackeln eine Bewegung.

Ein langer, dunkler Schatten ergießt sich über die Wand.

Er kommt näher.

Mein Geist wird ruhig. Vielleicht hat der Kanzler entschieden, dass es ein zu großes Risiko ist, mich bis zum Morgen am Leben zu lassen. Ich greife nach der Schüssel, dem einzigen Ding, das ich zur Selbstverteidigung verwenden kann, auch wenn die Hinterlassenschaften aus dem offenen Ausguss einen üblen Geruch verbreiten.

Die Gestalt, die jetzt sichtbar wird, ist schwarz gekleidet und bewegt sich so schnell, dass ich unsicher bin, ob ich vielleicht doch noch träume. Sie riecht nach Räucherwerk und verbranntem Holz. Die Zellentür öffnet sich, das Schloss fällt scheppernd zu Boden. Mit dem Topf in den Händen weiche ich zurück. Ich frage mich, ob ich ihn mit Schwung gegen den eintretenden Körper schlagen oder den Inhalt über seinen Kopf schütten soll.

Die schwarze Gestalt bleibt stehen, schiebt ihre Finger unter die Holzmaske und zieht sie herunter. Dunkle Augen mit langen Wimpern starren mich erschöpft an. Eine Wunde am Hals, zur Hälfte abgeheilt … die ich ihr zugefügt habe.

Ruyi. Die Magd der Prinzessin, die für tot erklärt war. Sie steht vor mir und riecht nach Magie.

»Ich verdanke dir mein Leben«, sagt sie. »Du kannst das abstellen. Ich will dir nichts Böses.«

Ich zögere kurz, stelle die Schüssel dann zu meinen Füßen ab.

»Man hat mir gesagt, du seist tot.« Ich dachte, das wäre die Erklärung für Zhens Abwesenheit heute Abend, dachte, sie habe sich ganz ihrem Schmerz hingegeben.

Ich glaube nicht an Geister, aber Ruyi steht vor mir.

»Sie hat gelogen, mich fortgeschickt und Vorkehrungen treffen lassen.« Mit gerunzelter Stirn tritt sie näher. »Aber bevor wir weitermachen, muss ich dich das fragen: Wem gilt deine Treue?« Ihre Hand liegt an ihrem Schwertgriff. Ein Versprechen, eine Drohung.

Ich starre sie an. Natürlich könnte ich lügen, irgendetwas Hübsches und Sinnloses sagen, das sie hören will. Aber ich war immer schon eine schlechte Lügnerin, und außerdem habe ich es satt zu lügen.

»Meine Treue gehört dem Menschen, der das Volk vor Leid bewahrt«, erkläre ich ihr. »Dem Menschen, der andere nicht als Schachfiguren benutzt.«

Ruyi starrt einen Moment lang zurück, grinst dann und lässt ihren Schwertgriff los.

»Sie hatte recht. Du scheust nicht vor der Wahrheit zurück. Aus irgendeinem Grund leuchten die Sterne noch immer über dir, obwohl du inzwischen mindestens zehnmal hättest tot sein müssen.«

Das würde ich angesichts meiner misslichen Lage so nicht sagen.

»Wo ist die Prinzessin?«, frage ich stattdessen.

»Eingesperrt in ihren Gemächern«, sagt Ruyi. »Kanzler Zhou sagt, es sei zu ihrer eigenen Sicherheit, aber viel wahrscheinlicher ist, dass sie nichts über deine schnelle Hinrichtung bei Sonnenaufgang wissen soll.«

Wenn Zhen nicht auf der Seite des Kanzlers steht, ist sie auf das, was kommt, nicht vorbereitet.

»Du musst sie aus dem Palast schaffen«, sage ich eindringlich. »Die Soldaten der Smaragdinseln sind in der Hauptstadt.«

Die Magie umwogt sie. »Hast du sie gesehen?«

»Sie sind mit dem Statthalter von Sù gekommen. Er hat mich aufgesucht, kurz nachdem die Beamtinnen und Beamten vergiftet wurden.«

»Du musst mit mir kommen«, sagt Ruyi. Sogar in der Dunkelheit funkeln ihre Augen.

»Ich kann nicht.« Ich schüttele den Kopf und zeige auf Wenyis Umriss in der Nachbarzelle. »Du musst ihn hier rausbringen. Hol Hilfe für ihn und komm später wieder zu mir.«

Sichtlich verärgert verzieht Ruyi das Gesicht.

»Dafür haben wir keine Zeit«, faucht sie, dreht sich aber auf dem Absatz um und betritt die andere Zelle. Sie hockt sich vor den bewusstlosen Wenyi und legt ihm eine Hand auf die Schulter. Ich warte darauf, dass er sich bewegt und merkt, dass ich mein Versprechen gehalten habe.

Doch Ruyis Augen verengen sich. Sie legt ihm die Finger an den Hals, um seinen Puls zu prüfen.

Dann schaut sie auf. Ihr sanftes Kopfschütteln sagt mir alles, was ich wissen muss.

Ich bin zu benommen, um zu schreien. Aber ich werde mich seiner erinnern. Noch ein Name auf der Liste, noch ein unschuldiges Leben, das an die höfischen Spiele verlorenging.

Eines Tages werde ich sie alle sühnen.

KAPITEL 45

Ich versuche, mich in den Topf zu übergeben, aber es kommt nur ein trockenes Würgen. Ruyi stellt sich neben mich und legt mir beruhigend eine Hand auf die Schulter. Noch durch die Lagen meiner Tunika spüre ich die Magie in ihr. Es ist, als vibriere sie von innen heraus wie eine zu straff gespannte Saite.

Ich stehe auf und lege ihr die Hand auf die Stirn. Sie will ausweichen, aber ich habe längst gespürt, dass ihre Haut glüht. Jemand hat sie mit zu viel Magie angereichert, und es zerreißt sie innerlich. Der Geruch kommt mir irgendwie vertraut vor … und der Zauber in mir reagiert empfänglich darauf.

»Lian hat dich geschickt«, sage ich.

Sie nickt. »Komm mit mir. Hier gibt es nichts mehr, das dich hält«, sagt sie.

Sie reicht mir ihren Umhang, und ich nehme ihn, wickele mich darin ein. Ich werfe einen letzten Blick auf Wenyis Körper und murmele einen Satz aus den Bestattungsritualen. Ich hoffe, dass ein Teil seiner Seele zurück nach Raohe, zurück zu seiner Familie findet.

Die Körper der Wachen und die Blutlachen daneben schaue ich nicht so genau an, aber ein Schuldgefühl bleibt dennoch. Noch mehr Blut, noch mehr Tod. Ich habe Ruyi ins Leben zurückgeholt, und sie löscht die Seelen anderer aus.

Wessen Leben? Wessen Tod?

Ich konzentriere mich jetzt darauf, einen Schritt nach dem anderen durch die Palasttunnel zu gehen. Je weiter wir laufen, desto schwerer lastet Ruyis Gewicht auf mir. Mühsam versucht sie, sich aufrecht zu halten. Wir laufen durch das tiefe Gewirr der Tunnel, aber sie stolpert öfter, als sie sollte. Ich weiß, dass ihr nicht mehr viel Zeit bleibt.

Auch sie scheint es zu wissen und drängt weiter, bis wir vor einer Reihe von Ringen an einer Mauer stehen bleiben. Sie zieht in einer bestimmten Abfolge an ihnen, dann erscheint eine kleine Tür. Fast fallen wir in die vertraute Umgebung hinein, von deren Wand herab uns die Kaiserinmutter tadelnd anblickt.

Prinzessin Zhen springt auf, als sie uns hereinwanken sieht. Sie ist einfach gekleidet, reisefertig.

»Alles bereit?«, fragt sie und steht schon neben Ruyi.

Ruyi nickt.

Die Prinzessin legt eine Hand auf die Stirn ihrer Leibwächterin und sieht besorgt aus.

»Du glühst ja«, schimpft sie.

Der Blick, den Ruyi ihr zuwirft, ist sehr vertraut. Ich drehe mich weg, weil ich nicht stören will. Leise wechseln sie ein paar Worte, dann ruft Zhen mich zu sich.

»Kannst du irgendetwas für sie tun? Ich weiß nicht, ob sie in diesem Zustand reisen kann.«

»Mir geht's gut.« Ruyi winkt ab, kann sich aber nur

schwer auf den Beinen halten. »Wir sollten längst aufgebrochen sein.«

»Sie hat dir das Leben gerettet. Ich habe ihr ein Versprechen gegeben.« Zhen sucht meinem Blick. »Ich vergesse meine Schulden nie.«

Ich gehe schon ihre Schubladen und Regale durch. »Sie hat es zu weit getrieben. Ich brauche etwas, mit dem ich die Magie aus ihr vertreiben kann.«

Zhen nickt. »Nimm, was du brauchst. Es gibt hier eine große Auswahl an Teesorten.«

Ich schiebe die Stoffe und Papiere beiseite und hole so viele Töpfe und Krüge wie nur möglich hervor. Ich öffne sie alle, erschnuppere ihren Inhalt und stelle die, die ich nicht verwenden kann, zurück.

»Ning!«

Ich drehe mich um und sehe Ruyi schwanken. Nur mühsam hält Zhen sie aufrecht. Schnell helfe ich der Prinzessin, ihre Leibwächterin auf einen Stuhl zu setzen. Ruyi stöhnt und wischt sich über den Mund. Ihre Hand ist danach blutverschmiert.

Es ist befremdlich, eine furchtlose Frau so verletzlich zu erleben, und ich denke mit einem Stich in der Brust an Lian, die irgendwo in der Ferne den Zauber verankert. Ich hoffe, sie ist in Sicherheit.

»Was fehlt ihr denn?«, will die Prinzessin wissen.

»Lians Können«, erkläre ich schnell und bereite das Ritual weiter vor. »Die Magie hat immer auch ihren Preis. Sie hängt zum einen vom Können der ausführenden Shénnóng-shī ab, zum anderen von Entfernung und Dauer. Wenn die Empfangenden die Möglichkeiten zu sehr ausreizen, wendet sich der Zauber gegen sie.«

»Sobald sie sich wieder einigermaßen bewegen konnte, ist sie wie eine Wahnsinnige von Kallah zum Palast geritten …« Zhen streicht die Haare um Ruyis Gesicht herum zurück. »Sie tauchte genau vor Bankettbeginn hier auf. Sie wollte, dass ich verschwinde, aber als ich vom Befehl zu deiner Hinrichtung erfuhr, bat ich sie, dich zu holen.«

Während der Tee zieht, erzähle ich ihr von meinen Entdeckungen. Über den Statthalter und seine Begleiter aus Lùzhou. Die Unterwanderung der Stadtwachen. Doch Zhen reagiert anders als erwartet. Sie wirkt resigniert.

»Sie sind früher gekommen, als ich dachte, aber ich habe gewusst, dass sie kommen. Von dem Moment an, als Ruyi bei den Nachforschungen für mich von einem vergifteten Pfeil getroffen wurde, war mir klar, dass der Kanzler involviert war. Er war der einzige, der von ihrer Mission wusste. Ich habe Ruyi weggeschickt, damit er denkt, ich sei schutzlos und leichter manipulierbar. Jetzt schlagen sie zu, um zu Ende zu bringen, was mein Onkel begonnen hat.«

Ich schenke den starken Tee ein, sein Duft steigt aus der Tasse auf. Osmanthusblüten und Manderinenschale entfalten ihre Wirkung. Ich gieße Ruyi etwas davon in den Mund, und diesmal schluckt sie ihn sofort. Sie vertrauen mir, trotz aller Anschuldigungen gegen mich, und ich bin dankbar dafür.

Der Shift geschieht jetzt rasch, gestärkt durch meinen früheren Kontakt und Ruyis Bereitschaft. Lians Zauber hallt darin wider und antwortet auf meinen. Als stutzte ich einen unbändigen Strauch zurück, nehme ich einen

Teil des Zaubers in mich auf, leite einen Bruchteil dieser immensen Potenz, ihrer Schnelligkeit und ihrer Kraft in mein Inneres und entlaste Ruyis Körper.

Ihr Blick wird glasig, aber sie atmet jetzt leichter.

»Kannst du aufstehen?«, frage ich. Sie nickt und stellt sich auf unsichere Füße. »Du brauchst eine Nacht Schlaf, dann lässt die Schwäche nach. Du darfst dich nicht noch mal so verausgaben, auch nicht, um sie vor einem Attentat zu schützen.« Ich deute mit dem Kopf in Richtung Prinzessin, und Ruyi gelingt ein kleines Lächeln. »Der Zauber könnte sich irgendwo noch tiefer in dir vergraben, wo ich dann gar nicht mehr hinkomme«, füge ich hinzu, doch ich bezweifle, dass sie meine Warnung beherzigen würde, sollte Zhens Leben auf dem Spiel stehen.

»Ich helfe ihr.« Zhen duckt sich unter Ruyis Arm und stützt das größere Mädchen. Ich hake mich auf ihrer anderen Seite unter.

Die Prinzessin schiebt einen Seidenvorhang an der Wand beiseite und drückt auf verborgene Holzpaneele. Der Mechanismus hinter der Wand ächzt. Sie entzündet eine Fackel an der Feuerschale und reicht sie mir. Langsam, aber stetig helfen wir Ruyi durch die Tunnel. Immer wieder biegen wir ab, bis Zhen uns mit erhobener Hand zum Stehenbleiben bringt. Auf der anderen Seite der Mauer ist Bewegung zu hören – Stiefel auf dem Boden, Metallklirren. Sie marschieren. Ich fürchte schon, dass sie mein wild schlagendes Herz hören könnten, doch bald schon verhallen ihre Schritte, ohne dass etwas geschehen ist. Wir setzen unseren Weg fort, bis wir an eine Tür gelangen, die sich zu einem Bambushain hin öffnet. Die Quartiere der Bediensteten. Ich lösche die

Fackel in einer Regentonne, damit das Licht keine Aufmerksamkeit auf sich zieht.

Gleich neben dem Tor erwartet uns ein mit großen Töpfen beladener Wagen. Ein schläfriger Esel ist vor ihn gespannt. Zhen hebt Ruyi hinauf, und ich hieve mich auf den Sitz neben ihr. Weingeruch liegt in der Luft.

Gerade noch kann ich einen überraschten Aufschrei unterdrücken, als unter einer Decke ein Kopf hervorkommt. Auch Zhen zieht einen Dolch und richtet ihn auf die Gestalt im Dunkeln.

»Ich bin's nur, ich bin's!«, flüstert Qing'er und wedelt mit der Hand über seinem Kopf.

Ich umarme ihn heftig und kümmere mich nicht um seinen Protest.

»Wieso haben die Wachen dich nicht gefunden?« Ich fasse ihn bei den Schultern und begutachte ihn von Kopf bis Fuß. Er scheint unversehrt.

»Kleiner Wu hat mich im Hühnerstall versteckt und großen Rabatz gemacht, damit die Wachen weggehen«, sagt Qing'er schniefend. »Nur ich hab da reingepasst, sonst keiner. Ich hab keinen Mucks gemacht und dann … hat Wächter Hu mich gefunden. Großmutter hat früher gesagt, Wächter Hu ist lieb«, erklärt er mit kindlichem Zutrauen. »Er hat gesagt, ich soll mich hier drin verstecken, und dann kommt die Prinzessin. Und das stimmt.« Er versucht, Zhen anzulächeln, aber es gelingt ihm nicht ganz.

Ich schaue die Prinzessin über seinen Kopf hinweg an, und sie nickt bestätigend. Wächter Hu hat also die Vorkehrungen für die Flucht aus dem Palast getroffen.

»Das hast du sehr gut gemacht«, sage ich.

Seine Unterlippe zittert.

»Passiert der Großmutter auch nichts?«, flüstert er.

Zhen hockt sich vor ihm hin. Auf Augenhöhe mit Qing'er sagt sie: »Wir müssen den Palast sofort verlassen, damit du in Sicherheit bist. Aber ich verspreche dir, dass ich alles tue, was in meiner Macht steht, damit auch deine Großmutter sicher ist.«

»Danke schön.« Qing'er schluckt, wischt sich die Tränen ab und versucht, möglichst würdevoll auszusehen.

Ich drücke ihn noch einmal fest, damit er weiß, dass er nicht allein ist.

Nur das Klackern der Eselshufe begleitet uns auf unserem Weg zum Teehausbezirk. Der Wagen führt uns an geschlossenen Läden und stillen Häusern vorbei. Sogar jetzt, zur Stunde der Diebe, sind die Teehäuser noch immer hell erleuchtet. Wir biegen in eine Gasse ein, binden den Esel an einem Pflock hinter dem Pfingstrosenhaus fest und steigen die Hintertreppe hinauf. Wir vier sind eine auffällige Truppe, und ich schaue mich immer wieder prüfend um.

Zhen klopft an eine Tür im zweiten Stock, und man lässt uns ein. Es handelt sich um einen dezent, aber geschmackvoll eingerichteten Empfangsraum. Nur ein Mann und eine Frau befinden sich darin, die sich vor uns verbeugen.

Der Mann ist kaum älter als mein Vater, und die Falten um seine Augen deuten auf ein Leben voller Lachen. Die besorgt aussehende Frau neben ihm, vermutlich seine Ehefrau, erinnert mich an meine Mutter und wie sie um meinen Vater herumschlich, wenn sie fand, dass er etwas Unkluges tat. In unserem zerlumpten Aussehen und mit Ruyi, die einem Zusammenbruch nahe zu sein scheint, wirken wir bestimmt ziemlich furchterregend.

Mit einer Handbewegung bedeutet Zhen ihnen, sich aufzurichten. Qing'er und ich schaffen Ruyi zu einem Stuhl, und sie lässt sich schwer darauf fallen.

»Beamter Qiu«, nickt Zhen zum Gruß. »Frau Sun.«

Der Beamte richtet seine Aufmerksamkeit auf mich. »Und das ist …?«

»Sie wird meine Hof-Shénnóng-shī, wenn ich meinen Hof zurückerobert habe«, sagt Zhen.

Auch wenn sie wahrscheinlich nie ein Reich regiert, nachdem in den kommenden Wochen alles ans Licht gekommen sein wird, zeigt sie mir damit, dass sie sich an ihr Versprechen erinnert.

»Ich verstehe.« Er nickt und wendet sich dann den geschäftlichen Angelegenheiten zu. »Die Person, die Ihr zu treffen wünscht, erwartet Euch im Nebenzimmer.«

»Eins noch«, sagt Zhen. »Ich weiß, dass ich mehr von euch erbitte, als es eure Pflicht verlangt, aber unsere Bestrebungen haben diesen Jungen hier in Gefahr gebracht. Zu seiner Sicherheit mussten wir ihn aus dem Palast bringen. Könnt ihr ihn in eure Obhut nehmen?«

Qing'er schaut zum Beamten Qiu auf und bemüht sich um Fassung. Nur seine zitternde Unterlippe zeigt, wie es wirklich um ihn steht.

»Ja, natürlich!« Die Frau klapst ihrem Mann auf den Arm, bevor er etwas erwidern kann. »Wir nehmen ihn zu uns. Ein Kind sollte immer ein Zuhause haben. Komm mal mit. Die Tante holt dir was Süßes.«

Sie legt ihm eine Hand auf die Schulter. Qing'er schaut fragend zu mir auf. Ich nicke ihm zu. Am liebsten behielte ich ihn bei mir, aber es liegen noch ein paar gefährliche Wege vor uns.

»Geh nur«, sage ich aufmunternd. »Bis bald.«

Er folgt ihr. Ich bin froh, dass ich ihn in guten Händen weiß.

»Wenn Ihr mir nun folgen wollt.« Beamter Qiu zieht einen schweren Wandteppich beiseite. Eine Tür liegt dahinter. »Wir sprechen jetzt mit dem Sterndeuter.«

KAPITEL 46

Der Mann, der uns auf der anderen Seite erwartet, hat ein dünnes Bärtchen und ist ganz in Weiß gekleidet. Ein weißer Jadeanhänger baumelt an seiner Schärpe, als er aufsteht und sich vor uns verneigt.

»Sterndeuter Wu.« Zhen nimmt seine Hände innig vertraut in die ihren, und er erwidert ihren Gruß mit zärtlichem Lächeln.

»Setzt euch, bitte.« Er deutet auf einen runden Tisch mit Stühlen.

Ich empfehle mich ins Nebenzimmer, um Ruyi zu helfen, doch der Sterndeuter ruft mir zu: »Auch du solltest das hier hören, Tochter des Shénnóng.«

Zögernd hocke ich mich auf eine Stuhlkante. Mir ist unklar, warum ich bleiben soll. Im Kaiserreich gibt es noch weniger Sterndeuter als Shénnóng-shī im Buch des Tees gelistet sind, aber niemand weiß ganz genau, wie viele es tatsächlich sind. Dass ich einmal einem von ihnen würde begegnen dürfen, hätte ich nie gedacht, geschweige denn, einer seiner Deutungen beizuwohnen.

»Ich bin dir dankbar dafür, dass du das Risiko auf dich genommen hast, mich zu treffen«, sagt Zhen. »Ich werde es nicht vergessen.«

»Vor dir liegt ein harter Weg, mein Kind«, sagt Sterndeuter Wu sehr ernst. »Ich weiß nicht, ob es gut ist, wenn du weißt, was die Sterne dir bestimmen. Ich gebe zu, dass ich erwogen habe, dir zu einem leichteren Weg zu raten.«

»Ich bin eine Tochter der Familie Li«, sagt sie verächtlich. »Nie würde ich den leichteren Weg gehen, nur um mein eigenes Leben zu retten.«

»Obwohl wir nicht, wie die Shénnóng-shī, aus einer Tasse Tee die Fäden einer möglichen Zukunft des Menschen herauslesen können« – er wirft mir einen Blick zu –, »können wir den Gang von Königreichen und Imperien sehen. Wir sehen die Wege der Vielen, jedes Leben beeinflusst die anderen. Nur einen Stern für sich herauszunehmen ist unmöglich. Doch manchmal biegen Wege innerhalb eines Stroms in die Unwägbarkeit ab. Du stehst jetzt am Abgrund eines Sternenbündels, das inmitten aller anderen Sterne glänzt. Dunkelheit steht dem Kaiserreich bevor. Eine Dunkelheit, die vom Herzen Dàxīs ausgeht.«

Bei jedem Wort, das er äußert, nehme ich die sich entflechtenden Fäden wahr, während die Sterne am Nachthimmel entlangziehen. Diese Magie unterscheidet sich von der, die ich kenne – nichtsdestotrotz ist es Magie.

»Wie sollen wir sie aufhalten?« Auf der Suche nach Antworten beugt Zhen sich vor.

»Es gibt ein Licht von Norden, aber es kann leicht von der Dunkelheit verschlungen werden.« Die Worte sind kryptisch, schwer zu verstehen. »Aber wenn du die Stadt heute Nacht nicht verlässt, endet dein Weg. Die Sterne sind klar genug: Bleibst du in Jia, wirst du ausgelöscht.«

Sichtlich frustriert reibt sich die Prinzessin die Schläfe.

»Wohin gehe ich? Wohin führen die Sterne mich?«

»Der Weg ist nie eindeutig«, sagt Sterndeuter Wu entschuldigend und streicht sich über den Bart. »Die einzelnen Schicksale sind zu sehr miteinander verwoben. Es gibt Hunderte, Tausende Möglichkeiten der Kombination. Wir können nur Anleitung bieten, zum bestmöglichen Kurs raten und dann hoffen. Für die Zukunft des Kaiserreichs hoffen. Auf Frieden hoffen.«

»Und der Rat an mich ist … wegzugehen. Mein Zuhause zu verlassen. Mein Volk zu verlassen.« Mit düsterer Miene wendet Zhen sich ab. »Wegzulaufen.« Plötzlich schaut sie in meine Richtung. »Was würdest du an meiner Stelle tun, Ning? Würdest du bleiben und für das, was du hast, kämpfen, auch wenn du scheitern könntest? Oder würdest du gehen?«

Ich wäge die verschiedenen Auslegungen der Rätsel des Sterndeuters ab, bevor ich meine Gedanken äußere.

»Wenn du hierbleibst, wird dein Name in den Geschichtsbüchern als der der Prinzessin stehen, die für ihren Thron kämpfte und starb. Du hast mir erzählt, dass dein Onkel ein Meisterstratege ist. Du aber bist jetzt unvorbereitet. Er hat auf seine Gelegenheit gewartet. Ich hätte es auch so gemacht: die Truppe neu formieren und zurückkehren, wenn die Zeit reif ist.«

Zhen denkt eine Weile nach, dann nickt sie.

Sterndeuter Wu scheint zufrieden. Einen Moment lang ist mir, als stünde ich am Abgrund der Veränderung, von der er gesprochen hat. Die Sterne zerstreuen sich und ordnen den Kurs des Kaiserreichs völlig neu. Aufgrund dieser einen Entscheidung.

 Es werden Schatten folgen.

Ist Zhen die Zielscheibe der Dunkelheit oder ihr Ursprung?

»Erweist du uns die Ehre, uns Tee einzuschenken?«, fragt Sterndeuter Wu mich und deutet auf das Teegeschirr auf einem Tisch zu seiner Rechten. Das Wasser ist bereits über einer Feuerschale erhitzt worden.

Die Teeblätter riechen penetrant nach Rauch und Pinie. Das Wasser setzt weitere Düfte frei, eine schwache Süße, die mich an die Früchte des Longan-Baums erinnert, dazu eine erdige Würze. Ein Geist in Aufruhr brüht bittere Getränke, also verbiete ich mir, mich in diesem Vorgang zu verlieren.

Immer noch trauere ich um die schöne Rotholztruhe meiner Mutter. Eines Tages werde ich sie nachbauen und eine Sammlung von Zutaten mein Eigen nennen können. Bis dahin stecke ich nur wieder einige Blätter zu den anderen in den Beutel unter meiner Schärpe, die ich in den letzten Tagen gesammelt habe. Ich weiß zwar nicht, was uns auf der Reise aus der Hauptstadt hinaus erwartet, aber was ich sicher weiß, ist, dass ich meine Magie auf der Straße für alle Fälle griffbereit haben muss.

Ich trage die Teetassen zum Tisch hinüber. Dankbar trinken sie. Der Zauber erfasst schnell, was die beiden am meisten brauchen: Er nimmt die Spannung aus ihren Nacken und Schultern, glättet die Falten in ihren Gesichtern.

»Danke.« Der Sterndeuter stellt seufzend seine Tasse ab. »Dir würde ich übrigens das Gegenteil empfehlen.«

Verständnislos starre ich ihn an.

»Du solltest nicht weitergehen. Kehre du zu den Anfängen zurück. Du wirst die Antworten finden, nach denen du suchst.«

Noch bevor ich ihn bitten kann, das genauer zu erläutern, klopft es an der Tür. Beamter Qiu tritt mit sorgenvoll zerfurchter Stirn ein.

»Ich bitte, mein Eindringen zu entschuldigen, aber im Teehaus unter uns versammeln sich Soldaten. Ich glaube zwar nicht, dass sie über Eure Anwesenheit Bescheid wissen, Hoheit, aber es wäre das Beste, wenn Ihr geht, bevor sie Euch entdecken.«

Zhen nickt und erhebt sich. Sie verbeugt sich tief vor Sterndeuter Wu.

»Wir sind dankbar für deinen Rat.« Auch er steht auf und erwidert ihren Gruß.

Im Nebenzimmer gibt man uns Soldatenuniformen. Hinter einem Paravent tauschen wir die Kleidung der Dienerinnen gegen sie ein. Mir gelingt sogar noch ein schlampiger Haarknoten.

»Eure Gefährtin …« Zufällig höre ich, wie die Frau des Beamten Qiu mit Zhen spricht. »Ich habe sie auf dem Bett ausruhen lassen, während ihr mit dem ehrwürdigen Sterndeuter gesprochen habt. Sollen wir sie auch bei uns aufnehmen? Wir können sie als Dienstmagd verkleiden. Ihr … geht's wohl nicht gut genug für eine Reise.«

Zhen zieht ihre Haare fest zusammen und klemmt sich den Helm unter den Arm.

»Nein«, sagt sie entschieden. »Sie kommt mit uns.«

»Seid Ihr sicher, Prinzessin?«, fragt Beamter Qiu. »Ihr müsst jetzt rasch zum Hafen gehen. Die Fähre wartet nicht.«

Mit loderndem Blick wendet Zhen sich ihm zu.

»Sie ist meine Familie. Man hat versucht, mich durch sie zu verletzen. Ich habe sie zu ihrer eigenen Sicherheit fortgeschickt, doch sie hat das ganze Kaiserreich durchquert, um mich zu retten. Ich werde sie nie wieder verlassen.«

Es ist schwierig, einen kaum reagierenden Körper eine Treppe hinunterzumanövrieren, aber irgendwie schaffen Zhen und ich es, Ruyi zwischen uns zu halten und zum Wagen zu bringen. Ich decke sie zu, während Zhen nach dem Esel schaut und ihn reisefertig macht.

»Ihr da!«, ertönt eine schroffe Stimme hinter uns.

Ich zucke zusammen, schaue schnell nach, ob Ruyi ganz zugedeckt ist, und drehe mich um. Ein Mann tritt aus dem erleuchteten Innern des Teehauses heraus. Ein Soldat.

»Was soll der Wagen da?«

Ich platze mit dem Erstbesten heraus, das mir in den Sinn kommt: »Wir liefern noch einen Weinkrug, wie man es uns aufgetragen hat.«

Er runzelt die Stirn. »Wein?«

Ich ziehe einen der schweren Krüge vom hinteren Wagenteil und stütze ihn auf meinen Oberschenkeln ab.

»Ja, wir haben den Auftrag, noch mal Wein zu liefern. Und zwar den besten!«

Still hoffe ich, dass die Krüge aus dem Palast nicht auf bestimmte Weise markiert sind, sonst fliegt der ganze Schwindel auf. Er beäugt mich weiter misstrauisch und prüft zur Sicherheit das Etikett. Meine Beine zittern, als bestünden sie aus Wasser, drohen jeden Moment nachzugeben.

»Gut«, knurrt er endlich. Er zeigt auf Zhen, die den Kopf eingezogen und ihr Gesicht im Schatten verborgen hat. »Du da, nimm noch einen Krug. Wir wollen, dass unsere ehrenwerten Gäste nur das Beste kriegen.«

Nebeneinander trägt jede von uns einen Krug die Hintertreppe hinauf.

»Wen erwarten sie denn?«, flüstere ich Zhen zu.

Sie schüttelt den Kopf und starrt geradeaus.

»Ich habe keine Ahnung. Lass uns die irgendwo abstellen und zusehen, dass wir hier wegkommen.«

Man führt uns durch die Küchen, wo Leute zwischen Bergen von dampfenden Körben hin- und herlaufen. Ein Mann hantiert mit zwei Woks und rührt fachmännisch Gemüse über einem offenen Feuer. Ein Junge kauert neben ihm und schürt die Flammen.

Wir gehen weiter bis in den Essbereich. Auf der Hauptebene des Teehauses drängen sich Dutzende Menschen, einige im Schwarz der Stadtwachen, andere in braunen Armeeuniformen.

»Nachschub!«, grölt der Soldat, der uns hereingeführt hat, und legt uns die Arme um die Schultern.

Die Soldaten jubeln. Wir müssen unsere Helme abnehmen, um nicht verdächtig zu wirken. Die schweren Krüge werden uns abgenommen, ihre Dichtungen zügig aufgebrochen. Man gießt den Wein in runde Becher, und eine Menge davon schwappt über die Ränder. Irgendwo beginnt eine Gruppe Männer lärmend zu singen.

»Es gibt noch mehr davon!« Lachend lässt der Soldat uns los und kippt sich den Inhalt eines Bechers in den Mund. Wein tropft ihm am Kinn herunter.

 »Prost!« Alle heben ihre Becher in unsere Richtung,

und bevor wir uns dagegen wehren können, zieht man uns an einen Tisch und drückt uns auf die Stühle. Zhen und ich tauschen unbehagliche Blicke, spielen aber weiter unsere Rolle.

Frei fließt der Wein, die Unterhaltungen werden lauter, die Witze vulgärer. Ein Soldat erzählt seinem aufmerksamen Publikum Kriegsgeschichten, und zu unserer Linken findet ein Trinkspiel mit schnellen Gesten und Flüchen statt.

Ich behalte mein falsches Lächeln aufrecht und spreche aus den Mundwinkeln mit Zhen.

»Was jetzt?«

»Spiel weiter«, sagt Zhen, grabscht sich einen Becher vom Tisch und leert ihn in einem Zug. Der Mann neben ihr lacht schallend und schlägt ihr auf den Rücken.

Eine Stadtwächterin hebt ihren Becher.

»Jetzt wird alles anders, Freunde! Nie mehr auf Patrouille gehen! Nie mehr kleine Diebe jagen! Bald schon werden wir anständig leben!«

»Darauf trink ich!«, ruft ihr Begleiter, und alle schütten weiter Wein in sich hinein.

Noch ein Soldat steht schwankend auf. Ihm wächst gerade erst ein zarter Oberlippenbart.

»Ich mach mir bald auch einen Namen!« Knallend stellt er seinen Fuß auf einen Stuhl. »Alle nennen mich dann den Eroberer!«

»Du bist besoffen, du Blödmann!« Ein Soldat mit grau meliertem Bart brüllt vor Lachen und wirft ihm eine Tasse an den Kopf.

Der junge Soldat bückt sich, und die Tasse trifft einen Mann hinter ihm. Der dreht sich um und glotzt zu unserem Tisch herüber, der in tobendes Gelächter ausbricht.

Die veränderte Atmosphäre spüre ich zuerst nur, dann erst sehe ich, was geschieht.

Die Soldaten um uns herum raffen sich alle gleichzeitig auf. Eine einzelne Faust rumst auf einen Tisch, bis daraus ein stetiger Rhythmus wird, schließlich hämmern alle synchron mit den Fäusten auf die Tische.

Zhen legt mir eine Hand auf den Arm und scheint sich innerlich zu wappnen.

»Nein«, flüstert sie entsetzt und spürbar nah an meinem Hals.

Als ich mich umdrehe, sehe ich einen Mann mit gebieterischer Ausstrahlung am Eingang des Teehauses stehen.

»General!«, ruft jemand.

Andere wiederholen den Titel ehrfürchtig.

Er schreitet herein, als gehe er davon aus, dass die Menge den Weg selbstverständlich für ihn freigibt, wie jemand, der weiß, dass man ihm gehorcht.

Voller Schrecken wird mir klar, wer das sein muss.

Der Verbannte Prinz. Der General von Kăiláng.

KAPITEL 47

Als er sich umdreht, sehe ich das blauschwarze Muster auf seinem Gesicht. In der Mitte prangt das Wort »Exil«. Die Tätowierung ist als Bestrafung gedacht, damit jeder sofort den Verräter erkennt. Doch aus diesem Wort kristallisiert sich ein kühnes Muster heraus, Linien schlängeln sich über seine Stirn bis zum Kiefer hinab. Die Wachen an seiner Seite tragen ähnliche Tätowierungen, offenkundig stolz darauf, von der gleichen Kunst wie ihr General geprägt zu sein.

»Er wird mich erkennen«, flüstert Zhen mir zu und packt mich beim Arm, während alle anderen zu applaudieren beginnen und Willkommensrufe zu hören sind. »Wenn er mich sieht, bin ich tot.«

Wir stehen wie die anderen auf. Hinter mir kann ich keinen klaren Weg zu den Küchen ausmachen, und der Druck der vielen Körper ist zu stark, um einfach zu entwischen.

»Kameraden!«, ruft der General aus. Seine Stimme tönt warm und voll über die Köpfe der Menge hinweg. »Vor zehn Jahren wurde ich von meiner eigenen Sippe aus der Hauptstadt verbannt. Ich bin am Verfall des Namens Li und an den Kämpfen meines Volkes fast verzweifelt. Doch jetzt ist unsere Zeit gekommen! Unsere Zeit, die

Zeit meiner wahren Familie! Wir kehren zurück und verhelfen Dàxī zu altem Glanz!«

Ich bin fassungslos über seine Dreistigkeit. Er wagt es, in den Straßen der Stadt unbesorgt sein Gesicht zu zeigen und in eins der bekanntesten Teehäuser der Hauptstadt zu spazieren.

Der Sterndeuter hatte recht. Dunkelheit senkt sich herab.

Etwas Kaltes berührt mich am Arm. Als ich herunterschaue, sehe ich, dass Zhen einen Dolch gezogen hat und die flache Seite gegen meine Haut drückt.

»Lass das«, zische ich sie an.

Der General geht jetzt zwischen den Soldaten herum und begrüßt viele mit Namen. Voller Schrecken beobachte ich, dass er jedem ein Getränk eingießt und etwas aus seinem Flachmann hinzuschenkt. Man erzählte sich immer, dass er die Getreuen seiner Bataillone mit Leichtigkeit befehligt, was sich im Respekt und in der Anerkennung spiegelt, mit denen er seine Soldaten hier behandelt.

»Du glaubst doch nicht ernsthaft, dass du lebend hier rauskommst, wenn du versuchst, ihn zu töten«, flüstere ich Zhen zu und bedecke die Klinge mit einer Hand.

»Er hat die Vergiftung meines Vaters geplant«, faucht sie. »Ich will ihn mit meinem Messer in der Brust bluten sehen.«

Ich für meinen Teil will leben. Ich will das Gegengift für meine Schwester finden. Ich will die Hochebenen von Kallah mit Lian sehen. Ich will auf der Spitze des Himmelstores stehen und einen Blick auf ein anderes Königreich erhaschen.

Der General kommt näher. Ich greife nach dem einzigen Mittel, das ich habe: der Magie. Ich ziehe den Beutel unter meiner Schärpe hervor. Umständlich stelle ich meinen Becher auf den Tisch zurück, der Inhalt schwappt über. Ich nehme die verschmähte Teekanne, die noch halbvoll ist. Kaum jemand interessiert sich für Tee, wenn der Wein so reichlich fließt. Mein Glück.

Ich zerbrösele die Mandarinenschalenstücke und schäle mit den Fingerspitzen Goldrutenfasern in den Tee. Der General ist noch zwanzig Schritte entfernt, nähert sich aber rasch. Ich presse Zhen den Ellbogen in die Seite, damit sie das Messer wegsteckt. Die Hälfte des Tees gieße ich in ihren Becher und lege meine Hände um ihre. Der Becher erwärmt sich spürbar in meinen Händen, und an ihrem Zucken erkenne ich, dass Zhen es ebenfalls fühlt.

»Folge. Meinen. Anweisungen«, sage ich durch zusammengebissene Zähne hindurch und bete, dass sie gehorcht.

Der General steht vor uns. Ich starre auf meine Hände.

»Freunde.« Er nickt, schenkt etwas aus seinem Flachmann in unsere Becher. Ein rieselndes, fremdartiges Pulver. Ich habe keine Ahnung, was es ist, falls es meine Magie unterläuft. Aber mir bleibt nichts anderes übrig.

Wir trinken.

Zuerst schmecke ich das Pulver auf meiner Zunge, das ein wenig nussig ist, aber rasch vom Geschmack des Tees weggespült wird. Die Magie erwacht zum Leben, pulsiert stark in mir, stärker als je zuvor.

Mir kommen Tiere in den Sinn, die hinter Blattwerk hocken.

Nebel, der unsere Umrisse verwischt.

Wir sehen vertraut aus, aber niemand kann sich an unsere Namen erinnern.

»Du …« Die Augenbrauen des Generals ziehen sich zusammen. Seine Aufmerksamkeit ist auf Zhens Gesicht gerichtet. »Dich kenne ich doch.«

»Eure Anwesenheit ist uns eine Ehre«, sage ich mit veränderter, dunklerer Stimme. Ich klinge zehn Jahre älter. Mit meinem fest an Zhen gepressten Arm spüre ich die Magie durch uns hindurchsurren. Sie verändert uns, verwandelt uns in etwas, das der General von Kăiláng gern sehen möchte.

Sein Blick begegnet meinem. Ich sehe mich in seinen Augen gespiegelt. Ein Mädchen. Eine Frau. Verängstigt. Ruhig. Das Elixier in meinem Becher gerät in Bewegung, doch der General merkt nichts davon. Die Flüssigkeit dreht und wendet sich zur Gestalt der dreiköpfigen Schlange, kräuselt die Oberfläche. Das grässliche Vorzeichen wird von geisterhaftem Gewisper begleitet. Mühsam halte ich meine unbewegte Miene aufrecht, versuche mit aller Kraft, meinen Kopf nicht zu bewegen, um nach der Quelle für das Geräusch zu suchen.

»Möge das Meer uns gewogen sein.« Irgendwie bringe ich die Worte aus Kangs Segensspruch hervor, obwohl das Gewisper lauter und mein Unbehagen immer größer werden. In der Ferne pfeift etwas. Ein langer, unheilvoller Ton.

Der General zwinkert. Meine Spiegelung verschwindet aus seinen Augen. Er lächelt.

»Möge das Meer uns gewogen sein«, echot er und wendet sich ab.

 Fast kippe ich auf meinen Stuhl, während das Saufgelage um uns herum einfach weitergeht. Ein Mann rempelt mich an, und eine Ampulle mit dem gleichen Pulver, das der General uns verabreicht hat, fällt ihm aus der Tasche. Sie kullert über den Boden und bleibt vor meinen Füßen liegen. Ich hebe sie auf und registriere den Graustich des Pulvers. Es muss das Pulver aus der schwarzen Perle sein, von dem Kang sprach und das sein Volk so verehrt.

»Wein! Wo bleibt der Wein?!«, ruft jemand.

»Wir holen noch welchen.« Zhen steht auf. Durch den Zauber klingt ihre Stimme noch immer wie die eines hartgesottenen Soldaten. Ihr Umriss wabert, das Trugbild reicht bis in ihr Gesicht hinein. Ich bete, dass es so lange wirkt, bis wir weg sind. Die Ampulle stecke ich zu meinen anderen Sachen in den Beutel.

Wir passieren die Hitze der Küchen, und als wir endlich aus der Hintertür nach draußen treten, atme ich die kalte Nachtluft gierig ein. Mir ist bewusst, wie knapp wir soeben dem Tode entronnen sind.

»Wir müssen zur Fähre«, sagt Zhen, die sich besser im Griff hat. »Uns bleibt kaum noch Zeit. Abfahrt ist zur Stunde des Hahns.«

»Hilf mir, sie aufzusetzen.« Während Zhen Ruyi in eine sitzende Position bringt, öffne ich einen der Krüge und spritze Wein über ihren reglosen Körper. »Wir tun so, als wären wir Trunkenbolde«, erkläre ich, noch bevor sich die Prinzessin beschweren kann.

Mit Ruyi zwischen uns stapfen wir, so schnell es geht, Richtung Hafen. Vom Marktviertel her taucht eine Prozession von Palastwachen zu Pferde auf. In ihrer Mitte sitzt ein junger Mann, groß von Gestalt und in schwarzgold gemusterter Rüstung. Im Vorbeigehen kann ich nicht anders, als ihn mir genauer anzusehen, und stelle fest, dass auch er mich betrachtet.

Nein … Das ist doch nicht …

Schnell senke ich den Kopf. Ich habe sie wiedererkannt, diese Augen, diesen Mund. Der Sohn des Verbannten Prinzen, kurz vor der Wiedervereinigung mit seinem Vater.

So nah, wie wir uns jetzt sind, könnte Kang leicht seine Wachen auf uns hetzen.

Ich spüre seinen Blick noch an meinem Hinterkopf. Doch kein Hufschlag folgt uns auf unserem Weg zum Hafen, und auch sonst hält niemand drei nach Wein stinkende und Unsinn lallende Soldaten auf.

In dem Moment, als die Stadtschreier die Stunde des Hahns ausrufen, erreichen wir die Fähre, und nachdem er das Siegel des Beamten Qiu aufblitzen sieht, winkt uns der Kapitän an Bord.

»Wir legen augenblicklich ab«, befiehlt Zhen. »Halte dich südlich vom Jadefluss, bis du weitere Anweisungen erhältst.«

Der Kapitän nickt, und kurz darauf stechen wir in See.

Weg vom Hafen, von Jia.

Weg von Kang.

KAPITEL 48

Man zeigt uns unsere Quartiere im unteren Schiffsbereich. Wir hieven Ruyi auf das schmale Bett. Zhen sinkt auf eine Bank, aller Kraft entledigt.

»Wohin fahren wir?«, flüstert sie. »Was mache ich nur?«

Sie ähnelt eher einem ängstlichen Mädchen als einer Prinzessin. Ich hatte vergessen, dass sie erst neunzehn ist, kaum älter als ich.

Ich setze mich hin und suche nach ermutigenden Worten. Aber mir fallen keine ein. In der Eile unserer Flucht habe ich jedoch eine Information noch nicht an sie weitergegeben. Hoffentlich kann sie sich dadurch besser auf ihr Ziel konzentrieren.

»In den Kerkern habe ich mit Wenyi gesprochen«, lasse ich sie wissen und ziehe den Beutel aus meiner Schärpe. »Er sagte, dass Yĕliŭ dem Kaiser noch immer treu, Hánxiá aber wahrscheinlich zu den Rebellen übergelaufen ist.«

Ich lege meine Sachen auf den kleinen Tisch zwischen uns. Die Ampulle. Shus Stickerei. Vaters Brief. Mutters Trauerknoten. Ein paar Pomeloblätter und Stränge aus Teeblättern. Die zwei quadratischen Stücke Papier von Wenyi falte ich auseinander. Rasch überfliege ich die Worte, um sicherzugehen, dass es der Brief ist, in dem es um das Verschwinden von Menschen geht. Ich reiche ihn ihr.

»Wenyi? Warum hast du ihn denn nicht mitgenommen?« Mit wiedererwachtem Interesse beginnt Zhen zu lesen. »Er wäre eine Bereicherung für uns gewesen.«

»Er hätte dir sicher gern alles selbst erzählt, aber er … starb in der Nacht.«

Zhen schaut mich an, ihr Blick wird weich.

»Du hast viel riskiert, Ning, und dafür bin ich dir dankbar.«

Während sie redet, nehme ich noch einmal Shus Stickerei in die Hand und fahre mit dem Finger über die Stiche. Die schöne Pfingstrose erinnert mich an das Teehaus, aus dem wir geflohen sind, und auch an die Unterhalterin, die mir in der zweiten Runde des Wettkampfs assistierte. Ich habe nie herausgefunden, wie sie heißt. Der Mond steht für mich, da bin ich mir sicher. Shu hat ihre Liebe in diesen Stoff gestickt.

»Wir müssen nach Yĕliŭ«, sagt Zhen. Ihre Augenwinkel ziehen sich vor Sorge nach unten, nachdem sie Wenyis Worte verdaut hat. »Wenn wir mit den Mönchen dort sprechen können, erfahren wir vielleicht mehr über all das. Wenn es stimmt, was er sagt, muss das Gift ursprünglich aus Hánxiá stammen.«

Immer noch habe ich mehr Fragen als Antworten, doch Zhen will, dass ich mich ausruhe. Sie legt sich neben Ruyi, ich rolle mich auf der Bank zusammen. Neben mir flackert die Kerzenflamme und wirft lange Schatten an die Wand. Rastlose Gedanken schwirren mir durch den Kopf.

Die Entscheidung, die morgen für mich ansteht, zerreißt mir das Herz. Das Schiff fährt weiter nach Süden, dreht dann nach Nánjiāng ab. Wir werden an Sù und auch dicht an meinem Dorf vorbeikommen.

Folge ich der Prinzessin, weil die klugen Köpfe in Yĕliŭ mich vielleicht zum Gegengift führen können? Oder erhöre ich Vaters Flehen und kehre nach Hause zurück?

Der Kanzler hat gesagt, er sei sicher, dass ein Shénnóng-shī der Drahtzieher hinter den Teeziegeln war. Aber war das eine Lüge? Wie kam er überhaupt an den magischen Pfeil heran, der Ruyi vergiftete? Ich habe die dreiköpfige Schlange gesehen, als ich den Tee mit dem General trank. Was versucht Shénnóng, mir zu sagen? Wenn das Gift wirklich aus Hánxiá stammt, warum besteht es dann zum Teil aus Seetang aus Lǜzhou?

Der Schlaf will nicht kommen. Ich setze mich wieder auf und grübele still vor mich hin. Dann merke ich, dass ich Shus Stickerei noch in der Hand halte, und drücke sie mir wie einen Talisman fest ans Herz. Als ich den Stoff glattstreiche, fällt mein Blick noch einmal auf die seltsame Farbe des Grases. Das sich so merkwürdig kräuselt, als bewege es sich … unter Wasser. Dann die Flecken auf den kümmerlichen Ästen der Bäume. Löcher.

Das sind keine Bäume …, sondern Korallen.

Plötzlich wird mir alles klar. Seetang. Die Mondspiegelung. Das Gedicht. Ich habe alles missverstanden. Der Mond ist im Wasser. Meine Schwester will mich mit alldem nicht an mein Zuhause erinnern. Sie wusste, dass Vater ihr keine weiteren Experimente erlauben würde, um das Gegengift zu finden, also schickte sie mir eine Skizze ihrer Entdeckungen.

Es ist ein Rezept.

Ich finde Tinte und Papier auf dem kleinen Tisch und beginne zu schreiben.

Den Kopf auf der Tischplatte gebettet, wache ich von leisen Stimmen auf. Mit dem Ärmel wische ich mir über den Mundwinkel, während meine Worte auf dem Papier vor meinen Augen verschwimmen.

Panik erfasst mich, als ich endlich ganz wach bin. Das Papier fest an mich gedrückt, eile ich durch die Luke nach oben. Ich habe Angst, dass wir schon zu weit gefahren sein könnten. Ich schaue auf den trubeligen Hafen hinunter, an dem wir offenbar angelegt haben. Ich habe den ganzen Tag geschlafen, während wir den Fluss hinuntergefahren sind. Jetzt ist bereits die Nacht angebrochen.

In der Ferne kann ich einen hell erleuchteten Turm ausmachen und erkenne ihn wieder: Nánjiāng. Erleichtert sackt etwas in mir zusammen, und ich halte mich an der Wand fest.

Es ist noch nicht zu spät.

»Ning?«

Als ich mich umdrehe, sehen Zhen und Ruyi mich besorgt an.

Ich erzähle ihnen alles, was ich herausgefunden habe. Shus Entdeckungen und dass ich glaube, den fehlenden Baustein für das Gegengift bereits zu besitzen. Sie schauen einander an, in stummer Zwiesprache. Mit einem Nicken wendet sich Zhen dann an mich.

»Wir helfen dir mit allem, was in unserer Macht steht.«

Ich hatte gedacht, Zhen würde darauf bestehen, zuerst

nach Yěliŭ zu reisen, um auf Wenyis Brief zu reagieren, oder Ruyi würde an meinen Fähigkeiten zweifeln.

Aber sie überraschen mich immer wieder aufs Neue.

»Danke«, sage ich gerührt.

Ich kehre nach Sù, ich kehre nach Hause zurück.

Endlich bin ich so weit.

Auf dem Nachhauseweg sinniere ich über die sonderbare Richtung, die mein Leben genommen hat. Rittlings hinter dem furchterregenden Schatten, der angeblich mein Feind war, gefolgt von einer Prinzessin, die wahrscheinlich bald schon über nichts mehr zu herrschen haben wird.

Je näher wir dem Dorf kommen, desto aufgeregter werde ich. Ich fürchte mich mehr vor dem, was mich zu Hause erwartet, als mich mein bevorstehender Tod in den Kerkern ängstigen konnte. Ich muss Shu erreichen, bevor es zu spät ist, und das Gegengift muss einfach anschlagen. Eine andere Möglichkeit gibt es für mich nicht.

Wir reiten auf der Straße, die um das Dorf herumführt, um so wenig Leuten wie möglich zu begegnen. Ich lasse Zhen und Ruyi im Pomelohain zurück. Ich weiß, dass Mutters Geist sie dort beschützt.

Mit geschürzten Röcken renne ich die vertraute Straße hinunter, dann den Philosophenhügel wieder hinauf. Der Mond leuchtet mir den Weg nach Hause. Als ich den Teegarten durchquere, heißen mich die Bäume willkommen. Jetzt, da ich sie höre, weiß ich, dass ihr Wispern früher keine Einbildung von mir gewesen ist.

Beeil dich, beeil dich.

Ihr Flüstern jagt mich auch noch den letzten Hügel hinunter. Dann ragt unser Dach vor mir auf. Fest hält meine Hand die Ampulle mit dem Perlenpulver umschlossen.

Ich stoße die Haustür auf, sie schlägt gegen den Tisch. Mit donnernden Schritten durchquere ich unseren Vorderraum, fege den Bettvorhang beiseite und sehe Vater, wie er Shus Gesicht mit einem feuchten Tuch abtupft. Mir stockt der Atem. In diesem kurzen Moment des Zögerns zeigen sich zugleich Erleichterung, Traurigkeit und Bedauern auf seinem Gesicht.

Im fahlen, durch die Fenster hereinströmenden Mondlicht sieht mein Vater viel älter aus als zuletzt. Die ehemals verhärmten Linien in seinem Gesicht haben sich in tiefe Furchen verwandelt. Er sieht noch schlechter aus als nach dem Begräbnis unserer Mutter, als hätte er seit meinem Weggang nicht mehr geschlafen.

»Ning?«, fragt er mit einer Stimme, die in ihrer Rauheit seinem Aussehen in nichts nachsteht. »Bist du es wirklich?«

Ich knie mich neben ihn und nehme Shus Hand in meine. Ihr Kopf ist von mir weggedreht, doch sie scheint meine Anwesenheit zu spüren. Sie wendet mir das Gesicht zu, ihr Blick ist glasig und leer.

»Mutter?«, sagt sie mit rauer Stimme.

An ihrem Atem kann ich riechen, dass sie krank ist. Ihre Lippen sind rissig und bluten.

»Ich bin es«, sage ich. »Ning. Ich bin zurückgekommen.«

»Mutter.« Sie beginnt zu weinen. »Du bist zurück … Ich hab dich so vermisst.«

Alarmiert schaue ich zu Vater auf. »Seit wann ist sie schon so?«

»Seit ein paar Tagen«, sagt er und schüttelt den Kopf. »Mit Unterbrechungen. Ich versuche, das Fieber herunterzukriegen, aber es steigt immer wieder. Es hat Nächte gegeben, in denen ich sie draußen herumirren fand. Ich musste sie festbinden, damit sie nicht weglief …« Er hält ein Schluchzen zurück.

Erst da bemerke ich die roten Striemen an ihren Handgelenken. Ärger steigt in mir auf, dann aber nehme ich Vaters rot geränderten Augen wahr, die Blutflecken auf seiner Tunika, Erbrochenes und wer weiß was noch.

Ich zwinge mich, meine Wut auf das Gift zu konzentrieren. Meinen Vater trifft keine Schuld, und aller Ärger dieser Welt würde Mutter nicht zurückbringen.

Aber meine Schwester ist noch nicht verloren.

»Ich glaube, ich habe das Gegengift«, sage ich zu ihm. »Ich kann das Gift aus ihr herausholen.«

»Was soll ich tun?« Er packt mich am Arm, sein starrer Blick klart ein wenig auf. »Sag mir, was ich tun soll, und ich helfe dir.«

Er stellt mich nicht wie sonst in Frage, sondern steht auf und wartet auf Anweisung.

»Ich brauche *lí lú* und Lakritzwurzel«, erkläre ich. »Dazu noch Mutters Frühlingsteeblätter.« Mir ist klar, dass wir auch Tee aus jüngeren Ernten haben, aber nichts kommt an die Blätter heran, die Mutter eigenhändig gepflückt hat.

Mein Teegeschirr steht noch immer im Regal im Hauptraum, inzwischen staubbedeckt. Auf dem Rückweg in unser Zimmer betrachte ich mein Zuhause mit neuen Augen. Verglichen mit dem Luxus im Palast ist hier alles alt und abgenutzt. Keine fein geschnitzten Paravents, kein Räucherwerk, das Tag und Nacht aus Feuerschalen aufsteigt.

Doch der Knoten, den ich als Glücksbringer gewebt habe, baumelt noch immer am Fenster, ausgeblichen von der Sonne. Es gibt noch den Sprung im Spiegel aus der Zeit, als Shu und ich Fangen spielten und gegen ihn fielen. Da ist noch das abgeschabte Muster am Eingang, wo der Bettvorhang gegen den Türrahmen reibt, ein Muster, von dem Shu immer fand, es sehe wie ein Drachen aus und das sie deshalb unseren Türhüter nannte.

Etwas zieht sich in meiner Brust zusammen.

Eine Hand schiebt den Bettvorhang wieder beiseite, und mein Vater kommt mit allem herein, was ich aus der Vorratskammer haben wollte.

Ich berühre den Bambus, das Holz, die Tonschale mit meinen Fingerabdrücken in der Wölbung und dem misslungenen Deckel, der nie so richtig passte. Aber all das gehört mir. Hier komme ich her. Hierhin musste ich zurückkehren, damit ich danach weiter vorangehen kann, wie es der Sterndeuter sagte.

Ich lege die Zutaten in die Schale. Der Mond spiegelt sich im Meer. Jeder Bestandteil des Gifts spiegelt sich auf eigene Weise im Gegengift.

Nach Erde duftendes, getrocknetes *lí lú* in dünnen Fasern. Beruhigt den Herzschlag, wirkt den belebenden Eigenschaften der weißen Pfingstrosenwurzel entgegen und schwächt den Zugriff des Giftes ab.

In dünne Scheiben geschnittenes Lakritz. Lindert die Toxizität des gelben *kūnbù*.

Shu dachte, dass der fehlende Bestandteil, der das Gegengift ausgleicht und stabilisiert, die bislang im Inland schwer erhältliche Koralle ist. Aber tatsächlich ist es etwas noch Selteneres und Unerwarteteres. Die Perlen waren in Ungnade gefallen, und der General von Käiláng wollte ein Gift herstellen, das seinem eigenen Volk nicht schadete. Als ich den Tee mit dem Verbannten Prinzen trank, konnte ich spüren, wie die verborgenen magischen Kräfte davon gestärkt wurden: von der so lang gesuchten Zutat, dem Perlenpulver.

Während das Pulver zieht, wende ich mich dem Teeblättersud zu. Ich hebe den Deckel von der Schale. Es duftet nach Frühling, wie aus der Erde kommende Sprossen, die sich nach den nächsten Regentropfen recken. Ich gieße ihn über die Heilkräuter. Als ich die Schale an meine Lippen führe, spüre ich beinahe, wie weiße Flügel meine Wangen streifen.

Die sanfte Wärme rinnt mir durch den Hals und breitet sich in meinem ganzen Körper aus.

Der Shift passiert schnell, ohne den Einsatz von *dān* und obwohl Shu traumverloren schläft. Denn sie ist meine Schwester – ich war am Tag ihrer Geburt da, unsere Verbindung ist an unseren miteinander verwobenen Leben gewachsen. Ich sehe förmlich, wie sie, das Kinn in die Hand gestützt, in diesen letzten Wochen über Vaters Büchern gebrütet hat. Wie sie heimlich Kräuter aus dem Garten holte und dabei fürchtete, Vater oder ich könnten jederzeit am Hügelsaum auftauchen. Verstohlenes Gekritzel auf Papierfetzen, die sie dann in eine Schublade oder unter einen Korb schob. Jasmin ist es nicht, Ginseng ist es nicht. Dieses Gift spricht nicht auf die Blutungen an …

Doch sie fand etwas, das auf das kleine Stück *lí lú*, das sie gegessen hatte, Einfluss nahm, und hielt die weiße Pfingstrosenwurzel für die Störquelle. Sie konnte mich nicht benachrichtigen, ohne Vater misstrauisch zu machen, also stickte sie die Botschaft in das Taschentuch.

Das Gift verwirrte sie. Manchmal sah sie merkwürdige Bilder, hörte ein Flüstern im leeren Zimmer. Gestalten stiegen aus Nebeln auf, Träume drängten in die Wirklichkeit: Vögel hatten Menschenbeine, Augen blinzelten ihr von Schmetterlingsflügeln zu. Eine Riesenschlange mit goldenen Schuppen zischte ihren Namen.

Wie ein Gewitter kreist das Perlenpulver durch meinen Körper, schickt mich durch ihre Erinnerungen bis hin in die Gegenwart. Dort finde ich sie in einem Hain aus Bäumen. »Shu!«, rufe ich, aber sie scheint mich nicht zu hören.

Ich nehme die Verfolgung auf, laufe in den Nebel hinein und ihr nach. Ich renne ihr durch einen Wald hinterher, wie ich es schon unzählige Male zuvor getan habe. Die Bäume sind Schatten und rascheln um uns herum.

Am Fuße unseres Lieblingsbaums bleibt sie stehen und dreht sich um. Sie winkt mich zu sich heran. Aber als ich bei ihr bin, steigt sie schon den Stamm hinauf. Als Kinder sind wir oft waghalsig hoch geklettert. Bald schon baumeln ihre Füße über mir.

Sie winkt. »Hier oben bin ich!«

Meine Handflächen berühren die Rinde des Baums. Sie fühlt sich echt an. Auch ich steige jetzt hinauf, ziehe mich an den Ästen höher und höher. Doch immer ist sie mir einen Schritt voraus, bleibt unerreichbar. Das Flüstern der Göttin lässt mich wissen, dass Shu für immer verloren ist, wenn sie durch das Kronendach stürzt.

Schnell klettere ich weiter.

Ich höre ein Pfeifen, wie den Wind eines herannahenden Sturms. Diesen schrillen, unharmonischen Ton, den ich schon gehört habe, als ich mich in den Augen des Generals spiegelte.

Über uns steigt ein Schatten herab. Beim Näherkommen zieht er sich zu einer dunklen, wogenden Form zusammen, einer Schlange mit langer gegabelter Zunge und Reißzähnen. Blutrot unterlaufen ihre Augen.

Shu hockt angststarr auf einem Ast zu meiner Rechten der Kreatur gegenüber, die sie verfolgt hat, seit ich fortgegangen bin.

Ich hätte hier sein und sie beschützen müssen.

Zweige und Blätter fallen wie Regen um uns herab.

Ich spüre den Schlangenhunger in meinem Geist, wie den der dreiköpfigen Schlange, die ich aus Ruyi hervorzog. Die Schlange ragt über unseren Köpfen auf, ihre roten Augen wirken wie polierte Himmelskörper, in denen ich mich spiegele.

Du … zischt sie. Sie spricht es nicht laut aus, aber ich kann ihre Stimme in meinem Kopf hören. *Ich habe dich schon einmal gesehen. Im Palast.* Jedes Wort von ihr kommt einem scharfen Eisnadelstich gleich, der mir in die Kopfhaut fährt.

Aber während sie spricht, gibt sie mir auch Einblicke in das, was sie ist. Sie hat ein Stück von sich an den Pfeil gegeben, der in Ruyis Seite drang, und damit das dreiköpfige Monster geschaffen, das sich von der Essenz der Leibwächterin nährte.

Ich erhalte Antworten auf all die Fragen, die ich mir die ganze Zeit über gestellt habe: Warum das Gift sogar für die erfahrensten Shénnóng-shī unauffindbar blieb. Warum die kaiserlichen Ärzte kein Gegengift fanden.

All das geschah, weil das Gift von etwas völlig anderem geschaffen wurde. Etwas Uraltem, das darauf wartete, dass seine Zeit gekommen war.

Shénnóng … faucht die Schlange und entblößt ihre scharfen Reißzähne. Sie hasst Shénnóng und all seine Nachkommen. Sie verachtet die alten Gottheiten, die Menschen und alles, für das sie stehen.

Jetzt will sie endlich ihren Hunger stillen, nachdem Shu ihr immer und immer wieder entwischt ist.

Als sie nach meiner Schwester ausschlägt, zögere ich keine Sekunde. Ich werfe mich der Schlange in den Weg. Ihre Fangzähne sinken in meine Haut.

Ich schreie.

»Ning!«, ruft Shu und streckt ihre Hand nach meiner aus.

Wir bekommen einander zu fassen, und sie zieht mich zu sich. Mein Arm ist vom Zugriff der Schlange verrenkt. Wir fallen durch den Baum, Äste knicken unter unserem Gewicht ab, peitschen und prügeln auf unsere entblößte Haut. Eng halte ich Shu umschlungen und schütze sie mit meinem Körper.

Die Schlange gleitet den Baum hinter uns hinab.

Ich schließe die Augen, wir spannen beide unsere Körper an. Ich erwarte den unvermeidlichen Aufprall … Und finde mich in meinem Körper wieder, das Gesicht tränennass.

»Ning?« Shu setzt sich mühsam auf.

Neben uns sitzt Vater. Er weint und schluchzt wie nie zuvor.

Schnell trete ich an Shus Bett und halte ihr die Schale an die Lippen. Sie trinkt und schaut mich dabei noch immer ungläubig an.

»Ich habe geträumt …«, sagt sie ehrfürchtig. »Ich habe geträumt, dass du zu mir zurückgekommen bist.«

Ich lächele durch meine Tränen hindurch.

»Ich habe dir doch versprochen, dass ich zurückkomme.«

Draußen wird Dàxī langsam von einem Schatten verhüllt, und eine Prinzessin wartet auf mich in unserem Pomelohain. Aber in diesem Augenblick zählt nur eins.

Meine Schwester lebt.

Dann ist Vater plötzlich da und hebt meinen Arm hoch.

Wo mich die Fangzähne der Schlange erwischt haben, zeigen sich zwei Blutspuren. Schwarze Tentakel kriechen wie vergiftete, erstickende Ranken auf meiner Haut entlang.

Die Schale gleitet mir aus den Händen, landet scheppernd auf dem Boden.

Das Letzte, was ich sehe, bevor die Dunkelheit mich mit sich nimmt, ist Shus Gesicht.

DANKSAGUNG

Auf meiner Schreibreise hat es viele Menschen gegeben, die mir geholfen haben. Ihnen möchte ich Wertschätzung und Dank aussprechen.

Danke an meine Lektorin Emily Settle. Für ihre aufschlussreichen Änderungen und ihre Hilfe bei der Suche nach dem Herzen meiner Geschichte. Dieses Buch wäre ohne ihre Begleitung nicht zu der Geschichte geworden, die ich erzählen wollte.

Danke an meine Korrektorin Valerie Shea und die *Production Editors* Kathy Wielgosz und Avia Perez für ihre Detailgenauigkeit und dafür, sich mein Gequassel über Klangfarben angehört zu haben.

Ich danke dem restlichen Team von Feiwel and Friends dafür, an dieses Buch geglaubt und dabei geholfen zu haben, es zu publizieren.

Vielen Dank auch an die Marketing- und Öffentlichkeitsabteilung für ihren Einsatz für *A Magic Steeped in Poison*: Gabriella Salpeter, Leigh Ann Higgins, Morgan Rath und Cynthia Lliguichuzhca.

Auch bedanke ich mich bei meiner kanadischen Verlegerin Fernanda Viveiros.

Danke an meinen Covergestalter Rich Deas und meine Coverkünstlerin Sija Hong, die Ning so wunderschön Leben eingehaucht haben.

Danke an meine Agentin Rachel Brooks, die mich nie aufgegeben hat und endlos geduldig gegenüber meinen vielen ziellosen Gedanken und E-Mails ist. Dafür, dass sie immer erreichbar und begeistert von meiner Arbeit ist.

Der *2016 Pitch Wars mentee group* danke ich für ihre durchgängige Unterstützung, besonders meinen lieben Freundinnen Suzanne Park, Rebecca Schaeffer und Sasha Nanua. Ich bin von euren Büchern und zukünftigen Projekten begeistert.

Dank gilt meinen Mentoren Axie Oh und Janella Angeles, die mich in die Schreibcommunity eingeführt und in Fragen zur Verlagswelt ausführlich beraten haben.

Dank an Nafiza Azad und Roselle Lim – ich bin so froh, dass wir in Kontakt getreten sind.

Ich weiß unsere offenherzigen Gespräche und unser aller Liebe zum guten Essen sehr zu schätzen.

Vielen Dank an die Autorinnen und Autoren, die den Weg vor mir geebnet haben. Eure Bücher in den Regalen der Buchhandlungen haben mich daran glauben lassen, dass ich mein eigenes asiatisch bzw. chinesisch inspiriertes Fantasybuch schreiben könnte: Cindy Pon, Julie C. Dao, Ellen Oh und Joan He.

Kat Cho und Deeba Zargarpur danke ich fürs Erstlesen und für die Unterstützung meines Schreibens.

Vielen Dank an Zhui Ning Chang für ihr nachdenkliches Feedback.

Danke an meine Schwester Mimi Lin, die meine ersten

Entwürfe las, sich meine Texte noch spät nachts gefallen ließ und mich anspornte.

Zum Schluss danke ich meinem Mann und Partner Aaron für seine anhaltende Ermutigung und Liebe.

WICHTIGE BEGRIFFE

Begriff	Chinesisch	Aussprache	Bedeutung
dān	丹	dān	Medizin in Pillen- oder Pulverform, zumeist eingesetzt, um magische Eigenschaften zu verstärken
Jīncán	金蠶	jīn cán	Aus bösartigen Wesen entwickelte goldene Seidenraupenlarve, die zu starkem Gift wird
Piya	埤雅	pí yǎ	Ein Vogel mit Giftfedern aus der Mythologie
Shénnóng-shī	神農師	shén nóng shī	Meisterin oder Meister der Shénnóng-Magie
Shénnóng-tú	神農徒	shén nóng tú	Lehrling der Shénnóng-Magie

PERSONEN

Name	Chinesischer Name	Aussprache	
A'bing	阿炳	Ā Bǐng	Ehemann von Kleiner Wu, arbeitet in der Fischküche
Chen Shao	陳邵	Chén Shào	Shénnóng-tú aus Jia
Fang Mingwen	方明雯	Fāng Míng Wén	Küchenmagd
Gao Ruyi	高如意	Gāo Rú Yì	Leibwächterin der Prinzessin
Hu Chengzhi	胡承志	Hú Chéng Zhì	Shénnóng-tú
Li Ying-Zhen	李瑩貞	Lǐ Yíng Zhēn	Prinzessin im Palast von Dàxī
Li (Xu) Kang	李(許)康	Lǐ (Xǔ) Kāng	ehem. Prinz von Dài, in Verbannung
Lin Wenyi	林文義	Lin Wén Yì	Shénnóng-tú aus der Provinz Yún
Liu Guoming	劉國銘	Liú Guó Míng	Shénnóng-tú aus einer angesehenen Teefamilie
Luo Lian	羅蓮	Luó Lián	Shénnóng-tú aus Kallah, freundet sich mit Ning an
Qing'er	青兒	Qīng ér	Küchenjunge
Small Wu	小吳	Xiǎo Wú	Chef der Bäckereiküche

Name	Chinesischer Name	Aussprache	
Wu Yiting	吳依霆	Wú Yī Tíng	Nings und Shus Mutter
Yang Rouzi (Steward Yang)	楊柔紫	Yáng Róu Zǐ	Haushofmeisterin Yang
Zhang Ning	張寧	Zhāng Níng	Tochter eines Arztes aus der Provinz Sù
Zhang Shu	張舒	Zhāng Shū	Nings Schwester

ORTE

Ortsname	Chinesischer Name	Aussprache	Lage
Ānhé (Provinz)	安和(省)	an hé (shěng)	Südöstliche landwirtschaftliche und küstennahe Provinz
Dàxī	大熙	dà xī	Das große und strahlende Kaiserreich
Hánxiá (Akademie)	函霞(寺)	hán xiá (sì)	Dem Blauen Karpfen gewidmete Akademie (Studium der Landwirtschaft, der Viehzucht und des Tees)
Huá (Präfektur)	華(州)	huá (zhōu)	Präfektur westlich der Haupstadt
Jia (Stadt)	佳(都)	Jiā (dū)	Die Hauptstadt
Kallah (Provinz)	佧鞡(省)	kă lā (shěng)	Nordwestliche Weidelandprovinz
Língyă (Kloster)	陵雅(寺)	líng yă (sì)	Kloster, Grabstätte früherer Kaiser, in Jia gelegen.
Lǜzhou (Präfektur)	綠(洲)	lǜ (zhōu)	Nordöstliche Präfektur, bestehend aus einer Halbinsel und einer Inselgruppe, auch bekannt als die Smaragdinseln

Ortsname	Chinesischer Name	Aussprache	Lage
Nánjiāng (Stadt)	南江(鎮)	nán jiāng (zhèn)	Stadt am südlichen Ufer des Jadeflusses
Sù (Provinz)	溯(省)	sù (shěng)	Südwestliche landwirtschaftliche Provinz
Wŭlín (Akademie)	武林(寺)	wŭ lín (sì)	Dem Schwarzen Tiger gewidmete Akademie (Studium der Militärstrategie und Kampfkunst)
Xīnyì (Dorf)	辛藝(村)	xīn yì (cūn)	Nings Heimatdorf
Yĕliŭ (Akademie)	野柳(寺)	yĕ liŭ (sì)	Der Smaragdfarbenen Schildkörte gewidmete Akademie (Studien der Justiz und der Rituale)
Yún (Provinz)	雲(省)	yún (shěng)	Nördliche Bergprovinz

CHINESISCHE MEDIZIN

Name der Zutat	Chinesischer Name	Chinesische Aussprache	Wissenschaftlicher oder verbreiteter Name
asarum	細辛	xì xīn	Wurzel des Asarum Sieboldii (wilder Ingwer)
benzoin	安息香	ān xí xiāng	Aus Rinde gewonnenes Baumharz, als Räucherwerk und Parfüm verwendet
crow's head	烏頭	wū tóu	Wurzel des Aconitum carmichaelii
dāngguī	當歸	dāng guī	Wurzel der Angelica sinensis
fù pén zǐ	覆盆子	fù pén zǐ	Blätter des Rubus idaeus (Himbeere)
Goldrute	紅景天	hóng jǐng tiān	Wurzel der Rhodiola rosea (auch als Rosenwurzel bekannt)
huáng qí	黃耆	huáng qí	Wurzel des Astragalus propinquus
hú huáng lián	胡黃連	hú huáng lián	Wurzel der Picrorrhiza scrophulariiflora
kūnbù	昆布	kūn bù	Seetang
Lakritz-wurzel	甘草	gān cǎo	Wurzel der Glycyrriza uralensis
lí lú	藜蘆	lí lú	Wurzel des Veratrum nigrum

Name der Zutat	Chinesischer Name	Chinesische Aussprache	Wissenschaftlicher oder verbreiteter Name
Beifuß	艾草	ài cǎo	Blätter der Artemisia argyi
Perlweiß	珍珠粉	zhēn zhū fěn	zermahlene Perle aus der Muschel Pteria martensii (Auster)
Purpurpilz/ karmesin-roter Pilz	紫/赤芝	zǐ/chì zhī	Verschiedene Pilzarten der Ganoderma genus, z. B. Ganoderma sinense und Ganoderma lingzhi
Seiden-baum	絨花樹	róng huā shù	Rinde des Albizia julibrissin
Teeblätter / Kamelien-blüten	茶葉/花	chá yè/huā	Blätter und Blüten des Camellia sinensis Baums
Regen-schirm-baum	傘樹	sǎn shù	Rinde des Schefflera actinophylla
Weiße Pfingst-rosen-wurzel	白芍	bái sháo	Wurzel der Paeonia sterniana
yù jīn	郁金	yù jīn	Wurzel des Curcuma aromatica (Safranwurzel)

Eine uralte dunkle Macht bedroht
das Königreich Dàxī.
Wird Ning sie aufhalten können?

*Der fesselnde Abschluss von Judy I. Lins
Tee-Magie-Epos*

Nicht verpassen!